时间深处的琴音（上）

安雅琴 著

陕西新华出版

太白文艺出版社·西安

U0460608

图书在版编目（CIP）数据

时间深处的琴音 / 安雅琴著. -- 西安：太白文艺
出版社, 2022.12（2024.1重印）

ISBN 978-7-5513-2281-2

Ⅰ.①时… Ⅱ.①安… Ⅲ.①散文集—中国—当代
Ⅳ.①I267

中国版本图书馆CIP数据核字(2022)第220017号

时间深处的琴音
SHIJIAN SHENCHU DE QINYIN

作　　者	安雅琴	
责任编辑	白　静	
封面设计	刘　夏	
封面题字	贾平四	
版式设计	建明文化	
出版发行	太白文艺出版社	
经　　销	新华书店	
印　　刷	三河市嵩川印刷有限公司	
开　　本	787mm×1092mm　1/16	
字　　数	351千字	
印　　张	30.5	
版　　次	2022年12月第1版	
印　　次	2024年1月第2次印刷	
书　　号	ISBN 978-7-5513-2281-2	
定　　价	96.00元	

版权所有　翻印必究

如有装印质量问题，可寄出版社印制部调换

联系电话：029-81206800

出版社地址：西安市曲江新区登高路1388号（邮编：710061）

营销中心：029-8727774

序

记忆之声　岁月之音

　　这是一本中年女教师的散文集，多为忆旧、琐思、怀乡之文。从中既可见作者的家世、成长，她所受的教养，更可见传统的习俗、节庆、饮食、衣饰、伦理、人情以及传统女性的性格、心理等。一切都是那么熟悉、那么美好，能唤起阅读者心中似曾相识的记忆，在情感深处泛起或温暖或甜蜜或苦涩的涟漪。虽然，在笔者这个老年读者心中，它们是那么遥远，然而，在作者亲切的叙述、描写中，它们都化为亲切的日常、共情的体验。今日之中国城乡、家庭与既往中国社会以及人与人关系的天翻地覆的变化，唤起了作者内心深处的乡愁，以及追昔抚今时的慨叹与遗憾。但女作者那乐天知命的宽容之心，使笔下的遗憾化为了深沉的爱。爱是不朽的、不分今昔的！

　　书名《时间深处的琴音》是赋爱于美好的音乐的意思，这是岁月之音、记忆之音、成长之音，又是怀念、留恋之音，是作者从时间深处弹奏并流淌出来的光阴之音。

　　苏东坡曾经咏叹过"琴"这个古老的东方乐器带给自己的困惑：

若是声从琴中出，它在匣中为何不鸣？若是声从指上出，为何不就从指上听？只有中国的智慧和哲学敢于发出这样的千古之问，并无须回答！它的核心前提是有情感的人，是弹奏者、叙写者的"我"，并必然有与"我"有关联的时代、历史、社会、人生，有赋予情的个体生命。

作者安雅琴在乡村生活、长大，又在城市学习、工作，从事青少年教育工作，已为人妻、为人母。像所有的知识分子一样，她也曾经有过一个作家梦。《时间深处的琴音》的最大意义是，她将平日零敲碎打和曾经见之于大众传媒的文章辑成一部并不薄的书，圆了自己的作家梦想。荣幸的我率先读了它，从中看到了她的才情，更读到了她的人生和她的品格！

"少做作，勿卖弄"是大文豪鲁迅先生告诫那些写作爱好者的嘉言箴语，我从《时间深处的琴音》中看到了一个为人师者、一个怀揣作家梦的女性的真与诚。

是为序。

李星

2022 年 3 月 19 日于西安

（李星：中国茅盾文学奖专业评委，著名评论家）

琴声情意写流年

安雅琴女士在《祈雨》一文里，回忆儿时逢大旱村里组织祈雨仪式，挑选伶俐的童男童女跪在房檐下，祈词曰：

> 天爷爷，地大大，
>
> 不为大人为娃娃！
>
> 天干了，地着了，
>
> 房水窝窝火着了！
>
> 请龙王，拜玉皇，
>
> 清水细雨下一场！

在乡村大多习俗消失了的当下，这样的祈雨词已达"非遗的标准"。"不为大人为娃娃"，这是大人拿孩子来胁迫老天爷赶紧下雨；且不能下暴雨，而要下"清水细雨"。往深里想，老话说天意难违，然而人又同时给天下命令，只是以焚香叩拜、供果献祭的可怜的行贿方式软化老天爷就范。

男女有别。男士爱喝酒、吹牛，说天下大事；女士爱购物，尤喜赏花。《花事》里就不厌其烦地状写梅花、玉兰、海棠、紫荆、连翘、夹竹桃，以及梨花、樱花、丁香花。"春天还在睡梦中呢，有个勇敢的小号手吹着响亮的号角走在了春天的最前头，那便是迎春花"——这一句精彩是吧！花开是带声响的，只是声响极微弱，人耳压根听不见。没有关系，作者动用文学放大的修辞手法，使得迎春花这一"春天的号手"人物化地跃然纸上了。"柳不是花，但我始终认为柳就是花，它比春天里的那些花更像花"，是作者的又一发现。

安雅琴女士是中学历史老师，自然不会文理不通。市场经济下，不时冒出许多"名家"，其实文理不通。不过，老师要想写出好文章，也绝非易事，尽管有不少文豪也教过语文。就如美食家不能与大厨师简单地画上等号。安老师这部《时间深处的琴音》比我的预期好许多。相当的篇目写的是儿时乡村记忆，凡人俗事，饮食与风俗、山川与河流、读书、游戏或者季节更替……成长过程中难忘的一切。特别是几篇写年节的文章，凡涉母亲处，总是深情动人，也勾起我对往昔的回忆，只是细节不尽相同。

几篇出游所记处，我都没去过，因此阅读起来感觉十分新鲜，长了见识。而剪影普通人生的几篇，近似新闻特写，比如《门卫老赵》。老赵是个勤快、热心的人，仅有的摩托车谁借用他都乐意，人际关系十分单纯。"他曾是知青"，常常"回娘家"——当年插队的农村。就是说当年成千上万的插队青年，多视插队为"不堪回首的王子落难"；而老赵对此感受不同，插队竟成了他人生的"最自得"之事、最荣耀的时段。老赵虽是个门卫，是生活在城里的普通人，少有人关注，但是他常"回娘家"，十分念旧，重情重义。如此选材不仅展示了作者的观察力，更体现了她的人文情怀。

安雅琴老师的这本《时间深处的琴音》，无论选材还是叙述，皆具有鲜明的女性特点：情动于衷，干净雅致，以个体成长履历映带出城乡疏离与大时代的变迁。的确值得一读。

方英文

2022 年 3 月 14 日于采南台

（方英文：陕西省作家协会副主席，著名作家，书法家）

乱弹琴

在那个充满激情的 80 年代末，国内掀起了一股"文学热"。我在这股热潮中认识了一个崇拜文学的姑娘。那年，铁凝的小说《没有纽扣的红衬衫》刚刚拍成电影《红衣少女》。她见到我时，身着一件飘飘红裙，一下子点燃了我长满野草的心原。其实那个年代到处是作家、诗人，一如现在的老板、老总。当时的一些青年时兴在一些时尚文学杂志上刊登征婚广告，开口第一句话就是爱好文学，曾经发表过小说、散文、诗歌，从来不在乎物质。不像现今人们除了位子、房子、车子就是票子。在那个文学把精神高高托举的日子里，我一有机会，就和她大谈文学，把自己那点文学的锦囊化为爱情的妙计，每次见她，我就胡诌，一首酸涩的爱情诗，让她泪流满面，她被我的"诗意"所征服。因之，我感谢这个带不来吃带不来穿的文学，给我带来了伴我一生的老婆。

那时，她是城墙根儿下一所学校的教师，还负责校团委工作，有一个不足十平方米的房子。眼看要结婚，没地方住，这是文学解决不了的问题。我每天尽管用诗文来缔造爱情的甜蜜，但我要在西安这个城市里生存下去，我要找个女人做我的老婆，那就得结婚，结婚就得有一个房子，这是文学让我出汗和尴尬的地方。就是这样狼狈的生活，但一谈起文学，我们都热血沸腾。我时常把外国文学中为艺术献身的故事讲给她听，但结婚的房子从哪里来呢？那个年代流行一首歌《我想有个家》，这让我有一个家的想法愈加强烈："我想要有个家，一个不需要多大的地方"，仅能容纳两颗心就行。那时，我刚到西安，在一个小报社工作，当时负责这小报的老总，跟我谈话一点儿也不文学，也没有多少关怀，那冷酷的合同，至今仍历历在目，月工资六十块五毛钱，出全勤。那个时候没有双休，任务是拉广告，个人的生老病死和报社无关，也无奖金、无假期、无福利、无加班费，令我鼓舞的是每年生日送一个蛋糕。我当时在这个小报社的处境如此，借个房子结婚就更难了。有时我蹲在城市的公共厕所都在想：这儿是个房子也不错啊！

好多事正是被逼出来的。有一个周日在她那儿躺着还没有起床，和她住在集体宿舍的女同事，用钥匙打开了门，一看我躺在床上，她骂骂咧咧地摔门而去。我一想，这办法还管用，我时常就光着膀子躺在床上假装睡着了，那两个和她同住的女同事一看这房子有一个大老爷们儿在"躺平"，慢慢地她们都不来了。我告诉老婆，换锁刷墙买衣柜、电视，结婚！从此，那个小屋就成了我们在西安安身立命的小窝。斗转星移，小屋里，有真诚的爱人，也迎来了可爱的孩子。小屋为我们这个三口之家缔造着幸福。我们生活得虽不算富裕，但常常有盛不住的欢声笑语溢出小屋。我的小屋，它陪伴着我度过了那段艰难却美好的时光，把无尽的快乐和幸福带给了刚刚步入社会的我。

老婆在这本书中的那篇《哦，我的小屋》就是我俩最初的那个窝。

后来，我们有了自己的房子。我们一个房间四面墙全做了书架，堆满各种书籍，其中文学方面的书占据了三分之二的空间。我在报社当文化编辑三十多年，结交了中国很多文化名人，一年能收一架子书，都是这些书友馈赠的，我时常感到很自豪很满足，自嘲道：金山银山不如书山。记得小时候，想看一本书很艰难。我把《苦菜花》那本书翻得书皮都没了踪影。现在书堆成山也没时间去看，而我的书山成了老婆大人攀登文学的阶梯，她日复一日地读，她的读书量远远超过了我。细心如她，读书必做笔记，读着记着。她也私下写一些"豆腐块"文章，并偷偷给报社投稿，一有刊出，她喜不自胜。写着写着，便也写出了点小名气，《西安晚报》也曾为她开专栏，我们报社也刊用了她的不少文章。北京、广东、四川、甘肃等地还有几个文学生活类杂志也发了她不少文章。她的文章最大的特点是把自己观察到的生活中的真善美诉诸笔端，她的勤奋在一定程度上超越了舞文弄墨的我。

她写九寨、写黄龙，她写新疆、写海南，她从国内写到国外，她写生活中的点点滴滴，她走到哪里观察到哪里，留心到哪里便写到哪里。她善于写社会最底层的人，她写邻居杨妈，她写学校的勤杂工陈伯，她写那个扯面大王茂盛。她把一个看门人的骨气、硬气、侠气、勇气写得淋漓尽致，却又不失一个活生生的人的立体感，用自己的勤劳善良坚守着一个学校的门户，一如守护着国门的将士；她写作家贾平凹，把他那样的大作家写得很有人情味，写老贾在众多文学家面前那种自信、风趣和幽默。她写儿时的歌谣，家乡后院子那棵苦楝子树，写得如泣如诉，很有现实感！她写门前那条悠悠的小河，她写外婆家的茅草屋，她写故乡的点点滴滴。写《腊月》《腊八》《祭灶》《大年三十儿》《正月》，她的文字都与生活贴得很近，她写了不止一篇对母亲的怀念，其中《时光里的母亲》被多家报纸转载。她把生活中的经历储存到心底，在时间深处酝酿成她文字的底气和生长的土壤，也成了她笔端的源泉。因而读她的文字，能走进儿时、走进田园，走进一种热气腾腾的生活。

现今她要出书了，我欣然她梦想成真，写此文章以示支持。其实，文学这个东西常常可以让我们夫妻关系更密切牢固，尤其是文学在我们最清平的日子里让我们的精神生活十分富裕。正如莫言所言，文学最大的用处是没有用处。对人们来说，文学好像没有直接转化为物质和财富，但越是在困难时期，文学是最能直抵心灵的力量。现在翻阅她的这些文章，它们其实就是我们生活的三棱镜，折射出我们的七彩生活及内心的声音。读到这本书的人或许也会有一种别样的生活体悟！

张立

2022 年春

（张立：陕西省文艺评论家协会副主席，省政府文史馆研究员，画家）

上
册

目 录
CONTENTS

1

云　道

下册

履 痕

4

语　人

琐　忆

闲
趣

衣　赏

从小到大，我穿过数不清的衣服。有新衣服、旧衣服，长衣服、短衣服，厚衣服、薄衣服，喜欢的和不喜欢的衣服。仿佛衣服和季节是人生的一双脚，走过了我曾经的岁月。

小时候，不知道期盼多久才会有一件新衣服，那是只有过年才会有的。一件新衣穿几个年头很正常，一件新衣在一个家里，大的穿了小的穿。却并不觉得不幸福，就在穿上新衣服的那一瞬间，幸福仿佛围绕着我，我高兴得甚至晚上睡觉都舍不得脱它。那种快乐、兴奋、激动，那种甜进心里的感觉一直藏在小小的我的脑壳里。可是如今，哪怕是天天换新衣也没了当初的那种喜悦——那种浸进心扉的喜悦。唉！喜悦都跑哪儿去了？

那些穿过的衣服，连同记忆一起被锁进了光阴里，构成了我们的日子，丰富着我们的人生。

当年，那件红底黑花的灯芯绒上衣陪着我过了两个新年，后来妹妹继续穿着它过新年。那个年月，灯芯绒还是稀缺的面料，如今它早已不知去向，可是穿着它过年时的那种得意与喜悦一直深藏在心底。

那时正在读琼瑶的《紫贝壳》，总觉得那件紫色的裙子里藏着无数的秘密，紫色的裙子上有白色的小碎花参差着，那样素又那样雅，那样神秘又那样直白。那图案是紫色的贝壳，里面有故事，有个玲珑的故事。海水一浪又一浪地漫过，留下细密而柔软的沙子，以及发着光的紫色贝壳，它如一个多情而娇羞的少女。那时我觉得自己仿佛也幻化成了故事中的那个多愁善感装满心事的女主人。

还有那件蓝底上缀满细碎白梅的旗袍式长裙，开襟、盘扣、立领、长摆，走起路来，裹挟着无数的风。穿上它，整个人显得古典而雅致，衬得身材曼妙而极富韵致。

是了，还有那件初为人妇时的礼服——一件领子绲着金边的黑色长毛衣，鱼尾的裙摆。起初，裹在身上时，瘦小单薄的身躯并没有穿出它本来的味道，后来的岁月里却穿出韵致来。

在周庄的锁桥上，白色长裙搭着翠绿的丝巾就有了一种"出淤泥而不染"的清纯；随身的黑色长裙配上一条火一样红的丝巾竟衬得人像个妖魅的精灵；黄呢子大衣配上一条亮黄的重磅丝巾，暖色调更衬得人知性、靓丽；雪白的毛衣配上大红的羊毛围巾，脚蹬一双黑色皮靴，活脱脱一个清纯少女。女人哪，总想着法子把自己变成一个又一个自己喜欢的模样，让天地间那个独一无二的自己活出精彩来。

今年暑期的最后几天，和老公一起去海南度假。一个雨后的黄昏，我第一次穿上专为海边度假而购置的一袭红裙，火一样红，把雨后的海岸线燃烧了、染红了、点亮了，黑色的长发在海风轻拂下，微微飘起，一同飘起的还有那拖地的长裙。一眼望不到边的蔚蓝海水与湛蓝的天空合成一体了，分不清哪儿是海哪儿是天；不远处有一座山，山上有一抹白云。和老公手牵着手在海滩上漫步，海水轻舔着脚踝，我的心仿佛有羽毛轻轻划过。漫步在那迷离的蓝色世界中，我仿佛走进一个童话世界，我走在那梦一般的蓝色里，我仿佛走进人类初始处子般的纯净里……

我常常会抚弄着那些还带着体温的衣裳，它们也曾是我的一部分，一起构成了我，装扮着我。特别是换季的时候，我会把它们都从角角落落找出来，让清冽冽的水带走沾在它们身上的尘，然后让太阳温暖无比的大手抚过它们，干净、爽朗、一股甜甜的味道便浸润进那针针线线里，穿在身上，幸福极了，惬意极了。

记得看过铁凝写的一篇文章，题目我都忘记了，文章里写她在法国时买了件价值不菲的时装，很心爱，平日里舍不得穿，告诫自己只在特别的场合穿。她总等着特别的场合，可是日子一天天过去，特别的场合总是那么少，以至于后来完全忘记了那件曾经心仪又昂贵的衣服的存在。后来她偶然从箱底翻出来，已经完全没有了初遇它时的心情，已经不喜欢了，真是时过境迁啊！类似的情境也发生过！从此后，凡是喜欢的东西，我不再等适合的场合了，此刻此地就是最适合的场合！

衣裳，只是包裹着身躯的外壳，最要紧的还是衣裳下面的那一个灵魂。灵魂是个奇异的存在，穿透衣服也会显出它本来的面目。

（写于2018年）

秋　意

　　也不知从哪一天开始，知了的聒噪声听不见了，蛙鸣也悄然消失了，风吹过时有了一丝凉意。光了一夏的脚得穿上袜子，夜里得盖上薄的棉被了。

　　秋天，确乎是来了。我打开衣柜，衣裳上也有了凉意。那些丝质的衣裳，摸上去会挂手。哦，每年的这个季节，我的手就不再润滑了。

　　是秋天了！这么快，这么快，秋天就来了！

　　走在马路上，路两边的树叶开始绿中泛黄，有零星的落叶飞舞着飘落在地面上。这浅绿深黄的树叶，在空中婆娑起舞，它们是多么美啊！俳句般简练而优雅，它们含着金一般，向世人昭示生命的厚实与充盈。看着这一切，我觉得生活是这样的美好。

　　这时，太阳照在身上不再觉得热，可是比夏天的太阳似乎更加光辉灿烂。清风徐徐吹动，追赶着卷曲的落叶。这些落叶，一层一层地交织着叠在一起。在无人的路上，有些寂寞却又满含热烈，铺得满地都是。脚踩在上面，没有声息。这时候，心会无端的妥帖，仿佛被无限的惬意和温暖围裹着，整个人似融化了一般。

　　挂在柿树上的柿子，像火一样在山坡上燃烧。树叶几乎落光了，只留下火把一样的果实挂了一树。那些可以称得上嶙峋的树干如同桀骜不驯的侠士，身前身后的红灯笼像一个个小顽童，太阳照上去，有金属似的光。不知那些不久前还呆头呆脑的愣头青是如何变成红灯笼的？是被太阳温暖红的？被霜染红的？抑或是被风吹红的？红柿子画在高而远的蓝天幕布上，素净而热烈。

喧闹了一个夏天的河水此时宁静淡然，粼粼的波光里洒落了无数碎金，一轮圆月静悄悄地在看不到头的远方缓缓升起来。这时候，远在他乡的游子的乡愁流淌得到处都是。还有那雨，不紧不慢、没完没了，向你诉说着那无处安放的心事，还有绵绵不绝的惆怅。夜雨里，窗外雨打芭蕉的呢喃，窗内静静垂着的窗帘，柔和的灯光，一杯冒着热气的清茶，满屋子的幽静里氤氲着的那一帘幽梦……

秋天最惹人喜欢的花是桂花。一棵树就像一片林。它自身散发的那种香味浓烈得让人晕眩，把经过它的人都给迷醉了。在差不多一大半的秋天里，那种丝丝缕缕、似有若无、甜中带酸、酸中含甜的美妙味道直往你的心里钻。

梧桐树的叶子还倔强地挂在高大的树身上，阳光穿过树叶把金色的光亮洒在路上，也洒在行人的身上、头发上、脸颊上。在这光影里，人便如梦如幻镀了金一般迷离起来。白桦树仿佛神话里的树木一般，树身蒙上了白绸一般的柔光，树身上的斑斑点点像一双双眯着的眼睛。落在地上的树叶发出斑斓的赤金般的光辉，参差掩映，没完没了地相互叠交着显现在眼前。它们高大优美的身姿在淡蓝色的天空中，似一排荷枪实弹的哨兵，挺拔、伟岸、笔直地凝视远方。

我喜欢穿过秋天的风走在落叶上。这些落叶，曾经繁茂了一个夏天，在季节的轮回中，走过了一生，匆忙而短暂。但是看不出它们的伤感与惆怅，飘落时依然在风中欢快地飞舞着，一个华丽转身，舞出生命的华尔兹。

秋天用明艳、热烈、斑斓的色彩描绘着大自然，将大自然演绎得厚实而生动。银杏树就是高举在蔚蓝天空上的旗帜，叶子在风中战栗；红色的枫叶像一团火焰、像一片云霞，在阳光下燃烧。

如果说，春是个小心翼翼的艺术家，微妙而精心地画出一朵朵的花，那么秋就是个顶级的艺术大师，看似漫不经心地将许多整罐的颜料拿来飞涂乱抹，匠心独运地把秋的斑斓、热烈与奔放在大自然的画布上，立体地泼墨出来展现在世人面前。本来是留着给蔷薇和郁金香的深红、朱红的颜色却泼在莓类上面，弄得每丛灌木都像着了火一样，爬藤所盖住的老屋红得似夕阳。

徜徉在秋天的潋滟金波里，陶醉在秋天的斑斓色彩里，采一抹流光，携一袭馨香，穿过光阴，走向岁月深处……

（写于2018年）

晨　跑

　　记忆里，第一次跑步是在村里上小学二年级时。当时在生产队的大场上全班分组跑，我已记不清为什么要在生产队的大场上跑，只记得跑下来，我脸色蜡黄，心慌气短，手心出汗，全身瘫软。从此，我便怕极了跑步。心想，我这一生怕要与跑步绝缘了。

　　但我一直记得班上有个瘦小的同学——霞霞，是个跑步能手。当时有个男老师一直在专门训练她，在尘土飞扬的操场、在生产队的大场上，有时她也像蝴蝶一样飞跑在开满油菜花的乡间小路上。

　　后来，离开村子到镇上上中学。为了能跳出农门，改变命运，我拼了命地学习。早晨时间金贵，我便在晚上下晚自习后，和同学成群结队去镇上的马路边跑步。但我从来不敢参加学校的运动会和越野赛，毕竟自己几斤几两，心知肚明。

　　后来，到省城上大学，我有了充裕的时间，便在清晨，穿着那件亮黄色的运动服，跑过静悄悄的校园，跑在寂静少人的马路上，绕着晨曦笼罩的大雁塔，一跑就是三年。雄伟而庄严的大雁塔，穿越光阴，留在了我的记忆里。至今我还记得，清晨的大雁塔，时而云雾缭绕，时而云蒸霞蔚恍若梦幻，时而黑云压顶塔欲摧。屹立在古城的千年古塔，智者般给我指引与启迪。大学的那几年，学校长跑赛、越野赛、运动会上，我总能在那一声声的指令枪响中一次又一次地放飞自己。

工作后，在朱雀大街上晨跑，有时在环城公园里晨跑，有时在家附近的公园里晨跑。在晨曦里跑步，我喜欢看远处的城墙像脚手架托举着那一轮朝阳，仿佛要把城市托起；喜欢弥漫在静谧上空的霞光，喜欢挂着晶莹露珠的草丛，喜欢开满石榴花的林间。在晨跑中，我常常感到神奇，即使在阴沉的天气里，也能听到鸟儿的鸣叫声、闻到花香，仿佛阴沉的天气里也能看到阳光似的。

后来休养在家，离家不远有个公园，即使买月票、年票，我也要在这个西安城最好的公园里晨跑。在这里晨跑的那些日子，得益于高人不经意的指点，时间控制在55分钟，一开始是快走8圈，也记不清走了多少天就开始跑了，走8圈用56分钟，跑8圈只用48分钟，所以就用多余的时间再跑一圈，为了追求十全十美，就跑了10圈。公园里的路四通八达，我选择最外围，也就是最大的圈。数圈成了一个难题，常常就会多数或漏数，心里常有种小鹿在跳的感觉。后来，就设个固定的地方，每跑一圈就揪一片树叶，当手中攥够10片树叶时，任务就算完成了。可一把树叶攥着也不自在，后来就改成数手里的钥匙。数着钥匙跑了不知几年，后来，我又发现了一个数圈妙计：绕着山后三圈、绕着湖岸三圈，绕着竹林三圈，最后再随机选人少的路跑一个圈。无论阴晴，无论冬夏，在这个美丽的公园里，我用自己的脚步丈量着这里的每一寸土地，我用自己的眼睛，把这里的一草一木装进心底。我见证了湖边的柳从鹅黄怎样变成了嫩绿、绿到浓得化不开的碧汪汪的绿。清晨的阳光洒在公园弯曲迷人的路上、绿油油的树上、毯子似的草上、晨练人的身上，我的汗水流淌在这些美丽的风景里。

在这里，我一跑就是十多年；在这里，我把自己跑成了一道风景。

在异国他乡出游时，安顿好，第一件事就是观察周围的环境，寻找理想的锻炼场地。我在酒店的健身房晨跑过，在寂静的海滩晨跑过，在美国洛杉矶女儿居住的小区所在的街区晨跑过，绕着德国的古城堡晨跑过，在德国乐高小镇的跑马场晨跑过，在丹麦流经哥本哈根那条美丽无比的河岸边晨跑过。最让我难忘的是，在丹麦的乡间小路上晨跑，路不宽，弯弯曲曲，路两边是田野，太阳的光辉将田野照得恍如梦幻，那条路最后把我引向海边。晨曦笼罩的大海宛如睡眼惺忪的少女，有种朦胧的美，浅水里有几只灰鸭，荡起的涟漪打破了这里的宁静。岸边有几把木椅、一张木桌，一切那么宁静、那么美好，跑得脸颊红扑扑的我，把这一切的美好都装在了心底。

如今，重返工作岗位，没了晨跑的机会，我便把茶余饭后的空闲时间用来跑步，在细雨中、在骄阳下、在夜幕里，感恩大自然赐予的绿树、阳光和空气；感受内心的那份宁静与祥和。

我怀念那些晨跑的日子，那些让我在大冬天穿件单衫也热气腾腾的火一样的日子。

这些晨跑的日子，显影在生命的长河里，时常让我在流逝的光阴里依稀看到青春飞扬的自己……

（写于2018年）

看　戏

正月还没有过完，方圆十里八乡，庙会一个接着一个，十五会、十八会、二十八会、二月二会……一连串的庙会，伴随着一场又一场的戏，把年味拉得长一些再长一些。

我必定是跟在母亲身后，随着马路上一溜两行的人去看戏。一路上，大人们说说笑笑，小孩儿们则打闹着在大人的身前身后跑着跳着。通向戏场的路上净是人。

天蓝得像海，远处有大雁飞过，风微微吹着。路两边是田野，蛰伏了一个冬天的麦苗睡够了似的伸个懒腰，仿佛一下子拔高了一节，探着头，四处张望，在微风中摇曳。

我穿着过年的新衣，走在去看戏的路上，别提有多神气了。路很远，可我一点儿也不觉得累。不时从远方传来锣鼓家伙声，那是戏要开演了呀！我心里便像有小鹿在跳，大人、碎娃脸上乐开了花。

看见了越来越多的人，也已经清晰地听见了从高音喇叭里传来的唱戏声，我的心一下子就被欢快涨满了。那或洪亮或哀婉的声音一个劲儿往耳朵里钻。快乐把人包裹住了。那锣鼓家伙赶趟似的，一阵紧似一阵，我的心不由得收紧了再收紧了，心都提到了嗓子眼。忽然那紧锣密鼓戛然而止，我绷着的心弦终于撑不住了，仿佛听见"啪"的一声，像汉子终于忍不住发了脾气。

并不是每个唱戏的地方都有戏楼，更多的是在乡下的空场地上搭一个戏台。村里唱过一回戏。那时村里还没有戏台，在村里的小学门前搭了戏台。从搭戏台的那一刻起，我心里就像有根羽毛在撩拨，我的心在轻轻地飞，仿佛身体的每个细胞都是快乐的。村里唱戏就像过大事，一定要把远亲近朋请来。村口已经用松柏和冬青搭了彩门，锣鼓家伙摆在彩门边，过一阵子就敲得满村子都是欢乐。

戏开演了，只看见穿着长袍马褂的男男女女在戏楼里进进出出，其实我根本就不知道台上唱的是什么。大人看戏时，我们这些小孩子大多时间是看后台的男女演员。小小的人儿老在想，那演员，咋都跟画儿上走出来的人似的，女的俊俏，男的英武。扒着用竹子围成的棚子的缝隙往里看，由于人小，尽管有时候什么也看不到，却老看不够。母亲可是真的在看戏。端个小板凳，坐在戏台下，周围是和她一样的男男女女，她眼睛盯着戏台，一看就是半晌一天。村里有个老戏迷，常常坐在戏台下，一看就是三天三夜，这时候上演的是连轴转（连台戏，三天三夜不下台，一直在唱，几班人马轮番上阵）。饿了，在戏台边上买碗面一吃，继续看，台上间歇休息，他依然坐在小板凳上等着戏开唱。这可是修炼到家的老戏迷了。

戏场周围有许多卖吃喝的摊点：酸辣爽口的荞面凉粉、油泼辣子汪了一大铁锅的扯面、比面条还长的浆水鱼鱼、粉蒸肉、鸡蛋醪糟，等等，不一而足。叫卖声、吆喝声和着欢笑声像浪潮一样袭来。那些专售小玩意儿的摊点，是我的最爱。花花绿绿的小笸筐里装着我的喜悦。用过年攒下的压岁钱，我将那些不知买了多少回的小玩意儿，又买了一怀抱。一串酸酸甜甜的冰糖葫芦，一根长麻花似的玉米糖，乒乓球似的米花糖，鲜红的头花……我最喜欢的是爆玉米花。手摇的黑而鼓的葫芦形暗箱被摇了不知多少圈之后，"嘭"的一声巨响，便爆出小山似的一堆爆米花。我总在心里纳闷：那黄豆大小的苞谷豆是如何在黑咕隆咚的暗箱里开成了一朵朵玉米花的？几十年过去了，如今偶尔也会在桥头巷尾有幸遇到脸上、手上沾有黑痕的男子，摇着爆米花机。每当这时，我一定会驻足观看，等着那一声巨响，仿佛我童年的快乐和期许都在那一声巨响里。

光阴荏苒，不觉几十年便过去了。自从进城后，我便再没有在乡下看过戏。如今，在城里金碧辉煌的剧院里，坐在真皮的软椅上，戏台两边还打着字幕，演员的行头也比先前更鲜亮了，可是我总觉得少了点什么。是少了什么呢？是那种藏不住的喜悦吗？

（写于2019年）

顺城巷

进了西安城门，沿着城墙根儿走，就到了顺城巷。

那是一条窄而狭长的巷子，幽深而渺远，一眼望不到底。走在里面，仿佛走进了时光的隧道。

阳光饱满的日子，巷子里也不全是光，光把城墙湮没了，只有城墙的影子落寞地踟蹰在巷子斑驳的地面上。城墙通体用青砖包裹着，里面的土，是明朝的土吧？偶尔有土从砖缝里露出来，有嫩绿的草从砖缝里旁逸斜出，怯生生的，仿佛怕被身后厚重的墙挤出去似的。方形的小青砖，从底到顶，码得整齐极了，威严而肃穆。密密麻麻的砖里吸满了光阴。

天有时是蓝的，有时是灰白的；夜晚会有星，繁而密。满月时，一城墙月光，盛不住似的泻到脚下的顺城巷子里，巷子便异常的温柔，仿佛一个满含柔情的女子依偎在情人的怀里。这时，在月亮光下，城墙便会被拉长拉高了许多，黑魆魆的，透着股威严，像一个凛然正气的男子保护着依偎着他的柔媚女子——这时的顺城巷充满了阴柔之美。

顺城巷与多扇城门连接着。这一扇扇的城门，使得幽深狭长的顺城巷少了许多寂寞，添了一路的风景。它目睹了西安这座古老而迷人的城市的前世今生。

最喜欢守护在巷子另一侧城墙对面的那些店铺。一律的青砖灰瓦，一律的古色古香，不同于市井中的店铺，它们不大却精致得恰到好处。是浸了城墙的凝重又染了小巷的幽静吧？素净、脱俗，如一个知书达礼的女子，守护着这一方净土，守望着城墙。那门呀窗呀院落呀都写满了雅致！

一店铺外有树，但并不多，就在窗户边。只那么一丛，窗里的书呀架呀木质的家什呀将店铺装饰得宛如一帘幽梦，引诱你进去。有一次，真走进去了，只一个文静的女孩子坐在台后，线装书静静地放在书架上，随便抽出一本，坐在布艺的沙发上。阳光从树后的窗棂漫进来，木桌上，书上，人的身上便分明有了太阳的味道，人也跟着雅致起来。

最美的是那一院落的蔷薇，爬满架，架下是白色的桌椅，光影筛下来，在人的身上婆娑，喝着咖啡或茶，便觉得一同喝下去的还有光阴。一抬眼，便望见在城墙上高飞的风筝，还有舒卷的云朵，心便会如羽毛般轻盈，也如那云朵般舒卷。

喜欢走上城墙，在城墙上驻足，看那城墙根儿下的小巷。从上面往下看，树竟密密的，把整条巷子都淹没了，淹没在绿色的河里似的，巷子成了一条河，行人是浪花吧，他们一起被裹挟着在历史的长河里前行⋯⋯

走上城墙俯视城墙根儿的顺城巷时，我总喜欢在绿树丛里寻觅那红色的大门。不知怎么就想起曹文轩《草房子》里的"红门"来，我想，那里面应该也曾经是一大户人家吧，也许如今还是，因为"红门"无声地守护着门里的秘密，诉说着门里的岁月。路边的树荫下，偶尔会有一辆汽车经过或本就停在路边，一下子便有种恍若隔世的感觉。

　　清晨，顺城巷揉着惺忪的睡眼，从幽深的历史中走出来，开始了它一天中最热闹的时光——早市。那真是一条人的河流，鲜活而生动。有空的时候，我常常喜欢在里面走走。其实，什么也不买，只为了感受那如音符般跳动着的鲜活与生动。还冒着热气的白而嫩的豆腐，刚出炉的包子，扑鼻而来的刚磨出的香油，还沾着湿泥巴的胡萝卜，水灵的白萝卜、绿叶菜，整齐码了一车的大白菜，原生的各种调味料，小娃娃小拳头般大小的狗头枣，成车的苹果、梨、橘子……高的低的叫卖声，男人女人的吆喝声，老的少的打招呼问好声，将这一条巷子塞得满满当当的。这是最本真的生活，接着地气，充满了浓郁的人气。这时的顺城巷，充满了俗世的烟火气，让人踏实、自在。

　　我喜欢这种市井气十足的真实的生活。顺城巷在这种真实的生活里成了一个挽着袖子，手叉腰，风风火火的中年女人，能干、泼辣，又会打情骂俏。

　　早市过后，小巷又复宁静，仿佛刚才什么也没有发生。就疑心那刚才的一幕莫非海市蜃楼？！有不多的几个人走过，城墙依然那般高耸而威严，顺城巷变成了个打着伞的留齐耳短发的文文静静的姑娘，低着头，迈着细碎的步子，只顾着往前走，心里是有绵密的心事吧？

　　沿着寂静的顺城巷，在城墙的拐角处，竟有一妙地，真真是别有洞天！砖瓦做的门楼、石刻的照壁、木桌长凳，穿着青色长衣的男男女女进进出出。我常暗想，那里面是什么，是一群神仙吧，抑或是从古代走来的人？不然如何会超然于世俗之外？终于忍不住了，有一次便推开虚掩的木门走进去。门后有葡萄藤，墙角有不知名的花，在寂静的开，院里有几张石桌，几个木凳，三三两两的人围坐在石桌旁，喝着茶说着什么，真是"往来无白丁，谈笑有鸿儒"啊！弄了半天，还不知这葫芦里究竟卖的是什么药。拉过一个侍者模样的人一打问，便要来了菜谱，奇特的是菜名都用毛笔书在红赭色的木牌上。坐在雕着细花的八仙桌前长条的木凳上，翻着木牌的菜谱，就有了种皇帝翻牌子的感觉。

黄昏的顺城巷，华灯初上。斑驳陆离的光闪烁着，有音乐，很强劲的那种。这是夜的眼！历史和现实在这里混合着交织着，这时的顺城巷变成了个时尚、现代、新潮的帅而酷的小伙子，一身的活力与朝气，很青春很fashion（时尚）。这些小店背靠着历史，却被现实挥霍得淋漓尽致。

顺城巷用她长长的手臂多情地环抱着西安这座四方城，它与城墙不离不弃，一路相携而来，守护着西安——这座浸润着历史又散发出现代气息的、迷人的、古老又年轻的城市，从古到今，一直到永远……

（写于2017年）

朱雀门

朱雀门是西安城门中一扇普通的城门，但它在我心里已经长出了故乡的味道。

许久不见，也许不会想起它。但每次见了，都会有种酸酸的甜甜的又涩涩的凉凉的感觉瞬间袭遍全身，有丝莫名的激动，有种说不出的熨帖悄悄爬上心头，心会一跳一跳地收紧，让人有种无法言状的舒坦感……

我喜欢朱雀门！

我喜欢朱雀门带给我的这种感觉！

十年的时间里，我日日走过朱雀门。又一个近十年的时间，我再一次日日走过朱雀门。十年。一个人一生中有多少个十年，人生用一百岁来计算的话，朱雀门见证了我五分之一的光阴。

进了朱雀门，挨着城墙根儿有一条细长而深邃的小道，便是顺城巷。再往前走大约三十米，往左拐便是太阳庙门，沿着太阳庙门西行二十米有一个雕梁画栋的门楼，进去不到二十米，便是我待了近十年的地方。

在那里的时光，至今想起来都觉得亲切而舒坦。任何时候都在微笑着的警惕、精明的昌会，总是懵懵懂懂红着一张脸的门卫老赵，瘦小精明的周，如村姑般纯朴的燕，一头白发，长了一身智慧，亲切随和，一点儿架子也没有，任何时候都祥和并微笑着的李校长，和我仿佛有着某种缘分的芳邻方，还有那一双双清澈灵动的眼睛里放着光的孩童们，以及一眼能望到头的操场及高高飘扬在操场上空的国旗……

沿着并不敞亮的楼梯上到二楼东边的第一个房子，便是我的房间，窗户外面有一个一米见方的阳台，把光亮和我隔开了似的，房子里总是阴沉沉的。尽管有太阳，却也并不透亮。太阳大的日子，便有束光从东边窗户射进来。尽管只是一束微弱的光，却总是照在我的桌面上，我便觉得自己沐浴在阳光里，很是惬意，常常有种"太阳照在桑干河上"的幸福感。

茶余饭后，我常常走出朱雀门，往左一拐便上了铺满石条的环城路，走了一圈又一圈，我很享受这种感觉。走在这弯弯曲曲的路上，走过春夏秋冬，看着蓝天白云，看着风花雪月，那些花草树木伴着我，一年又一年。石榴树高举着一头的火焰，我是看着它从火红的花朵变成艳红的果实的。丁香花会让人醉在春天里。那拐角处的一丛修竹，像秀气而苗条的姑娘，微风拂过，她微微战栗着，身后是威武高大的城墙，日夜守护着心爱的姑娘。在春天到了深处的时候，靠近护城河那一侧的河岸上会有洋槐花热烈地开放，白得像雪，香得醉人。

公园深处，有一架蔷薇，下面的石条凳上总是坐满了男男女女，闲聊或只是看着过往的人。蔷薇用自己的身体筛下星星点点细细密密的日光，微风拂过，它像欢快跳动的音符，藤下的人也成了风景。常常引得我驻足的是那一队"自乐班"（雕塑）。我依傍着英武高大的主唱，挽着他的长臂，我摸过那个靠在母亲肩头的小男孩的光头，我凝望过那两个沉醉地拉着二胡的男子。他们是西安人生活的缩影，他们就是地地道道的西安人。他们忠诚地日夜守候在朱雀门的城门外面，演绎着西安人的文化精神。

我总喜欢在晴朗的日子里走出朱雀门，抬头看看天，天是蔚蓝的，有云，很白，我的心便如羽毛般飞起来。树碧，花艳。护城河左岸的楼房、汽车、行人，还有蓝天、白云在护城河里荡漾。这时候，总会有种感觉在心底升起：我深深地爱着你，我热恋的这片土地！

下了班，我常常喜欢沿着朱雀门里边的顺城巷走进长长的深深的巷子深处，我摸着有了青苔的墙砖，仿佛经过光阴里的唐朝，又走过了离我很近的明朝，它们承载着西安城的前世今生。静静地，我走在光阴里，我走在时间的河流里，我走在我的生命里，我走在现实里。看着身后的光斑，我依稀走进了历史里，它们一路伴着我一起走进了这滚滚红尘里……

朱雀门是古西安城最南边的门，朱雀门最辉煌的时期是隋唐时期。那时候，朱雀门与玄武门之间的朱雀大街，是皇帝举行重大庆典活动的地方。公元589年，杨坚灭陈一统天下，在班师回朝之日，隋文帝杨坚"亲御朱雀门劳凯旋师，因行庆赏。自门外，夹道列布帛之积，达于南郭，以次颁给。所费三百余万段"。朱雀门见证了天下一统的时刻，由此拉开了隋唐繁华的序幕。

公元645年，玄奘法师前往印度历时十几年取经归来，唐太宗派宰相房玄龄在朱雀门举行隆重的迎接仪式。长安百姓僧众闻知，皆奔走相迎，十多万民众，排成了几十里长龙，捧着香花宝烛站在朱雀大街两侧迎接法师，围观者如云。焚香散花，鼓乐喧天，人声鼎沸。朱雀门再次见证了中国历史上一个激动人心的时刻。

后来，随着唐朝的衰亡，朱雀门也难逃厄运。公元904年，它被封存，被禁锢住的朱雀门，被静静地围在城墙里，珍藏着往昔的繁华。1985年，在明城墙的基础上，在隋唐朱雀门遗址重开朱雀门。被尘封了一千多年的朱雀门，被重新开启，朱雀门又见证了西安古城近四十年的发展变迁。

朱雀门历经沧桑彰显了十三朝古都的卓然风采，见证了古城历史的辉煌与荣光。历经了血雨腥风仍岿然不动的大门，守卫着一代又一代西安人的安康与喜乐。在喧嚣的尘世之中，它和我们一起见证了西安城市的发展。

每值年关，高大雄伟的朱雀门，便早早挂上了几十米高的大红春联，远远望去，像两个高大威武、气势非凡的将军，守卫在朱雀门两侧，给朱雀门添了英武之气和年的喜气。"朱雀迎春早，看朝晖遍野，霞彩接天，一派生机开胜景；皇都启瑞长，有细雨如酥，和风入户，万家欢乐度年华"，这是历史与今朝的对话，这是盛景与年华的对话！

我把自己从光阴中拉回现实，走进了我的第二个十年。这个守在朱雀门里的学校因为装修，没有学生也没有老师，只留着门卫。路过时我也会走进去，看着昔日人声鼎沸的校园此刻却空无一人，那样熟悉又那样落寞，心里生出一种说不出的伤感。

天渐渐暗了，灯亮了，把夜点燃了。我走出朱雀门，往右一拐到了环城路。城墙根儿下的那一丛丛矮树的影子被地灯照得像皮影，有个老头儿在拉二胡，那声音如泣如诉，是在诉说着什么吧！有一大群女人在激越的乐曲声中拼了命地疯狂舞蹈。三三两两的人在铺着青石的小道上边走边说，影子变长了又变短了，长长短短的影子叠在一起，分了合，合了又分，多么像来来往往的人，过着日复一日的日子。

当夜幕笼罩了整个西安城的时候，朱雀门变得异常安静，树影婆娑，月光下它仿佛披了层轻纱，梦幻而迷离，用它高大的身躯锁住了门里一城的月影、梦影。

走出朱雀门，已是华灯初上，一轮皎洁的明月高悬天空，河边的楼房、绿树、碧草倒映在水中，将护城河点缀得更加流光溢彩，朱雀门就在这璀璨而静谧的夜中渐渐沉睡了。

夜深了，喧嚣了一天的朱雀门静如处子，如忠于职守的将军般依然守卫着整个西安城。一城的月光笼着一城的轻梦，门外的护城河里有朱雀门的倒影，泛着微微的光，它们好似在静静等待着新的一天的来临。

（写于2021年）

垂钓之乐

时下，兴起了一股钓鱼热。我那一刻也闲不住的先生，竟也加入了钓鱼族。适逢礼拜天，我带着孩子一起给先生做"钓助"，并亲历先生常向我吹嘘的垂钓之乐。

先生有意栽培，生性好静的我也有学钓之意。一天下来，我尽管累得腰酸背疼，却也悟出了不少垂钓之道。

垂钓之乐，乐在回归自然。那轻轻拂着水面的风，那在池中自由徜徉的湛蓝的天、悠悠的云，还有低飞池面的轻盈水鸟，不时轻吻池水的蜻蜓……在这里，你面对的是一个自然的世界，你被自然拥抱了，同样，你也拥抱了自然。其实，是你与自然合而为一，融为一体了。在这池中的世界里，一切都在起伏着、波动着，而自由游动的鱼儿就是这池水的精魂。但这水的精魂，却被一动不动的人俘虏了。人是大自然之子，具有万物之灵性。

垂钓之乐，乐在修身养性。那一个个垂钓者，男女老幼，或站或坐，屏气凝神。他们的心与眼倾注到小小的"漂"上，他们的魂全给那小小的鱼儿勾住了。此时，尘世的喧嚣与纷繁，工作中的不顺，生活中的不如意，这一切的一切都滚蛋吧！这时候，你心无旁骛，全身心投入钓鱼中去。你似乎脱离了自己的形骸，尘世中的一切烦恼都淡化了，离你远去了，你仿佛进入了"禅"的境界。

垂钓之乐，乐在它考验着你的耐力和你的坚持。于池边手持鱼竿，心系一处，哪管毒日当头汗湿衣衫，哪管蚊蝇叮咬遍体红肿，就如基督徒对耶稣一样虔诚，心中思的是鱼，眼里看的是鱼，才会钓到鱼。这就如那些成就大业的伟人，哪个不是历经了一番磨炼才到达成功的彼岸，是所谓"精诚所至，金石为开"？！

久居闹市，在繁忙的人群中疲于奔命，一次垂钓，就是一次解脱，一次放松，一次对心灵的慰藉，一次与大自然的亲近。

垂钓之乐，还乐在它是一次对自我的再认识。每一个垂钓者，在经历了难耐的焦渴甚至无法忍受的等待后，终于，鱼儿上钩了。这时候，垂钓者心中的那份满足、那份惬意，是其他人无法体会的。而当那鱼儿被端上餐桌，你一定会觉得格外香，因为你是在品尝自己经过一番奋斗而得来的劳动果实。一次小小的垂钓，给了你一次重新认识自我的机会。你可能会因此对那搁浅的目标重新燃起希望之火。

钓鱼，也可以说是"钓娱"。钓的不仅仅是鱼，更是一种快乐，一种精神的享受，一种对生活的热情，一种对人生的再认识。一次垂钓，就是一次心灵的净化，一次灵魂的洗礼，一次意趣横生的精神旅行。

（写于1995年）

痴人说梦

我常常做梦，醒来一定会说给先生听。尽管先生常常并不爱听。

记得我从小头一沾枕头，梦就来了。甚至在上学时，课间五分钟，我也能趴在桌上做梦。我就纳闷，这到底是怎么回事，梦为何如此钟爱于我？

如今我虽已为人妻为人母，早已过了做梦的年纪，但我依然爱做梦，并且将儿时的梦，年少时的梦，青春的梦，连起来成了一个梦的连续剧。

很小的时候，梦中的我，常常在飞，且是随心所欲地飞，想到哪儿就能飞到哪儿。后来，梦中总有人追赶我，企图抓住我，于是我就飞起来，飞过树梢、飞过屋顶，那般尽兴、那般自如。最后我停在那高高的电线杆儿上，看着地上追赶我的人在生气，我却在咯咯地笑，一直笑醒。再后来，依然有人在梦中追赶我，我依然在飞，只不过飞飞停停，却总能让那人抓不住我。但最后我还得落下来，因为感到力不从心，醒来后我就会感到沮丧、失落。我在想是自己的翅膀被折断了，还是心里的负荷太沉重了？我好希望自己飞回从前的时光……

也不记得从何时起，我总爱将梦境与现实连在一起，预知未来。比如梦见一望无际的大海、一池清凌凌的泉水、一河清凌凌的水流，我就知道明天一定会有好事发生。若梦见自己在污泥浊水中跋涉，或被好像鬼的魔物纠缠，或被狗咬，抑或满地盘蛇，则必有麻烦降临。好多时候，我都在梦中寻找厕所，待终于寻到厕所，不是四周无遮无拦，就是男女同厕，别人都泰然自若，我却感到十分不自在。前几天还梦见厕所里有一男鬼，害得我抬脚就跑。拉了几个同伴同去，但还是心有余悸，实在憋得不行，就醒了。而梦中最脏的东西——粪便，则会给你带来财运。我实在不明白，有时梦与现实竟是如此大相径庭。

有本书上说，做梦时灵魂暂时离开了肉体。我以为梦是生活之外的生活，是预测的生活，是失真的生活。躺在床上做梦的人，他什么都没干，又好像一刻也不闲着。有人说人生如梦，我实在不敢苟同。我以为梦尽管是不真实的生活，但它可以丰富你的生活、完善你的生活。梦中的你会给生活中的你一些提示。据说有位外国的大科学家，现实中怎么也算不到一起的数据，梦却给了他答案。那是他白日里过于用心思考，梦对他的奖赏。

我常梦见自己在考试，却不会答卷。我知道这是梦中的我提醒生活中的我要只争朝夕。清楚地记得有回梦见一座青山，一山的绿，那绿能浸透你的肌肤，我的心便如六月天喝了山泉水那般惬意。有时我又似在宇宙中飞翔，有时候又仿佛在那有星星有月亮的天宇中踩着云彩漫步。

真的，我喜欢做梦，梦会给人插上一双想象的翅膀，让现实生活多了点诗意，多了点儿轻盈，但更重要的是，它会给人力量，会促使你将那美梦变成真！

　　有时，一个人在细雨中散步，穿着紫色风衣、打着桐花雨伞，想着无尽的心事，又恍惚在梦中。而有时梦中的情景如此真切，仿佛真的一般。哎，真是如梦如幻啊！梦了、醒了，醒了、梦了，岁月的脚步却在梦中无声无息匆匆地走过。有时，爱做梦的我就想，时间久了，浑身叠满了梦影的我，晚上脱了衣服，梦会抖落一地吗？那我不就真真正正地睡在梦里了吗？而走动在光影里，竟觉得连我整个人都不真实了。

（写于1996年）

洋槐花儿香

打从我记事起，家乡的洋槐花儿就在我脑中扎了根。每年的四五月，洋槐花儿开了，那一串一串雪白的花，醉了人的眼也甜了人的心。

今年五一劳动节，我和爱人带着三岁幼女回老家。晨曦初露，我们一家三口沿着村外的小径游玩。

五月的山乡，清晨的空气清新且有点寒凉。还有点潮湿的泥土散发着久违的那种特有的令人陶醉的气息。路边的小草儿像调皮的娃娃，你碰碰我、我掀掀你，在晨风中无忧无虑地嬉戏。那一片一片的麦苗迎着风荡起层层麦浪。山坡上那一群一群的山羊，就像绿色的锦缎上绣出的一朵朵白花。小鸟在蔚蓝的天空中自由自在地飞翔。更远处是一层一层错落有致的耀眼的黄，是油菜花……山乡的五月美如画，我们成了走在画里的人。

突然，吹来一阵风，送来沁人心脾的奇香。我的心一颤，循香而去。下坡的路在拐过一个路口后，变得越来越窄。爱人说，他小时候，要穿过这条沟，才能到学校。后来修了柏油马路，这条小道便很少有人走了。他已经十多年没走这条道了。

好大的一片洋槐林！正是洋槐花儿盛开的季节，一串一串的雪白花儿挤着、拥着、接着、连着缀满枝头！这里成了洋槐花儿的汪洋。我的眼睛不够看了，我的耳朵来不及听了，这阵势把我骇住了。我甚至怀疑自己是在梦中，那满眼看不过来的白色恰似一帘幽梦……缕缕阳光如千万条丝线透过洋槐树绿色的枝叶洒在洋槐花儿身上，似给那片雪白披上了一层薄薄的轻纱，整个世界梦幻般让人心醉神迷。

像这样成林成片的洋槐我还未曾见过。我被这奇妙的景色骇住了，那一棵挨着一棵的洋槐树连成片连成林，那铜钱似的绿叶间挂满了一串一串的洋槐花儿，在晨风中跳着欢快的舞。她们婀娜的身姿像一串串风铃迎风起舞，透着不可言状的灵气，那花香飘浮的世界白得耀眼、香得醉人，我的心甜了，整个儿人也醉了。

脚下的小路在蜿蜒中延伸着，我们漫步在这迷人的香气中，任凭它萦绕在我们的前后左右。整个世界仿佛都融入了这白色世界中。我想跳进这白色的花海中，痛快地洗个澡；我想变成这香海中的一部分，去纯净自己的身心；我想化成这花海中丝丝缕缕的香魂，使自己的五脏六腑都是香的……

忽然，我眼前一亮，前面那闪着银光的是什么？是流淌的清泉！叮咚的泉水欢快地唱着歌伴着白色的花香流向深处。这时，我才发现我们已不知不觉来到了沟底。这里的花香更浓更酽，仿佛是香的源头。爱人摘下一串雪白的花儿，孩子仰起头，那黑白分明的眼睛充满了好奇，伸出小手去够。爱人把那串雪白的花儿挂在女儿耳朵上，又摘下几串编织成一个花环戴在女儿头上，小人儿神气地喊："妈妈妈妈，快看！"

爱人领着孩子在追赶飞来飞去的蝴蝶，我独自享受这天赐的仙境。我的思绪随着那浓得化不开的清甜香气飘得很远很远，我在想，那一树一树雪白的花儿是如何在无人的山沟寂寞地开了又落？那一缕一缕的香气又是怎样在幽深的溪涧慢慢消散？它们不因无人知晓而停歇，也不因有人欣赏而讨好，只是默默地开了又落、香了又散。春去春来，幽深的山谷守护着那层层叠叠的雪白，给这个静谧的世界增添了几许纯净与神秘。在一年又一年的春天里，它拼命地绽放，将自己毫无保留地奉献给了大自然。不为索取，不为炫耀，只是默默履行着自己的职责。

"妈妈妈妈，太阳出来了！"脆生生的童音将我的思绪唤回。可不，太阳出来了！给这个神秘的沟底世界以及这雪白的花儿镀上了一层迷离的金色。阳光从洋槐树的枝叶、花儿织成的"天棚"上筛下来，在沟间的小径上定格成奇妙的图案，女儿调皮地踩着那图案手舞足蹈。我和爱人看着这小人儿的一举一动，不约而同地笑了，笑声和着甜甜的花香飘出很远很远，一直飘到沟外……

这个清晨，这个五月的清晨，伴随着甜甜的花香流淌在我的记忆深处……

（写于1994年）

看名人书画

丁丑年九月二十六日晚，《美文》五周年庆典，一干名人齐聚总编宋聪敏先生家里。我先生被邀，携我同往。

按响宋先生家门铃，一高个子细眼先生开了门。招呼坐定，就见坐的、站的男男女女一大群，把屋子都快要挤爆了。生性羞怯的我，找了后面一角落位置坐定，便默默观察在场的各位名人。

门口位置坐了一个敦厚朴实、脸圆、眼睛亮而深邃的男子，先生拍着他的肩对我说："这就是你久仰的'丑石'先生。"我笑着说："在未认识你之前，在中学就已认识贾先生了。"贾先生道："咱们似曾见过面。"我笑道："只是我认识先生，而先生并不认识我。《丑石》介绍我认识先生的。"这时，就见一高大威武的先生从座上而起，手很优雅地一挥，说："让我们的东道主表演个节目吧！"大家拍手赞同。

平凹毫不做作地站起来，清了清其实什么也并没有的嗓子，唱起了家乡小调《摆摆歌》，边比画边唱，惹得在场的人前仰后合地大笑。在众人的笑声里，平凹结束了他有板有眼的《摆摆歌》。没想到贾先生的嗓音这么浑厚且富有磁性，还有这么幽默风趣的一面。

这时，我才注意到，我身边坐了个四十岁左右的女人，她很随意很悠闲很放松，一袭黑色长裙包裹住了瘦弱骨感的她，看起来脱俗而典雅。我试探地问："您是？""龙应台！"她爽快回答。不约而同，两个女人起身拥抱再坐定。她颔首微笑道："你在大学？"我摇头道："中学。""教什么？""历史。"她说："历史是很有发挥余地的。"我们便拉起了家常。于是，我知道她有两个孩子在德国，她是土生土长的台湾人，她的老家在湖南。她有一兄长至今还在湖南，她已来大陆多次。她的普通话讲得很地道，她会英语、德语，还会讲闽南语。她说现在的台湾人有种寻根意识，故以会讲当地土语为荣，普通话不是很吃香。

"该开始啦！"只见那位高大英武的先生从座位上站起，拉着一酷似电影名角"冒富大叔"的老者来到书桌旁。笔、墨、纸、砚早已准备好。这时，我才知道这老者是今晚的主角——全国颇具声名的漫画大师韩羽。老先生人如其画，土头土脑，似土更雅。只见老先生提笔凝神，在纸的中央先画一圆圈，中间挥笔一抹，少顷，一活灵活现的猫便跃然纸上。特别是那猫尾，粗细均匀，毛茸茸的，似乎在动，充满了质感，让人有种想摸的冲动。众人推平凹老师在上面题字，平凹欣然应允，提笔不加思索道："自邓小平实行改革以来，此猫便威风胜虎，屈跪仰视，不知小觑谁个？"那字从里到外都透着敦厚、实诚，但又不乏清秀、灵动。至今，这幅画还挂在我的书房，被我奉为至宝。

须臾，又一饱食酣睡的猫从韩老笔端生出。平凹先生题词时，宋聪敏先生往前看个究竟，平凹道："坐远点，我看球赛哩！"原来，宋先生挡住了正播放世界杯足球赛的电视。原闻平凹一手打牌一手写字，今目睹他一边看电视一边作书法。我终于知道那传言也许不是空穴来风。这时，平凹题词已成："此猫睡时温柔不语，醒时却如小虎，不知它肚里装的是术是鼠还是书？"这幅送给龙应台的画真可谓恰如其分。龙应台笑道："怎么会是老鼠呢？"最会灵机一动、借题发挥的细眼先生说是老鼠！众人皆笑得前仰后合："龙应台装了一肚子老鼠！"

轮到韩老给平凹作画了。那正是足球赛最紧要的关头，众人皆一心扑在球赛上。韩夫人上前亲自为韩老铺纸研墨。我默默注视着这一对老人，有一种感动涌上心头。先生幽默风趣似老顽童，夫人豁达谦逊，脸上始终洋溢着笑容。二老琴瑟和鸣，相扶相携。可以想见，人生路上，他们相濡以沫、共度甘苦，携手人生。给平凹的画成了，只见一猫蜷于桌上，背靠着一笔筒，那双眼似眯非眯，却极有神，上面题有四字——我屋无鼠。众人皆称绝！

韩老继续作画，球赛中场休息。这时，龙应台提议，已读过平凹的美文华章，也领略了他的画和字，还想再听平凹一展歌喉。平凹先生毫不推诿，便"粉墨登场"，这次唱的是《苦栗子树》，歌词仅两句，反复吟唱。说的是一对有情人，姑娘的父母嫌贫爱富，将姑娘许配给了一富户，临出嫁前，姑娘对着山那边的情郎唱起了歌儿，诉说衷肠，宁愿让情哥哥尝了这苦涩的果（把自己的初夜给情哥哥）。歌唱得悠扬、缠绵，倒像经过专业训练的。

这时，那位高大英武的先生要走，说他要乘明天早上六点的飞机回新疆，我这才知道他就是"西部诗王"——周涛先生。他的诗我倒没读过，但他的散文我很是喜欢。我折服于先生散文中独特、大胆、新奇甚至怪诞的思想。有胆气、有英气的他，独辟蹊径、自成一体，开辟了一条属于自己的路，这条路从辽阔草原、荒寂沙漠、雄奇天山通往内心世界。这次与诗王有幸相见却无缘相谈，很是遗憾。

画毕了，写完了，歌声也散尽了。这一屋子天南地北的文化人因文学相聚一起，顷刻间又风流云散，不知何时再相聚。

（写于1997年）

憨态可掬的"牛二"

——评《两个男人和一个女人》

　　两个男人一为牛二，一为八敦。一个女人为甘草。故事里面牛二憨、八敦赖、甘草精。八敦是甘草的想头，甘草是牛二的想头。这两男一女组成了一个圈，一个怪圈。故事如磨般在这圈中演绎。

　　牛二最显著的个性特征是憨！

　　牛二刚一上场就露出了憨相。从他为甘草买回一块红布，想跟甘草上炕所说的"我解了"，到被甘草笑骂着一脚踹下炕沿，一屁股坐在墙根，一串红辣椒不偏不倚刚巧套在他的脖子上，他只是嘿嘿傻笑着，摸着头，浑身上下透着股憨。在哭笑不得中，观众领略到了牛二的憨。

　　一山不踞二虎，一屋也容不了二男。诚然，在情场上，木讷、本分的牛二绝不是油嘴滑舌的八敦的对手。在二人交手中，牛二以其憨总是甘拜下风。当被八敦偷去了精饲料，又被八敦的马用后蹄尥倒的时候，牛二的憨通过那重重的、直挺挺的一摔逼真地呈现了出来。一不做二不休的牛二，竟憨人做起了憨事：他寻一尺许木橛塞于马屁股。在马的狂叫声中，牛二窃笑离去，这是憨人的恶作剧。在哭笑不得中，观众再次领略了牛二的"憨"。这是可笑的憨，可气的憨。

当满脸满身沾满灶灰、拿着一把锈了的菜刀找八敦拼命的牛二气呼呼出现在观众面前的时候，观众又一次在领略牛二的憨中笑得直不起腰。手举钝刀，直愣愣地出门，还没向八敦要回面子的牛二，却不曾料到又被门外台阶耍了一回，重重地直挺挺地摔倒于地。手脚并用爬起来的牛二，铁青着一张只看得见双眼的脸，从头到脚整个一灰土人。在这里，牛二憨得笨拙，憨得耿直，憨得倔强。他的傻、愣、呆无遮无拦地表现了出来。

为医八敦因赌而受伤的腿，牛二去偷了人家的虎骨。当他被五花大绑当众鞭打时，抬起头的牛二，憨中透着坦然；低着头嘴角流着血的牛二，其憨中明明白白写着无助、无奈与可怜。

当牛二眼睁睁看着心爱的甘草被突然出现的八敦在戏场连拖带拉地拽走时，众目睽睽下，驾着车的牛二，睁着牛似的圆眼，喊着"八敦八敦"，张着半开半合的嘴，待在那儿，进也不是，退也不是，只憨憨地笑。这一笑，包含了太多的内容，有尴尬，有无奈，有莫名的失落，有对命运无可奈何的屈从。

在牛二为八敦甘愿赴死的那场戏中，牛二以其憨走出了自己生命的围城。当八敦以自己命根子似的马赌瞎了马九的一只眼时，马九欲置八敦于死地。憨家伙牛二却从天而降，拼着命地替八敦挡着，一如飞蛾扑火。当高抬头圆睁眼扭着脖颈，一手拿酒一手拿肉，心安理得受用着马爷款待的牛二，硬邦邦驳回马爷的苦心劝告，硬是将偷马的罪责揽在自己身上。这时候，在观众面前的是一个憨得傻气、憨得牛气、憨得神气的牛二。

死了的牛二，还是不忘幽默一憨。直挺挺如木头似的躺着，就像他的为人一样倔强、耿直、不屈不挠，活脱脱一个憨物。牛二以他的憨，为生命画上了休止符。

牛二是憨，表面上看，牛二是一个憨得不可理喻，憨得不合情理，憨得死不开窍的傻瓜。但牛二以自己自始至终的憨，践行了自己的梦想，实现了自己生命的圆满。难道不可以说，牛二是为自己的想头甘草死，为甘草活？牛二的生与死，皆以同一的形式——憨表现出来，他的诚实、善良、纯朴、正直、厚道……正是通过憨表现出来的。也正是通过牛二的憨，突显了八敦的怯懦、自私、尖酸、刻薄……

两个男人和一个女人，人虽不多，却演绎出了精彩的人生。

（写于1997年）

我的"大男人"和"小女人"

自从我的生活里有了大男人，也便有了小女人。大男人和小女人成为我生活中必不可少的"味精"。

大男人已届而立之年，小女人年方六岁。

大男人成天价地忙。从春夏到秋冬，从日出到日落，忙得不睡不回家。小女人没头没脑地玩，从东家到西家，从前街到后院，玩得不饿不回家。这可苦了似忙非忙似闲非闲的我。

大男人既勤又懒。礼拜天时，一觉睡到中午十二点，还赖在床上不起来，但为了赶一份稿子，却能熬个通宵而不眨一眼。

小女人既淘气又机灵。人虽小，但说话却时常蕴含哲理。她常对我说，大男人不在家时，她很想他；大男人在家时，她不想他，还烦他。

大男人外出时，小女人会变得很安静，全没了平时的野性，可怜兮兮的，无助又无奈。大概前年吧，大男人去南方出差，已半月有余。晚上，打电话说次日回家。翌日，小女人破天荒第一次早早起床了，不声不响地下了楼，我起来后找她，急急往院门外寻，就见院门外有个小小的身影伫立着。我走过去抱起她，她说她在等大男人。

大男人的嘴很甜。当我埋怨他光忙工作而不顾家时，他会说："亲爱的，我在外面没黑没明地奔波，还不全是为了你，正是为了能对得起你对我的爱，我才要更加拼命地工作。"我还能说什么呢？

小女人很乖巧。当她做错了事，看我脸色不对时，她会一下子扑到我怀里，抱紧我，趴到我耳边说："妈妈，对不起，我的好妈妈。你还不说没关系，那我替你说了！"然后，就满脸地亲我，不给我喘息的机会，又忙着为我捶背。面对这样的小鬼头，我只能"怒而不怨"了。

大男人天生是一个坐不住的主儿，我说他是猴托生的。他会在不到三分钟的时间将电视频道换二十次不止；锅里下着面，他还会不时出去放几次风；回到家里，总是有事无事在打电话。

小女人做起事来，有板有眼，俨然一个小大人。包饺子时，她非要掺和不可。还教导我，应该这样擀皮那样捏边。坐在沙发上，她会跳到中间，一手搂着我，一手搂着大男人，像模像样地拍着我们说，她爱乖妈妈乖爸爸。谁要惹了她，她会说："我要愤怒了！"于是，脸一板，眼一瞥，嘴一瘪，还真有点愤怒的意思。

小女人的语言很是别致。那次我领着她散步，上公厕时，她要我拉紧她，并说若是她掉下去就会成"屎娃"。勺子掉进盛着牛奶的碗里，她说："勺子淹了。"电视里出现一女人白且长的腿，她说："那女人没血。"

我对小女人说得最多的一句话是：多吃点饭！我对大男人说得最多的一句话是：早点回家！为了大男人，我气过恼过；为了小女人，我忧过愁过。大男人是我心的这一半，小女人是我心的那一半。大男人是我含嗔带怪的冤家，小女人是我既爱且怜的宝贝。他们都是我生活中不可或缺的一部分。

大男人是小女人的玩具。大男人的脸，是小女人捏来揉去的哈哈镜；大男人的肩，是小女人的宝座；大男人的胸脯，是小女人蹦蹦跳跳的床；大男人的腿，是小女人高高扬起的吊车。在小女人眼里，大男人是无所不能的；在大男人眼里，小女人是万般可爱的。

唉！我生活中的大男人和小女人呀！

（写于1997年）

与 "董桥" 在路上

从我喜欢的女作家洁尘的书里，我知道了胡兰成的《今生今世》。三番五次去图书馆寻觅它，却总不能如愿，失望之际，一抬头，不经意就瞥见了开本不大、孤零零闲置在那里的一本很薄的小书，随手取来，一看竟是《董桥序跋》。一见是董桥的书，我便爱不释手。稍翻之，会心一笑，莫非这是神的旨意，专等我来的？

我是通过他的那篇散文《中年是下午茶》知道董桥的，那已是很早以前的事了。从那以后，我就把他放在了心里。这次竟不期而遇，感觉像把一个心仪的老朋友搁置了很久似的。

《董桥序跋》，只有正十六开一半那么大小，不算厚。这是陈子善主编的《书人文丛·序跋小系》之一，丛书主编是王稼句。从这些名字就可知道，这是部质量上乘之作。

书的封面是海蓝色的，隐有白色的细浪，白色的细浪间有深蓝色的竖排字，"董桥序跋"四字就被镶嵌在蓝色的海里，一把古香古色的椅子端庄而寂静地放在左下角，仿佛董桥坐在上面娓娓道来，或是请你入座，一同走进这细浪深处的故事。只一眼，清秀、脱俗、可心。

"书是庭院。序是影壁。跋是后花园。" 这是董桥为这部小书写的序的首行字，应当是序中序了。寥寥数语，就形象地点题、引题、破题，不由得让人喜欢上了这本书。这就是董桥，起笔不凡，让人不由自主会跟着走进他的世界。

次日上班时，我把"董桥"随身带上，等车之际，拿出来阅之。因为文皆短小，阅读两篇正好车至。上车后，待站定，心又痒痒起来，忙又把它拿出来。第一次在路上，就读了快二十页。下车后，比往日都走得有劲了些。

接下来的日子，我每回一上车，便会和"董桥"一起走进他的世界，知道了很多有关他的事情。原来除了那些我先前熟知的《董桥文录》《董桥散文》外，他还常常为两岸三地那些有影响的报刊写专栏，从周一至周五，每日一篇，从不间断。这些文章分门别类被结集成书。只两年时间，他的专栏文章，就结集了十卷，总名为《英华沉浮录》。他说笔也是肉做的，像人，会累。他会累吗？一日日、一月月、一年年，点点滴滴，滴滴点点，展现了一个立体的董桥，一个需仰视才可观的董桥。

这本书里收录了他为自己和别人的书写的序跋。我更喜欢他为自己的三十多部文集所写的序。那些文章皆不长，篇篇都是精华，笔笔都是才情。比起他的那些大部头作品，我更喜欢他的这些小文章。只那些书名，就让人感觉十分有情趣，就如那些美景，只远观轮廓，就让人有走进去的欲望。那些文章有《没有童谣的年代》《保住那一发青山》《看人挑水不吃力》《为一轮老月亮写序》《留住文字的绿意》《天气是文字的颜色》《新闻是历史的初稿》《跟中国的梦赛跑》《为红袖文化招魂》，等等。他把通常枯燥干巴的序文写得妙趣横生，和他的那些正文相得益彰。

这就是董桥，我走近后进一步认识的董桥。他认真地做每一件平常的小事，且都做得得体而到位。记得有位很有成就的人说过一句话：把简单的事做好就是不简单，把平凡的事做好就是不平凡。踏实、专注、认真、坚持，成就了本就才华横溢的董桥。

那些日子，我期盼着坐平日里让人心情烦闷的公交车，临窗就座或站，都能从容读董桥的书，心无旁骛，眼睛只在文字间浏览，往日一上车便难清静的心这会儿既清且静，并愉悦着惬意着。

一路上有"董桥"相伴，竟不觉得路长途远，就连灰蒙蒙笼罩在头顶的雾霾也好像浪漫缥缈起来了。

眼看着这本书剩下的部分一天比一天薄了，更薄了，我竟不舍得一下子读完。那一日，当读完了最后一个字，竟有点怅然若失。

谢了，洁尘！谢了，胡兰成！更感谢董桥，让我拥有了那些一路上甘之如饴的时光。

（写于2014年）

骑自行车那些事

年纪很小的时候，自行车是当时比较稀缺的交通工具。日常生活人们大多靠步行，即使是去几十里远的地方。那时人都穷，吃饱饭都成问题，自行车基本上算是奢侈品了。

爸爸有一辆自行车！

那时的自行车很笨重，有结实的横梁，人高马大的，和如今的自行车比起来，简直就是个"巨人"。那时的我站在自行车旁边，只看见自行车却不见我。可我想学骑自行车。五六岁大的时候，记得刚过完年，亲戚也基本上走完了，正月初十前后的样子，还没开学，生产队没有什么活儿，我便央求姐姐给我扶自行车，教我学骑车。

当时生产队的大场是学骑自行车理想的场地。学骑自行车，首先得学推车子，这个笨重的大家伙在我手里总不听使唤。终于驯服得它听话了，就进入了第二个阶段——溜。溜就是一脚踩在脚踏板上，另一只脚在地上蹬着自行车向前跑。这一关熟了就掏脚骑，就是脚从横梁下掏出去踩在另一个脚踏板上，这已是我学自行车的最高境界了。因为我根本跨不上那个庞然大物。当我能独自掏脚骑着自行车在大场上来回自如地转圈时，引来了很多大人小孩的围观，我觉得自己很是威风和神气。

那辆自行车是爸爸的工作坐骑，车子也不知骑了多久，连它的本色也看不出了。每当爸爸周末骑车回到家，我便很宝贝地抚摸着它。姐姐不知从哪里弄来了一捆黄色的塑料条，我们便动手把它打扮得焕然一新，还真好看！爸爸这辆比我还高的自行车陪伴我度过了一个至今想起来仍趣味盎然的童年。

也不知为什么，之后，我再没有正儿八经骑过自行车。小学时学校就在家门口，中学时在镇上的学校寄宿，到了城里上大学时，也没有机会骑自行车，分配在学校工作后，也是住在学校，更不用骑自行车了。于是，慢慢地，连怎样骑自行车都想不起来了，仿佛那是20世纪的事。

可能是我与自行车还有未了的缘吧。一直有跑步习惯的我，在一次极偶然的越野赛中，获得了一等奖，被奖励了一辆自行车。它通体明黄色，小巧又时尚。一推回来，女儿爱不释手。学习任务重，骑自行车成了她课余时间里的奢侈享受。在后来的又一次越野赛中，我又喜获一辆自行车，是正红色，热烈、饱满而充满了活力。女儿意欲据为己有，将那辆依然明黄的家伙下放给了我。

已多年不骑自行车的我，突然骑在上面还真有点怯。不过稍加练习，我便找到了感觉。一个天气晴好的周末，我骑自行车去世园会遗址公园，好久没骑了，突然感觉仿佛回到了从前——那个青葱的岁月。风在耳边轻轻吹过，长发在风中飞舞，心便随着那树那花那草飞扬起来。一丝轻快一抹自在一绺惬意弥漫开来，竟莫名有点感动有点激动有点酸楚又有点幸福。那是对青春的追忆，又含着一抹乡愁吧。

田里是一眼望不到边的绿色的麦苗，风过处海浪般漫向天的尽头。一条不甚宽敞的小路蜿蜒着伸向看不到头的远方，路的另一边是一字儿排开的垂柳，垂柳旁边是长长的河堤。河里有欢唱的溪水，河岸上开满了各色小花，还有一群骑着自行车的年轻人，欢声笑语随着麦浪沿着河堤流淌，那一群欢快的人群里有青春的我。

记得以前看过一部电影，已记不清电影的名字，但有一个镜头始终在记忆深处：一对青年男女推着自行车在齐腰高的麦浪间行走，女的留着齐耳短发，干练洒脱，男的穿着中山装，沉稳儒雅。爱情在自行车的吱呀声中产生了。那个镜头至今想起来还觉得很纯洁很干净很让人回味。

闲暇时，一时兴起会骑着自行车在人群中穿行。看着来来往往的人群，那些骑着车在人群中不快不慢的人应该是心态平和的乐天派，那些急急地在车流中横冲直撞的多是急性子的毛头小伙，那些在人群中游刃有余的大多在生活中也圆滑而善于变通。我不喜欢穿梭在人群里骑，感到心慌。喜欢独处的我很享受静静地骑在少人的路上。

时代在变，人的心也随着在变。自行车从当初的稀缺产品到如今随处可见，但我心底还有一份情结是留给自行车的。尽管它可能终究会消失在人们的生活中，但经历了那个时代的人们，还是会把它连同那个时代一起留在心底，留在记忆深处……

（写于2015年）

大山里的图书馆

国庆时，一家人自驾来到上海、苏杭一带游玩。游完西湖，女儿说："我们今天去个好地方。"

车行至富春江，我眼睛一亮，真想跳进去与那片江河融为一体。女儿却催促着："我们要去的地方你一定更喜欢。"

这时，车子来到了一处岔路口，竟然堵车了，斜过去的那条道直接停摆了。有一个清瘦的男子还在路口指挥。我们好不容易通过了岔路口，女儿说："走错了，掉头，上那条停摆的道儿。"

那条道十分狭窄，有十几辆车蜗牛似的爬行着，我们的车跟在最后面，很快，我们后面又跟了不少的车。车行了两三公里的样子，女儿说："到了！"我在想："什么也没有呀，好在哪里？"正纳闷，拐到背面，就发现山的后面有座高大的房子。房子的墙是泥土坯做的，有着裂纹的泥墙上有个玻璃小方窗，窗子下面有个红白相间的长方形木牌，上面写着：书香文化礼堂。转到侧面，是堵稍矮点的泥土墙，泥土墙的中央挂了个玻璃相框，上面写着：新时代文明实践点。太阳光将那土墙照得明暗分明，像绘上了几何图案。屋顶上方的蓝天像一块丝滑的幕布。到这时，我才发现，那些泥土墙是照壁是序幕，真正的大戏在后面。

　　有一间高大的玻璃房子，入口处是一扇不大的玻璃门。那块蓝色的幕布把整座山包裹着，将这山这水还有这些从远处来的人以及这个玻璃房子一起笼在了一个神奇的空间里。

　　一下子，我就喜欢上了这个既原始又现代的地方！

　　推开玻璃门，一个神奇的世界就呈现在了我的面前。我一下子就呆住了！哇！好高大的房子呀！满屋子的书！这些书都装在木质的开放的书橱里，错落有致。书把人包围了，手捧着书的有男有女，有老有少，或坐或站，有的甚至坐在台阶上，有的斜倚栏杆。光从屋顶的玻璃上透进来，突然觉得这里像教堂似的，也像一座书的神殿。

　　这个满是书的房子，不走进来，你根本不会知道这里会这么大！一眼根本看不出它到底有几层，它有几十米高，四五层楼房那么高吧。

　　那么多书放在一起，但是一点儿也不拥挤，有种心旷神怡的感觉。一整排一整排的书靠墙壁码着，斑驳的土墙、原木色的书架、橘色的灯光，闭起眼睛深呼吸，感觉都是迷人的味道。整间房子采用了错层设计，让其在视角上错落有致，令人心旷神怡又富有情趣，还能拥有独立的私密空间。

　　这时，我看到一个三十岁左右穿着红裙子、头戴有檐凉帽的白衣女人，安静地坐在有栏杆的墙角，手捧一本书，看得出她已沉浸书中。那面需仰视才能看到顶的墙上全是一格档一格档的书，外面的光从玻璃窗透进来，一个白衣少女坐在窗台上，正手捧一本书专注地看着，就像一幅画镶嵌在窗框里。光照着她的头发，她美得像画儿里的人。

　　这仿佛是另一个失真的世界。人把一排一排的书隔开，书又和一个一个的人融为一体。人被包围在书里面，染得一身的书香气。在书的世界里，你不由自主也会拿起一本书看起来，可以坐，也可以站，甚至可以躺下来，因为随处可见一排排小几、一个个方凳，甚至还有空着的窗台。

沿着楼梯可以上到略高一点儿的书柜处，不用说，随手就可以够到书。再往上，粗而结实的绳索网把两边的书廊连接起来，在二楼和三楼的书柜间有胶囊样的小房间，只容一张长约九十厘米的袖珍小床。这些一个个被分隔出的房间分散在书柜间，上下左右都被书围着，被分为"花儿"与"少年"两个部分。中间的绳索网，就好像少男少女时期暧昧的情愫，绳结把它们连接在一起，有点剪不断理还乱的感觉。每一个胶囊房间都有一个专属名字，这些名字都来源于书，书中的一字一句就是这个小房间的灵魂所在。有年轻人正躺在被书包围的"胶囊"里拿着本书看。

真是不可思议，也让人难以想象，在这么偏僻的深山竟然有一家这样的图书馆。不过，在这样的地方，如果给我一本书或给我一部手机让我独处一天，我应该会毫不犹豫地选择一本书。因为走进这里，你会不由自主地让自己成为这里的一分子，会把自己融进书里，书中的世界会让你的灵魂安宁沉静。

我移步到室外。这个从外面看一点儿也不起眼的玻璃房子据说是当地村主任三兄弟的民房改造而成的，古朴又别具特色，斑驳的土墙，院落里青翠的竹子，潺潺的流水，葱茏的树木，不远处有几间茅草房，应该很久都没有人住了。周遭的菜地里有农民正在劳作，极目远望是一尘不染的蓝天、白云。置身其间，会让人疑惑是否到了世外桃源……

我站在这个神奇的大房子外面，站在这个远离人烟的深山里的图书馆外面，我在想，这个有意识把原始与现代文明连接起来的图书馆，这个吸引了无数人跋山涉水从大城市来到深山老林的图书馆，是用什么魔法吸引四面八方的人，来到这么一个落后且闭塞的地方？是精神的需求，是知识和文明的需求，还是被欲望填得满当当的灵魂的需求？是对纷繁物质世界的主动逃离，还是精神的趋同？我站在这个远离城市的深山图书馆的面前，突然觉得这多像是一个灵魂栖息的地方，高大而不奢华，还透着灵性，此时我思绪万千，感慨不已……

女儿带我们来的这个地方我真的很喜欢。这一路上，看多了山的雄伟、水的灵秀、林的青翠这些大自然的美，但我更喜欢这大山中的图书馆。它气质高雅，吐气如兰，如一个洗尽铅华、低调内敛又内心丰盈的年轻女子，又如一个彬彬有礼、谦和温润、让人如沐春风的男子，给这个远离城市的深山增添了韵味，给想安静阅读的你一方净土。

外面的世界很精彩，外面的世界也很无奈。外面的世界在水泥森林里滋生着欲望，疲惫着人心。这个藏在深山里的图书馆，无疑给人的身体和灵魂注入了清新的空气和纯净的阳光。

（写于2021年）

季
蕴

腊　月

时间的脚步飞一般快，一眨眼工夫，一年就到头了。

腊月来了！

腊月，宛如一个匆忙赶路的小媳妇，头顶蓝花花丝巾，手提竹篮，迈着细碎的步子，扭着小蛮腰，从远处走来了。腊月来了，人们的心一下子收紧了，一年到头了呀！劳碌了一年，终于可以缓一口气，松快一下子了。

腊八是腊月的第一个节日。腊月初七的晚上，母亲早在灶火里添上了硬柴，大铁锅里冒着热气，锅里是早几日在学校门前的碌碡上碾的腊八豆。腊八豆是被脱了皮的基本完整的玉米粒，还有芸豆、蚕豆等平日里不常下锅的大个儿的豆子。锅底下的火是不能断的，必须得用硬柴烧火，几乎要熬一整夜。案板上是母亲早就备好的腊八菜——切成小方块的脆生生的绿皮白芯的白萝卜，同样切成小方块的红萝卜，自制的老豆腐，平日很难见到的、从集市上割回来的猪肉也被切成了小方块。这些备好的腊八菜，在小铁锅里被母亲温暖地烩在一起，只等粥煮好了便可烩成一锅美味的腊八粥。腊八粥少不了的配菜是蒜苗和芫荽，蒜苗青青白白似小家碧玉，芫荽水灵顽皮如小姐身边的丫鬟，在硬柴火上煮了一晚的腊八豆像极了铁骨铮铮的武士。忙活了一晚上，真正拉开腊八架势是在腊月初八的清晨。煮了一晚的粥正好，腊八菜往进一氽，蒜苗、芫荽往上面一撒，满屋子、满院子，甚至满村子都是浓浓的香味。左邻右舍，端一碗送过去互相品尝。最高兴的是孩子们，端着碗，顾不上吃一口，忙不迭地去果树边，嘴上念念有词："杏树杏树（桃树、核桃树等）吃腊八，过年给娃结疙瘩。"母亲会把一大铁锅没有放菜的腊八粥盛出来放进瓦罐里，那些被盛出来的腊八粥一夜之间就冻成了冰块，腊月剩下的每一个日子，几乎都有腊八粥陪伴。

过了腊八，四五里外镇上的集市一天天热闹起来，本来是逢初三、初六、初九的集市，腊八过后，基本天天都有集市了。自家地里种的萝卜、白菜、红薯、生姜，等等，也会被拉到集市上去卖，换回钱好过个年。

母亲忙着给我们缝制新衣，我们这些小屁孩几乎每一天都要拉着母亲的衣襟问个不休：还有几天就过年了？我们不厌其烦地问，母亲也不厌其烦地回答，乐此不疲。

在我们一天天的期盼里，年的脚步声越来越近了。腊月的第二个节日——祭灶隆重登场了。腊月二十三是小年，民间称为祭灶。那天午饭过后，母亲就发好面，准备烙饼了。烙饼的柴火得用麦草，这样烙出的饼筋道、厚实又不乏酥脆。饼烙好了，首先得献给土地神。神位两边贴着"上天言好事；下地降吉祥"的对联，点上灯，将黄表纸点燃，嘴里默念着期盼神仙来年为一家送足粮食之类的好话。

过了小年，集市一天到晚人山人海、车水马龙。我们有时会跟着大人去一趟集市，有时也会和小伙伴一起去集市，人们在喜悦里忙碌着，在忙碌中喜悦着。

　　小年过后，常常是在腊月二十四或腊月二十六这一天，一大早，我们便把家里大大小小的物件搬到院子里，给扫把上绑上一根长长的竹竿，要扫灰钱了。这是一年一度的家庭大扫除，全家男女老幼都派上了用场，甚至还叫亲戚来帮忙。家里的东西堆了一院子，我从不知道家里竟会有这么多东西。妇女小孩负责擦洗搬到院子里的家什，男人们则去家里扫灰钱，老人坐在太师椅上看管院子里的东西。家里的角角落落都清扫完毕，母亲命我去挖"白土"，我便提上篮子，去村头那堵年代久远的土墙上挖土，那里的土的确要白一些。白土倒在盛了大半盆水的大瓷盆里，泡一个时辰，便开始粉刷了。刷过的锅台和炕围真的是旧貌换新颜。扫灰钱是一个大工程，得忙整整一天呢。

　　灰钱扫完了，腊月的又一个巨大工程也临近了，那便是蒸年馍。头一天晚上，母亲便用一个硕大的瓷盆发面，没等到天亮，面便发好了。一家人便开始忙碌起来：烧火的、揉面的、调馅的、收拾算子的、准备蒲篮的。第一锅馍出锅了，先端一盘献给灶神，再往门后的挡板上放一个，我至今都不明白这样做的原因，但家家户户无一例外都这样做。小小的我，负责往锅里搭算子，并在馍熟了后往出拾馍。由于个子小够不到，于是我站到小凳子上。一次搭八个算子，锅沿上要摆两个草圈才能全放完。两个大蒲篮早准备停当，一个放花花馍，一个放包子。花花馍其实就是白馍，但上面用梳子密实地压上花纹。包子有豆沙馅的、油面馅的、肉馅的、芝麻核桃红糖馅的。这些馅都是母亲做的。正月走亲戚是要提包子的，所以做的包子比花花馍要多出好多。到最后一锅，基本都是花馍，各种花形，繁复地摞在一起，用五颜六色的食用颜料和大枣点缀，这是要敬献给家神的，不能食用。蒸年馍真是一个浩大的工程，从天没明到天已黑，年馍还没有蒸完。

腊月里，另一个要提上日程的事情就是拆洗被褥。那时候没有被套，被褥不定期拆洗。到了腊月的最后几天，挑一个阳光充足的日子，这时候，母亲会把全家的被褥拆洗干净。那时也没有洗衣机，全靠手洗，洗完了还要用面浆，待晒干后会用棒槌在木墩上捶，直至它平平整整。每天晚上盖着母亲洗过浆过捶过的纯棉粗布被子，心里暖烘烘的。钻进被窝，总会闻到阳光的味道和麦香，那是母亲的味道，它一直像太阳一样温暖着我的整个童年。

一整个腊月，最忙碌的就是母亲。她除了做这些，还要一针一线地缝制一家人过年穿的棉袄、棉裤、棉鞋等，母亲常常一边哼着秦腔，一边做这些细碎的事情。最清闲的就是村上忙碌了一年的汉子们，他们常聚在村口下棋或闲谝。小孩子们你追我赶地满村里疯跑。那只平日安静的狗也不闲着，看看小孩子们，又看看闲聊的男人们，跑前跑后，尾巴摇来摇去。

腊月的脚步不紧不慢地走着，一直走到了除夕。这一天，腊月就像一个完成了使命的待嫁女子一样，把自己蜕变成新年……

（写于2020年）

念 冬

记忆里，冬天总是干冷干冷的，地也被冻得特别硬，冰一直都不化，刚从井里打出的水却冒着热气。太阳难得地勉强笑了一下，却也弱而无力。冷风直往人的领子里、衣服里、皮肤里、骨髓里钻，冻得人生疼生疼的。

也不知从哪天开始，白天突然变短了，天亮得晚却黑得早。下午五点钟的光景，天便降下了幕布，只一会儿工夫，天便黑定了，伸手不见五指的那种黑。平日里密而繁的星星和圆而大的月亮好像隐身似的，没了踪影。

也不知为什么，冬天的夜特别长，总觉得天不明。睡不着觉时，常听到狗叫，或许是被狗叫声吵醒的吧。那狗叫声由远而近，又由近而远，先是一两声，紧接着此起彼伏。我把头缩在被窝里常想，是有贼吧？是有狼吧？不由得头又往被窝里钻一钻。现在偶然在冬夜里听到远处一两声的狗叫，心里头竟酸酸的涩涩的也甜甜的……

田里的麦苗，也被冷凝了似的，老不见长。那时候，还没有电视，偶尔几里外有露天电影，我便跟着大人摸黑去。回来的路上，风刀子似的在脸上割，我却不觉得冷，一直在兴致勃勃谈着不知道看了几遍的黑白电影，那仅有的几部电影：《南征北战》《英雄儿女》《奇袭白虎团》《龙江颂》《地道战》。后来，又有了《卖花姑娘》《向阳院的故事》《春苗》等，它们伴着我度过了童年时代。

我到现在也不明白，那时候天怎么那么冷呢？老棉袄老棉裤大棉窝窝全副武装着，却总觉得那风飕飕地直往身子里钻，大统袖戴上，两手却还是生了冻疮，脚后跟又红又肿的，耳郭、脸蛋都冻得红一块紫一块的，午后稍热时便奇痒难忍。

在学校里，男生戴着火车头帽，女生戴着风雪帽，大围巾裹得只剩下一双黑白分明的眼睛滴溜儿乱转，却还是缩着头、抄着手、哈着气、跺着脚。

地冻得都裂了口子，树上的叶子全落光了，光秃秃的枝条在寒风中乱摆。那时候，河水多，入冬后河水也全结了冰，有一尺来厚吧，要不怎么能承受住我们在上面疯跑和摔跤呢。

教室的窗户是用白纸糊的，常被捣蛋鬼戳个洞，风便顺着那小洞呼呼地往里刮，那洞便越来越大，风就长驱直入、肆无忌惮。在那个年代，人不但从感觉上，还会从知觉上体味到什么是真正的冷。那个年代，连冷都冷得那么纯正，那么刚正不阿，那么一丝不苟。

最重要的是，那时候的人们，有一种连死都不怕的精神，还会害怕冷吗？记得"学卫红，见行动，不怕天寒和地冻"的日子，大冬天还在上小学的我们，就跟着大人去深翻土地、修建梯田，人们常常挑灯夜战。人们建设社会主义的热情战胜了寒冷。冷得连哈出的气都是白色的年代，我们这些半大孩子，一下课便在墙角"挤暖暖"，要么砸沙包，小男生们则顶山羊，一个个小脸红扑扑的，上课铃一响，又燕子似的飞向教室。寒冷在欢声笑语中早飞得没了踪影。

大冬天里，最温暖的记忆留在了火炕上。我一直觉得那是世界上最温暖的地方。火炕是和灶台连在一起的，每次做完饭，便给还亮着火星子的灰烬，喂点秸秆，用炕耙使劲将它往锅台深处推，最后推入连着的炕台里。那星星点点明明灭灭的火星子，伴着我度过无数个寒冷而漫长的冬夜。没有连着灶台的炕，是需要用一抱柴火去烧炕的。这件事情是在暮色四合的黄昏时进行的，劳累了一天的人们期盼着晚饭过后在热炕头做个暖烘烘的梦。

冬日里，最常见的是雪。一个冬天下来，能下三四场。上一场积雪还没来得及消融，下一场雪就来了，太阳一晒，屋檐上常常滴滴答答个不停；一整个冬天，路面都被冰雪封得严严实实，太阳好的日子，路上便有些泥泞，过一夜却又坚硬似铁。

如今，出门随身带着暖宝宝，上了车有空调，到了单位有暖气，回到家有地暖，对寒冷的感觉越来越迟钝了。也动不动爱生病，冷不得热不得，生起病来，没有十天半月别想消停，不吃药打针它绝不肯善罢甘休。

如今，那些逝去了的冬日连同冬日里所有的记忆，一起尘封在了岁月的深处，但时常温暖着已往的岁月里关于寒冷的那份念想。

（写于2016年）

花　事

　　春天来了，花事一桩接着一桩，把春天装扮得花团锦簇。

　　当自然界的生灵还在冬眠的时候，雪野里的点点红梅如点在美人眉心的痣，娇艳动人，仿佛昭示人间，春天就要来了。也有黄色的梅花，开在似乎还枯着的枝头，远远地就会被它的奇香吸引，走近了才发现，那一点点的黄，淡淡的，冷在枝头，倔强而不卑不亢，凑上去闻一闻，便会在不知不觉间就把你熏醉了。

　　春天还在睡梦中呢，有个勇敢的小号手吹着响亮的号角走在了春天的最前头，那便是迎春花。记得小时候，经常随着村里的大姐姐们疯跑，会爬上高高的墙，去折像瀑布似的不知道名字的绿色藤条，它柔韧的枝条上满是密密麻麻的绿色小叶子，小小的我莫名其妙就是很喜欢那细而长缀满绿色小叶的藤条。到后来的后来我才知道，那其实就是普通得不能再普通的迎春花。它们从不单打独斗，也绝不会分开，而是团团抱在一起，它们柔韧的枝条像无数条细长的辫子交缠在一起，柔软中又透着股不可轻视的力量。

　　我从不知道，迎接春天的迎春花，也会在冬天开放。深秋初冬的午后，天蓝得很纯净，阳光暖暖地洒下来。这时候，我常会和同事去城墙根儿散步。不经意间便会看到城墙根儿的门外一簇簇的迎春花你挤我拥争先恐后瀑布似的泻下来，仿佛去赴约会似的，泼墨似的绿枝间那星星点点耀眼的小黄花像跳动的音符，又像叽叽喳喳叫个不停的小鸟，总会让人的心莫名地变得柔软宁静。那一刻，只觉得岁月静好，觉得那花把这个季节温暖了。

还有无处不在的玉兰。刚过完年，还没有来得及长出叶子的玉兰，仿佛一夜之间就迫不及待把自己绽放了。憋着一股劲儿似的，你追我赶，赶趟儿地开放，白的、红的、淡粉的、艳红的，像云、像霞、像幔，满枝头都是，像密密麻麻的心事缀满枝头。手摸上去茸茸的，有微微的凉意。玉兰花开得快也落得快。我不喜欢它落在路边灰尘里变成褐色的样子，总感觉它像破抹布似的不干净了。也不知道哪一刻，树上就长出了叶子，嫩绿嫩绿的，还有零星的花倔强地长在已越来越旺的绿叶间，但明显地，它看起来撑得很吃力，把包裹在身体外间的花瓣都挣破了，像一个就要临盆的妇人。

红得纯正、长得铁骨铮铮的铁杆海棠，个头并不高，褐色的枝干粗壮有力，如一身正气的威武小将。枝头绽放的密密的花朵，远远望去像一片红霞。有个词叫铁骨柔肠，说的就是铁杆海棠吧。

春天里，拼着命把自己开放的是紫荆。总觉得它像春天的大嫂，毫无保留地把自己献给了春天，无私无畏。枝枝杈杈间开满了紫色的花。我仔细观察过，紫荆整个树身似乎都被紫色的小花朵绽满了。突然感觉像紫色的毛毛虫爬满了树，有点恐怖，花怎么可以这样开呢？不要命了似的。我在街头看到过开满一树的紫荆花，它像紫色的火焰把天空燃烧成了一片紫色。一树怒放的生命用自身诠释关于使命和生命的意义。

老屋的院子里有一丛连翘，我不太喜欢。树也并不高，开得稀稀疏疏，亮黄的花开在枝间。连翘花并不大，形如叶，叶也似花，花似长成了叶，散乱地开着，人们却给它起了个响亮的名字。父亲很宝贝它，仔细地侍弄着。说起他春天里的这些"孩子"时，他总是眉开眼笑，合不拢嘴。

老屋的墙角有一棵夹竹桃，叶子油光发亮，繁茂的枝叶间开着异常艳丽的花，红粉色，十分妖娆，还有黄色的蕊。不知怎么，每次接近它，就如接近鬼魅，隐藏着诡异似的，内间似藏有阴谋。突然就想起奥兰多湖畔那婆娑了一地的艳粉，在等待着她的心上人儿似的。夹竹桃开着最美丽的花朵，花朵却有着危险的毒性。我在想，墙角的那棵夹竹桃用它的妖娆在魅惑着谁，轻唤着谁？

在春雨里，我最不忍看的就是梨花，它就是一个腮边总挂着泪的美人，有着淡淡的忧、淡淡的愁，清丽而脱俗，并不厚实的花瓣间蕴藏着一股灵动之气。最喜那一句"梨花一枝春带雨"，我眼前总会浮现一个三十岁出头的绝色美人，不染红尘，不由得会起了怜惜之心。记忆里，老屋有一棵梨树，年年花开一树，几十年了，却从来没有结过一个果子。记忆中它一直就是那个样子，夹在两棵核桃树之间，总是小胳膊粗细，几十年都不见长。它是在等待它上一世的情人吧？那一树雪似的花儿，用一生一世的痴情，年复一年地开放着，它不急不躁，用它的坚持、坚忍、坚贞与不屈，成就了自己的与众不同。老屋早已不复存在，那棵从来不曾结果子的梨树一树的雪白一直在我的记忆深处挥之不去。

开得最拘谨的是丁香。淡黄色的小花在茂密的枝叶间静静地开放，隐忍而克制。它像一个忍气吞声的小媳妇，不张扬不喧嚣，努力开着，散发着淡淡的若有若无的幽香。一树的碧绿里虽只有零星的几抹淡黄，但就如别在少妇发际的淡黄色的小花，在身着斜襟的少妇走动的衣摆间飘着的轻愁，夹杂着一丝淡淡的幽怨。

　　春天里最盛的花事是樱花。樱花是在清明前后开的，今年比较早，三月份就已经盛开了。最喜欢走在夜里开满樱花的道上，树上没有叶，全是花，粉的白的，白的粉的，一树一树，开得率情率意、张扬热烈。当我走在樱花树下的时候，"香雪海"这个词就会蹦出来。儿时曾做过一个梦：红旗高扬了一操场，小小的我在看不到天空的红旗的丛林中穿梭，心里充满了激动与兴奋。每当走在樱花树下的时候，这种感觉就被唤醒了，仿佛那粉色的花如林如海，怎么也走不出去似的。氤氲在花香里，穿梭在花海中，无数的美少女香腮粉面，身着淡粉的、红的、绿的、黄的、蓝的裙子，衣袂飘飘，嬉笑着打闹着。花似海人如潮，香飘阵阵情满人间，花仙子与蝴蝶在其间飞舞，欢声笑语久久回荡在枝间、叶间、花海间。情浓似海，佳期如梦。一阵风吹过，花瓣纷纷飘落，花雨似的，仿佛看到荷锄的林黛玉走在树下扫那纷纷飘落的美丽。花的一生如人的一世，太短暂太匆匆。花瓣落了一地，于是，树下的草地上、冬青树上、马路上，全是飘落的花，层层叠叠。夜里停在樱花树下的小轿车，清晨时车顶落了一层粉色的花瓣，美极了！艳极了！这个画面会在每年樱花盛开的季节重现，让人怦然心动，如精心装点的婚车，里面坐着心仪的新娘……

　　春天是被柳树枝头的那一抹鹅黄招引来的。诚然，柳不是花，但我始终认为柳就是花，它比春天里的那些花更像花。当第一抹鹅黄绽放在枝头的时候，那是一种惊喜，一种对生命的渴盼，你的心仿佛被蜇了一下，隐隐地疼。淡淡的激动和忍不住的渴盼。它是春天的信使，柳树的枝条随风舞动的时候，不就是婀娜多姿的春姑娘在曼妙地跳舞吗？那是春天里最美的舞蹈，春天里的万物都随着舞动了起来。柳是春天里最早、最富有感召力的花事。

没有仔细观察过，柳树和迎春花谁先谁后，仿佛只是一刹那工夫，花事便你追我赶如火如荼，终于，春满人间。

这一树又一树怒放的生命，用它们义无反顾的热情与纯粹，将极致的自己奉献给了这个春天，因为它们，这个世界才如此生动。

自然的四季如同人的一生。青春，那就是人一生最紧要的花事。

（写于2021年）

麦　天

　　六月天是属于农人的。

　　满眼的金黄似浪般翻滚，那是风吹了过来。风也不大，像是被谁抽去了筋，软绵绵的，没有力气。风过处，飘来一股香味，那是麦香，那是麦天里最浓郁的香味。即使没风的时候，那香也醇醇的，这是大自然酿出的香味，这香味会让农人陶醉。你会常常看到他们吸着旱烟，蹲在地头深吸着那香味、那气息，这使他们心里踏实、满足。看着自己一手侍弄的庄稼，他们就像守护在自己的孩子身边一样惬意。没有亲自耕种过的人，是不会有这种感觉的。

　　太阳总是起得很早，农人却比太阳起得更早。每年这时有一个声音在叫着"算黄算割"，据说这是子规在叫，它好像在催促农人收割麦子。那声音也不知是从哪儿传来的，清脆而响亮，声声入耳。不知为什么它总在这个季节的这个时候鸣叫，且成了留在我记忆中的关于麦天最动听的声音。大概是在城里待得久了，特别是在这个热得人心烦的季节，家乡的子规嘹亮的清唱，是麦天里最美妙的绝响。

　　麦天里最难挨的是热，太阳像一个大火球在头顶上不知疲倦地燃烧着。无处不在的热，围着你裹着你，铺天盖地而来，烘得眉毛都被汗粘成了一条蚕。你无处逃避，你也确实不能逃避，地里的麦子在等着你去割呀。抬起头，直起酸疼的腰，四周亮得白晃晃的，什么声音也没有，只有"咔嚓咔嚓"的声响，身后便是被割倒的麦子。全身的汗已流成了河，汗淌在脸上，袖子一擦，火辣辣地疼。辛劳的农人身上仿佛有流不完的汗、使不完的劲。

人常说：六月的天气就像娃娃的脸，说变就变。刚刚还是骄阳似火，顷刻间便雷雨大作。倾盆大雨就像暴虐无常的君王没有缘由地发泄着淫威，它劈头盖脸而来，地上的芸芸众生，如蚂蚁般东奔西跑，奔向打麦场，跑向地头——打麦场上是已脱粒正在晾晒的麦子，地头是割倒还未拉回的麦子。于是，打麦场上，大斗小斗，甚至簸箕都发挥着它们最大的作用。人们肩扛、担挑、手抬，往来穿梭，在地头忙碌着，将一个个的麦捆四个一团五个一堆地架起来，汗水雨水泥水和在一起。一阵忙碌过后，终于松了一口气。而这时，太阳又捉迷藏似的露出了顽皮的笑脸。

麦天里最繁忙的事情是碾场。清早起来，人们将麦子摊在大场上任烈日暴晒，到了午后，把式们坐在电碌碡上像赶牲口似的将碌碡"赶"得满场"飞"，随着一阵哗哗的声响，那一粒粒金黄的麦粒便从麦穗上剥离下来，满场地撒着欢。接下来便是挑麦草，麦草被挑成一堆一堆的，有专人将它们垛起来。当大场上的麦草被清理干净的时候，一个规整、匀称、瓷实、形如大馒头的草垛就出现在眼前了。下来便是扬场。扬场就是扬麦，这要借助风力。而风也会摆架子，当人们需要它时，它却没了踪影，可等人们刚在麦场上睡定，它却风风火火地来了。于是，灯影下人们又开始了夜战。

放眼望去，麦天里，田间到处都是人、都是麦，连空气中弥漫着的都是麦子的气息。麦天里没有闲人，男人在地里忙，女人在地里忙完，还要忙屋里的事，连狗都忙忙碌碌地在村前村后窜来窜去，牛气十足的样子。

麦天里，常常不分白天黑夜。太阳下山了，正是打麦的好时候。天不热，还有微微的风，大场上，灯火通明，男男女女在灯影里忙碌着，喊叫声、说笑声一直飘到了灯影外的暗夜里。这时候，最活跃的是孩子们，他们追着、闹着，在麦垛间捉起迷藏。

麦天的夜晚很短，农人才上了炕，连梦都不做一个，天就明了。麦天的夜，是漆黑的，墨似的黑。没有月亮，星星却很繁、很亮。风一丝一丝地颤，像抽着的丝线，撩在脸上，心里便有种说不出的舒坦。

六月天是麦天，是收获天，是属于农人的最隆重的节日。

（写于1998年）

春天里的乡愁

早上晨练时，一抬头，不经意间瞥见湖畔的柳竟绽了一树的芽，那枝条在风中一摆，还真有点春天的意思。屋檐下又有燕子在筑窝了，迎春花谢了，杏花开了一树，玉兰也满树的白、满树的紫地招摇。天上有大雁不时飞过，地面上窝了一冬的草也从土里拱出小脑袋瓜。

春天真的来了！

在城里生活了近三十年，被高楼大厦包围着，加之诸事缠身，竟忽略了自然的变化。四季轮换时只是添衣和减衣的区别，心底少了那份对春夏秋冬的期盼和向往，久而久之便也麻木了。但不知为什么，每次回乡下老屋，我却无一例外地对那春、那夏、那秋、那冬有别样的感觉。

我的记忆大多留在了春天里。

老屋门前的大路两旁一字排开的白杨树，像高高举起的旗帜，彰显着春天的存在，在村子上空绿着。记得初入学那会儿吧，有一年春天，不知什么缘故把在春天里茂盛的树枝砍下来，堆了一大堆，装了一大卡车，我们这些毛孩子兴奋地在那些绿枝间疯跑着、嬉闹着，大人们忙活着砍那些树枝并把它们装到车上。那满满一车的"春天"，就在你家我家他家的院门前流淌，流淌得到处都是。

那个春天，就那样定格在小小的我的心里，也许是春天被移动了的缘故吧。

学校门前有棵大柳树，应该是上了年纪了，一树婆娑，几乎掩映了大半个村子。春至，声声的柳笛，在村子上空回荡，我们戴着柳条编织的帽子村前村后撵着打闹，狗儿也摇着尾巴跟着我们跑。天黑了，我们才在大人们的声声吆喝中各自回家去了。

我最喜欢的就是挖野菜。一放学，便挎着篮子，手拿着小铁铲，成群结伙在村头的麦田里挖野菜。麦苗还只到脚面，却已是满眼的绿，一望无际。散在周围的村庄像绿海里的岛似的，一个个身着绿衣红袄或白衫蓝裤的少年，是绿色海洋里的浪花吧？

当时的野菜有叶子细长的麦护苹儿，随着麦子成长，它开出的花，是比粉红更艳更实在的那种红，甚是鲜艳。如今不多见了，我还着意寻找过，它可能真的只是留在记忆里了。当时挖得最多的是荠菜，它比麦护苹儿大多了，叶子带有花边，像镂空的小伞，叶子不太绿，但在开水里一烫，却翠得很，而且不缩水，吃一口下去便觉得整个春天都到了嘴里，心里的惬意无以言表。

挖野菜的我们，刚到麦田时，大多散开各自为战，但离得都不太远，等到篮子快装到一大半时，我们便又开始了另一个节目。大家围拢在一起，看谁能把铁铲一下子扎进土里并直立着，输家便得给赢家一把菜。这常常是男孩子们玩的把戏。女孩子们则玩石头剪子布，输了照样给对方抓一把菜。输多的那个在临回家前，会急急忙忙地再去寻野菜，以便填满菜篮子给大人一个交代。

还有劳凡滩儿，它常常一条枝便摊了一大块地方，不大的叶子密密麻麻附着在摊了一地的枝条上。有一年，正月未尽，弟弟的几个同学来家里玩，我与二妹给他们做了顿家乡的手擀面，没有别的菜下锅，便在院子里找那些刚从地里钻出不久的劳凡滩儿，把它们洗净了下到锅里，那顿饭吃后几年，弟弟的同学还念叨着那顿饭的特殊味道。那鲜香的味道只可意会无法言传。当劳凡滩儿开满天蓝色、淡紫色和深紫色的小碎花的时候，仿佛点点的繁星散落了一地。如今人们青睐的多是荠菜，可我依然对劳凡滩儿情有独钟。

榆钱是春天留在记忆里的另一个念想。我家院落里就有一棵榆树，春天生出小铜钱般大小的榆钱，味甜，一串串堆在树的枝权间。那些胆大的男生常常爬到树上去摘，女生在下面眼巴巴地等着接。如今却不大见榆树了，也不知它们都跑哪儿去了。

油菜花是春天里最耀眼的花，张扬、热情、奔放。那种颜色是醉人的，常常开在场畔。

在后院的墙外开了满树的洋槐花却是春天里最香甜的花，雪似的堆了一树，从洋槐树下走过，浓浓的香甜气便让人有了种步入温柔乡的梦幻般的感觉。直到蒸出的槐花麦饭入了口，那种香甜才算到了家。

房前屋后有粉色的妩媚妖娆的桃花、白色的空灵清丽的梨花，还有枸絮儿，寸把长，小棒槌似的，微绿，先结果再长叶，枸絮儿麦饭比槐花麦饭入口更有嚼头且回味悠长。

如今，每次回故里，必去曾经的河畔、田垄转转，也会提着篮子去麦地里寻我儿时的梦。这一刻，真觉得自己不曾长大，却分明有酸酸涩涩的东西堵在胸口，一个劲儿往外拱，有一丝痛又夹杂着一丝甜，有伤感又有激动。唉！这说不清也难道明的春天里的乡愁……

（写于2014年）

娇嫩的感觉

春的讯息是我一抬头猛然在树的枝杈窥到的。那枝芽颤着抹鹅黄，淡淡的，真是有点翠色遥看近却无的感觉，我却那么敏感地就捕捉到了它。一刹那，有种难以抑制的激动，如电流般穿过我的全身，似有人施了魔法般，我没有了感觉，失去了听觉，就那么定定地看着它，心却早已属于它了。

刺骨的风忽然间温柔起来。尽管还有些冷，但冷得舒服，有种无比奇妙的感觉，熨帖着你的心。那枝头的鹅黄是它吹开的吗？那厚实的棉装是它脱掉的吗？那心的悸动是它开启的吗？还有那天，也在不知不觉间，换掉了铅灰的厚幕，变得亮丽迷人。白云无牵无挂地在天庭散步，矫健的大雁在蓝天下轻盈地飞过，唱着自己的歌。走了一冬的太阳，仿佛刚洗浴过一般，变得清丽、柔和而明媚。

一望无垠的原野上，是复苏的大地吐出的绿，让人赏心悦目。风儿吹过，麦田荡起千层涟漪、万重波浪。几个孩童，臂挎竹篮，手拿铁铲。不一会儿，一个个小脸红扑扑、汗津津的，竹篮也被那鲜嫩嫩水灵灵的荠菜挤满了。他们便放下竹篮，你追着我、我撵着你，在春光里做着游戏。玩累了，他们跑到小道的尽头，一条闪闪发亮的带子便呈现在眼前，原来是一条小溪，一溪的水叮咚作响。我不由得走到溪旁，掬一捧水送到嘴边。于是，清冽的感觉流遍全身，我不由得打了一个激灵，却觉得那般惬意。我是将春含在口里，放进心里了。

站在小河边，我忽然想起了"离离原上草，一岁一枯荣，野火烧不尽，春风吹又生"这首诗。我寻觅着，但看那刚拱出的小草，颤悠悠的，仿佛站不稳的孩子，又似乎在跟你捉迷藏。那小草水嫩嫩的，翠生生的，嫩得不胜目力，翠得让你无法承受。我不由得走近它，端详它。忽然觉得它就是一个精灵，春之精灵，它仿佛在呼唤我。于是，一个大大的我，却走进了一个小小的它的心里、魂里。我觉得自己也宛如一个精灵，与那草的嫩与绿融为一体了。

春天的感觉实在是太美妙了！难怪有那么多的诗人吟春咏春，有那么多的画家描春绘春，有那么多城里待久了的人寻春探春。而春就在泥土的芬芳里，在大自然流动的气息里。

一年四季里，我最爱春天。春天里，我最爱初春。春深似海固然令人心驰神往，但那似乎太浓了，太酽了，人很容易怠惰，极易迷失自我。久居其中，人会因司空见惯了而无动于衷，变得懵懵然，总睡不醒似的。古人不也说"春眠不觉晓"吗？在这种气氛中，人会不知不觉间消沉了斗志，失去了追求。而初春以它嫩嫩的、淡淡的、似隐似现的身影总在前头召唤着你，给你希望、信念和力量。

每一年里，都会有一个春天，每一个春天里，都会有一个初春，每一个初春都会令人怦然心动。

（写于1996年）

074

秋天的况味

我与秋，似有一种说不清的缘分。

世人皆喜春、爱夏。而我愿将自己放在秋里，去品味它独有的美丽。

世人眼里，秋是肃杀的、凋零的、枯萎的、凄凉的。走在秋里，我更多体味出的是淡泊、闲适、宁静、深邃。远山、近树像水墨画似的，孤寂、渺远而又不乏意趣与情调。

秋风冰冰的、凉凉的，冷不防会钻进人的衣领里、袖子里。于是，脸上、手上以至全身就有了种冷飕飕的微颤。人便不由得将衣服裹紧，仿佛要将自己缩进壳里。树上的叶子似到了暮年，在枝上瑟瑟发抖，仿佛得了伤寒的人，不停地咳。

天空却愈加洁净了。云白得耀眼，悠闲地散着步，随意而洒脱。天蓝得很纯，透明似的。我的心里便滋生出莫名的感动，觉得活着真好。凝望渺远的天空，我常常疑心是在梦中。

一直觉得梦是有颜色的，是秋日高远的天空的颜色——纯纯的蛋青似的蓝色，是没有被污染的那种蓝。恍惚中，自己似被那蓝色融化了，成了蓝色的精灵。这感觉是那么深切，以至于进入了似我非我的境界。

秋天里，我很喜欢有雨的日子，特别是那种不紧不慢、有滋有味滴答着的雨，它仿佛一个踱着方步、极有耐性的男子，沉稳而胸有成竹。它也会生出一种娴静与温柔的感觉，让人有种莫名的感动，使人总愿意走进这雨中，想着该想的或不该想的心事，做着愿做或不愿做的事情。

临窗倚栏，凝望高远的碧空、远飞的孤雁、枯黄的落叶，听蓝天下驯鸽的哨音，细数槐树叶筛出的一丝一缕的日光，静观经年的老屋顶上摇来摆去的衰草，便已感觉到十分的秋意了。

不知名的树的花蕊落了一地，脚踩在上面，绵软而悄无声息。当它们被扫街的人扫拢到街角，地上只留下不甚清晰的扫帚扫过的印痕，有种落寞便爬上我的心头。再看看街角的那堆落蕊，竟觉得那里面隐藏着某种玄机与奥理。

当蝉从声嘶力竭地大叫变为凄凄切切地吟唱，在那低吟轻唱里，秋流了出来。我在想，秋是被寒蝉唱出来的吗？而天籁寂寂中，每每听到秋蝉凄楚的倾诉似的，有一搭没一搭地在鸣，我的心便会莫名地跟着震颤，随着那鸣声一起一伏地律动，魂魄似被那凄楚的鸣声牵了去，便觉得秋的魂在那鸣声里。

在桂影的婆娑里，你会闻到秋天的味道。如一个着一袭紫色长裙的美丽而别致的少妇身上散发出的味道，那种味道让人迷醉，令人眩晕。初闻似很浓，使劲闻又似乎什么也闻不到，比浓郁稍淡一点儿，比清淡又浓一点儿的一种险些使人沉迷但依然清醒的异香。

独自走在铺满落叶的小径上，轻微的沙沙声仿佛要引你走进永恒的世界。树枝上还有些叶子，微黄的、渐红的，将落未落，挂在枝上，荡着秋千，还有些正在空中飞舞着的，犹犹豫豫，又好像心事重重。这些叶子旋着、转着，不情不愿地坠地。我在想，这自然界里又有生命陨落了。踩在它们身上，它们会疼吗？脚下的沙沙声，是它们的呻吟吗?不可遏制的，我便有了种"物谢知岁微，抚赏怨情违"的感慨涌上心头。因为那枯萎的、肃杀的、凋零的景物，自然地飘落，凄楚的声，灰淡的色，使人抚琴无法成调，饮酒失却欢情。

秋天的夜晚，透过窗棂，或干脆走出户外，但见月亮在深蓝色的天幕中徐徐升起，天地间弥漫着一种说不出的静谧。不知怎么就想起了"春江潮水连海平，海上明月共潮生"的诗句来。在天的幽远、深邃与地的厚重、静穆中，月亮仿佛真成了天地间的精灵。

但提到秋，人自然不免有种凄迷、悲凉的情绪涌上心头。古往今来的文人骚客更是在他们的作品里，为秋着上凄迷、悲凉之色调，比如李白的"天秋木叶下，月冷莎鸡悲。坐愁群芳歇，白露凋华滋"，王昌龄的"凤凰所宿处，月映孤桐寒。槁叶零落尽，空柯苍翠残"。但秋也是热烈的、潇洒的。"看漫山红遍，层林尽染"，这是何等的气势！"停车坐爱枫林晚，霜叶红于二月花"中又透着股潇洒。而在王维的"空山新雨后，天气晚来秋，明月松间照，清泉石上流……"里又不无空灵的美。

（写于1997年）

八月十五月儿圆

儿时，一年里有两个节日最难忘，一个是除夕，一个是中秋。

"八月十五月儿圆，爷爷为我打月饼，月饼圆圆甜又香，全家一起拜月亮……"儿时唱的歌谣依稀在耳，可八月十五的月亮在我的光阴里已照了几十年。八月十五，是除了过年外，最隆重的节日了。过年可以有压岁钱，八月十五，每人有一老布碗好吃的。

八月十五那一天，人们的兴奋不亚于过年。一大早，伯父就到四五里远的集镇上割肉买菜去了，母亲便会做一大桌子平日难得吃到的金贵饭。家家户户都在迎接这个神圣的日子，全村弥漫在一种特殊而浓郁的气氛里。

那一天，不管有没有月亮，母亲必定早早把院落打扫干净，这一天的晚饭，比一年当中任何一天都早。全家吃过晚饭，就搬了炕桌来到院子中央，把一碗一碗装得满满当当的"中秋专享"整齐地摆放在待客才能用到的木盘里，盘子的中央摆放着香炉、香、蜡烛和黄表纸。一切准备停当，便开始拜月神。我们围拢在母亲身边，我帮母亲点上灯，母亲点燃香，把黄表纸凑在灯上点燃。母亲嘴里念叨着什么，我顾不上听，只盯着盘里的老布碗。然后我们跟着母亲一起向着月亮升起的方向祭拜月神。母亲说，这一天的月亮是一年里最圆最亮的。对着月亮，我们会许下这一年里最美好的愿望。

祭拜完月神，最美好的时刻来临了。我们都围在母亲身旁，个个眼睛放着光，盯着盘里的美味，心儿就像涨满风的帆，只等着彩云追月、乘月翱翔了。盘里放了八个老布碗，全家八口人，每人一碗。母亲不紧不慢分给我们，每一个老布碗里面除了月饼，还有核桃、毛栗（板栗）、花生、枣、石榴、苹果、梨，等等，平日难得吃到的好吃食都在碗里。我把我的碗抱在臂弯里，弟弟妹妹们也一样。这时候，我们在各自的碗里把月饼拿起来，闻一闻却舍不得吃。月饼是母亲亲手做的，既好看又好吃，金黄酥脆，里面包着糖和核桃仁、花生、芝麻等，咬一口，满嘴生香，能甜到嗓子眼里。那是板栗的孙子吧，只有手指头肚儿那般大小，如一个赭色光头的小子，可爱又顽皮，小巧又精致，但是剥起来可真费劲儿，吃到嘴里那个香啊，想起来叫人馋得口水直流。

我常常仰望着怎么也看不够的月亮，总想嫦娥一个人住在那么大的一个月宫上会不会害怕？她的小白兔会不会跑丢了？那棵桂树上的桂花香不香、繁不繁？带着数不清的问题，思量之间，我感觉自己好像真的飞上了月宫。月宫好大呀！好冷呀！嫦娥好漂亮呀！桂树好绿呀，却没有香味。可是四婆家门前的桂树咋那么香呢？里面仿佛藏着许许多多的香精灵，我常常趁着四婆不备就爬到树上用鼻子美美地闻，恨不得钻进树里不出来，把自己也变成桂花的蕊。

头顶又圆又大的月亮倾洒着一年里最明亮的光辉。我们沐浴在月光里，吃着美味，听母亲讲嫦娥的故事，既神往又羡慕，巴不得自己在今夜变成嫦娥，这样就会有吃不完的月饼了。

每一个八月十五的晚上，家人都会得到一块装在老布碗里的月饼。记得有一年，伯父把分给他的那一碗藏在抽屉里，时间一长就忘了，后来当他想起来时，一看抽屉里除了一个空碗，什么都没有，它早都被我一点一点偷吃光了。于是，我被父亲狠狠地打了一顿。后来的日子里，每逢八月十五，面对堆积得小山似的月饼，我都懒得看一眼，反而是那些一年胜似一年的堪称精美绝伦的月饼包装盒还能勾起我对八月十五的些许怀恋。那包装盒上有圆圆的黄色的月亮，嫦娥腾云驾雾，飘飘欲仙，月桂树还闪着光，小兔子的耳朵竖得好高呀！可是，嫦娥真要来到人间，会不会被铺天盖地，来自南方北方东方西方的那些五花八门、甜的咸的方的圆的荤的素的月饼吸引，忘了月宫，迷了心性？

来到城里后，记得有一年中秋，我送出去一盒包装异常精美的月饼，辗转又回到了我家，真让人哭笑不得，不知是该喜还是忧。

一样的月亮下，如今却没有了母亲。但我常常会想起那些有母亲陪伴的中秋月夜。记得那时夜已经很深了，可是我们兴奋得还不肯睡，和同样兴奋得没有睡意的小伙伴满院子疯跑，追赶葡萄架下的萤火虫，母亲和邻家大婶在月光下拉着怎么也拉不完的家常。

夜越来越深了，大人小孩都各自散了回家。月亮似乎又亮了一些，用它无垠的光辉给夜披上了衣裳。一切都静了下来，我抱着自己的老布碗，看着高悬在空中的月亮，坐在月光下的小圆桌旁不肯离去。

夜更深了，弟弟抱着老布碗已经睡着了，母亲吆喝一家大小回家。我恋恋不舍地看了一眼还挂在头顶的月亮，那么明那么亮，便心满意足地抱着一老布碗的宝贝进入了梦乡。那一夜，我睡得格外香甜，连梦都是香的甜的，有月饼的味道。

如今，又是一年中秋至。头顶的月亮依然那么明那么亮、那么圆又那么大，如儿时一般。可是，月亮下面，已经没有了母亲。人到中年的姊妹们也已分散在城市的四处，过着各自的日子。我不知她们是否和我一样还念着儿时八月十五的月亮。

（写于2021年）

那夜月圆

今年中秋节，孩子们提议去野营，我和老公举双手赞成。

说干就干。老公带儿子去准备野营的东西——帐篷、睡袋、烤炉、木炭、调味品、肉、蔬菜、水果，等等，想到的东西都准备好了，便出发了。我们先去老家看望了家里的老人，一耽搁，出发时就有些晚了。

天几乎黑了，我们还在山野里转悠，看着黑夜里被栅栏挡住的山门，野营经验还不足的孩子，让我们被架在了半山腰，束手无策。

我走下车，周围有树木、庄稼，一片寂静，只听见淙淙的流水声，远处的天空上一轮又圆又大的月亮注视着我们。往右拐有一片平坦的场地，我心想，就在这里把帐篷搭了吧，也挺美的。

说话间，两个小伙子骑着摩托来到我们面前，原来是野营地的老板，一见到我们就表示抱歉，说没想到野营的人这么多。随后手往山那边一指，给我们介绍了一家新开的营地，我们沿着他们指的方向，在黑夜的山间行驶了大约半个小时，终于来到了一个山村的村口。

村子的路一边全被比人还高的草垛挡得严严实实，往前走就有一扇敞开的大门，里面别有洞天。进门来往左看，灯影绰绰里，一大片帐篷望不到边。夜凉如水，树影婆娑，人影憧憧，一切都在黑夜的笼罩之下，感觉好刺激好兴奋啊！我一下子就有点心潮澎湃了。

　　我们被安排在了最靠近山林的那一片空地上，因为其他地方全被占满了。地上全是鸡蛋大小的鹅卵石，睡在上面，一整夜都在按摩。孩子们搭帐篷，让我和老公自由活动。

　　西边，有一片如茵草地，星星点点的地灯，让草地有了一种幽静与意趣。把草地和庄稼地隔开的是一排白杨树，挺拔笔直，像站岗的哨兵似的。蓦然回首，发现了一轮又圆又大又明又亮的"月亮"就挂在树枝上。我在"月亮"里"搔首弄姿"，老公拍照，女儿指挥。临了女儿导演，让我和老公表演"嫦娥奔月""吴刚追随"；我踢脚蹬腿老公扶腰扳肩在"月亮"里亮相，笑煞个人。

　　那边，孩子们已搭好了帐篷。炉子也已搭好，折叠桌上已摆不下带来的各种吃食了，地台上也摆了不少。我和女儿负责洗菜，老公负责切菜摆盘，儿子和女儿的朋友负责烤，全家人齐动员。不一会儿工夫，空气中便弥漫着一阵一阵的香味，且愈来愈浓烈。我忍不住先拿起一串还冒着热气的肉串，烫得放不到嘴里，只能用鼻子闻一闻，胃便已经受不住诱惑了。

　　被烤得外香里嫩的羊肉、牛肉、火腿、香肠、鸡翅、鱼片都享用不过来了，还有一大堆平日喜欢的蔬菜正涮在旁边的小锅里。红酒、啤酒喝起来，水果、月饼摆上来，萨克斯、笛子吹起来，跑调的歌声唱起来，欢声笑语飞起来。头顶那一轮一年里最明最亮最圆的月亮，静静地注视着欢乐的人间，寂静月宫里的嫦娥，该只羡人间不羡仙了吧！

　　饭后一地狼藉，男人们负责整理，我和女儿一起去旁边散步。

每一处亮着灯光的帐篷前都人头攒动，进进出出中尽显人间烟火。不时有欢笑声传来，打破夜的寂静。都是寻常人家，彼此遇见，友好地打着招呼，点头而过。不难想象，每一处的灯火里，都在演绎着一个温暖的故事。

我和女儿走出院子，来到村子里。村子里静极了，月亮把无垠的光辉洒在这个已经安眠的山村，不大的山村，像笼了一层纱。路灯相伴，我们来到村口，山谷中的风带着凉意，驱赶着白色的雾气，让它们向山下游荡；而山峰的影子越来越暗，渐渐和夜色融为一体，但不久，又被月亮照成银灰色了。

天空很蓝，就像无垠的海。一轮皎洁的明月就挂在天边。"江天一色无纤尘，皎皎空中孤月轮。"一年里，最美的月亮就挂在山肩，在茫茫林海中移动，多像行进在夜海中的帆……

夜深了，我们回到了营地，各处的灯渐次熄了，只有我们那一处还亮着。夜凉如水，突然就想起了"银烛秋光冷画屏，轻罗小扇扑流萤。天阶夜色凉如水，卧看牵牛织女星"的诗句来，虽不能卧看，但也觉得极好。

我走到我们的帐篷外面，看着远处的夜空，那神秘的夜里仿佛藏着无尽的秘密，高悬夜空的月亮用它无与伦比的光辉温柔细腻地抚摸着静夜中的生灵，充满了母爱之美。

老公一直催促我回去，我和老公的帐篷在最外面靠近山林的那一侧。进了帐篷，心却还在月亮上。我睁着眼睛，怎么也没有睡意，静静地聆听夜的呼吸。

突然，一个怯生生的声音响了起来，"唧唧唧唧"，我撩起帐篷一角想看一看，它却噤住了。我沮丧地躺下来，过了一会儿，那声音又出现了，先是试探性地发出一声两声，我屏息凝神，它便大胆地唱起来，随即，"唧唧"声连成一片，像夜的大合唱，声音并不高，却能穿透人心。又传来一阵清脆的吟唱声，低回婉转、如泣如诉，是纺织娘在鸣唱。这时，一个从远处高空飘下来的声音，清脆且嘹亮，但听得出它在极力克制着，那是叫了一个夏天的知了，它们已不像夏天那般干着嗓子嚎叫，而是被清凉润了嗓子。它们低吟浅唱着，仿佛就在我的头顶，在我的心坎上。那一声声的浅唱，像笙、像箫、似古琴、似竹笛。一声声穿过夜空直击我的心底，仿佛夜幕下的寂静被有声的生命打破了。

我在想，在城市里生活，没有听到虫鸣的日子已经很久了。人类真的需要来自大自然的声音，让大自然的天籁之音润泽我们那片干涸了很久的心田，让灵魂回归，回到大自然中去。

不难想象，那些秋虫，那些鸣唱的歌者，它们的一生何其短暂，短暂不过一秋，但它们何曾因为生命的短暂而放弃歌唱，放弃对美好生活的追求。它们不曾想过它们的自娱自乐会引起人类心灵的共鸣，它们为自己而活，活得真实、自在而洒脱。它们是人类生活的楷模。

老公拍了我一下，把我的思绪拉了回来。我裹紧睡袋。突然觉得我睡在夜里，我睡在万籁俱寂的寂静里，我睡在大自然的怀抱里，我睡在氤氲着花草树木馥郁的气息里，我睡在缥缥缈缈的山岚里。

渐渐地，睡意袭来。恍惚中，我好像变成了一个山间精灵，飞在夜空，飞过山林，向着那一团清辉奔去……

（写于2021年）

秋月，听蛐蛐鸣唱

不知从哪一天开始，家里来了只蛐蛐，这个不速之客"唧唧唧唧"叫个不停，从黄昏叫到天明……

我不知道它是如何来的，但它来了，竟让我又体味了一回牵挂一个人的感觉。

每一天的黄昏，我像等待一个思念已久的人一样等待着它。那只可爱的小家伙真准时，必在黄昏时分开始忙碌。它不由分说、不管不顾地"引吭高歌"，清寂的家里便热闹了起来。

它很机灵。当我循声而去，尽管轻手轻脚，它总是随着我慢慢的靠近，试探性地稍停片刻，看我没有动静，它便又唱起来。当我再次闹出动静时，它便彻底息了声，只留下黑暗中茫然无措的我。我去忙了，也不知什么时候，它再一次欢唱起来。

我始终没有找到它具体在哪里。但它的声音告诉我，它就在我的家里，就在我家里卫生间月光透进来的那扇小小的百叶窗下面。那里有一盆树一般大的绿植，月亮的光辉正洒在那绿植上，它或许就在月光下的那一树婆娑里。

那个小家伙很顽皮，却很"敬业"。暗夜是它的白昼，日光渐暗，它便准时进入工作状态，干练利落又兢兢业业。每到夜深人静时，整个小区的灯都熄灭了，劳作了一天的人们进入了梦乡。喜欢夜读的我，常常在这个时候把自己"交给"了书本，这也是我一天中最惬意的时光。累了，我便站起来走向那个月亮光辉透进来的小窗户。我知道，那里有个小精灵在等待我，我甚至能捕捉到它的呼吸，它警觉地睁着亮闪闪的眼睛，竖起耳朵，盯着向它走近的"庞然大物"，打量着我这个"不速之客"，就如《白雪公主》里的小矮人打量着白雪公主一般。

我想，也许这个来到家里的"不速之客"就是上天送给我的礼物。上天懂得我对大自然的顾念，便怜惜我，把这个大自然的精灵送到我身边。它那样弱小却又那样坚强、勇敢和不卑不亢，它是小小男子汉抑或倔强的小姑娘吧。万物有灵，这个有灵性的小小生命陪伴着我度过了那些暗夜里的孤独，我喜欢那孤独。

不知怎么，我总喜欢在有繁星或月亮的晚上，走在静夜的园子里，那些小生灵在树荫下、花草间，在有些寒凉的夜里，低吟着、浅唱着、呢喃着。它们是大自然的精灵，它们用自己的语言和人类进行沟通，尽管人类的耳朵听不懂，但能用心感受到。那声音有着丝线的顺滑，细细的、弱弱的、怯生生的，却可以穿透人心。有了它们，这夜便有了意趣、有了生机、有了可以触摸到的气息。它的吟唱，是为守护着这夜的静寂吧。

蛐蛐是民间对它们的称呼，它的学名叫蟋蟀。记得以前在中学语文课本里学过一篇关于蟋蟀的文言文，我才知道，古时候有专门斗蟋蟀的行当。它存于市井，却并不是谁都可以成为玩家的。不难想象，只有有钱有空闲的人才配得上这个玩物丧志的"职业"。

关于蟋蟀还有一段佳话：著名诗人流沙河慧眼识英才，在20世纪80年代将一大批台湾作家引荐到大陆来。余光中就是其中之一。

有一次，余光中致信流沙河，说起四川的蟋蟀和故园之思，四年后，他又在《蟋蟀吟》中写下："就是童年逃逸的那一只吗？一去四十年，又回头来叫我？"流沙河在《就是那一只蟋蟀》中回应余光中："就是那一只蟋蟀，钢翅响拍着金风，一跳跳过了海峡，从台北上空悄悄降落，落在你的院子里，夜夜唱歌。"一只小小的蟋蟀牵线搭桥把两岸骨肉相连。

蟋蟀这个小生灵，今人喜之，古人也喜之并以诗吟唱之："七月在野，八月在宇，九月在户，十月蟋蟀入我床下。"试想一下，一只蟋蟀在床下陪你入眠，那得是多么大的造化呀！"蟋蟀在堂，岁聿其莫"。蟋蟀就是候虫，它携着秋天一起来。"苔衣上闲阶，蟋蟀催寒砧"，这是唐朝诗人顾况描写的秋夜蟋蟀。白居易也写了关于蟋蟀的诗句："斜月入前楹，迢迢夜坐情。梧桐上阶影，蟋蟀近床声。曙傍窗间至，秋从簟上生。感时因忆事，不寝到鸡鸣。"白居易笔下的那只蛐蛐想必穿越到了我家，也是"不寝到天明"吧。而宋代姜夔的"露湿铜铺，苔侵石井，都是曾听伊处。哀音似诉……西窗又吹暗雨，为谁频断续，相和砧杵"，又把蟋蟀写得悲凄异常，让人怜惜。陆游的"梧桐落井床，蟋蟀在书堂"和"画堂蟋蟀怨清夜，金井梧桐辞故枝"描绘了一幅画：蟋蟀在有着厚厚落叶的梧桐树老井旁厅堂里，在清凉的夜里把光阴穿越。还有王之道的"蟋蟀声中，芭蕉叶上，怎得争如许"。看来，的确"蟋蟀独知秋令早，芭蕉下得雨声多"啊！

在这样月光如水的夜里，突然想起中学时代写过的一篇名为《我家的小院》的小文——夜，静得这样迷人。月，明得如此安谧。我家的小院如一幅墨迹未干的水墨画。而此刻，来到我家的这只蛐蛐是从我家老屋的小院跑来的吧？它装点了我的童年，唤醒了我的乡愁，依然在不知疲倦地"唧唧唧唧"，似乎要把深夜唤醒。它从流沙河的诗句里跑来，从大自然中跑来，它从远古跑来，它从无始无终的宇宙跑来，带着这声声的呼唤，是要把黑夜唱穿、把黎明唱亮？

一只蟋蟀就是一个黑色的音符，披一身月光，把童年的梦守护。经年累月，蟋蟀在我的梦里徘徊，不肯离去。撩开梦的衣襟，在夜的吟唱里。那一刻，空气中似乎飘散着栀子花的清香……

那只蟋蟀，噢，就是那只来到我家的蛐蛐，依然在透过窗棂的月光下吟唱，在秋的深处，夜的深处，梦的深处……

（写于2021年）

冬天里行走

2020年就要走了，2021年来了。2021年迈着匆匆的脚步走来的时候，正是一年中最冷的时候。然而，跟着2021年一起走来的冬天，真是太神奇了，连日的雾霾散了，天空澄明得像被洗过一般，太阳的光辉明亮而耀眼。

又是一个难得的好天气！我每天早上醒来，第一件要做的事就是掀开窗帘往外看：清晰的楼房，清晰的马路，还亮着的路灯，马路上零星的行人，还有天空中闪烁着的星星，心情便莫名地清爽起来。这种清爽带给人的喜悦让我忍不住把自己装扮一番。走出门，来到公园。公园里树木葱茏，不少人在晨跑。随着人流，我也让自己深吸一口凛冽的空气以及弥漫在空气里难得的芬芳，便跑起来。两三圈跑下来，身上便有了些微汗意，及至完成十圈可以称得上"热气腾腾"了。

这时候，太阳露出了笑脸，万丈的光芒洒在高高低低的树上、晨练人的身上和路上，那些笼中的鸟打量着过往的行人，清脆地鸣叫一声，是在向人打招呼吧。冬天的清晨在凛冽里清爽，在阳光里明媚。

及至正午，太阳的威力越发足了，我倚窗而望，时常会疑心那窗外面是夏日，太阳把一切都照得明晃晃亮堂堂的，那称得上耀眼的光泼下来，把万物照得丰满充盈，一切都显得安详而宁静。我不由得推开门走出去，欲走进太阳的温暖里。及至走出门，我才深切地感觉到，那被窗隔着的世界毕竟是冬日，仍然有些凉意。但头顶的天空，看一眼便让人心醉哟！万里无云的天幕，像最纯的绸像最美的缎那样纯粹而纤尘不染，像无边无际的幔。那种蓝，让人心疼让人微醉让人不知所措。这蓝，是只属于秋天的，却把自己绽放在了冬天。走在被这样的太阳光照耀的蓝天下，我疑心自己走在秋天里，走进了梦幻里。这是冬天里的秋天！这是比秋天还要美的冬天！

走上河堤，在风中摆动的柳枝影影绰绰间似乎透着绿意，有了春要来的迹象。在这冬日的暖阳里漫步，心仿佛被融化在这温暖里……

对了，还有这阳光，走在这样的阳光里，眼里会明媚，心里会明媚，通体都会明媚。这冬日的阳光怎么有夏日阳光的势头，把自己忘乎所以地一股脑儿燃烧，纯粹而热烈。一阵风吹过，让你不由打一个激灵，你这才感觉到自己真真实实地行走在冬日里。那风，就像一个顽皮的孩子，忽而掠过你的额头，忽而又逗弄一下你的手臂，又忽而在你不经意时呼一下你的脸庞。在它的陪伴下，行走在冬日里的你，会莫名喜悦，原来冬日也可以有秋天的纯净、夏天的热烈、春天的娇嫩，这个冬日真是太可爱、太神奇了！这是一个与众不同的冬日，这是2021年给人类的礼物，这是上天的恩赐。

这个冬日，人类经历了有史以来最疯狂也最无助，最无情又最温情的冬日。俚有多少人永远地离开了生于斯长于斯的热土，有多少未了的心愿，有多少不得已的生离死别，有多少锥心的疼痛……

这个冬日，把人类对于无常的恐惧与体悟照得清清楚楚；这个冬日，让"人类命运共同体"高高飘扬在地球的上空。人类空前团结，把对生命的渴望与祈求高高举过头顶，仰望着、期盼着、渴求着，只有两个最朴实的字——平安！

是啊，自从人类有历史记载以来，有谁经历过本该热闹的新年却冷冷清清？看着空无一人的街道，看着电视新闻里播放的医院里忙碌的医生护士穿着一身白衣戴着防毒面具，你疑心是在科幻片里，却绝对想不到这会是活生生的现实，你我他就是其中的演员。是啊，电影里就演绎过了人类灾难，如《雪国列车》《末日崩塌》《极度深寒》《2012》《流感》《流浪地球》等。这一个又一个的灾难，唤不醒醉生梦死中麻木的肉体，人类依然在我行我素中放纵着无止境的欲望。

那个白天看不到太阳、晚上看不见星星，站在对面看不清楚模样的日子是可怕的，人类像一个孤独的孩子，踽踽前行。那个在不远处等着人类的不可知的未来，对人类也充满了好奇与探索的欲望。也许是上天怜惜苍生，把这样一个温柔的冬日赐予人间吧。行走在这样温暖如春的冬日里，迎春花耀眼的黄在柔韧的枝条间一点一点开放了，那小小的黄色的花羞怯而又饱含着希望，这个春天的信使在冬日的暖阳里把自己过早地呈现给了人类，用它那一点点的明媚在这个冬日里带给人类希望与暖意。这个神奇的冬日用它寻常中的不寻常，用它意料中的不可预料，用它偶然中的必然，教会人类要如何去遵循自然规律、崇敬自然，而不是为了填补无止境的欲望而一味地索取与享乐，这种难填的欲壑只能把人类引向深渊。

走在这个难得的温暖的冬日里，不经意间会想起寒风刺骨的那些冬天里，风呼啸而过，还带着哨音，你不由得一激灵，风穿透衣衫扫遍你的全身，在你一哆嗦中，冷意又深了一些。这才是冬天！真正的冬天！就像一个真正的男人，在宇宙间顶天立地，要冷就冷得彻底，冷得有气节冷得有风骨，把冬日凝成雕塑屹立于天地间。

正这样想着的时候，一阵风吹过，一股寒意猝不及防侵袭了我，我不由一哆嗦，这才意识到，这毕竟是冬天呀。

（写于2021年）

新年，在匆匆里走来

岁月的脚步匆匆地来了，又匆匆地去了。在日复一日的匆匆里，似乎只一眨眼工夫，新的一年，迈着匆匆的脚步向你我走来。

新的一年，是2022年。

感觉自己还没有年轻够呢，可是已经过了知天命之年。从前那个文弱、怯懦的小姑娘在经过了一个又一个新年后，把自己变成了一个怀揣希望的少年、心怀梦想只顾着埋头前行的青年、内心平静却不断滋生着欲望的中年，到如今成为能淡然地接纳人间一切美好与不美好的年过半百却还想抓住青春尾巴的妇人。时间，借着新年的手，把年轮刻在每一个走在日光下的人们的身上，倒映在人生这条长河的每一个界壁处。

一年三百六十五天，只不过三百六十五天而已，想想也并不长，人生有多少个三百六十五天呀，长着呢，慢慢走吧。每一次被新年迎进门后，都走在自己新的三百六十五天里，可是，到年尾回望时，每一个人的身后，却走出了不一样的路。

这一扇一扇的大门里，关着我们从每一个新年里走过的每一个日子。这些日子就是我们的人生。相比浩渺宇宙，我们只是沧海一粟，沧海桑田中，被光阴串起的日子闪耀着无穷无尽的色彩。

从每一个新年里走进的都是一扇新的大门，每一扇大门里，都关着这一年的日子。关于人类的、国家的、民族的、你的我的他的日子，都在这大门里，聚集成了这一年。人类乘坐在这一艘时代的大船上，向着新的一年进发。时间像大浪淘沙，带走了闪闪的金，留下了泥沙……

每当时间的洪流把新年这一扇新的大门推到人们面前时，没有人不对新的一年充满憧憬与渴望，大大小小的人无不在心里埋下了一粒种子，把对于新的一年的祈愿都放在这一粒种子里，这是新年呀，一元复始，万象更新，欣欣向荣的新的一年呀，能不心潮澎湃吗？能不激动万分吗？可是，激动过后呢？

有的人，踏踏实实走在自己的路上，把新年的祈愿始终揣在怀里前行，践行在每一天里，把每一天都过得满满当当，无比充实而饱满。而那一粒新年种下的种子生了根、发了芽，最后终于结了果。时间，不会辜负任何一个忠实于它的人。

也有的人，在走进新年这扇大门后，激动了一阵子，鼓足干劲前行了一阵子，就在我行我素中把新年祈愿抛之脑后，得过且过，如行尸走肉般挥霍着日子，三百六十五天过去了，他还是那个他。他的身体还在时代的车上，但他的人生之路已渐行渐远。人生，就这样因为自身的不同，在时间的推移中会把你带入不同的人生轨道。

不管你愿不愿意，时间的脚步匆匆，旧年不知不觉走了，新年不知不觉来了，在来了走了中，人的一生就过去了。就像小品里说的："睁开眼，一日来了，闭上眼，一日走了。"在睁眼闭眼间，一日完了，睁眼闭眼间，一年完了，睁眼闭眼间，一生完了。人生啊！太匆匆！

只有珍惜、热爱，只有马不停蹄地前行，才能不辜负岁月的眷顾，才能不枉过这一生，才能不枉来人世一场。光阴荏苒，日月如梭，织着你的我的他的日子，才有了这个日新月异的世界。历史的长河川流不息，我们都有一双助推历史车轮滚滚向前的手，用自己每一天的踏踏实实，把自己汇入历史的长河里，刻进历史的年轮里去……

此刻，我推开窗，看着东方正在冉冉升起的朝阳。满天的霞光，像缕缕丝线，普照大地。新的一天开始了，闪着光，如跳动的音符，微笑着向我们走来。欢迎你——2022年！我张开双臂，去迎接这个有着三个"2"的年份！

新年的思绪实在多，三言两语道不完。花开花落，此消彼长，云卷云舒，又迎来了新的一年。昨日风雨化成云，翘首喜迎明朝春。"喜"新"厌"旧的人类！在辞旧迎新中，新年的大门在徐徐开启。

岁尾，赶着趟儿似的，下了场雪。"借来一场北方的雪，你看！美丽的鹿角上，清凉的雪花，飘得多么优雅！"普世欢庆，2022年的到来！

新年初雪晴，处处闻鸟声！

悠悠的云里有淡淡的诗，淡淡的诗里有绵绵的喜，绵绵的喜里有我轻轻的问候：新年好呀！2022年！

（写于2022年）

腊　八

日出日落间，仿佛只是瞬间，一年就到头了。腊月向人们招着手，款款而来。腊八，急匆匆地走在了腊月的最前头，把腊月的序幕拉开。

记得小时候，学校的门前有一个偌大的石碾盘，石碾盘上有一个大碌碡。平常没有多大用，它总是寂寞地看着经过它的小娃娃上学、放学。

一入腊月，石碾子旁便热闹起来。全村人都要轮流在石碾子上碾腊八豆。有时候排不开，有的人家甚至还要"挑灯夜战"。

家乡的腊八豆是一整个的玉米粒在碾子上碾成的。当时，母亲有忙不完的活儿，父亲远在外地工作，弟弟妹妹们还小，每年碾腊八豆就是我和伯父的事情。每年一入腊月，我就期待着碾腊八豆这件事情。

碾腊八豆的那天早上，伯父早早准备好碾腊八豆的物什。金黄的玉米装在斗里，像一群挤眉弄眼的喜庆娃娃，小扫把、撮子、一小瓶水以及套牛的那些东西，全被收拢在一起。毛色发亮的老黄牛早已候在院子里，伯父把那些东西放在老黄牛的身上，提着斗牵着牛向石碾盘走去。石碾子早被人清洗干净了。伯父先是把斗里的玉米倒在碾盘上均匀地铺了一层，那些金灿灿的玉米粒就像社员开大会似的密不透风地挤在一起，然后老黄牛拉着碌碡在碾盘上一圈又一圈地碾轧，伯父牵着牛鼻子上的笼嘴一起围着碾子转，等牛习惯了自己转，伯父便装一烟袋旱烟蹲在边上抽。牛独自绕着碾子转，一圈又一圈。我拿着个小扫把候在边上，只要看到有玉米粒跑到碾盘边，便用小扫把将它往里扫。这时候，我总是担心老黄牛踢我一蹄子。间歇性地，伯父就把装在瓶子里的水顺着碌碡均匀地洒上去。老黄牛不知拉着碌碡转了多少圈，小小的我都晕头转向了。伯父抓起一把腊八豆搓一搓捏一捏，当伯父拉住牛停下来，卸牛笼嘴，我就知道，腊八豆碾成了。这时候，看着一石碾上脱了皮的玉米粒，极像一群调皮的"光头小子"，虎头虎脑的煞是可爱。

伯父把套牛的东西全部收拾停当，拉着牛，把那一群"光头小子"提在斗里往家走。我蹦跳着跟在老黄牛的身后，头上的羊角辫一跳一跳的，像是在跳舞。

碾腊八豆是伯父和我的事，煮腊八豆那可是母亲的事了。腊月初六早上，伯父便去四五里远的集镇上割肉、买菜、打豆腐。家乡集镇农历逢三、六、九有集市。自留地里打的大个儿的芸豆，院子皂角树上结出的皂角豆，还有黄豆等各种各样大个头的豆子，在腊月初七早上就被母亲泡上了，到晚上时它们已变成了一个个"大胖子"。我最喜欢的是皂角豆。平日用皂角洗头，洗得头发又光又滑，也不知为何包在赭色皂角里的皂角豆是透明的。泡在水里后它周围便聚集了无数的小水珠，像无数个小灯泡，煮熟后它筋道耐嚼，是我的最爱。有时还会加花生，都是一些大个头的豆子，它们可能很骄傲成为腊八粥的一分子吧。

腊月初七那一天，中午早早吃完饭，母亲就开始忙活了。先是把伯父割的肉洗净，准备别的配菜、配料。姐姐会把屋里和院落打扫得洁净整齐。白萝卜、红萝卜、蒜苗、芫荽都洗好了，晾在案板上，肉被切成了一厘米大小的小丁，整齐地码在盘子里。白皙细腻的豆腐像素净的小媳妇，脆生生的白萝卜像干脆利落的小伙儿，红萝卜是穿着红袄的喜庆娃娃，白净又碧绿的蒜苗是苗条又俊俏的大姑娘，水灵的芫荽活脱脱一个可爱的天使，它们一起来赴一场盛大的宴会，这个宴会的名字叫腊八！

　　一切都准备停当了，吃完晚饭，给大铁锅里盛满水，然后把碾好淘净的腊八豆倒进去。先用大火烧开，然后转为文火一直烧，一夜里火都不断，几乎到天明。这时候，外面下着雪，灶房有温暖的火，母亲和姐姐在灯影里忙碌。火上煮着腊八豆，那一大锅的腊八豆在锅里欢快地舞蹈。前半夜，我激动得睡不着，一直在家里跑来跑去，实在撑不住了，便和衣而卧。早上醒来，一屋子的香味。我一骨碌爬起来，弟弟妹妹们也陆续起来了，母亲早已在灶台上摆着七八个碗，单等着我们醒来。

　　我们起来顾不上洗脸，先来灶台看一看，被母亲叫去胡乱洗了把脸，便端起属于自己的那一碗吃了起来。我顾不上吃一口，便来到自己喜欢的果树前，给果树喂腊八粥，嘴里还念念有词："果树果树吃腊八，来年给娃结疙瘩。"我至今还纳闷，那棵我喂了多年腊八粥的梨树，从未见它结出过梨。不过，不结果子的梨树会在每一年的春天，开出一树雪白的梨花，我很喜欢那一树的雪白，尤其喜欢"梨花一枝春带雨"的清丽和空灵。

　　熬了一个晚上的腊八粥，这时候，已经成了几乎和锅沿齐平的一大铁锅。母亲给早已经候在那里、洗得锃光瓦亮的瓷罐装得满满当当，然后再把腊八菜氽进大铁锅，瞬间，腊八粥的香味便扑鼻而来。大人碎娃的脸上都是喜悦，每人手上都端着一碗腊八粥，家家户户互换着，浓浓的乡情、浓浓的香味弥漫得整个村子到处都是……

欢乐的时光总是过得很快。腊八这一天很快就过去了。但腊月依然迈着不紧不慢的步子往前走。让我欣喜的是，整个腊月，我都沉浸在腊八的喜悦里。母亲装在瓷罐里的腊八粥，一夜之间就冻住了，结出了冰碴子。它们常常在腊八过后的晚上和中午来满足我们的胃。它们是母亲囤积的欢乐，那些欢乐因为母亲的用心经营而细密、绵长地留在了整个腊月里。

腊八里的欢乐一年一年地填满了我童年的记忆。后来来到城里学习和工作，我依然对每一年的腊八会有淡淡的向往和激动，也学着母亲的样子给家人熬腊八粥，尽管味道不那么正宗，却也满足了我对腊八的怀念。

只不过，如今的孩子们不大理解那些镌刻在我们心里、温暖了我们童年的关于腊八的记忆。但我知道，那些关于腊八的喜悦会随着光阴的流逝一直珍藏在我心底的最深处。

（写于2021年）

正　月

正月，是跟着年来的。

我认为正月就是过年，过年在正月。可是有时感觉过了三十儿，年好像就过完了似的。其实，入了正月，年的大戏才真正拉开了序幕。

大年三十儿晚上吃完年夜饭，一晚上都激动得睡不安稳，总操心过年的事。看了又看的新衣就整齐地放在头顶，新鞋新袜子早就备得妥妥帖帖。但我还是激动得怎么也睡不着，最后终于撑不住，睡着了。不知谁家突然就开始放炮了，紧接着，就像汉子憋不住"扑哧"一声笑了，先是一声两声，一下子，近处远处噼里啪啦连成一片。

天还没有大亮，母亲已经在煮饺子了。伯父会用一个大铁瓢，里面放了个实心的铁球，将一锅烧得滚烫的醋，泼在铁球上，一瞬间满屋子的酸香伴着"吱吱"声在家里角角落落响起来，每年如此。我至今不知道个中缘由。伯父离开我们已经快四十年了，但那满屋子的醋香和那"吱吱"的响声一直在每年正月初一的早晨出现在我的脑海中，让年有了更多的意味。

古代，国家大事都安排在每年正月处理，所以"正月"又名"政月"。秦始皇正月出生，取名为"政"。他觉得"正月"的

"正（zhèng）"和自己名字同音犯忌，就下令把"正月"的zhèng改读为zhēng。正月初一被称为"正（zhēng）旦"。这种读法一直沿用至今。

正旦就是正月初一这一天。那可是孩子们的节日，是他们眼巴巴盼了一年最舒心的日子。这一天他们有新衣穿有肉吃，还有压岁钱，不用做怎么也做不完的家务，不用去灶台烧火，不用刷锅，不用洗碗，只负责疯玩，只操心咋样高兴咋样来，想干什么便可以干什么，自由得像春天里的风。

村口的庙门前的秋千架早就拾掇好了，大人小孩都排着队等候荡在高高的秋千架上过一把瘾，快乐随着秋千一起飞上天。秋千可以两两一起荡，小的坐在秋千架板上，大的站着，他们喊叫着，兴奋得小脸通红。

不用说，正月初一早上铁定得吃饺子，饺子里一定会包有钢镚儿，大人小孩都祈盼着自己能吃到那钢镚儿，那可是预示来年的好运气的。家家户户都一样，吃饺子配酸汤臊子，我老觉得那可比德发长的酸汤饺子更丰富更地道也更美味。

吃过饺子，母亲就开始准备中午饭了。临近中午，我会穿着新衣蹦蹦跳跳去生产队饲养室叫伯父回家吃饭，这可是一年里最丰盛的饭。伯父背着双手，我们一老一小有一搭没一搭说着话便到家了。饭菜早已摆上了桌，满满一大桌呢，都冒着热气。那道一年只做一回的糟肉就静静地卧在碗里，还有我的最爱——猪头冻，这可是母亲经过一道道烦琐的工序才做出来的，像个愣头小子似的盘踞在盘子里。一家人围坐在桌前说说笑笑，幸福流淌得到处都是。这个普通得不能再普通的画面却成了我一生中最温暖的记忆。

正月初一那一天是不扫地的，一院子的炮屑，踩在上面有压不住的喜悦。里面还有些没有来得及把自己燃烧的哑炮，时常有孩子去捡，哑炮会混在炮屑里，尽管可能也放不响，他们却乐此不疲。

到了晚上，孩子们依然疯跑和疯玩，大人不管，只管尽情玩耍，到深夜了还兴奋得不肯睡。

这一天，忙碌了一年的大人也终于可以松快一下子了。男人们常常聚在一起谝闲传、打牌。母亲不用去生产队干活，却还为我们赶着缝制统袖，崭新的统袖可真暖和，像母亲的大手时常温暖着我们，会把一切的严寒都挡在外面。母亲这一生似乎没有一天是闲着的，在做这一切时，母亲常常哼着秦腔。

正月初一晚上，母亲还在灶台忙，直到很晚。正月初二的早上，我们一睁开眼，便闻到了甑糕香甜的味道，在乡下那可是难得的金贵饭。那是母亲在前一天的晚上就做好了的，在大铁锅里焐一晚上，到早上口感更好。

正月初二各家各户都忙着走亲戚。刚出嫁的闺女带着新女婿走娘家，我们常提着大包小包去舅家。我有五个舅哩，心里揣着小九九，可以挣五份压岁钱呢。小孩子私下里会比谁的压岁钱多。

到了初三，我们常常要去父亲的舅家走亲戚。路很远。我也不明白父亲并不去他的舅家，常是我们几个孩子替他去舅家，又不咋熟悉。至今记得，父亲的舅家大嫂给了我和妹妹一毛五分压岁钱让我们自己分，怎么也分不清，为此还引得我和妹妹闹仗。

到了初四，我和姐姐常去山里的姑姑家走亲戚。姑姑是小脚，人很和善，家里日子殷实，每年会给我五毛压岁钱。那可是大钱哩，我小心揣在怀里，生怕弄丢了。后来姑姑不在了，我便没有再去她家走亲戚了，可是我还记得那个大大的院子以及屋后面的那座山。

正月初五很快就到了，这一天是小年。这一天天还没有放亮，零星的炮声便响起来了。小年是正月里的又一个小高潮。亲戚在初五之前大多走完了。那时候，家里亲戚似乎特别多，总也走不完，直到初十前后还在走。我和妹妹们分头走，有些亲戚也不大熟悉，当时因为年纪太小，提的礼又多，人小提不动，走得慢，找不到亲戚家的门，等找到亲戚家时都中午了。

正月走亲戚，家家户户都好菜好肉招待，吃过中午饭，还有下午饭，俗称烧喝的，一般就是做个醪糟鸡蛋，再炒一两个菜，热几个过年蒸的包子。走亲戚是要回礼的，回的常常是花馍，走亲戚时拿的是包子、饼干、挂面、点心等。

娃娃们最盼望的是舅家来，舅家会送灯笼。舅家常常来得比较晚，但到初十就都来过了。白天忙着走亲戚，到了晚上，找一块萝卜做底座，用一根细棍一头插上蜡烛，一头插在萝卜上，把它们一齐放进灯笼，一瞬间，被点燃的红灯笼就像一间温暖的新婚房子，里面坐着文静的新娘，温馨而浪漫。村子里的孩子都挑着灯笼来到了村口，满村子就像一个童话世界。有那调皮的孩子会用灯笼去碰其他孩子的灯笼，有的灯笼就燃着了，那个被燃了灯笼的孩子便会大哭，别的孩子使劲地笑，怂恿再去点一个。直到深夜，星星点点的红灯笼像一个个的小火把把整个夜都点亮了。父亲手巧，会用高粱秆扎一个转灯，就挂在堂桌的正上方，它常常自传，漂亮极了，就像电视里看到的宫灯。父亲还为我用木头做过一个车灯，车顶有个红罩子，里面的蜡烛就像坐着轿的新娘，我小心翼翼地拉着车，正月的夜里一片影影绰绰的红，真像拉着一个梦幻……

年味越来越淡了，转眼就到了正月十五，走远了的年在这一天似乎又回了一下头。各家各户的鞭炮声在这一天热烈地响了起来，整个村子好像要被燃烧了似的，这是人们对年的挽留与对来年的祈盼吧。不能忘的是自己亲手滚的元宵，下在锅里，再舀一碗醪糟，甜蜜被热闹地烩在一起，甜在口里更甜在心里，似乎一直甜到今天。正吃着元宵，伙伴们已经在喊叫了：看竹马喽！

村头的大场上人声鼎沸，开始耍竹马踩高跷的表演了。大人会骑着木马动作夸张地从你眼前走过，赢得一阵阵掌声和欢呼声。大叔顶着涂得红得过分的脸蛋，穿着大红袄，扎着"长辫子"，在场子中扭来扭去，笑煞人了。大人小孩把场子围得水泄不通，你挤我拥，笑得前仰后合，夜深了，欢笑声还在夜里回荡。

过了十五，年似乎就过完了。十六的晚上，还有一波孩子们的欢闹。孩子们早早就把所有的灯笼点亮了，一手提两个，全村的孩子仿佛都出动了，村口都是打着灯笼的孩子，他们提着灯笼你碰我我碰你。俗话说：十五儿横十六儿碰。十六要把灯笼都碰着火了，这个年才算完满似的。他们都使劲儿碰，等碰完了灯笼，才心满意足地回家。这时候头顶的月亮又圆又亮，大家各自跟着月亮回家。

正月十五一过，地里还没有多少庄稼活，很多地方便开始唱戏。我们经常随母亲去五里外的镇上看戏。一路上都是人，过年的新衣还穿在身上，太阳暖洋洋地照在身上，有风轻轻吹过，脸上像有小娃娃的手摸过，舒服而熨帖。舅家所在的西街和姑家所在的东街也常唱戏，而且是对台戏，大舅和四舅也在台上唱。我不看戏，专找大舅和四舅。还有正月二十八的戏，戏连着唱三天三夜哩。村里有个叔是个老戏迷，年年这个时候在坐台看，三天连轴转，不离场。

无论过了多少年，经历了多少岁月，从古走到今，年味就像一串鞭炮，炸响在整整一个正月里……

（写于2021年）

大年三十儿

一年三百六十五天，宛若载着火箭"嗖"的一声就过去了。一抬头，大年三十儿就在眼前了。

过年可是一个大工程，有太多的活儿要干。女人们忙个不停。男人们没事人一般，三个一群五个一堆聚拢在一起谝闲传。甩手掌柜说的就是关中男人吧。最欢快的是孩子们，他们兴奋得一夜都睡不踏实，早上起来一群"小猴崽"已等在门外，一群小人儿嬉闹着、撒着欢儿前院后院地疯跑，老黄狗睁着一对忠诚的眼睛，摇着尾巴来回地巡逻，像忠于职守的警察。

一年三百六十五天，母亲日日都在忙，到了大年三十儿这一天，那更是比一年里哪一天都忙。蒸年馍、扫灰钱前几天都安排了，大年三十儿这一天是煮肉。母亲每一年喂两头大肥猪，中秋节杀一头，另一头是给过年准备的。留给过年的这一头又几乎留一半下来自己吃，小部分卖给村里人。母亲把留下来的那半扇猪肉剔出骨头后，切成方方正正的四方块放在一个硕大的瓷盆里装满水浸泡，目的是把血水拔出来，这最少得泡两个小时。时间到了，便在大铁锅里注满清水，把泡好了也洗净了的肉捞出来放在大铁锅里煮，火候到了再捞出来抹上蜂蜜，待凉后在烧热的油锅过一遍，这时候肉变得外酥里嫩，把它们放在蒸馍的笼上晾凉后，放在瓷盆里，吃的时候切，想吃多少切多少。我至今还记得，切一盘肉片与最简单的白菜萝卜粉条炖在一起，一锅的幸福在锅里咕嘟着，味蕾一下子就被俘虏了。

我最爱吃的是母亲做的猪头冻。在大年三十儿这一天，把所有的肉都弄停当后，母亲就开始做猪头冻。先把肉煮好，切成三厘米左右的小块在锅里爆香，然后炖，炖足了火候，然后把这一锅的美味装在早准备好的白布袋里，布袋口子扎紧后放在长条形的木桌上，上面压上一块大石头，这时候就有很多汁液从四周流出来，像冰挂一样，我们便趁母亲不注意的时候揪一块放嘴里，纯粹绿色没有任何污染的胶原蛋白。那大石头在上面得压两三个小时，等拿掉大石头，之前鼓鼓囊囊的白布袋现在已变成平平整整的三厘米厚的一长方形布袋了。每次吃饭时，母亲会切一盘用姜蒜汁凉拌的猪头冻，我忙不迭夹一块放嘴里，又筋道又香，且越嚼越香，有一种独特而耐久的香味。

大年三十儿这一天的中午，母亲常常要打搅团。尽管一年四季都有怎么也吃不烦的搅团，但这一天的搅团有着不同寻常的意义——补窟窿！一年到头了，要把外借的账还了，把借出的账收回来，就是两不相欠，有点平账的意思。最普通的老百姓用最朴素的想法过着脚踏实地的日子。大年三十儿的搅团吃起来与往日不同，因为加了过年吃的肉和菜。

到了黄昏时分，年夜饭要用的肉和菜全准备停当了。三十儿这一天的晚饭，母亲常常把猪下水洗了又洗，烩一锅色香味俱全的杂烩，再就上刚烙出的饼，我们吃得热火朝天、品得有滋有味。没有如今的七碟子八大碗，但是那种香味伴着快乐、兴奋、激动一直留在心中，简单的喜悦一词远远无法表达心头那种滋味。那是被母亲温暖了的年的味道。

大年三十儿一大早，伯父便在屋梁上挂上了牛皮绳，穿好了秋千板，绑好了秋千，我一个人乐此不疲地玩儿。闻着满屋子的香味，透过袅袅炊烟，看到母亲和姐在灶台忙个不停，像牛皮影似的。爱干净的父亲拿着扫帚前屋后院地扫，角角落落都不放过。炕围全用报纸贴上了，我常常睡在炕上看炕围上的报纸，仿佛上面的那个大领导在时刻向我招手，我不时会举起小手向他也挥一挥。

我最开心的一件事就是贴年画。那些画有《龙江颂》里的江姐，一个留着短发的英气女子；还有铁梅"手举红灯"，身后有一条又粗又长的大辫子；杨子荣戴着火车头帽子，腰里别着枪，一身的英武气。也有整张的连环画，那里面的故事日日看，却百看不厌。但那些贴画年年不一样。时代的印记也显影在了大年三十儿的墙上，显影在关于年的记忆里。

放炮，那可是过年时一件顶大的事情，是必不可少的。天刚擦黑，满村子的爆竹声此起彼伏。我胆小不敢放，本家的堂哥常常来我家放炮，一地的炮屑，像一地的欢乐，邻家的孩子会在地上捡没有放响的哑炮，终于找到一个，抹满鼻涕的脸马上绽开了一朵一朵的花。

那时候，没有电视，也不惦记春晚的事。但是心里有盛不住的欢乐使劲地往外溢，溢得满屋子满院子甚至满村子都是，快乐就像涨满风的帆，随时准备出发。

大年三十儿，孩子们最期盼的事就是发压岁钱，怀里仿佛一直揣着一头鹿，咚咚地跳，一直等着长辈发话：发压岁钱了！我们便争先恐后跪在长辈面前磕头，双手虔诚地接过长辈递过来的压岁钱，小心翼翼地攥在手心里舍不得看，放在只有自己知道的地方。

一晚上都兴奋得睡不着，新衣服新鞋子新帽子新袜子就放在头顶，把压岁钱又翻出来攥在手心，一夜里一直攥着，手心攥出了微微的汗。那可是一年里仅有的可以自己自由支配的钱，尽管只有几角钱，最多时也只是一元钱而已。

那一天夜里，满屋的灯一直亮着，要亮一夜，这是在"守岁"。母亲一直在忙，一切都准备就绪了，又为我们缝统袖。第二天睁开眼，棉嘟嘟的统袖像个棉宝宝似的就放在新衣服的最上面。有时统袖会在大年初一早上缝。

人长了多少岁，便要过多少个大年三十儿。也不知道从什么时候开始，过年不再有小时候那样的期盼和向往，喜悦和激动。新衣服是更昂贵了，吃食更精美了，年夜饭更丰盛了，可是，年味在心里却越来越寡淡了。

在时光的洪流里，大年三十儿，年复一年地如期而至，我也从懵懂小童走向成熟，但大年三十儿依然如勃勃少年，带给世人对美好生活的希冀、期盼与向往，还有绵绵不绝的祝福。

（写于2021年）

水
影

祈　雨

　　小时候，每逢天旱，村里那些上了年纪的老人们便忙活开了，他们为祈雨张罗、奔忙。

　　在我的记忆里，小时候常常干旱不下雨。大地裂开一道一道的口子，就像爬了满地的大蚯蚓。路上的土也很厚，蹦蹦车开过去，会连开蹦蹦车的人都看不见。这时候村里的长辈们会进行一些祈雨的活动。

　　那些祈雨活动常常在离我家一墙之隔的一个大爷家的院子里进行，院子里挤满了人。大人们为祈雨的事操碎了心，我们这些小孩儿，哪管得了这些，只顾自己玩得高兴。还盼望天旱呢，这样，就可以和很多小朋友一起玩，高兴得跟过年似的。但是记得有一次在饲养室后面的十字路口，那天晚上天上没有月亮也没有星星，天很热、很闷，来的人都跪在十字路口，前面有个长辈念念有词，也不知道在说什么，只知道他在祈求老天爷下雨。

　　在我幼小的心灵里，祈雨是件非常庄严、神圣的事情。为了祈雨，全村的男女老幼几乎全部出动。我们这些光着脚丫的小孩儿也派上了用场，并且还是祈雨的主角呢。

　　祈雨是全村人的大事情，家家户户都出动了。村里那些德高望重的长辈齐集在一起，准备祈雨。有专门的人主持祈雨。主持人事前就在全村的孩童中挑选七男七女共十四人，经过一番训练后，他们会神气又急切地在旁等候。当主持人宣布祈雨仪式开始后，全村男女老少黑压压一片跪在地上，村里最年长的人点灯焚香、叩首祭拜。简短的讲话过后，便有专人领着那事先选好的七个童男七个童女登场了。十四个一般大小的孩童，一字儿排开，双手合十，跪在房檐下，嘴里念着大人们教的祈祷语："天爷爷，地大大，不为大人为娃娃。天干了，地着了，房水窝窝火着了。请龙王，拜玉皇，清水细雨下一场……"如此反复吟诵。一遍又一遍，而且一茬又一茬轮换（后面有许多后备的孩童）。那时，我很是为自己被选为祈雨童自豪。记得有一次，正祈雨，雨就真的来了。倾盆大雨从什么也看不见的天上泼下来。祈雨的仪式被迫中断，但是被淋成落汤鸡的男人们，在雨里仰着头、张开双臂，高喊着，不知他们拥抱的是雨还是老天爷，脸上流淌的不知是雨水还是激动的泪水。

　　一眨眼，二十多年过去了，当年那些祈雨的孩童已变成年轻的爸爸妈妈，他们为祈雨孕育培养了一批新生力量。前些天，因为城里干旱缺水，加之停电，酷暑难耐，我便带孩子回乡下老家避暑。适逢家乡正在祈雨，看着如我当年那般大小的孩童们虔诚的模样，一丝悲凉爬上我的心头。

　　二十多年过去了，人们还在祈雨。祈雨，就其行为本身来说，是无可厚非的，是生活在黄土地上的人们追求美好生活的举动。然而不管祈雨本身产生的影响如何，其思想根源来说，这是纯朴又善良的农人们屈从于命运、屈从于大自然的表现。

　　我的祖辈们祈雨，我的父辈们祈雨，我们这一代人也在祈雨，到了我们的下一代还会祈雨吗？我的那些祖祖辈辈面朝黄土背朝天的父老乡亲们，他们是质朴的、善良的，他们日出而作、日落而息，过着知足常乐的日子。饥馑年代，他们祈求上苍风调雨顺，保佑他们安宁祥和；丰穰年代，他们感念上苍的恩赐，唱大戏、念大经，热闹一番，以示庆贺。

在商品大潮的冲击下，那一批批失学儿童，不就是一株株因缺乏知识的甘霖而几近枯萎的秧苗吗？还有那些把赚钱作为人生最高目标的人们，即便腰缠万贯，实现了大款梦，但物质的富有并不能填补精神的空虚，醉生梦死的生活使他们的灵魂日益枯竭。这些原本善良的人们有意无意地迷失了自己，他们心灵的河床需要心雨的滋润。

为了普天下的生灵，我祈雨，更祈求心雨。

（写于1999年）

从雨里走过

天下着雨，老公送我去体检中心，心想着雨天人少，体检会快一点儿。谁知人算不如天算，体检中心休息。看来，老天是有意让我在雨里走一回。

出了体检中心便看见马路对面有一个公园，我便撑着伞走进雨中，走进雨中马路对面的公园。

公园里几乎看不到人，也没有多少花草，树木却不少，走在里面，竟有点走进"森林"的感觉，还有"山"在林间被掩映着。树叶被雨水冲刷得亮闪闪的。这时就看到一个老人推着自行车从我身后走过来，车后座上的小男孩紧紧扒着车座；另一个老人打了把很大的伞，她只顾着扶车上的小男孩，推车的老人被淋湿了。一对行色匆匆的男女迎面走过来，也不断回头望着那奇怪的打伞的老人。

穿过那片树林，便见一广场，广场空旷无一人，但有大大小小的雨点欢快地在跳舞，平日里这里应该有不少人打太极、跳广场舞，热闹是不必说的。就在这时，有音乐声传来。大雨天哪儿来的音乐声？莫非听差了？我侧耳细听，真有！在山那边。绕过那座小山，在树林的拐弯处，一个小土坡上有个亭子，红顶红柱，乐声从那里流淌而来。我拾级而上，但见几个老人，有板有眼地在跳舞，

116

还真有点翩翩然的味道。有位戴着礼帽、背挺得笔直的老人邀我一起跳舞，我想反正谁也不认识，索性豁出去了。看着那些老人个个跳得自如、流畅，我这个还不算老的人真有点自惭形秽。突然就想到了一句广告词：六十岁的人，有三十岁的心脏。说的就是他们吧？这么大的雨都没有阻挡住他们的脚步。这就是生活，鲜活鲜活的。告别了那群老人，我又走回雨中。

从前不大喜欢雨。随着年岁的增长，我便对雨有了感情似的，竟喜欢起来。喜欢毛毛细雨落在身上的轻柔，喜欢倾盆大雨浇在身上时的酣畅淋漓，喜欢雨打芭蕉的呢喃，喜欢梨花一枝春带雨的神韵，喜欢雨夜打湿一地的落叶，喜欢打伞走在江南小镇细长的青石板路上听单调却极具韵味的咯噔咯噔的声响，喜欢雨中桃花如少妇腮边的那一抹嫣红。

不知怎么就想起了那场雨，大年三十儿在悉尼的那场雨。那场雨其实一点儿也不大，若有若无地落在身上，我感到很惬意。两个孩子手捧着地图在前面走着，我和老公跟在后面。街不宽，细而长，灯光有一搭没一搭地亮着。突然看到一户人家门口竟挂着大红灯笼，贴着红纸黑字的对联，一下子，我心底涌出丝丝缕缕酸酸涩涩又凉凉甜甜的感觉。

曾经写过一篇题为《风雨飘摇中的村落》的小文章，也至今怀念着我那位优雅、浪漫、博学的张老师。"多么美啊！风雨飘摇中的村落：斜织的雨丝连成线连成片连成幕，把那片村落里的那树、那路、那行走在雨中的人都织了进去，织进了梦里。"

上大学时，一个周末，我去看望在公安局上班的同学。黄昏时分，走在回校的路上，突然下起了瓢泼大雨。路人如织，四处躲雨，瞬间已湿了衣衫的我，索性不去避，在街道上奔跑呐喊，竟是前所未有的畅快。至今还时不时想起那场让我成了落汤鸡但尽情释放自己的突如其来的暴雨。

曾看过一幅画，名叫《雨中婺源》。画中有雾气笼着的一湖水，岸上有含苞待放的花骨朵儿，不甚分明地延伸到远处的油菜花，以及雾霭中的村舍，这一切都笼在轻梦里，仿佛一个还没有醒来的梦，细雨中的一帘幽梦吧？这画的是婺源的清晨之景吧，薄雾初起，晨曦欲现，周围的一切宛如处子般静谧而美好。我暗想，一定要去婺源看看。我常常在微雨的公园里独自行走，人很少，一地的落叶清寂而落寞，路面很洁净，平日的尘埃被雨洗干净了，树叶也碧翠了许多，草尖上闪着露珠，晶莹而剔透。走在上面，舒坦而惬意

古人道尽了雨的千般姿态。有"小楼一夜听春雨，深巷明朝卖杏花"的春雨图；有"昨夜雨疏风骤，浓睡不消残酒"的道不尽悲绪的秋雨；还有"黄梅时节家家雨，青草池塘处处蛙"的沉郁中透着股热闹的黄梅雨。以及"梧桐树，三更雨，不道离情正苦，一叶叶，一声声，空阶滴到明"的秋夜梧桐雨。

从雨中走过，湿了外在的躯壳，内在的灵魂却轻盈自在起来，我分明感觉到，那灵魂随雨滴在天地间飞舞。

（写于2019年）

雨里的春天

大概没有人不喜欢春天。而雨里的春天较平日更多了些别样的味道。

最初的最初，我不喜欢一切的雨天，即便是春雨。我总觉得那雨就是老天在流泪，它是忧郁的、沉重的，就是让人心情郁闷的代名词。也可能是随着年岁的增长，也记不清从什么时候开始，雨就走进了我的心田，特别是那绵绵密密若有若无悄无声息让人间安静下来的春雨。

雨里的春天，像一个十七八岁的大姑娘，美丽、动人。雨，细细的，悄无声息地梳理着那大姑娘长长的头发，耐心而细致。在雨里，那姑娘去了平时的浮气，更添了些文静，又带着些羞怯，含着丝丝的愁。

人常说：春雨贵如油。春天的雨，确实是珍贵的。它滋润着生命，洁净了人间。人可能会在烂漫的春天里，癫狂了、浮躁了，而春天里的雨会洗去这一切，人会在雨中清醒，像那雨中的禾苗一样成长起来。

当春天落雨的时候，我喜欢倚在临街的窗前，看窗外的人生百态。南来的北往的，男的女的，老的少的，他们干着各自的事情，

119

走着各自的路，匆匆地，无声无息地。但几乎每人头上都撑着把雨伞，红的、绿的、蓝的、黄的、紫的，仿佛百花齐放。于是，小街便平添了道流动的风景，原本寂静的小街，在雨里不动声色地热闹了起来。

常常，我喜欢在微雨蒙蒙的春日里走上古城墙。微雨里的古城墙，静静的，寂寂的，又净又雅。团团绿云似的树木围绕着城墙，爱得死去活来的少女少男们在城墙根的石板路上说着无尽的情话。三五个孩子在微雨中嬉闹。我静静地走着，看着前方，突然有种不易察觉的渺然感袭上心头。我觉得自己仿佛坐在一艘船上，四周烟雨茫茫，不知身在何处，不知走向何方。一种挥之不去的沧桑感和凝重感，将我带进历史，带进虚无，带进永恒。于是，我便仿佛脱离了本体，轻盈得仿佛成了微雨中一个精灵。

用心体味，就会发现，雨里的春天，有一种分外的美丽。那是种脱俗的美、灵动的美、娇羞的美、欲说还休的美，一种独特的美。这个时候，我总会想起"梨花一枝春带雨"这句诗，那描写的分明就是个腮边挂着相思泪的清丽美人，带着抹娇羞，含着丝轻愁。

雨里的春天，如一个沐浴的美人。她静静地、极有耐性地梳理着自己的秀发，脸颊嫣红嫣红的，美目流盼，浑身散发着芬芳的气息，通体透着股挡不住的诱惑。雨里春风拂过，你会有种凉津津、甜丝丝、清爽爽的感觉。那轻轻柔柔的风缠缠绵绵地从你身边而过，但又极舒服地熨帖着你的身心。你感到了那吹过的风中有种力度，有种棱角似的东西，仿佛在提醒你，不要在迷离的春光中迷失了自己。

走进雨里的原野，你便会知道什么叫心旷神怡。雨斜织着，织了一张巨大的幔，把地球上的生灵都织了进去。碧绿的麦苗像吃饱喝足的娃娃，伸出了胖胳膊胖腿。翠嫩的小草穿着绿色的衣裙跳着芭蕾。穿着金黄衣服的油菜花，像一个凯旋的勇士，满载着收获的喜悦。自不必说那粉的桃花、白的梨花与杏花了。它们都在春雨的滋润下，做着美滋滋的自己。

春雨，实在是好雨啊！"随风潜入夜，润物细无声。"它不是锦上添花，而是雪中送炭。

走在雨里，春像一幅画；走在春里，雨像一首诗；走在雨里的春天，人仿佛变成了精灵，走进了童话世界……

（写于1997年）

又遇秋雨

记忆里，一入九月，常是雨天，这一下就是月余，甚至四十多天，这种天气常被我们称为"霖雨""秋霖"。

也记不清从何时起，霖雨成了稀客，以至于它渐渐淡出了我的生活，模糊在久远的记忆里。可时隔三十多年后，又遇秋雨，我感到惆怅寂寥的同时，又有一丝亲切，好像久未谋面的老朋友不期而至、远道而来……

我知道，那是因为这秋雨里夹着一抹乡愁，被秋雨浇湿的乡愁，穿过岁月依然不紧不慢不急不火迈着细碎的步子从深深的秋雨里走来。

那时候，乡下几乎全是土路，遇雨天便泥泞难行，何况是连绵不绝的秋雨天。只要下雨，家家户户的屋檐下便放着家伙什接雨，有木制的桶，有铁皮桶，也有瓦盆和陶瓷盆。那时全村人吃的都是井水，挑着扁担到村口去挑，全村人全靠那一口井。遇着雨天，人行走都很艰难，更何况要挑着两桶水。所以，乡亲们常在雨天用接来的雨水洗菜洗锅洗衣服。

大人觉得秋风秋雨愁煞人，孩子们可不这样认为。他们光着小脚丫，在泥里雨里踩水玩，用小手接雨玩泥巴，小手脏兮兮的，还

122

吸溜着鼻涕，可脏兮兮的小脸却笑成了一朵花。我现在还记得就是在秋雨中玩耍，有一次弄得满身长了一大片一大片的红包，奇痒难耐，大人们把它叫"风司"。母亲将她梳头的木梳在火上一燎，在"风司"上刮，还真解痒，感觉又舒服又难受。可是到了来年的秋雨，我又照样在泥里雨里疯玩，真真是好了伤疤忘了痛。

霖雨时，会不时有蹬着木屐的大人从泥里雨里走过。木屐是像脚那么大的小板凳，下面有四个小木腿，上面绑着稻草编织的绳，脚被绑在上面。说白了，就是把小凳子绑脚上走泥路。踩着木屐在泥泞里"咣唧、咣唧"地走过，有种踩高跷的感觉，又仿佛古代夜里的打更声，单调却有韵致，又有些许情趣。如今，随着光阴流逝，木屐留在了人们的记忆深处。

那时，我家老屋门前靠东边有三棵大老碗口粗的核桃树，一夜的秋风秋雨会把树上的青皮核桃吹落一地。我和弟弟妹妹们不用大人叫就早早起床去核桃树下拾核桃，将穿着绿衣的核桃埋在暖烘烘的有着零星火苗的热灰里，过一会儿拿出来，剥掉那层已变为淡黄色的外衣，里面白嫩嫩、脆生生的核桃仁浓香扑鼻，吃起来满口生香。多少年了，我再没有尝过此等美味。

每遇到这样的秋雨天气，男人们聚在村头的大柳树下吹牛皮，女人们拉着家常手里却不闲着，纳鞋底、缝制秋衣，一家大小这一年的穿着全靠这一双粗糙却勤快而灵巧的手了。

秋雨天，陷在泥泞里，人也沉甸甸的。地面上有一洼一洼的积水，可以照见周围的树木、屋舍。积水里藏着一个别样的世界，我总爱在那别样的世界里找寻小小的自己。

经年的老屋顶上的秋草在风里摇曳，它们在绵绵的雨里悠闲地俯视着这清秋的世界，雨水像个调皮的娃娃在瓦楞上跳舞。这样的天气里，似乎总能听到余光中的"雨，该是一滴湿漓漓的灵魂，窗外在喊谁"。也许，人们大多都不喜欢秋雨天气，因为这天气潮湿、道路泥泞，人的心在这天气里也紧捏在一起，皱了似的不舒展。古人写秋雨之诗句亦很多。"秋风秋雨愁煞人，寒宵独坐心如捣"写秋雨之夜难熬之状；"秋花惨淡秋草黄，耿耿秋灯秋夜长，已觉秋窗愁不尽，那堪秋雨助凄凉"描写本就多愁善感的林黛玉在秋风秋雨中心情之悲之伤之凄凉；"梧桐树，三更雨，不道离情正苦。一叶叶，一声声，空阶滴到明"借绵绵秋雨写诗人的离愁别绪；"一往情深深几许，深山西照深秋雨"写情深似秋雨，绵绵无绝期；"留得枯荷听雨声"是幅有了意境的画；"袅袅秋风动，凄凄烟雨繁"写出了秋风秋雨的灵动清雅。

不知从何时起，我竟喜欢上了秋雨，也便知了年少时的偏狭。一夜秋雨过后，路上、公园里的人也少了许多，树叶竟落了一地，地面上光亮如洗，走在上面，人也清亮起来。在绵长的秋雨里，披着紫色风衣，撑着桐花雨伞，竟疑心是在梦里；而雨打芭蕉的夜，倚在窗前听雨，心会无端地宁静而温润起来……

秋雨，是一首流泪的诗；秋雨，是一幅颜料未干的画；秋雨，是一个眼含清泪的妇人，听着秋雨，思念着心上人，从黄昏到天亮。

（写于2014年）

下雨天其实也很美

我一直不喜欢下雨天，也不记得从什么时候开始的，应该打从儿时开始记事起吧。

那时候，每到九月，学校开学的时候，就进入了雨季，雨没完没了地下，也不大，就是整日里都在滴答，蔫牛不下晌的那种，不下个一月绝不肯消停。这时候，就仿佛有一张无边无际的湿重的幔，罩在头顶什么也看不见，压得人抬不起头，使劲儿抬头又无法动弹。这压在头顶的是挥之不去的阴郁，极像一个总是哭丧着脸的阴沉的老人，让人的心里有种无法言说的郁闷。

不大不小的雨没完没了地下着，屋前屋后便积了很多小水洼，路上满是泥泞。这天、这地，让行走在天地间的人都被笼在这雨中，让人郁郁寡欢而无所适从。也许因为这，我就不怎么喜欢下雨天。

那样的下雨天，屋里也是阴暗的，白天仿佛一下子就成了黄昏。男人们出不了门，便窝在炕上睡大觉或聚在一起谝闲传。女人们却有忙不完的家务。我们这些小人儿才不管下不下雨呢，在泥水里与玩伴们打闹、嬉戏，乐此不疲。结果身上就生出一片一片指头肚大小的红丘疹，奇痒难忍，村里老人说是"风司"。母亲嘴上数落着，却点了煤油灯，拉过我趴在她腿上，用桃木梳子在油灯上燎过，便在那红丘疹上一遍遍梳，又难受又舒服。可是，我们好了伤疤忘了痛，很快又在泥水里疯跑。小脚丫在小水坑里猛踩，泥水四溅，小脏手接着怎么也接不满的雨丝儿，流着鼻涕的小脏脸乐开了花，那一对黑黝黝的大眼睛充满好奇地忽闪着。

想起来，那都是很早很早以前的事情了，恍若是上辈子发生的，但在心底生了根。

光阴荏苒，一晃几十年过去了。前几天回乡下，不期遇雨。看到邻居的孩童在泥水里玩耍，看着看着眼睛就酸了。往事透过雨帘一幕幕袭来。我又感受到了小时候的那种雨的况味，南方的梅雨似的。到了秋天，也依然会有连绵的雨十天半个月不紧不慢地下。只不过下三天歇两天，仿佛下累了歇一歇再继续下。一场秋雨下来，天仿佛一夜间就凉了。一场秋雨一场凉哩！几场雨过后，秋天就走到深处了。

走在雨里，走在城市雨中的道路上，会照出人影，有种走在水晶宫的感觉。但心里总觉得似乎缺了点什么，这样一走就是几十年。

不知何时，我喜欢在那些怎么也追不回的时光里穿行。那些时光浸在乡愁里，有一种别样的美。余光中在《听听那冷雨》里问："雨，该是一滴湿漓漓的灵魂，在窗外喊谁？"那一声清脆的空灵的声音，喊得人心都要酥了碎了。古老的门楼上摇摆的枯草早没有了踪影，长着草的土墙早已塌在了光阴深处。可那深埋心底的关于雨的一幕幕依然在记忆里。

那时候，喜欢看琼瑶的作品。记得琼瑶在《紫贝壳》里描写的那个留在记忆深处的挥之不去的黄昏，门外面不紧不慢下着仿佛怎么也下不完的雨，一屋子的落寞与清愁，就那样流淌得到处都是。把自己裹在沙发里的小妇人仿佛装在紫贝壳里的一个精灵，她那一声轻轻的叹息里，带着无限的惆怅，在那样的黄昏有说不出的凄美，湿而重、阴而沉的空气里充满了忧伤……

自此，不知怎么就喜欢上了紫色。落雨的时候，总喜欢一个人披着紫色风衣、打着桐花雨伞走在寂静的路上，细碎的不知名的树叶落了一地，像抖落了一地的碎梦，桂花特别的香气裹着细雨，让人晕眩而无所适从。

说起下雨天，不禁让我想起上大学时的那一桩事。几十年过去了，怎么也忘不了那个夏天的那一场突如其来的暴雨。当时正上大学，我受同学之托给另一个同学送一本书。回来的路上，突然间，狂风大作，一瞬间，天昏地暗，大雨倾盆。因为太突然了，人们都如热锅上的蚂蚁四处奔逃，寻找避雨的地方，我也在人流中无头苍蝇般慌乱地奔跑。但因为人太多，无处可逃。万般无奈之下，我心一横，豁出去了！不管不顾了！一纵身就把自己交给了那如注的雨！瞬间，全身衣衫湿透，整个人成了刚从水里涝出来的落汤鸡。风声、雨声和着人声，排山倒海般在这个黄昏的天地间汹涌。一种从未有过的感觉从心底升起并传遍全身：爽啊！这是从未有过的酣畅淋漓！从未有过的灵肉相合！这一刻，我只觉得生命原来可以这样纯粹，我仿佛成了自由自在、无拘无束的精灵，与天地融为一体，恣意放纵。

那一场突如其来的雨，一直在我的记忆里下着，每遇暴风雨，它便会像个小顽童一般出其不意逗弄我一下。我在想，大自然的春夏秋冬如同人的喜怒哀乐酸甜苦辣，那些雨，就是大自然的情绪。

一整个夏天太阳太烈，把大地烤得燥热难耐。秋雨用它绵绵密密的温柔极富耐心地轻轻地安抚着被夏天烤干了的大地。被滋润的大地又孕育了新的希望，原野上一派欣欣向荣。撑着雨伞走在能照出人影的水泥路上，那不停滴答的雨一路上都在陪你说着说不完的情话，让你惬意地走过那些湿漉漉却极富韵味的时光。

像人一样，雨也是有姿态的。雨的姿态，千娇百媚。春雨"唰唰唰唰"汇成了小溪，夏雨"噼里啪啦"汇成大江大河，秋雨"滴答滴答"汇成了一泓清泉，冬雨无声却诗化了来自天国的童话。春天的雨温柔可人，是清新灵秀的少女；夏天的雨暴烈强悍，是雷厉风行的壮汉；秋天的雨缠绵悱恻，是日日思君不见君的少妇；冬天的雪是雨的精魂，是一个白胡子老爷爷彻夜讲着童话。从四季走过，从四季的雨里走过，人生有了不一样的滋味，生命添了厚度。

从古到今，多少文人骚客用他们生花的妙笔，写尽了雨的千姿百态。春天的雨不禁让人想起那一句"梨花一枝春带雨"，它宛若一个腮边挂着泪、着粉白衣裙的清丽女子迈着细碎的步子从远处缓缓而来，空灵脱俗，不似人间凡物。"渭城朝雨浥轻尘，客舍青青柳色新"描绘了一幅动静相宜、宁静淡雅的水墨画。"南朝四百八十寺，多少楼台烟雨中"不禁让人联想到碧翠的柳在斜风细雨里飘呀飘，那些穿越时空的亭台楼榭虽岿然不动，却也成了历史烟云里的过客。"空山新雨后，天气晚来秋"可谓是诗中有画、画中有诗，超凡脱俗，让人耳目清新。"春潮带雨晚来急，野渡无人舟自横"别致地捕捉到了那无人的小舟上装满的空灵的美。《红楼梦》里林黛玉的潇湘馆仿佛总在下着雨，窗外的青竹一直挺立在淅淅沥沥的雨里，住在里面的那个绝妙的女子就是雨中的一个精灵，通体都被泪裹着。

古人写尽了雨的千姿百态、万千风情，赋予了雨灵魂与精神，雨是担得起的。"梧桐叶上三更雨，叶叶声声是别离。"那缠绵的雨声里无处不在的清寂裹着伤感走进梦的深处……

我突然觉得，下雨天其实也挺美！

此刻，窗外的雨依然在下着，似喃喃细语，又似低吟浅唱，像在诉说着怎么也诉说不尽的心事，从远古到如今。

（写于2021年）

雪　忆

冬日无雪，阴而冷，人也便没了精神。正月未尽，上天仿佛觉得过意不去，补救似的落了场雪。树上薄薄的一层雪，地上的雪还没"坐住"，人们已是欢呼雀跃。许是受了人们情绪的感染，老天一高兴又接二连三地把雪花撒向人间，一时间，便觉得天地间一下子精神了许多。

在我的记忆里，一到冬天，雪不止下一场，而是三场四场地下。一下雪，满眼几乎全是白茫茫一片冰雪的世界。雪厚的时候，覆盖了田野、村庄、道路和河流。天气似乎比平日冷，不等雪消干净便冻住了，路上常常结着冰，雪被压在下面，太阳偶尔笑了一下，屋檐便滴答滴答个不停，屋檐下便是一片泥泞。

不过，农人喜雪。当雪花铺天盖地而来的时候，他们披着老黑棉袄，戴着火车头帽子，手缩在袖筒里，在雪地里，有人甚至精赤着个头，用嘴去舔那似乎带着甜味的雪，高兴得像个孩子！瑞雪兆丰年哩！能不高兴？他们的脸上洋溢着六月天喝了冰水般的喜悦。

也不知从什么时候开始，大概是到城里上学以后吧，雪渐渐从我的记忆里消融了。下雪只是偶尔的事，有时，甚至连续几年都不下一场雪。人们眼巴巴望着天空，老天却阴沉着个脸，也不知在生谁的气。田里的庄稼冻得发抖，人们希冀的雪只出现在梦里。

　　但是，就在我大学毕业的那一年大年三十儿，下了一场罕见的大雪。雪几乎有一尺厚。大年初一，我和本家的一个堂姐去离家十几里远的一个表叔家。我们俩走在雪地里，路上几乎没有行人，也看不清路，因为到处都是雪，远远看去，表叔家所在的村庄就像童话里的国度。路上只我们俩，一前一后地走着，我们在雪地里"咯吱咯吱"的走路声，单调却极有韵味。四野里白得耀眼，也静得出奇。天空中还飘着雪，好像要吞没了我俩似的。天地间全是雪，舞动的雪。我俩也不说话，只是走着，仿佛要走到地老，走到天荒……

　　多少年过去了，我一直记着那场雪，那场似乎还在下着的雪。

　　连同雪一起珍藏在我的记忆深处的还有一幅画。

　　那大概是一个黄昏吧，周围静悄悄的，雪无声地覆盖着四周的一切：远处的田野、村庄，近处的树木、房屋和屋前的小路。不远处有一座木桥，桥下面的河水结了冰，上面也盖着一层雪，有一只猎狗竖着耳朵躲在房前，屋子是尖顶的，木制的墙及屋顶，窗户里透出不太明晰的光，温暖而祥和。周围安静极了、肃穆极了。我一直在想，那木屋里有一个老人吧，老人正坐在火炉旁，火炉里的火很旺，老人手持着一个已经有些年头的茶缸，火炉上的茶壶里冒着腾腾的热气，那炉火将老人的脸映得极分明。那是一张刻满年轮的脸，坚毅和泰然写在老人的脸上。在这夜里，在这雪夜里，在这雪夜的木屋里，老人想着他这一生，守着这雪夜，守着这雪夜里的木屋和木屋里的温暖。就这样守下去，守成了一种永恒……

　　21世纪初，一个年轻歌手——刀郎，他的那首《2002年的第一场雪》，唱响了大江南北，唱红了大河上下。于是，一时间，满大街上听到的都是那首歌，那场雪下得纷纷扬扬、铺天盖地，那首歌唱得肝肠寸断、凄婉感伤。大约2002年的那场雪引发了刀郎的灵感，也引发了国人的共鸣，那首歌便走进了国人的心里。

古诗曰："北风卷地白草折，胡天八月即飞雪。忽如一夜春风来，千树万树梨花开。"这飞在八月天的雪，把季节从秋一下子拉到了冬，却在这飞雪里有了春花的烂漫之感，这就是诗人的高明所在，让人在秋天里感受到了冬天里的春天。鲁迅先生说："那是孤独的雪，是死掉的雨，是雨的精魂！"这雪透出一种刚毅冷峻的感觉。雪是有意味的。在不同的人眼里，雪的意味是不同的。

2008年年首，一场雪席卷了九百六十万平方公里的每一个角落。始料未及且前所未有。谁也想不到的是——路塌了，桥断了，电路断了，列车停运了，祈盼过年的人回不了家了。那个在人们心目中一直飞舞着的精灵成了"白色天魔"，令人恐慌不安、忧虑不已。那一年，"雪灾"成了使用率最高的词。

自从那场罕见的大雪过后，雪不知是伤了元气还是伤透了心，迟迟不肯光顾这一个冬日，整整一个冬天不见一片雪花，甚至立春已过，还是杳无踪影。就在人们望眼欲穿的时候，在这个冬天的黎明，久违的雪仙子悄悄降临人间了。雪花在空中飞舞，人们在心底欢唱。

2013年的秋天，应朋友之邀去了趟日本，目睹了印象中如少女般纯净、缥缈而梦幻的富士山。当时，山下层林尽染、枫叶红遍；山上已是白雪皑皑。我心头不由一震。雪为山添了灵性，那座顶上覆着雪的红房子，是在守护富士山这个女神吗？不知怎么就想起了我心中一直珍藏着的那幅《雪夜木屋》。可这个红房子里是一个健朗的青年长年累月守候着心中的女神，这个女神便是富士山。

雪是舞动在冬天里的精灵，是天国派往人间的使者，是冬天里的春天，是梦，是永恒……

（写于2014年）

雪　霁

在那个落寞的黄昏，今冬的第一场雪悄然落下。

我推开窗，伸出手，雪花便一片一片落在我的掌心，六瓣的雪花很漂亮。但是它瞬间就消失了，像一个美丽的梦，还没有来得及好好体味，梦就醒了。

孩子们跑下楼雀跃着，瞬间，大人、小孩聚拢在一起，孩子们疯跑、嬉戏，大人们相互问候着，脸上尽是欢笑。

已经很晚了，雪依然在不紧不慢地下着，不是很大，但一直没停歇。那一夜，我睡得格外香甜。

也可能是牵挂着雪花的缘故吧，天还没有亮我就醒来了。拉开窗帘，雪已经不知道在什么时候停了。地上积了一层雪，但没有想象中那么厚。有一两户人家的灯还亮着，整个院子仿佛睡在冬雪里，屋顶上、树上、草上、路上都是雪，整个世界像笼了一层轻梦。

雪映衬下的天空其实并不黑，紫色的光和远方的天光融在了一起。我穿上红色的运动裤、白色的运动外衣，再戴上红色的棉线帽子，推开门，不由得打了个激灵。用两个字形容特别贴切——凛冽，空气中似乎带着薄荷的味道。我向着每日必去晨练的公园走去。路上有一两个人匆忙地赶路。也可能有点早，公园里空无一人。

我正醉心于难得的清静，突然，一阵清脆的鸟叫声在林间树梢响起，循声望去，几只鸟儿你一言我一语拉着家常，轻松自在，如精灵一般。

从不知道，鸟儿的声音会如此清脆、动人和美妙，仿佛山涧流淌的溪流声，分明听到有音符在空气里跳，有露珠在树叶上滚的细微声响。平日里，来来往往的人的吵闹声，盖过了自然本来的声音。这会儿，尽管是寒冷的冬天，但空气透着股冷冽的爽。侧耳倾听，似有来自四面八方的鸟鸣，有无数的鸟儿在天地间、在风中、在这个有些寒意的雪霁的清晨在进行大合唱。

我仰视着树梢上的那些精灵，我不能很清晰地看见它们，但我分明感知到了它们。它们就在枝叶间，在那有着一层薄薄的积雪的林间，自在地做着它们自己，如一个纯净的处子，一个有着童真的孩童。我知道，此刻，它们一定也在看着我，看着我这个孤独的人类。他们在纳闷吧，平日里那些强壮高大的、自以为是的人类呢？他们无所顾忌地喧闹，可此刻，突然间咋都消停了不见了？终于可以还它们一个清净了。它不知道，人类正在经历一个史无前例的大灾难。

公园里弯弯曲曲的小路很静，平日走过的湖畔小径也很静，湖岸边那一丛丛芦苇在冬日里都被割下来，只剩光秃秃的根茎部在水里。不过，有一层积雪，它们像镶了一层白色的毛边。湖水失去了往日的激情，清瘦得拢在湖中心，岸边的绿草尖有层薄薄的雪，有些裸露的地方结了一层冰，若有若无的。

但是无论在哪里，空气中都弥漫着清清冷冷的气息。湖边的垂柳枝条上有些枯黄的叶，是秋天还没有落尽的叶吧，零星却很顽强地坚守着。远远望去，它们在风中摆动，仿佛春来了呢。但是，冬天来了。春天还会远吗？！

最奇妙的是，落着一层雪的芭蕉叶，在微风里跳舞，一会儿向左一会儿向右，像拉小提琴。颤悠悠地一跳一跳，像灵动的音符在风中来回穿梭。高高低低的芭蕉林，就像一个乐队，在风的指挥下，在这个雪霁的清晨演奏一曲交响乐。

假山后面的那一片草地，被一层洁白的雪覆盖着，藏在里面的小草像一个个调皮的娃娃，用手指一戳一戳头顶的那一层洁白，仰着绿色的小脑袋，探一探头，外面冰天雪地，它打了个寒战，又把头缩了回去。但是不打紧，它们本来就是大自然的孩子，尽管瘦弱，但受得住严寒。

前面是那片日日经过的竹林。到了冬天它们依然那么碧绿，地上是一层雪，仿佛给竹子们铺了层雪白的毯子。我从来都没有发现，那一片修竹后面，有一个不规则的红褐色的石头砌成的小屋。干枯的树枝上有薄薄的一层雪。不难想象，春天、夏天和秋天，小屋一定被一片葱茂掩住了，难怪这么久都没有发现呢。小木门锁着，到夜里如果有灯光照出来，感觉一定不真实，仿佛一个童话世界，里面藏了很多秘密吧。门前有冬青树，树枝上面有少许的雪，有一条小径可以通向那小屋。我在纳闷，平日怎么就没有发现这个隐秘的小王国呢？这个雪霁的清晨让我有了一份意外的收获。

那一片并没有被雪盖严实的麦冬，有一些绿色的细枝被雪自然地分成一绺一绺，像海底世界里的一丛丛一簇簇的珊瑚，像被打湿头发的女童的刘海。

那个拱形花廊，三年前就搭在那里，本是为那年过年准备的，现在成了园区的一道风景。当初火红的枫叶已经发黄了，像秋天的落叶，有了丝沧桑感。平日这里的行人一拨一拨，此刻，就我一个人，有一点儿空寂。我喜欢这雪霁后的空寂。

我静静地行走在这空无一人的雪霁的清晨，听着这神奇的鸟鸣，感受着雪霁过后的这山、这水、这一草一木的欢唱，心里从未有过的宁静、清寂与空灵，让我的心里舒适极了。

我把自己迷醉在了这雪霁后的清晨里……

（写于2022年）

雪　天

　　黄昏，一丝一缕若有若无冰冰凉凉的雪轻轻地飘在人的头发上、脸上、身上、手上，有人欣喜地大喊：下雪了！这可是今年的第一场雪啊！雪终于落到了地上，可见，却什么也看不见。许是在空中就融化成了水。

　　记忆里，一个冬天能下三四场雪。一整个冬天，路面就没干爽过，不是正下着雪，就是已经被冻住的雪。旧的雪还没有消融，新的一场雪又下开了。一夜醒来，房檐上挂着长长短短的冰溜，水晶似的闪着光。有太阳的日子，房檐总是滴答个不停。

　　雪地，是孩子们天然的游乐场。村头生产队的大场上平日清净，下雪的时候，却热闹得很。孩子们你追我赶打雪仗那是再寻常不过的事了。女娃娃红扑扑的脸蛋儿、冻肿的红萝卜似的手，男娃娃脸上是冻干的鼻涕，小脏手攥着一把捏成球的雪就往同伴脸上砸去，那些被灌了一脖子雪的追上去就将雪往对方脸上头发上弄，在孩童们的疯跑和欢笑声中，雪下得更欢实了。

　　喜雪的不只是孩子们，大人们也仰着头张开嘴伸出手让雪飘在脸上飘进嘴里接在手上，心里喜滋滋的。老人们常说，这可是老天爷给咱下白面下白馍哩！

走出村子，放眼望去，好一片白茫茫大地真洁净！一张硕大无比的雪被把田野、河流、道路全盖了个严严实实。瑞雪兆丰年啊！来年又是一个好年景！

今人喜雪，古人也不例外。在古今中外的名人笔下，雪又有着怎样的千姿百态呢？

鲁迅先生笔下的雪总是在爆竹的钝响中越下越大，那雪有着年的气息；老舍先生笔下的雪灵动、秀美；季宇给雪赋予了生命与思想，他笔下的雪是"漫天的蒲公英，是无数幼小而不可名状的生命，在苍茫的夜空中颤动、沉浮、荡漾"；峻青笔下的雪是残暴的君王，"风卷着雪花，狂暴地扫荡着山野、村庄，摇撼着古树的躯干，撞开了人家的门窗，把破屋子上的茅草，大把大把地撕下来向空中扬去，把冷森森的雪花，撒进人家的屋子里，并且在光秃秃的树梢上，怪声地怒吼着、咆哮着"；秦牧笔下的雪好大，景好美；黎汝清的笔下，雪大俗大美；周立波笔下的雪是跳动着音符的水墨画；在骆宾基的笔下，雪是狂风肆虐中的群兽在厮斗；巴金的《家》里，雪就如一个没有灵魂的人在游走……

"千山鸟飞绝，万径人踪灭。孤舟蓑笠翁，独钓寒江雪"中，雪在荒寒寂寞里幽静千年孤独千年，那么傲岸那么凛然地静着幽着孤独着唯美着，从远古到如今。"梅须逊雪三分白，雪却输梅一段香"中，雪与梅是一对天成的佳偶在比美。"日暮苍山远，天寒白屋贫。柴门闻犬吠，风雪夜归人"描绘了一幅烟火气十足的雪天夜归图；毛泽东《沁园春·雪》又有着何等的气势。

还有一年，我和几个朋友相约去富士山。十一月的日本，天蓝云白，红枫似火。也不知车行了多久，两边不再是笔直的树，不高的山上有成片的林木，渐行地势渐高，就见窗外已是银装素裹，竟

139

不觉得冷，司机不知何时已开足了暖气。下了车，眼前已是白雪皑皑。我随着人流进了一座温暖的房子，每人被发了一个铃铛，声脆而亮。出了门，满眼的雪，远处有座小红木屋。路边是洁净的雪，我抓了一把在手心里搓，竟搓得冒出热气来。不知怎么就想起了渡边淳一的《梦断寒湖》，想起了那个把自己永远封存在冰天雪地的大山里的天才红衣美少女。

在孩子三四岁的时候，西安城下了场罕见的大雪。我牵着女儿的小手，走在积雪近尺的环城公园。穿得小狗熊似的女儿，在雪地里打着滚儿，只露出黑黝黝的一双眼睛。古老的城墙上、高高低低的树上、行人的身上、路边的石头上、铺着石子的路上都是雪，厚厚的积雪，把孩子的小半截身子都没过了，但我从未见孩子那样高兴过。

雪天里的西安城，就是一个穿着素色衣裳、围着红围巾、温和儒雅的中年男子，宁静而从容。而雪天里的西安城墙则如一匹矫健的白龙马，在西安城腾空而起，护卫着这座底蕴深厚、文脉绵延不绝、古老而年轻的城市。平日里的城墙苍茫厚重，有一种邈远的历史感，而依傍着城墙的护城河在雪天里轻盈、洁净，透着股灵动的美。城墙的四个角楼如四位身穿铠甲不惧风雪的威武的将士，时刻注视着这座日夜守护的四方城，城墙垛口处猎猎的旌旗在雪天里分外耀眼，仿佛能听见"嘚嘚"的马蹄声、冰天雪地里的厮杀声和呐喊声。

忘不了的，还有刀郎的那首《2002年的第一场雪》，这首唱遍大江南北、唱红长城内外的有关雪的歌，如今听来仍有种酸酸的甜甜的涩涩的感觉，恍若隔世般让人的心无着无落。那场迟来的雪，演绎了一场缠绵悱恻的爱情故事。"你像一只飞来飞去的蝴蝶，在白雪飘飞的季节里摇曳。""你的万种柔情融化冰雪，你的甜言蜜语改变季节。"在光阴里无尽地飘洒着、寂寞着、沧桑着，把温柔和缠绵一再显影重叠。

一列在冰雪的世界里行驶着的火车上却发生了连环谋杀案。这是看过的一部电影。有一部动画片《冰雪奇缘》，在冰天雪地里上演了一段险象环生的冒险之旅；一个我心仪的女作家的《银碗里盛雪》，多么淡雅脱俗；罗腾堡可是世界上最美的冰雪小镇，走进去，就会成为童话故事里的人；冰天雪地里的冰岛，那更是一个美得不可方物的国度。

小而白、洁而亮的雪花，摇曳生姿，装点着这个世界。当它变成鹅毛大雪时，又温暖着这个冰冷的季节及人们心底对冬的期盼。

（写于2021年）

家乡的河

记忆里，家乡处处是河，到处跟明镜儿似的。

村子往北，一字儿排开有马河渠、大河、二河、解放军河，且河河相连、条条相通，最后流入渭河。

离村子最近的马河渠，仿佛一条飘带把村子拦腰扎起。河岸有碧绿的草、细碎而艳丽的花、蒲团似的树。河里有石，石白且光滑。

小时候，我常随着大人一起端一大盆衣服去马河渠里洗。到了河边，各自下了河，坐在露出河面大大小小的石头上，将带来的衣服浸泡进清冽冽的河水里。大件的衣服用棒槌在石头上捶，时常，一不留神，就有浸泡的衣服随着水流漂走了，这时候，在一片惊呼声中，有胆大的自告奋勇把漂走的衣服打捞回来。洗好的衣服就晾晒在河岸的树上、花草上，那些晾晒在花草树木上的衣服大口大口地吸着太阳光的味道、花的味道和青草的味道。孩子们的嬉戏声、大姑娘小媳妇的说笑声和着哗啦啦的流水声流向远方……

大河离村子稍远点，两边长满了大树。河宽而深，一眼望不到底。河水波澜不惊，泛着绿光，深沉而阴郁，像个不善言语而又极富涵养的男子。厚厚的水草缠绕着，里面仿佛藏着数不清的秘密。河两岸是沙土地，种着成片的西瓜、红芋和高粱。我们这些孩子经常干的勾当是——从河沿爬到西瓜地里偷西瓜，然后在河岸的树荫下大快朵颐。

最难忘的是二河。那里是小小的我最常光顾的地方。那时候，没有那么多作业，村里的小孩放下书包，便成群结队，人手一个竹篮，过了马河渠，来到离村子不远不近的二河边挖野菜、拔猪草。黄昏时分，每人提着一篮子鲜嫩碧绿的"胜利果实"，在袅袅炊烟里，在母亲声声的呼唤声里各自归家。

那时候，几乎一整个暑假我都在二河边拔草。二河边多苞谷地、棉花地，地里长满了草。我和邻居家的好朋友改蔻常常提一个大篮子，一人手里拿个大蒸馍，迎着朝阳就走进二河边的田地里。密密麻麻的草像望不到头的毯子，铺了一地。我们聊着天，手却一刻也不停。我们像两台除草机，给被草包裹的棉花松了绑，拔的草我们就晒在地头，我们穿梭在棉花枝枝杈杈织就的凉棚里，一上午的时间不知不觉就过去了。我们累了就脱掉鞋，挽起裤腿在二河清澈的河水里凉快个够，把晒得红彤彤的脸蛋儿浸进凉凉的水里，心里那个惬意，无法言说。我们玩够了，凉透了，便把晒得差不多的草装在竹篮里，满载而归，骄傲得似凯旋的战士。

下午，我们随着出工的社员，开始了下午的劳作。二河的水被太阳晒得温温的，风微微一吹，心里说不出的熨帖。不用说，黄昏时分，我们又收获了小山似的一堆草。当时，也不知道为什么草那么丰茂，想必是二河滋养的。庄稼长得旺盛，草也茂盛。别小瞧那些草，它们可以换来我们的新衣和学费，以及不可多得的好吃食呢。拔的那些草在太阳下暴晒，然后把那些晒干的草捆成捆，用架子车拉到几十里地外的马场去卖，一斤干草三分钱，一个暑假下来能挣三五十块钱。用那些钱买来的瓜果吃起来特别甜，仿佛一直甜到现在。

二河是离村子不近也不远的一条河，也是我活动最多的地方。到了晚上，喧嚣了一天的二河水，静静地流淌着，无声无息。乳白色的月光把不宽的二河照得朦胧而迷离，这时候的二河就像一个羞答答的姑娘笼上了一层神秘的面纱。微风吹过，河水荡起层层涟漪，河边的草呀树呀仿佛全跳到了二河里。这时候，一阵一阵的欢声笑语飘过来，一群小媳妇大姑娘结伴而来，扑通扑通跳进二河里，把一天的燥热都洗掉，清脆的说笑声、孩童们的追逐打闹声，把二河填得满满当当……

夜深了，月亮静静注视着这一河的喧闹，似乎有了倦意。人们还是不肯离去。这时候，不远处传来一两声男子的咳嗽声，一下子，二河炸开了锅，河里的人们忙不迭上了岸，不情不愿的小孩子也被从水里拉出来。吸纳了阴柔之气的河水，又迎来了一群血气方刚的汉子。

解放军河，是离村子最远的一条河。因那里曾有解放军的驻军而得名。它不同于家乡的其他河，它深而窄，河床上甚至有沙滩，河岸多怪石嶙峋而立。当时，解放军河周围是解放军的农场，种着成片的花生。我们在解放军的农场的土地上捡过花生和红薯，拾过大雁的粪便，在那个贫穷的年代，那可是家里养的猪的上好饲料。那里的沙土地上生长着一种叫拉儿荠的野菜，它尽管没有荠菜水灵，却是那个年月难得的野菜。解放军河的岸边有着七户人家的村庄，名曰七家庄。七家庄因解放军河的滋养而成为方圆几十里最富庶的村庄，我有个叫凤琴的漂亮的女同学就生活在解放军河边的七家庄，我常常感觉她来自城里。

144

几十年里，我常常梦回家乡的那些河……

马河渠两岸是黄得耀眼的油菜花田，一眼望不到头，河里的石头在太阳光下洁净而光滑，河里有几只鸭，岸边有树，树后有影影绰绰的村庄，有个扎着小辫儿的小姑娘追着风筝在跑，那是小小的我。

亮晃晃的太阳照在二河上，水泥筑的水渠里是哗哗流淌的水，清冽而冰凉。一群少男少女在不宽的水渠里打闹，头上脸上身上全是水，却有掩不住的欢笑散落了一河。欢乐与河水一起流淌，一直到看不到尽头的远方……

还有清水河，那条不言不语的清水河，我竟游了进去。河水深不见底，我恣意地游着，浅绿深绿的水草，伸着长臂缠着我绕着我。一根长长粗壮的树枝伸到河面，我顺着树枝爬上岸，岸边是刚切开的红瓤黑籽的绿皮大西瓜，咬一口，便甜醒了，直懊恼那一口咬进了现实。

家乡的那些河，随着光阴一起流走了。但它们会永远留在我的记忆的河里……

（写于2019年）

记忆中的那些水

　　从小到大，见过无数的水。人，没有一天可以没有水。滋养我们生命的水，也滋养着我的人生记忆。

　　很难想象，我们日日生活着的地球，70%以上的表面积被水覆盖着，这30%不到的陆地上也承载着近百亿的生命。人体中水的比例比地球上水的比例还要高。水之于人类自然和洪荒宇宙那真是万万不可或缺的，没有了水便没有了生命，没有了水地球也将不复存在，这个宇宙也许会是另外一番样子吧。

　　很小的时候，我做过一个关于水的梦。四周全是水，一宇宙的水，透明而清亮，太阳的光亮照进水里，能看见水中的鱼，我就在透明的水里无拘无束地游着，仿佛也成了一尾鱼。只有我，只有水，我真切地看见了，自己在水的世界里畅游。可我清楚，自己自小就是个旱鸭子，却能神奇地在一宇宙的水里游。水在梦里，梦在水里。这个关于水的梦，穿越了我的童年、我的青年，延续至中年。我知道，它会在我的生命里，彰显对于自由、梦想、超自然的憧憬与向往，它会伴着光阴一起滋润并丰满我的记忆。

　　一个关于水的梦，跟随了我大半生，而南部边陲的那面海，那面月亮湾的海，却也时常撞击着我的记忆。那个夏日的雨后的黄昏，海滩上有不少人，十多个渔民在收网，渔网从海水里被拉上来，网里有不多的鱼，鱼也不是很大，旁边也有如我一样的看客。我穿了件新买的红色沙滩裙，裙长没脚。一袭红衣，像一个红色的精灵，燃烧在那个黄昏的海滩上，炫了人的眼。当人们都围观渔民时，我独自向西而行。蓝色的天，蓝色的远方，远方的远方还是无尽的蓝，海面上隐隐约约有座山，看不见山的轮廓，只看见蓝色的海水里突起来的一片蓝，纯净、缥缈、如梦似幻，像极了一个梦，一个蓝色的梦。那个蓝色的梦很悠长，把整个海岸线都织进去了，我怎么也走不出这个蓝色的梦。那个黄昏，那个黄昏的那片海，那个黄昏的海滩上的人和事，还有那一袭红，仿佛怕惊扰了那片海的那个黄昏，一起把我锁进了那个蓝色温柔的梦乡里……

留在记忆里的还有那一池泰国的水。三年前的国庆，一家人去了泰国，住在泰国一个叫华欣的地方。那个地方毫不起眼，普通得不能再普通了，但留在我的记忆里挥之不去。那是出了后门，穿过一条小径后的一池水。那池水几乎占据了那个酒店一半的地方。那个国庆国内下雨，泰国雨也下个不断。可能因为雨天酒店的客人并不多，好像只我们一家，偶有几个老外微笑走过。每次从外面回来，我喜欢沿着水中荷叶形的圆石板走捷径回"家"。

在那里的每一个黄昏和清晨，我和孩子一抬脚就到了池里。真正是旱鸭子的先生，也时常在池里漂游，孩子们护在左右。因为眼疾，我只能坐在池边的躺椅上，下不了水，只有羡慕的份儿。我喜欢一个人坐在黄昏的岸上，把脚放在水里，看着夕阳在水里一点一点地被吞没，星星被点亮了，像一池的天灯。岸边有高高低低的树，树下有五颜六色的地灯，把一池的水渲染得如梦似幻。那一池的水，把那个行程温柔了很久很久……

如果说泰国的那池水，是烟雨蒙蒙中的一幅画，那么奥兰多的那面湖水则是深秋里的瘦西湖。2020年，疫情肆虐的那个年，我和家人是在大洋彼岸度过的。见识了金门桥下的浪花不断拍击着海岸的海水，迈阿密的鲁姆斯海滩夜幕下神秘的海水，美国的最南端与古巴隔海相望的基韦斯特诞生了海明威《老人与海》的水，那不勒斯码头的海水，但让我难以忘怀的却是奥兰多的那面湖水。奥兰多的那面湖，并不大也不起眼，湖水离岸也不近，但每一天的晨曦里，我便走近那面湖，沿湖一圈是堤岸，靠近房子的湖东有一条不宽也不窄的路，路两边是不知名的树，阳光把树影筛了一地，走在上面很是惬意。凛冽的风，吹在脸上、身上，却并不冷，有一种感觉叫爽。和我同行的几乎全是年轻人，大家见面皆微笑点头。最北端有座桥，走过桥头便是一片荒原，总使我想起《秘密花园》里的那个荒原，那个充满野性与活力的所在。有片茂草把道路从中间分成两道，像一个在路中间双手叉腰、双腿分开站立的人在灯光下长长的影子。这里的湖岸边是一片芦苇，芦苇边有灰鸭在水里嬉戏。在奥兰多的每一个清晨和黄昏，我和先生都相携而行，那面湖里有我们的倒影，我们也将那面湖收进了心底。

最不能忘的关于水的记忆，是家乡的那些河，它们占据了我的整个童年。在我儿时的记忆里，洗衣服总在村子北边的马河渠，河渠里有洁白的硕大的鹅卵石，用棒槌在大石头上捶拿不动的大件衣服，晒在长满小花的河岸上，衣服上沾满花香。离村子稍远点的是二河，那是炎热的夏夜里我最爱去的地方。吃过晚饭，村里的大姑娘小媳妇说说笑笑不一会儿就到了二河。天不怕地不怕的孩子们扑通扑通跳下水，大姑娘小媳妇也怯生生下了水，欢声笑语送着二河高兴地哗啦啦流向远方，头顶的月亮又圆又亮，河岸上影影绰绰的树，在树下筛了一地的影子。再远点的清水河里全是柔软的水草，河水深不见底，却让人想起徐志摩笔下的康桥，以及康桥下的柔韧的水草在水里妖娆。

《红楼梦》里说，女儿家是水做的骨肉，所以才柔情似水。可是这看似无形闻似无味的水却可滴水穿石、以柔克刚，有着无比的坚忍与刚强。古人说它能载舟亦能覆舟，它无形无状却无所不能。水，以它独有的特质彰显着对于宇宙万物一以贯之的"道"，并诠释与注解它的内涵。

记忆里那些关于水的记忆，不是因为别的，只是因为它们曾经滋润了我的心田，愉悦了我的身心，丰满了我关于人生的记忆，让我的生命在光阴里有了厚度，灵魂有了皈依。

那些滋养我生命的水，伴随着光阴，一起流进了我生命的河里……

（写于2020年）

华欣之韵

快到中秋节，西安阴雨连绵，女儿怂恿说："去国外吧！"全家人一致同意，女儿便当下订了机票。当晚，我们一家人就来到了泰国南方的海滨城市——华欣。

下了飞机，一个头顶留有狭长鸟窝头式的英武的当地人，把我们载到了酒店。大约两个小时的车程。

七弯八拐过后，便到了我们的"家"。推开房门，八双灰色的棉拖鞋一字儿摆开，卫兵似的守候在门口。房间不大，主次卧分明，客厅与开放式厨房连在一起。奶白色的沙发，褐色软毛地毯，原木小桌，桌上有瓶，瓶中有花鲜而艳。拉开窗帘，推开落地玻璃门，走过阳台便是一院碧清的池水。

一池的水，清而透。叶子形的石板台仿佛从水上漂过，清清浅浅曲折到远处。

大概因为阴雨天，院子里没有多少人。偶然有金发碧眼的男女微笑着点点头，匆匆而过。这整个院子仿佛就我们一家人似的，那一池的清悠悠的水仿佛专门为我们准备的。

这里的天气，阴晴无常，像极了娃娃的脸。雨过天晴，水鸟环绕，我们泡在池中，仿佛在蓝天白云间嬉戏打闹。孩子教老公漂浮，不识水性的老公竟也能游出个五六米。我因眼疾下不了水，便躺在岸边的竹椅上，在暖阳里看书，在欢声笑语里独享难得的宁静与祥和，感觉身心放松的快意。

黄昏时分，满院子的那种静与幽，梦似的。屋里，灯光下，老公泡了壶带来的龙井，女儿用手机欣赏一天的收获，落地窗帘静静地垂着，将黑暗挡在了外面。我推开阳台的门，来到水池边。几把黑色的藤椅安静地卧在岸上，池边的草坪上、树丛里和小路上，近处、远处星星点点的灯光柔和而宁静，我宛若走进了梦里，做着清悠悠的一帘幽梦。

这里离海很近，走了不到五分钟就到了海边。三三两两的人，悠闲地走着，踏着海浪。沙子很粗糙，沙滩上多是贝壳和不大却粗粝的石子儿，海水浑浊，给人一种深不可测的感觉。

晚饭后，我们常会去海边散步。这时候，白天里的那些石子儿、贝壳不知去了何处，大概是被海水冲走了吧，已没了踪影。喧嚣了一天的海许是累了，安静得像一个正在奶着幼婴的母亲，注视着怀里的孩子，眼里全是爱与温柔。我们仿佛受了那美的感染，静静地感受着细碎的海浪。

难得一个天气晴好的日子，翻过东边那座巍峨的石山，我们看到了另一番完全不同的景致。沙细而白，海水清澈，与山那边判若两样。

这里的人更多一些。海水很清，并不蔚蓝，就像个苍白的中年男人。女儿租了辆当地的车，司机是个个头不高却机灵精干的当地小伙子。接下来的几天里，司机载着我们去了老火车站、有地中海风情的圣托里尼、家庭牧场、旧货市场、海鲜夜市场等。

一天午饭时间，小伙子带我们来到海边的一家餐厅。刚到那里，脚还没站稳，霎时，狂风肆虐，大雨倾盆，雨点撵得我们赶忙跑进餐厅。一段激昂且具有穿透力的音乐肆无忌惮地响起，风声雨声和着更加起劲的音乐声奏成了一曲雄壮的交响乐。我们要了牛肉饭、鸡肉饭和鱼肉饭，在狂风骤雨里，亲眼看着黑而胖的厨师把新鲜的肉和刚出炉的面包三下五除二就做好了，刚切开的菠萝里盛的菠萝饭不一会儿也端上来了，还有刚榨的果汁。伴着风雨声，就着激越的音乐声，我们的胃体验了一回别样的舒坦。

每天晚饭后，我们会溜达到附近的一家便利店，为第二天早上购置早餐：牛奶、面包、火腿、水果和蔬菜。女儿为全家准备的西式早餐丰盛而富有营养。我和老公烹饪了正宗的中餐——红烧肉、土豆烧牛肉、醋熘白菜、鸡蛋番茄炒辣椒，蒸一锅喷香的泰国香米饭。品尝着美味，有家人陪伴着，我便觉得自己是个离幸福很近的人。

中秋节那一晚，我们搬出小圆桌到水池边，点上蜡烛，摆上各式热带水果和点心，就着从国内带来的月饼赏月。池水中那轮圆圆的月亮深情地注视着我们，我不可遏制地想起了家乡的月亮。

月是故乡明啊！

要离开的前一天，大概是因为不舍吧，清晨六时醒来就怎么也没有了睡意。于是，我轻手轻脚地带上门，去了每天黄昏都会去的海边。

路上几乎没有人，在难得的霞光中，路边的闲花野草在晨曦中睁开眼睛向我这个不大熟悉的外乡人打招呼，路边木雕的篱笆外一簇簇细叶的植物开出拳头大的花朵，鲜红的、雪白的、深紫的……绿漆斑驳的门紧锁着，藤蔓植物爬满了门，里面仿佛锁着一个鲜为人知的故事。

一抬头，我已到了海边。放眼望去，海天一色，无边无际。东边那座雄伟的石山笼罩在一丝一缕的霞光中，石山的最高峰上一字儿排开硕大的云朵，从东到西，竟连成一片，连到最西边的远山，东西的山仿佛一双强有力的臂膀把大海一揽入怀。

清晨的海滩上，只有零星的几个人，近处有三只狗悠闲地在海滩散步。

我沿海滩向西而行，海浪并不大，却很有力。随着风从大海深处一阵又一阵地直逼海岸，那一次又一次有力的拍击，就如一个健壮的男子用他有力的臂膀一次又一次地拥吻着心爱的姑娘。姑娘羞红了脸，愈发温柔可人。

就要离开了，最后看了一眼那小屋、那一池的水、那通向海边的路、那个便利店，竟不忍离去……

（写于2017年）

九寨沟水韵

九寨沟，我梦幻中的童话世界，一个神奇而神秘的所在。

它是遥远的天国流落人间的一颗明珠，镶嵌在鲜为人知的蜀北。于是，这里的山秀了，这里的水绿了，这里的人也灵秀了几许。

九寨沟的天是蔚蓝的天，山是碧翠的山，但最让我动心的却是九寨沟的水。它不仅仅是单纯意义上的水，而是一种艺术、一种美、一种大自然独具匠心的造化、一件上天赐给人类的珍礼。它美得别致，美得碧透，美得让人心疼。它是古今美的集结，是美的原初，美的终极。

毋庸置疑，初来乍到，九寨沟的水会醉了你的眼，醉了你的身，醉了你的心，醉了你整个儿的人。九寨沟被两岸的青山护着，被神奇的九寨水驮着，那水从悠悠远古流来，从遥远天际流来……

九寨沟的水，是一种流动的美，是一种动中有静的美。那水清清的，浅浅地、缓缓地、不紧不慢地、自由自在地流动着，自如、洒脱，别有一种韵味。它仿佛大地的胎衣，贴伏着大地母体呢喃细语，难分难舍。又宛如给大地盖上了一层透亮的轻纱，但你分明感觉到了它绵柔的质感。又像一面纤尘不染的镜，将两岸的青山、翠柏、绿柳

154

一揽入怀。还如一匹闪着流光的锦缎，量也量不完，裁也裁不尽。那流动的锦缎上还不可思议地绣着一株株不知名的树团，在微风中摇曳着、嬉戏着，笑弯了腰，笑红了脸，直诱得游人想下去亲亲它们，和它们闹作一团。

在那流动的美中，大自然的神笔不经意地一点，又平添了几许幽静的美。那静躺水中的枯木上伸出一根绿枝，那横卧水面的一棵经年古树，那栖息水旁的一垄修竹，那与人嬉戏的一块顽石，都是一道风景、一首诗、一幅画，给人无限意趣。

九寨沟的水是上天送给人类的一件珍礼。那里的水流光溢彩，真正流着光、溢着彩。那是一种介于绿与蓝之间的色彩，你无法分辨它到底是绿还是蓝，大概，它是绿的山、蓝的天染成的吧，它绿得湛蓝，又蓝得碧透，使人心旌摇荡，我总疑心自己是在梦境中。

我说不清，也道不明，只是激动填满了我的心。我突然萌生出一种渴望，渴望成为这河中一掬碧蓝的圣水。更让人惊异的是，那彩色的河中，若隐若现着一条弯弯曲曲、幽幽静静的洁白小径，仿佛通往天国，这是七仙女飞往天界的仙道吗？

九寨沟的水又呈现出一种飞动的美。那秀秀气气的飞流中无不透出一股英气，似乎急流处处、险滩处处，但极目远眺，却是一眼望不到头，又仿佛从山间飞下的串串珍珠。它们各具神态，各具风采。或飞流直下，有排山倒海之势；或若隐若现，呈扭捏态、羞涩状；或平平缓缓中透出一泻千里之气势，且层层叠叠，如梯田高高低低。一丛丛、一簇簇，丛丛簇簇，相拥相抱，撒着欢儿，唱着曲儿，跳着蹦着一路而来。

九寨沟的水，是神水，是仙水，更是奇水、妙水。水雾轻纱般笼着多彩的水面。那水的两岸是碧绿的草地，草地上游动着朵朵白云，那草地的尽头是葱茏的秀山，那秀山的尽头氤氲着山岚，那山岚顶着蓝蓝的看不透的天。这儿的水因山而秀美，山被水衬得更加挺拔。

九寨沟，依着山，环着水，九寨沟的水一路歌唱，撒着欢儿向前去。此谓九寨之妙景也！

（写于1995年）

黄昏走黄龙

很多人都知道，四川有个九寨沟，黄龙似乎鲜为人知。其实，黄龙的风姿绝不在九寨沟之下。

从九寨沟到黄龙，一路上翻山越岭，到黄龙时已是下午四点多了。刚一下车，一股清清爽爽的气息即刻围拢而来。尽管阳光依然在努力散发着它的光芒，但空气中却分明流动着某种湿漉漉的东西，你看不见它也摸不着它，但它萦绕在你的前后左右，一个劲儿将你心里的闷热往外撵，你顿感神清气爽，这是雨雾吗？可你在地面上却找不到一处泥泞，感觉不到沉重和烦闷。连日来的闷热在不知不觉中全不见了。

清爽爽、甜津津、凉丝丝的空气愉悦着你的身心。远眺那天、那地、那远山、那近树，整个山谷如沐浴过了一般，都是鲜活的、翠生生的，透着一种灵性。我奇怪，此时，外面正是炎暑炙热的盛夏，而在这里，几乎每一棵树都是清凉的，每一滴水都是清澈碧透的，给整个山谷带来了一种似有若无的清凉。

一条隐藏在丛林中的弯曲小径将我们带着向前，两旁的苍松翠柏一股脑儿地倾吐着它们身上的绿意，那绿色从小径向左右两边辐射出去，一直到看不见的远处，远处四周的山更是绿得深厚，置身于这么深这么浓的绿中，你会疑心自己走进了一个绿色的童话世界，变成了一个绿色的精灵。

可能，造物主怕那满眼的绿会倦了人的眼，于是，放飞出一条龙，一条在绿丛中闪着七彩光芒的黄龙正从雪山上飞腾而下。我突然明白了黄龙名为黄龙的原委了。但更令人惊奇的是，那七彩的闪着光的龙仿佛被定格在一个个神奇的梯田似的池中。

那流动着彩色光芒，像七彩的琉璃，晶莹剔透，如梦如幻。你不得不惊叹大自然才是一位真正的能工巧匠。不可思议的是，那天然的彩池，如百花齐放，各具神态。大的近一亩，小的仅酒杯大小；深者一丈有余，浅的一寸左右。那池的形态已够奇了，但更妙的还是池中的水。

据说随着时令节气的轮转，阴晴圆缺的变化，池水变化无穷、奇妙无比。那相依相伴的池水，或黛绿、紫红，或鹅黄、湖蓝，但若将不同色彩的水舀在一起，却又晶莹透亮，清清冽冽了。那层层叠叠的色彩，不就是巨龙身上的片片鳞甲吗？而那奔腾不息的水流不正是一条在群山环抱中飞腾而下的黄龙？偶尔有一两处木制的阁楼，仿佛特意为游人休憩所备。站在阁楼上，极目远眺，一路上伴我们在绿丛中行进的水流，霎时开阔起来，似有一泻千里之势，水流奔涌着、呐喊着，雄奇、恢宏而壮观。依稀中仿佛我们被那龙驮着腾云驾雾，飘飘欲飞。

一路上，形态各异的水池，盛着色彩缤纷的池水，与我们一道而来，池旁灌木林紧傍，素雅幽静，池面如镜，纤尘不染，静静地将蓝天、白云、清风、鸟鸣一揽入怀，你会不由自主地去对镜打扮，真是人在画中走，画在眼底流。时间静静地流淌着，一如我们脚下不息的流水。

　　黄昏的脚步声近了，更近了。黄龙在黄昏中幽静得使人如入梦境。除了刚进谷时见到的三五个人外，整个黄龙谷里就只有我们一行人。黄昏本身就意味着寂寞。黄龙的黄昏，太阳已在不知不觉中隐退，淡淡的暮霭降临山谷。满山谷里，都弥漫着幽和静的气息。道旁的各种树木依然在暮色中苍翠着，但多了份娴静与默然，就像闹了一天的孩子，静静地伏在母亲怀里，全身心感应着大地母亲的抚爱。在暮色中蜿蜒的小径，更确切地说，应该是窄窄的小木桥，驮着我们在淙淙的流水声中行进，那水有清冽冽的冷意，也并不深，手伸进去，你不由得会打一个激灵。那绣在水中的一团一团不知名的树仿佛忠实的卫士，一路护着我们。周围一点儿声音也没有，仿佛万籁俱寂，整个山谷静得让人心颤，我觉得自己仿佛走向亘古，走向地老，走向天荒。

　　谷道越走越长，也越来越幽静。你会有种如在梦中的感觉。一帘幽梦，是那么美，那么真实。我们的脚步轻轻地，轻轻地，怕破坏了山谷的幽静，更怕惊醒了山谷幽静的梦。这时候，你只觉着，幽静的山谷抱着你，你抱着幽静的山谷，抱得那么紧，逮不到一丝遣词造句的空间。走在那么深的幽静中，我突然有了一种生命的熔铸感，生命差不多已交给这幽静的山谷了。

　　山谷，一向给人一种狭窄、窒息、一线天的感觉，但黄龙却静静地敞开着它宽阔的胸怀，你没有丝毫的压迫感、紧张感，倒多了分自在和闲适。久居闹市，你会有种解脱，有种释然，心无旁骛，只静静地感受着这难得的醉人的幽静。你会在不知不觉中，遗失了自己，遗忘了这世界，走进那幽静中去，你被幽静围裹着，仿佛在幽静中走了一千年。突然，一两声鸟鸣惊醒了你的梦。这时候，你才意识到，小木桥下的水仍在淙淙地流着，像要从幽静的亘古流到幽静的将来……

　　当我们背对黄龙的时候，我不由得又转过身最后看了眼黄龙。突然，我觉得那什么也看不清的黑暗里面其实藏着一个古老的神话、一个神奇的梦……

（写于1995年）

圣亚海洋世界

去大连的人，没有不去圣亚海洋世界的。

这不愧是一个海洋的世界！

刚一进门，一幅足足占了一面墙那么大的世界地图呈现在面前，蓝色的海洋分外显眼。脚下一条转动着的电梯载着我们向前。在不知不觉间，人恍如被带到了海底。

这时，只觉得人的四周都是蔚蓝色的海，那海水将海底的一切都呈现给你。尽管你心里清楚，那海是有限度的，但你却感到了浩渺与苍茫，你看不到海的边，你看到的只是无际。

外面不远处就是海。我始终以为那是和真实的大海相通的。我相信，如果你亲眼看了，你会有和我一样的感觉。这还不算奇，更奇的是，透过蔚蓝的清澈的海水、海底起伏的地势，知道的和不知道的海底植物尽收眼底。当然，最多的还是鱼类了。

各式各样的鱼儿，游在你的头顶，游在你的前后左右，游在你的眼前，游在你的手边。成群结队的鱼，大大小小的鱼，知名的和不知名的鱼，在透明的海水中自由自在地追逐着、嬉戏着。那些鱼儿也真是奇特，有通体墨黑的、浑身雪白的，燕子似的，梭子般的，一动也不动的，还有同那贵妇般头顶讲究的帽、身穿雪白的大衣，给人一种雍容华贵之感的，等等，真是数不胜数。

当成群的鱼从你头顶游过时，你只觉得黑压压一片，仿佛压在你的心上，还没等到看清它们的模样，它们却头也不回地游走了。鱼儿也会拉帮结派。鱼类也和人类一样，有爱好群居的，也有喜欢独处的。那独处的一般较大，慢悠悠游着，好像在想着心事。看，那条硕大无比的家伙，慢条斯理地摆动着尾巴，一副唯我独尊的王者气势。那小不点儿的鱼早早就躲它远远的。

这真是一个奇妙的世界！

它们也像人类社会一样，自成一幅浮世绘。我从来没有亲眼看到过那么多的鱼在水里游着的情景，也从未见过那么大的鱼，绝对超过了一米。还有更让人叫绝的，那就是龟。他们不愧是海水里生长的尤物，比农村人做饭用的大铁锅还要大，就那么向你横冲直撞而来，等你回过神来，却又连招呼都不打就悄没声儿地"拜拜"了。我还见识了在《海上劳工》中读过也想象过无数次章鱼的尊容。我实在想象不出，那个圆饼似的、似乎没鼻没眼的怪物，是如何伸出它那八条带子似的翅鞭，将它翅上无数细小的针，牢牢地扎进对方身体，你越是动，它越是扎得紧，你一旦遭遇到它，也便只能束手就擒了。我还看见了一个"全副武装"的人，与鱼同游，如果不是看到他向我眨巴着的双眼，我还真以为是一种没见过的鱼类哩。

到了终于不得不告别这些可爱的海底生灵的时候，我们竟不知不觉间走进了一家麦当劳餐饮厅。看累了，转困了，该坐下来休息休息了。

大连人实在太会做生意了，在你乖乖地从腰包里掏出七十元看了海底世界后，又会情不自禁地、不由自主地捏着银子去餐饮厅。这就是大连人。

圣亚海洋世界，一个海洋的世界，一个海底动植物的世界，一个光怪陆离的世界，一个欢乐的世界，一个让人流连忘返的世界。

（写于1998年）

奥兰多的那面湖

美国之行的第一站是奥兰多。刚到奥兰多，女儿就病了。

翌日清晨，女儿还没醒来，我和老公下了楼。外面竟然有些冷，有点深秋的感觉。我们无处可去，也不知要去何处，便在院子里乱转。林木掩映处，发现有条小径竟然通向外面。顺着小径往前走，我们看到了一面湖。湖岸有草，草间有树，树旁有道，道上树影婆娑，竟如世外桃源。我心下狂喜，便踩着婆娑树影的湖畔小路而行，心情一下子明朗起来。

这里的一切都很洁净，不只是天空，还有绕着湖岸的那条路。空气像过滤过似的，有一丝甜一丝凉。天空十分蓝，湖水澄明，纯净如洗。有灰鸭在岸边在水里或蹲着或游着。水面上不时有不知名的水鸟飞过，晨曦笼罩在湖面上，像笼着一个初醒的梦。晨练的老外不少，他们大多着短衣短裤。跑在湖岸，我竟有种飞起来的感觉。

平日晨练时，司空见惯了公园里的花草树木假山死水，以及随处可见的蹒跚的老年人。这里，草是草，树是树，水是水，路是路，晨练的更多是青年人。我想到了一个词风和日丽，心不由得敞亮明快起来。

便思忖，自然也在有意无意间体现东西方的迥异。东方的文化

164

崇尚阴阳五行，中庸之道。黑中有白，白中有黑，阴阳相和，刚柔相济，相克相生。西方则黑是黑，白是白，黑白分明，绝无混淆。这是东西方的性格，自然界也因之有别。

湖的最北端有一片高而茂密的草地，这种野性，一下子就让我想起《秘密花园》里那片无边无际的荒原。那荒原充满了未知与野性、活力与神秘。这种感觉一次又一次侵袭着我，一次又一次那荒原出现在我的脑海里。

湖岸边有毯子似的草地，晨曦中，草尖上的露珠在闪。将那一湖的水闪在里面。有芦苇，初升的太阳照在芦苇上，芦苇如一个被临幸的处子，在光影里战栗不已。有鸟，就踩在湖水里的芦苇旁。湖在天上，天在湖里。云在天和湖间闲游。有白色水鸟在云里飞过。

穿过马路，有条更加宁静的小路。旁边依然是一池的湖水，只是比刚才那个小一点儿。那条沿着湖的幽静的林荫道，栽满了树，树荫铺了一地。一棵开满了细碎粉红花儿的树就在马路边，像个妩媚的少女在等着心上人，娇羞而妖娆，粉红花儿落了一地，像姑娘的心事。一抬头，看见有个眼睛黑亮的小姑娘在向我招手，她坐在轮椅上，身边没有别人。后来，我每次跨过马路，都是为了再看一回那一树又鲜艳又寂寞的粉红花儿，她也像老朋友似的等待着我，文静而落寞。我还会有意无意间总抬头瞥一眼二楼，可是什么也没有，只有那把轮椅静静地在那里，可是坐在上面那个眼睛黑亮的小姑娘我再没有见到过。

湖的最西边有条丛林密布的河，隔开它们的是二三米宽的河堤。走在河堤上，我突然想起了在丹麦乐高小镇的跑马场晨练时的那条河，它们像极了，岸边都是散乱的丛林，丛林延伸到河床里，河里的水不多。河岸是沙石铺的路。不同的是，一个旁边是跑马场，一个旁边是一池荡漾着粼粼波光的湖水。

女儿身体不适，还需卧床静养。一天午后，我和老公沿着门前马路一直北行，看到了未生长一物的沙土地、无尽碧绿的草地，镶嵌在草地间宝石似的一池一池的湖水、高大的阔叶林。及至看到白色帆船似的美丽建筑群，我们便拾级而上，看到了更多高入云天的建筑，硕大无人的工厂，如织的人流和车水马龙的街道，直至黑夜降临竟不自知。慌乱中，竟迷了路。天黑路不熟，不辨东西。我一意孤行地要找到来路原路返回，但老公固执己见，直接南行。我们"两头犟驴"互不相让，各执己见。我便沿那土路东行，坚信一定能回到原路，不承想，走过去才发现那条路通向建筑工地，竟硬生生断了。无路可走后，我便快速折回，却不见老公。路上空无一人，暗淡的路灯高悬，天几乎黑定了，心慌慌心怯怯心颤颤，怕极了。前面是座桥，不得已冲上去，生怕从桥下出来一黑鬼，语言不通，呼救无门。我忐忑不安过了桥，前面是一片荒草地，尽头处又见一桥，桥的尽头，蓦然看到日日走过的那面湖。我的眼泪都快要出来了，像遇到亲人似的，一股暖意流遍全身，心里一下子踏实了。灯光也似乎亮了许多，湖边灯影处，老公在窃笑，我走过去给了他实实在在的一拳。

在奥兰多的日子里，女儿病好后带我们去了世界航天城，去了"Downtown"，去看了夜里灯光闪烁直入云霄的摩天轮，去了奥特莱斯……可我独独爱这一湖湛蓝的水，以及湖畔的绿草、碧树、灰鸭、洁净的路。

几乎每一天的清晨和黄昏，我们都会不由自主地来到湖边，沿湖走几圈，就好像与那面湖成了老朋友似的。阳光照在湖面，湖里便有了一池的碎金子。

166

这时候，黄昏把夕阳揽进湖里，湖里便燃烧着烈焰，湖一下子被渲染得如一幅热烈的油画。我们走在湖岸的夕阳里，把自己也走成了一道风景。

（写于2020年）

杰尼瓦湖

去杰尼瓦湖的路上，我就被那一路上的景致倾倒了。

尽管是大冬天，可是头顶的天空，蓝得纯粹而壮阔，云白得飘逸而灵秀。一望无际的原野上是洁白无瑕的雪。见惯了冬日里的灰雾与阴霾，蓝天、白云、雪竟成了冬日里奢侈的景致。

数不尽也看不够的蓝天和白云相伴着，两个多小时的车程在不知不觉中过去了，我们便到了一个小镇。人不少，街道两边店铺林立，左拐，就看到一面湖，湖岸边有很多人。路两边停满了车子，最后左拐，开到很远的地方才找到了停车位。

下了车，风大得能把人刮起来。尽管阳光灿烂，但冷得人直哆嗦。我又折回去拿了备用的大围巾裹上。帽子、围巾把头包了个严严实实，只露出两只眼睛，但风还是嗖嗖地往衣服里钻。我很纳闷，有老外竟穿了拖鞋短裤，我都替他们冷。

湖很大，一眼望不到头。远处的湖与天连成一条线，天空蓝得如湖水，白得耀眼的云一朵一朵地绣在蓝色的天幕上，远处的云挂在天边像连成一片的远山。奇特的是，满湖都是冰——名副其实的冰湖。冰湖上有星星点点的人，还有车在冰湖上，有人搭了架子，搬了桌子在湖面上招揽生意，有个摩托艇可以载着人在冰湖上滑，像飞行前滑行的飞机，开起来飞一般快。有人正在飞快地滑向远方。还有挂着白帆的船等着起航。

我不敢到湖面去，生怕摔倒了，只站在湖岸观望。冰湖上，数不清的人，或跑或跳或大喊大叫，也有那斯文的静静地独自走向湖心，那胆小点的小心翼翼地踩着细碎的步子。女儿已下去了，直喊我。我战战兢兢地走上去，一次只移一小步。走开了，倒也没有事。一会儿，便大胆地在冰面上迈开步子，竟比小碎步还稳当，也便放了心。老公却直喊滑，差点摔倒了。孩子们欢呼雀跃。女儿蹲在地上，儿子拉了她站在原地转圈，女儿便蹲着飞起来，直喊好玩。我欲让老公如法炮制，想象着红裙子飞起来会是如何的美。儿子拉着我，却转不起来，一使劲儿，自己摔倒在地上，怎么也爬不起来，连裤子都蹭湿了。众人帮扶，才把这个小胖子拉起来。在他再一次铆足劲儿转时，我终于飞起来，东倒西歪中红裙在飞舞，像个瞎扑腾的胖蝴蝶。女儿笑侃：妈妈是俄罗斯大妈。臃肿不知何时已取代了轻盈。

飞来奔去中，儿子把时刻戴在耳朵上的命根子——耳机搞丢了，急得大喊，老公和女儿皆帮忙去找。我不慌不忙，浅笑不语。因为当时我顺手把掉在冰面上的耳机捡起来了，免得他时刻戴着危险。失而复得后，他破涕为笑。

这片冻得严严实实的湖，以它的厚重与博大，承载着仰慕它的来自四面八方的男男女女，像父亲像大哥像个有担当的男人，在别人的欢声笑语中成就了不起眼的自己。

我在想，它是怎么把自己一点一点冻成冰，又是如何一点一点把自己融化成水的？在把自己凝成冰融成水的过程中，又经历了怎样的痛苦与煎熬，磨砺与锻造？最终如凤凰涅槃、浴火重生。

春天来了，冰湖激动不已，把自己一点一点迷失在春光里，一点一点化成的水，那是冰湖流的泪吗？

可以想象，在艳阳的诱惑里，它终于把自己变成了柔软缠绵又多情的一湖水，极尽妖娆，不难想象那时候的湖，成了一个柔媚的女子。在寒冷一天天逼近时，在刺骨的寒风里，它又以钢铁般的意志，把自己蜕变成了晶莹剔透的一湖冰。

正午过后，风大了起来，天空变成了青灰色，洁白的云朵也不知去了哪里。肚子咕咕叫着提出抗议，我们便沿着冰湖，向街心走去。走到了码头旁的桥上，仅一桥之隔，一边是水一边却是冰。白色的九曲回廊延伸进水里，有一叶一叶的小舟在风中独自飘荡，远远看过去，苍茫而渺远，笼在轻雾里，像一幅素雅的水墨画。

走进街角一家门口有个一米多高的冰雕娃娃的餐馆用了餐，又去街面上的店铺随便闲逛。有特色的小玩意儿着实不少，女儿淘了个手链，我看上了对耳环，老公买了套理发器。儿子都成了长毛子，在美国理发实在太不便宜了，老公准备回去亲自给儿子理发。

已经是下午三四点了，街上的行人依然不少，又走到那条已走过的沿湖路上，儿子再一次跑向冰湖，用脚使劲儿跺与岸接壤的冰层，清冽冽的水在冰下溢了出来，鞋袜几乎要被弄湿了，他依然乐此不疲。

天上落起了雨星，风也大了起来，天色渐渐暗了。我们不得不离开了。再看一眼冰湖，冰湖也看着我，依然那么晶莹剔透、那么空灵秀丽。

（写于2020年）

狄龙海滩

去旧金山的第三天，女儿被同学拉去参加一个派对。

平日里，都是女儿开车带我们去游玩，今天我们第一次单独行动，在这个人生地不熟的地方，说真的，心里还有点怯。老公负责开车，儿子负责导航。儿子搜了附近的旅游景点，最后选择去狄龙海滩。

说是附近，也得一个半小时的车程。一路上，老公开得风驰电掣、恣意洒脱。儿子目不转睛盯着手机上的导航，我却提心吊胆，生怕出来一个警察，也怕走错了路。经过了沙漠，经过了草地，经过了山川河流、经过了一片树干一搂都抱不过来的林区，经过了大小树木间杂的森林，最后到了一个右靠山左依崖的小镇，导航提示目的地已到。

下了车，从坐落在高台上的小镇俯瞰，一轮光芒四射的太阳悬在一望无际的海上，海水被太阳染了一层金，那起伏的波浪似一条赤金的游龙，泛着光亮的海岸线蜿蜒到看不到头的远方。一棵伸在尖岬的老树在阳光里一树婆娑，像一个老人家手搭在凉棚上望出海的儿子归来。我还以为就只能在这里遥望呢，正遗憾这么美丽的海滩只可远观不能近瞧，就发现有一辆红色的小车从远处开过来，原来沿弯曲的小道可通向海滩。

绕过高台上的一排排木板房子，沿着盘龙似的小路很快就到了下面，一个偌大的广场停了不少车子，太阳的光辉洒了一车身。广场的一条沙石路把我们领到了沙滩。

沙滩全是粗沙，间有贝壳，别无他物，清爽而洁净。风大得能听到声响，我穿着长衣裤披着大围巾依然冷得直打哆嗦，却看到赤着脚露着臂的男女在沙滩上走过。

这里人真不少，但也不算多。有手牵着手的情侣，有牵着宝宝的父亲，有牵着狗的女士，还有沿着沙滩跑向远方的运动健将。穿过约莫三百米的沙滩才到海边，靠近海水的沙子很细腻，如混血少女的皮肤光洁滑爽。太阳像戴着个嫩黄透明玻璃罩的光头娃娃，顽皮可爱。

儿子和老公并排站着拿起手机向着大海对着太阳拍照，远远看去他俩像一高一矮两个捕猎人。儿子摆弄着父亲，让父亲将太阳环抱起来举在头顶、托在手掌又扛在肩头的动作，显得太阳越发的顽皮。我也如法炮制和太阳笑闹了一番。有人赤脚拉着狗去追浪，狗如落汤鸡，我担心它要感冒了。太阳遥控着长长的影子在海面上一晃一晃的，像操纵着的皮影。老公沿着沙滩走向远方，儿子在沙滩上弯腰捡着贝壳，剪影生动。老公双手插衣兜把太阳顶在头顶，像街头的耍猴人；我自己蹲在光影里和太阳玩捉猫猫，有趣而生动；儿子低头弓腰似踢着被海水刚亲吻过的湿漉漉的海螺，太阳注视着这个光影里的少年，落日的余晖把沙滩渲染得如梦似幻。这时，就看到有个光着身子的男人腋下夹着冲浪板从海水里走来，我注视着这个在寒风中勇敢地搏击大海的人，目送着他走向远方。

刚还悬在海面上空的太阳，不知不觉中离海面近了些再近了些，它的黄帽子浸在水里了，白色的小光头很安静地待在透明黄帽子里一动不动。趁人不注意，那透明帽不知何时又变成帽子戴在光头上，直至后来完全变成一层薄薄的纱紧贴着光头。不过，仿佛只是一瞬，橘红色的光晕就蔓延至了整个海面，它们像千军万马护卫着变得越来越小的光头太阳。海水在橘红色的光里激动地战栗着，张开双臂迎接太阳的归来，仿佛是太阳的又一次新生。太阳扑通一声跳入大海，就是一瞬间的事。还没来得及看仔细，大海上方就只剩越来越淡的橘红色。没有了太阳，大海变得焦躁不安，翻滚的海浪一波赶着一波，像要去和谁战斗。

在大海依旧的浪涛声中，我们向大海做了最后的告别。海岸线远方的人影，被黄昏浸染得变成了一个一个的小黑点。

当我们到了高台的车子旁边，镇上的路灯都亮了起来。风依然很大，高悬的灯把小镇点亮了，被灯光点亮的小镇宁静而恬淡。

不知何时，头顶上方一轮圆圆的月亮爬上来为我们照明，在月亮的清辉里我们踏上归程。

（写于2020年）

美国的那些国家公园

在迈阿密的第二天，女儿说，我们去国家公园吧。国家公园！好家伙，那一定是个有美丽景致的硕大公园吧！要不然咋对得住"国家"二字呢！

霍姆斯特德

不知道这是一个公园名字还是一个地名。来到这里的时候，天下起了雨，游人并不多。雨停的时候，人多了起来，也不知从哪里一下子冒出这么多人来，那些金发碧眼的小孩子，特招人爱。进去景区需要购票，却没有售票员，得在一个绿皮的机器里投币购票。

我们开车往前行。约莫半小时车程，才到了第一个景点。雨又下了起来，地面都湿了。三三两两的游人，更让那个雨中的园子显得冷清。一只白颈黑身的鸟无精打采地站在雨中的栏杆上，仿佛睡着了似的，一动不动，还以为是个雕塑呢，却见它飞到了沼泽地的枯草上，茫然地打量着也在打量着它的游人。

又往前走去，围着一堆人，近前才知，路边的浅水坑里明晃晃竟卧着一条鳄鱼，一动不动。竟有那胆大的人试图触摸它，它也纹丝不动。印象中，鳄鱼是个残忍的家伙，张着长满利牙的口随时准备袭击你。这里的鳄鱼家养似的没了野性。唉，人类真是了不起的动物，能将凶猛的野兽豢养得如此温驯，真是不简单。

此地的生物有种秋天里的暮气之感，灵巧的不灵巧，凶猛的不凶猛。天灰蒙蒙的，像罩着层幔布，压得人喘不上气的感觉。慢慢走着，竟走出了寂寥与冷峻，清凉甚至清爽。

是因了那一片在水中的荷，叶子那么小那么绿，绿意盎然。一片连着一片，绿出规模来。行人在九曲回廊里走着，廊在那一片水的上面曲折迂回，清瘦的荷叶像精干的三十多岁的女子，清瘦中透着股爽利劲儿，远处近处地连成一片，在这个远离人烟的旷野里活出精彩，自成风景。能耐得住寂寞，守得住心性，养人的眼，养天地精神。荷的尽头是芦苇，它如一个清癯的男子，守护着荷。它们如一对脱俗的佳偶在这天阔地远的天地间守着这一方水土、这一方天地，也守护着彼此，无怨无悔地过着日子。我心里竟有了种说不出的妥帖与欢喜。

西湖

这个连成一片的水域叫西湖。可是这里不是杭州，也没有断桥，更没有许仙和白娘子。

天空依然飘着雨丝，若有若无的那种。游人越发少了，几乎见不到几个人。几个老人家拿着鱼竿在钓鱼，身后是房车。池不大，水也不多。不一会儿，雨大了起来，我们又忙逃回车上。七拐八拐后，我们又来到了一处湖边。

雨比先前小了一点儿，游人也多了起来，但也不过四五个人的样子。我们便随着那四五个人沿着走廊进去了。两边都是枯木，在水中横七竖八地倒筋卧项，枯木间偶然冒出一抹绿，那么微弱，气若游丝。走廊的尽头是茫茫的水域，一眼望不到头。伸进湖面的廊桥已断裂，被拉了绳索且竖牌：游人免进。这个"断桥"真是名副其实。远处的天空飘着一片云，灰色的。水面阔然，无边无际。我站在桥上，望不到边的水，连同接着水的那片水草与枯木。我在想一年年、一月月、一天天，在无人的寂静里，度过那一个个无声无息的日子，那得需要多大的定力，又得需要多少耐得住寂寞的心性，才能撑得起这一片天，养得住这一方水，守得住这千年不朽的枯木与绽出的那一抹绿啊！

大沼泽地国家公园

"大沼泽地广阔无垠，波光粼粼。碧蓝闪耀的苍穹，清风有力地吹拂着，其中夹杂着咸中透甜的气味。浩瀚的水面上布满茂密的莎草，翠绿色和棕色的莎草交织成一大片，闪烁着异彩；草丛下，水色灿烂，流水静淌。"这是美国作家道格拉斯对这片大沼泽地的描述。

自然，我们没有看到道格拉斯描述的情景。我们看到的是另一番模样的大沼泽地国家公园。

这里，是这一程的最后一站。这里有房屋、有超市、停车场以及有数不过来的车、帆船和一些叫不上名字的设备。

雨依然在下着，也不大，像个长途跋涉的人，下累了便停下来歇歇脚然后继续下。我们到这里的时候，雨正好停了。老公去找卫生间，女儿去了超市，岸边有一堆人，我便走过去凑热闹。原来是一条鳄鱼，约莫两米长的样子，它把头闷在水里，褐色粗糙的背露出水面。有人大声喊着试图叫醒它，让它转过头来跟大家打招呼，它纹丝不动，竟有胆儿大的跑下阶梯靠近去唤醒它，皆不奏效。便看有人用手压它的背，甚至用脚踢它，我的心提到了嗓子眼。危险啊！朋友！但事实证明我的担心是多余的。人们终于放弃了对鳄鱼的期盼，纷纷离去。这时，就听有人大喊：Crocodile！我急奔过去，就见它慢慢地向桥下游去，背对着人。依然没有看见那张丑陋的脸。它是羞于见人吗？桥的那边有两只较小的鳄鱼，慢慢地在水里游着。那是不是一家三口？

走到桥的尽头，只见浑厚老绿的水，波澜不惊，似乎深不可测，一直延伸到看不见的远方，岸边的树木倒映在水里。有船出了不远处的豁口驶向更远的地方，远方一片汪洋。水中无疑是有鳄鱼的。帆撑起来了，又有几条船驶出豁口。老公说，我们也租条船吧，我因惧怕那个丑陋的大家伙，便作罢了。

中午时分了，肚子提出抗议，订了午餐在露天的简易餐桌椅上就餐。刚放晴的天空，阴云再一次袭来，黄豆大的雨点瞬间砸了下来。却有一只硕大的鸟在雨中飞来落在桌子上，有顽皮的孩子去追，它们四散飞走又落在泛着水光的地面上。雨不知什么时候已经停了，房顶的檐角上有只淋成落汤鸡似的鸟，它一身乌黑的羽毛贴在身上，缩着头，无精打采地看着地上的同伴。

告别大沼泽地国家公园的时候，已是下午三点多了。天空终于放晴了，甚至透出些微阳光。

无边的原野上有微风吹过，我的心也便如这天空一般放了晴。一路走来，满眼不是草地就是荒原，一片庄稼地都没有见。这时候，女儿把我们带到了一个售卖农产品的集市。人真不少，蔬菜、水果更是应有尽有。身翠根白头大的葱，像芙蓉出清水的村姑，西红柿鲜红欲滴。女儿拿了些握拳都放不下的青果，老公提了袋还带着露珠的百香果，我挑了几个深绿色泛着光的牛油果，牛油果是我的最爱。

这是农场主自产自销的集市。去了后边院子，有鸡有鸭还有叫不出名字的家禽，都关在笼子里。四周都是种着庄稼的土地，那些集市里的东西就来自这片土地吧。

这一天，我们过得充实而快活，那些国家公园带给了我们不一样的感受。

（写于2020年）

夜雨里沸腾的鲁姆斯海滩酒吧一条街

去美国国家湿地公园游玩的那一天归途中，天近黄昏时来到迈阿密鲁姆斯海滩的那条酒吧街。刚到那条酒吧街，天就飘起了雨丝。

鲁姆斯海滩的那条街，一边是鳞次栉比的店铺，一边是约莫一百米宽的绿化带，绿化带被两条马路夹在中间，跨过马路是片空场地，被海蓝色的建筑隔离布挡着。绿化带里有身上缠满小灯泡的高大的椰子树，亮闪闪的，把天空映得通明。

当时，迈阿密正在举行全美的橄榄球比赛。酷爱橄榄球运动的迈阿密人似乎全都走到了大街上来，那条酒吧街上霓虹闪烁、人山人海，到处贴了标语，装点得热辣劲爆。

我们本想找个吃饭的地方，看着满大街闪烁的灯火，店铺用餐的桌椅都摆到了路中央，店铺密密麻麻一家挨着一家，家家门口几乎都或站或坐被人填满了。一家稍微宽敞点的街边摊放着节奏感很强的音乐，有几个又胖又高的女人听着音乐踩着鼓点扭着身子跳舞，眼里尽是自得，虽胖却舞姿了得，带动了过往的行人也跟着扭动，我只看却不敢上前扭。穿着短衣裙的黑姑娘们极招摇地旁若无人地从人群中有说有笑地走过。一堆一堆的男子围在马路中间高谈阔论，应该是谈论马上要开始的赛事。两个人高马大的黑女人一个穿大红花一个着大绿叶的露肩吊带连衣裙，耳朵上是夸张的白色大耳环，手里拿着一沓红红绿绿的资料边说笑边给过往的行人散发，有脑后拖着长辫的男人，有头发炸了一头的女人，悠闲自在，各行其是。

在一个出售假发的店里，女儿选了个红色齐耳的头套，我选了个金色的大卷发，戴着假发摇身一变欲吓老公，他却竖起大拇指。我们便在异国他乡，这个下着雨、人潮涌动、被橄榄球赛事点燃而沸腾的酒吧一条街放浪形骸了一回，让不再年轻的心又蠢蠢欲动起来。

绿色的隔离带草地上，搭了很多棚户，皆被五颜六色的大幅宣传画占据，还有出售各种电子小玩意儿的，看样子，全是橄榄球赛引发的经济效应。一个超大型的屏幕上正直播着现场赛事，赛场上座无虚席，屏幕前也是满满当当攒动的人头。

不宽也不窄的街道上挤满了人，绿化带上耀眼高大的椰子树下也围了一群一群的年轻人。酒吧里闪闪烁烁的灯光下，喝酒的、吃饭的、低声聊天的、高谈阔论的、扭着身子乱舞的，这条夜雨中的酒吧一条街被热情的迈阿密人点燃了，整条街都沸腾起来了。

和我意见相左的老公竟然扭头离我们而去。我和女儿才不理他呢，我俩穿着蓝色的雨披趿着拖鞋手挽着手在雨中快意独行，雨水流下来湿了头发，眼睛都睁不开，可我们一直走着，向着街的尽头走去。这里人少了起来，灯光也暗了不少，可这没阻挡住我们探索的热情。我们踩着没过脚踝的雨水，来到海滩。

这里一下子安静了下来。女儿说，这就是迈阿密海滩，即鲁姆斯海滩。这条酒吧街也因这个海滩而得名。她上学时来过，这里海滩的沙子又白又细，只可惜因天色太晚没有眼福了。但既然来了，我是一定要看一眼的，哪怕什么也看不见呢。

　　于是，我紧拉着女儿的手往前走。过了一片树林，很快就到了海滩。隐隐约约看见一大片空旷之地，一阵一阵的海浪声应该就是海水了，脚隔着拖鞋能感觉到沙子很柔软。一个男人开着摩托车从远方呼啸而来，灯光把海滩照得明亮起来，我才趁机看清楚海滩上的沙子，真是耀眼的白。从未见过这么白的沙滩，就是在黑暗中也能感觉出它别样的白。向远方看过去，借着远处的微光依稀可见绵延的洁白，便情不自禁往前走去。刚走了没有几步，就见一个拿着酒瓶、光着上身、嘴里还叽里咕噜说着什么的男人东倒西歪地走过来，女儿拉着我返身快步走上街头。

　　人是走了，心却还留在那一片洁白里。就在惊魂未定时，突然一个巴掌拍在背上，吓得我跳了起来。原来是老公！这个坏家伙！看我们不理睬他后，便隐在暗处一直尾随。

　　走了这么久，却还没有吃上饭，肚子早就提出抗议了。我们便又回到热闹的人群里，找了家人依然很多的路边店，要了龙虾海鲜饭大快朵颐。说是路边店，其实海鲜很新鲜很美味很正宗，但价格也不菲，三个人就花了近二百美元。

　　吃饱喝足后，街上的行人仍然不少，但比先前少了一些。看着这个灯光依然闪烁的酒吧一条街，想着鲁姆斯沙滩上的洁白沙子，我知道，上天没有让我看成这个洁白的海滩，一定是为了让我再来这个迷人的城市的。

　　不得不告别了。不知什么时候，天又下起了雨，热闹的鲁姆斯海滩酒吧一条街依然霓虹闪烁、人头攒动，巨幅屏幕上的赛事正紧。热爱运动的美国人被橄榄球点燃了，一同被点燃的还有这条夜雨中的鲁姆斯酒吧一条街……

（写于2020年）

云

道

我喜欢的日常

很喜欢"日常"这两个字，那么朴素却蕴含着无限深意。

古时候，日指太阳。古字里的"日"是圈里有个点，有人说那个点就是太阳普照下的生灵，那个圈就是太阳，万物被太阳温暖着才有了生命，才有了生生不息的希望。那么，太阳普照下的每一天就成了"日子"。日子，大概可以说是太阳的孩子吧！那么，太阳便有了数不清的孩子。它用无所不能的大手抚摸着它的孩子们，于是地绿了，水蓝了，天亮了！日复一日，便有了这个丰富多彩的世界。作为万物之灵的人，就是太阳众多孩子之一。平平常常的日子里，形形色色的人做着形形色色的事造就了形形色色的物构成了形形色色的世界。这些形形色色的日子，便是最美的日常。

最美的日常便是柴米油盐酱醋茶，是每天的日出和日落，是路边摆摊设点的那些小商贩，是在马路边猫着腰刷牙的女人，是吸溜着鼻子的脏脸小童，是推着推车在夕阳里散步的老人，是风风火火在广场上跳舞的大妈，是在小区门口开小便利店趿拉着拖鞋扯着嗓门的光头男人，是小区缝纫部里那个始终微笑着的和善女子，是那个推着一箩筐老花镜在叫卖的帅气大哥，那些……他们，都是鲜活的日常。日复一日，年复一年，每天都一样，每天又都不一样。像流动的空气和风，无处在又无处不在，是新鲜的，灵动的……我喜欢这样鲜活的日常。

曾经，在城墙根儿的那个早市，只是一眨眼工夫，就把刚买的苹果手机丢了。可我还是喜欢去那个烟火气十足的早市，因为那里有最美的日常。紧挨城门里是个高鼻梁深眼窝的新疆大高个的摊子，他高声叫卖着新疆特产——馕；一对中年男女支个案板在卖肉，码得有条不紊的肉在油腻腻的案板上闪着冷光，地面已被经年的光阴磨得有了油气；那个人高马大帅气十足的男子的菜品就像他的人一样总是比周围的菜品略高一筹，卖小磨香油的大叔现场像变戏法似的总是让人眼前一亮；还冒着热气的豆腐摊子是我的最爱，那个年轻的女子真可谓神手，总是能准确地割给你需要的重量，人长得俊，手脚利索，是名副其实的"豆腐西施"。我印象深刻的还有那个面前堆了小山似的嫩苞谷的壮汉，那个脸上总会沾有面粉的"面条妹子"，那个摊了一地老姜前面却总是避不过下水管道的瘦弱男子，那对把蘑菇香菇总会包装在袋里的母子，以及那个总有卖不完的香蕉的"香蕉哥"。那个总是被围得水泄不通的"花王"——一个只有一条腿站立地上的光头男子，面前是一车一地的鲜花，经济实惠，那些花儿在他心目中就是他的新娘吧。最后一次见他时，他说卖完这一趟就回家结婚啦，原以为是玩笑，却从此再也没有见到他。此后，每次经过"花摊"时，总会瞟一眼，可再也没有见到过那个单腿男子，一股轻愁没来由地在心头晃了一下。

我喜欢这总是乱哄哄的街道，大声叫卖着、吆喝着的土里土气的凡男俗女，你东我西你南我北提着篮子筐子塑料袋子装满了翠绿鲜红的俗物：青青白白的蒜苗、水灵灵的香菜、像个喜庆福娃带着绿缨的红萝卜、满腹经纶的大白菜、闪着亮光的愣头大茄子、浑身长满小刺的水嫩黄瓜、身段苗条的架豆王、一群红着脸蛋的细长匀称地挤在一起的红薯、憨厚实诚的土豆……不一而足，数不胜数，它们是你的我的他的日常。土里土气，不高贵也不典雅，但真实、稳妥、实在、脚踏实地，让人感觉安心安静安宁安稳安妥。

手提一把俗绿一捆鲜红的凡男俗女，和生活贴得那样近，可以触摸到，可以闻到，可以听到，可以感觉到，像淙淙溪流，能听到流淌的声音，以鲜活的流动的、能触摸到脉搏的跳动，俗世填得心里满满的，生活也便有了意味。日子就是这样一日一日走过来，把它们串成一串，长长的一串，那便是我们的人生。那些日子闪着光，那些细碎的光点是过往的日子，那是构成我们生命的日常。

珍惜每一个不再来的日子，那些闪着光的日子，像水一样头也不回地在光阴中流动着向前。记得小时候，每逢正午，便有束极细的光准时从南边的山墙透进来，照进老屋。那光束里，有无数若有若无的微尘，在光影里游动，我用小小的手去够着抓它，还一跳一跳试图蹦起来去抓它，但张开手却什么也没有。透过那光影分明看到母亲和姐在灶房忙碌地做着饭，一瞬间，饭菜的香味透过光束，弥漫了整个老屋，现在想起来，依然感觉到亲切而平常。尽管母亲和姐都已不在这个世界了，但有关她们留在光阴里的日常，却在偶遇光影时会瞬间让我穿越到儿时的日常里。

我有事没事总爱去离家不远处的市井气十足的街巷里转一转。街道一点儿也不宽敞，房子也仅二层楼高，盖着石棉瓦，地上也并不干净，却有着很旺的人气，总有一大片从城外来的、坐在小板凳上等候的俊男靓女把这一片渲染得热闹非凡，既日常又新鲜。遮阳棚下是三层水泥楼房的人来人往热火朝天的小吃街区。我最爱像面条一般长的苞谷面鱼鱼、热火朝天的陕北羊杂碎，还有扯得比裤带还长的扯面。我喜欢这味道，很平民很家常很实在，像踏在地上的脚步，心里有无限的轻喜轻欢。一路之隔高档现代的酒店，那么高大上，却那么冷那么空，那么不日常，总像隔着什么似的。

从乡下来到城里很多年了，城里人住的水泥房子把人和人隔开，人和人甚至老死不相往来。人和人的心被水泥箍得坚硬而冰冷。人和人总隔着什么似的。下楼时常会遇到二楼的老太太，手拿个小板凳，手扶着楼梯不是上楼就是下楼，但无论何时总是慈眉善目地点头微笑。老人和儿子、孙子还有小重孙住在一起，真正的四世同堂，不像惯常的城里人互不相扰，女主人亲手做的辣椒酱男人会送给我们一瓶，我们也把老家的"乡味"带给他们尝鲜。一楼那个开诊所搞艾灸的瘦小单薄的青年，爱舞文弄墨的老公见了必拉去画上一幅。从夜里到清晨站在小区门口值勤的年轻小伙任何时候都是微笑着远远地就打开门。小区门口便利店里忙碌到深夜的店主，在门外摆个小茶几，上一小碟花生米，就一壶小酒，自得其乐。穿一身保安服扎着白色皮带把头高高扬起女王似的女保安……这一个个的普通人，按照自己的节奏，过着普通的日子，自然而真实，这些是他们的日常，也成了我日常的一道风景。还有垃圾台那个瘦小的老头，无时不在垃圾台前分拣着忙碌着，自在自得，寡欲清欢。外卖小哥头戴头盔骑着摩托车风驰电掣匆匆而来又匆匆离去。装饰得很现代的"深巷子"里的一间酒馆，却离我那么远。

日常在不动声色中重复着看似亘古不变的日子，太阳还是那个太阳，月亮还是那个月亮，人还是那个人，物还是那个物，却又分明不同。在日复一日的日常中，现在变成了过去，过去变成了历史，将来永远在前方闪烁，召唤着一连串紧跟而来的日常。

我总是喜欢在一天忙碌结束的时候，一个人走在几乎无人的公园里。弯弯曲曲的小道很静，白天喧闹了一天的湖很静，小山上的树木很静，湖畔那棵硕大的红叶树一树婆娑，像装满了故事的森林，月亮宁静地挂在空中。树影婆娑，我哼着喜欢的调儿从那片日日走过的树林走过，放松极了，惬意极了。这是属于我一个人的日常，像是梦走到了现实里。

从前的从前，我总是喜欢刻意去与众不同，做出不一般的行动以示自己的不一般，在日常生活中制造出一抹粉一束绿。但是到了后来的后来，我终于明白，最放松地做着自己，不刻意不强求，那才是日常里最美的自己，也是自己最美的日常。

多么美呀，我喜欢日常！

（写于2021年）

谈　天

这实在是一个天大的难题了。

我的天！

我仰望着怎么也看不透的天，思忖天是什么？它是那个无时无刻不在注视着芸芸众生的神灵？它是主宰着你我他命运的万能的上帝？

其实，天只不过是浮在空中的气而已。

古时候，有天圆地方之说，这自然被科学不攻自破了。从古至今，天我行我素地高悬空中，并没有如西方天主教所说的那样因无柱子支撑而坍塌掉，它以它的神秘莫测震慑着世人。

人们常称头顶的天为"老天爷"，古代的皇帝也称自己为天子。小时候天旱祈雨时，我们念着："天爷爷，地大大……"古时候人们把能替老百姓主持公道的清官称为"青天大老爷"。可见，在人们心中，天是至高无上的权威，它代表着公正无私，有至高的公信力。

尊贵无比的天，也是有脾性的。春天里万物生机勃勃，天宽厚仁慈；夏天里烈日炎炎，那是天火一般的性格；秋风扫落叶是天的雷厉风行；冬天的冰天雪地是天的坚毅果敢。天亮了，阳光普照，那是天的阳刚之气；天黑了，月光如水，那是天的阴柔之美。阴雨连绵，那是天在悲伤地哭；皓月当空，那是天在开心地笑；繁星满天，那是天的神秘；月挂柳梢，那是天的多情；花好月圆，那是天对有情人最美好的祝愿。

天用广博的胸怀来爱众生。它用了四季将人间装扮，它让春天把桃红柳绿送到人间，骄阳似火的六月天，那是上天派火热的夏降临人间。沉甸甸的果实写满了秋天的祝愿，白雪皑皑覆盖原野，那是冬把上天的问候带给人间。

高高在上的天，就是一位威严而慈爱的父亲，他把他众多的孩子拢在怀里，又让他们各司其职、各行其是。这样就有了春夏秋冬，有了白天和黑夜，有了一年四季，有了一年十二个月，有了一年三百六十五天。天在自己的轨道上行走着，不慌不忙，不紧不慢，不急不躁。

小时候，我做过一个胆大包天的梦——我在砍天。天是红色的，我悬在红色的天上，手持斧子，天被砍得坑坑洼洼，旁边还有一些看得不太分明的人跟我干着同样的事情。

天虽不言，刮风、下雨、打雷、闪电就是他的语言。它如一个圣人，冷漠地俯瞰着地上匍匐的芸芸众生，从远古到今天。沧海桑田他看在眼里，四季轮转他看在眼里，阴晴圆缺他看在眼里，人世间的尔虞我诈它也看在眼里，它将这一切的一切尽收眼底，并将这些万象包罗，不喜不悲不惊不诧。它不因有人赞美它，就多赐给点什么，也不因有人咒骂它就少给点什么。

从远古走来的人们一直在注视着头顶的天。幼年时期，人们不明白天是什么的，崇敬它、畏惧它，又敬爱它，但远离它。到了汉武帝时代，有一个叫董仲舒的学者提出天是万物的主宰，皇帝是天的儿子，是上天派到人间行使上天意旨的，是为天子。这样，就为统治者统治百姓找到了合理合法的理由。

人们用天涯海角、天仙、天堂等这些词表达对美好事物的向往，把和谐的亲情称之为"天伦之乐"，做得最合情合理的事情是"替天行道"，把最公认的道理叫"天理"，把顺理成章的事情叫"天意"，把最难读懂的书叫"天书"。看来，人既畏惧天却又离不开天。

小时候，听老人们说，天上一颗星，地上一个丁。这是说上天早已在冥冥之中为每一个生活在地上的人安排好了位置。有这么一种说法，地上这个你就是天上那个你的影子。你不论干什么，天上那个你都在看着。多行善事的人死后会升天，与天上的自己合为一体而进入天堂。作恶多端的人死后会被打入十八层地狱，永世不得超生，天上的那个他也随之永远消失。不论你怎么想，天依然是天，人依旧是人。

法国大文豪雨果说：世界上最广阔的是海洋，比海洋广阔的是天空，比天空更广阔的是人的胸怀。看来，人心比天还广阔自由。

时空悠悠，无始无终；天宇漠漠，无边无际。而能包容这一切的只有人心。

平素，当我一个人时，我总爱静静地看那怎么也看不透的天，明媚的天、阴沉的天、流泪的天、发怒的天、变幻莫测的天。它包含着无尽的秘密，它有着无数个传说，它无始无终的空灵，它无边无际的广漠。它是空空荡荡，它是实实在在，它是过去、现在和未来。

我的天！

（写于1996年）

说　地

地为何物？土也。

站在地上看着天，我纳闷儿，自从盘古开天辟地，三皇五帝到如今，被盘古辟开了的混沌世界，那浊的气是如何一天天下降而成了地？那清的气是如何一天天上升而成了天的？有了天和地以后，女娲用地上的泥土捏成了人。于是，天和地之间，便有了万物之灵的人。

有了人，这地上便有了生机。人们将希望播进复苏的地里，又在火热的地里辛勤耕耘，于是，便有了地里金色的收获，人们才能在大地封冻时品尝着地里的收获。这土地，成了季节的容器。

从古至今，人类为了土地，一直在进行着杀伐。当东方的盘古开天辟地时，当西方的耶和华神造人时，他们做梦也不会想到，人类为了土地一直在进行着无休止的战争。

当人类还处在懵懵懂懂的蒙昧时代，便为了土地开始了部落间的争夺。及至奴隶社会、封建社会，又有哪一个朝代不是因为土地问题最后导致灭亡的？土地的高度集中，使耕作为生的百姓失去了生活的依托，从而"均田地"成了历代百姓心目中的最高理想。历代王朝最终无法解决的土地问题成了其最终毁灭的致命点，而被中国人民称为大救星的毛泽东在中国历史上独一无二地解决了这一问题。第一次，中国老百姓成了土地真正的主人。因土地问题的妥善解决而唤起了民众的革命热情，从而推翻了压在中国人民头上的"三座大山"，从而建立了新中国，成了土地的主人。而历史上，曾自称为"日不落帝国"的英国是依靠"羊吃人"的"圈地运动"而"发"起来的，是依靠比本土多一百多倍的海外殖民地而"火"起来的。不言而喻，土地，在人类历史的演进过程中，扮演着一个相当重要的角色。土地是权力的象征、财富的标志、强大的代名词。

但是，不管历史怎样演进，土地都是无私的宽厚仁慈的，它以博大的胸怀承受着发生在她身上的一切苦难。而最残忍的，莫过于依靠土地生存的人类。君不见，在大地上，人类从古至今自导自演着一幕幕的闹剧、丑剧乃至惨剧。土地被肆意蹂躏着、践踏着，土地的身上伤痕累累、鲜血淋漓，土地呻吟着、挣扎着……人类却依然如故地剥掉土地的衣裳，生吞活剥着土地的肌肤，又在大地的体内肆无忌惮地挖金掘银。

我常听长者教导年轻人时说，要脚踏实地。的确，无论做人还是做事，这一点是很重要的。再高的楼房也得建在地上，再伟大的人也脱离不了大地。而生活中，常常有人站在地上却想着天，好高骛远、眼高手低。谁都知道，万丈高楼平地起，却常常有人去追逐"海市蜃楼"，执迷不悟地建造"空中楼阁"。

土地就像一个人一样，也是有感情的。土地上的收获，归于每一个诚实的人，而企图用欺骗的伎俩和阴谋糊弄土地，最终付出沉重代价的还是他自己。土地母亲用她甘甜的乳汁滋养着我们人类成长，有人长大了，把大地的仁爱反视为束缚，想方设法挣脱大地，于是便翘起尾巴飞起来。人常说，飞得高摔得重，这是上天对那些亵渎土地者的惩罚。做人，还是实在一点儿好。

倘若把土地拟人化，那么大地就是人类共有的母亲。山，便是她的骨骼；水，便是她的血脉；丘陵、平原、草地和沙漠，便是她的肌肤。她以巨大的血肉之躯，以母亲般的慈爱与厚重，承载着地球上的万物生灵，庇荫着生活在她怀抱里的万千子民。她就是我们人类的母亲。

土地里蕴藏着人类对于生命不息的情结。生命来自泥土，最后又复归于泥土。土地以其自身的丰厚滋养了人类，土地就是人类共有的母亲。尽管人类将母亲的身体分隔成了国家，并且为了争夺土地而打得不可开交，大地依然尽自己所能付出着一切。大地就像一位伟人，她是无私的、高尚的、无与伦比的。她以自身的博大，真诚地呼唤着人类的和平，地球子民们的友好共处。

地为何物？

滋生万物的容器。

土地是我们人类赖以生存的过去、现在和将来……

（写于1997年）

夜　空

我喜欢在夜里看无垠的星空，总觉得里面藏了无数的秘密。

小时候，晚上吃完饭，母亲便拉张凉席铺在院子中央。奶奶一双小脚颤巍巍地来到院子，母亲扶着奶奶坐定，我便趴在奶奶怀里，奶奶指着满天的繁星，"天上一颗星，地上一个丁"，意思是地上有多少人，天上就有多少星。我拉着奶奶的手问，哪颗星是奶奶，哪颗星是我。奶奶说，那个亮一点儿的是她，她身边那个暗一点儿的是我，围着我们的那一群星星是爸爸、妈妈还有伯父，那个几乎看不见的小不点儿是当时只有几个月大的二妹。这时候，小小的我总是心满意足地躺在奶奶怀里，看着头顶的星星，又不时瞅一眼母亲臂弯里的二妹，一脸的幸福，渐渐进入梦乡。

日子一天天过去，我的日子里没有了奶奶，她变成了夜空里那颗明亮的星星，我想奶奶的时候，就仰头在天上找奶奶曾指给我的那颗最明亮的星星。后来，三妹、四妹和弟弟相继来到了我们家，我们家一下子便热闹起来。夏夜里，母亲依然会拉张凉席铺在院子中央，邻居家的大嫂、婶娘也围拢来，坐在凉席上拉家常。头顶的夜空里依然闪烁着星星，倒映在院子的池塘里闪啊闪。我领着妹妹们数着池塘里的星星，怎么数也数不完。又来了邻居的小伙伴，我们便疯跑着去追逐闪着绿光的萤火虫。弟弟必是带着他的小跟班，拿着长竹竿去逮知了，他们称之为逮"肉蛋"，一晚上能逮一大瓶，在油锅里一炸，味道真不错，全是蛋白。这时候，星星钻石似的在天上闪，月亮则银盘似的就挂在树梢上。后来，上学了，知道了辛弃疾的《西江月》，其中"明月别枝惊鹊，清风半夜鸣蝉。稻花香里说丰年，听取蛙声一片"这几句，我特别喜欢，那些画面既现实又梦幻，让我想起小时候的夏夜里那情那景，还有那些人。

上小学一二年级的时候学过一篇课文，已记不清课文的名字了，只记得从此后，便有一幅画面留在我的心底里。那画面里，有个小小少年，走在两边有着高高土坡地的山路上，一弯月牙就挂在少年头顶的天空。小小的少年在宽敞的马路上，有微微的风吹过，少年唱着《少先队之歌》走在空旷的路上。头顶洒着清辉的月，俯视着步伐坚定而从容的少年。天上一弯月牙，地上一个少年。少年很单纯，道路很干净，天空也很干净。过去多少年了，那个干净的画面里那个小小少年和那弯月牙不知怎么一直从少年的我的心里留存至今。

上中学时，鲁迅先生《故乡》里的那轮明月一直亮在我的心底，少年闰土和鲁迅先生就定格在那轮明月里。"深蓝的天空中挂着一轮金黄的圆月，下面是海边的沙地，都种着一望无际的碧绿的西瓜，其间有一个十一二岁的少年，项带（戴）银圈，手捏一柄钢叉，向一匹猹尽力的（地）刺去，那猹却将身一扭，反从他的胯下逃走了。这少年便是闰土。"年少而纯洁，美好而恬静，构成了我对于"故乡"最美好的回忆。月是故乡明，人是故乡亲啊！

后来到城里学习和工作，只感到通明的灯火把夜燃烧了，让人找不到夜的感觉，反倒时常怀念起小时候的黑得墨似的夜空。记得那时候，夜出奇地黑也刺骨地冷，我常常跟着比我大很多的姐姐去几里地外看露天电影。回来的路上，只有冷和伸手不见五指的黑以及抬头什么也看不见的夜空。一下子就像瞎子摸象似的茫然，只是跟着大人走，走在被无边的黑罩住的夜里。从来不知道夜空会这么黑，黑得仿佛进入了混沌世界。黑得似乎不曾有过这个世界。走在这样的黑夜里，小小的我感到很孤单很无助很害怕，有种找不到自己也找不到世界的恐惧。

自从来到城里，整日里疲于奔命，无心看星月，其实也看不到星月，因为满大街的灯火把夜点亮了，让夜如白昼，使得昼不像昼夜不像夜。日子就像没有昼夜之分一样按部就班和一成不变。我心里便怀恋小时候的夜空，黑得那么纯正，那么不折不扣和光明磊落。那样的夜空，黑得让人心里很瓷实。黑夜就要有黑夜的样子。

离开乡村来到了城里后，让人变得对自然的更迭没有了感知度。在夏夜热得人受不了、冬夜冷得人也受不了时，人们一下班就钻进空调房，甚至走在路上都握着个手持小风扇，冬天则随身带着暖手宝。人把自己保护得太好了，人把自己置身于自然之外，也便与自然越来越远了。远在天边的月亮和星星，俯视着如蚁般的人群，它看不到人类的眼睛，更看不懂人类的心思。

可是不管你看还是不看，月亮依然在天空亮，星星依然在天空闪，无论春夏还是秋冬。

自从去年政府重修了屋顶，我常常喜欢走上楼顶，仰望无边无际的夜空。夏天的夜空，布满了星星，时而有飞机从头顶飞过，有微风不时吹来，惬意极了。周围一圈的楼顶上亮闪闪的，远远望去就像天宫，恍惚间，有种天上人间的梦幻感。只感觉岁月静好。

月明之夜，我常常倚窗而望，凝望着蓝色的天幕上那一轮明月，皎皎空中孤月轮，便吟诵："春江潮水连海平，海上明月共潮生。"那蓝色的天空多像海，那轮和潮水共生的明月，会让我的心像被什么东西蜇了一下却又无比的熨帖、舒坦。一种淡淡的若有若无的却又挥之不去的情愫攫住了我，让我的心里宁静淡然却又波涛汹涌。我知道，这样的月夜，我的心儿会随着那一轮圆月还有月下的那一江的水流到远方，流到心的最里面，流到时间的深处去。

二十年前，一部《泰坦尼克号》像一阵飓风，席卷了全球。那个惊心动魄的爱情故事被街头巷尾传颂。我感念于那个爱情故事，更让我难忘的是那个夜晚的天空，那闪烁在夜空中的星星。泰坦尼克号因碰撞冰山而倾覆，一片荒乱中，望不到边的海面上是船的残骸，以及扶着木板和露丝道别的杰克，有冰块浮在水面。四个乐手忘情地演奏着，悠扬的乐声传得很远，一直传到遥远的天际。这时候，无垠的夜空异常美丽，满天的繁星，一闪一闪，还有流星拖着长尾从天际划过。一切都那么静、那么美，就连夜空下的那场灾难也有了一种说不清的凄美。

美丽的夜空似乎只属于夏天和秋天，但冬天的夜空也有一种别样的美。我有一张珍存了几十年的明信片——雪夜里的一座小木屋，木屋里透出昏黄的灯光，木屋门前被雪覆盖着，就连通向门前那条小河上的那座木桥及木栅栏也被雪覆盖着。木屋后面有树，树上堆着雪。我一直想，木屋里应该有个老爷爷吧，老爷爷在燃得很旺的火炉上煮茶，茶壶里冒着热气，老爷爷的身旁卧着一条大黄狗，正无比忠诚地看着老爷爷。木屋外面的夜空有一轮圆月，那么清冷又那么孤单寂寞。月亮用她的清辉给那个雪夜增添了清寂之美、空灵之美。

今年的夏天，出奇地热，妹妹们来我家，提议上楼顶纳凉。

我满口应允，早早把楼顶打扫干净，并铺好凉席，我们姊妹四个像儿时那样在夜空下纳凉，拉着家常，回忆着儿时的夏夜，感叹着光阴的流逝。那一夜，我们齐刷刷地挤在一起睡在夜的怀抱里，有一搭没一搭地闲聊着，渐渐进入了梦乡。睡在身边的妹妹们安静而恬淡，可一会儿我就被惊醒了，睁开眼怎么也睡不着，看着不时从头顶飞过的飞机，看着时隐时现的星星，看着云朵不时变化着，突然就有了一种敬畏，也夹杂着不可知的恐惧，竟然怎么也不敢睡。迷迷糊糊中，自己仿佛融进了无边的星空，融进了无垠的宇宙里……

（写于2021年）

论山水

人生活在地球上，就是生活在自然中。山水就是人类的一双眼。

这世间有了山，便有了凸凹，有了精气。这世间有了水，便添了妩媚，有了灵气。置身山水间，人便也会染了山水的精气神儿而越发灵秀了、挺拔了。

站在山脚下，仰望着山，人显得渺小，自卑感爬上了心头。但人努力攀登，抓住山的衣襟，踩着山的脊梁，总算爬到山的怀抱里来。这时候，人便产生了一种安适感，慢慢放松了努力，但鼓了鼓劲，最终还是爬到了山顶。是山，用双臂将人托举起来的。这时候，站在山顶的人，便得意忘形起来。面对人的轻狂，山沉默着，如一位智者，一位内敛讷言而深沉睿智的智者。它不因人轻贱而自负，也不因人自卑而自大。大山无言，只是默默地注视着它面前来来往往的男男女女。而人就不一样了，人会因为得意而忘形，也会因为失意而自轻自贱。

而水，这貌似柔弱的水，这无物之物，其实，骨子里却含着刚，能以柔克刚。水凭借着一股韧劲，一种不到黄河心不死、不到长城非好汉的信念穿山越岭，高山挡不住它，就连坚硬的磐石也奈何不了它，不是有个成语叫"水滴石穿"吗？它总是勇往直前，不论环境多么恶劣，路途多么艰险，它都保持着自身的特质：柔韧、清纯、透明。尽管，来自各方的恶势力企图玷污它、阻拦它，但是最终它都是依靠自身的柔韧战胜了它们。涤去的是尘污，留下的仍是自己的清白之身。水啊，这无物之物、无形之形，实在堪称人类精神的楷模。

置身于山水，我常觉得，山水就像一对相依相偎难舍难分的恋人。山环着水，水绕着山；山依着水，水傍着山。山走到哪儿，便携着水流到哪儿，山水不分离。有山的地方必有水，有水的地方也一定有山。有山无水，山就失了灵性；有水无山，水就短了精神。山水相随，才是一种完美。

面对大山，我时常觉得，山是一个底气十足的男子，它展示给人的是力量，通体透着种阳刚之气。端详着山中流淌的水，我觉得水极像一个柔媚多情的女子，她总是依偎在山的臂弯里，浑身上下透着股阴柔之美。山为水而高大，水为山而柔美。万水千山走遍，山水形影相随。

山水始终是人类最真诚的朋友。远古时，人们住在洞穴里，逐水草而生，山水间是人类最初的家园。在今天这个物欲横流、你争我夺的世界里沉浮，人们已疲了、倦了。于是，有人呼吁回归自然，在自然中重构人类的精神家园。山水作为自然的主体，它时刻敞开着胸怀，迎接人类的回归。你高兴了，它接纳你，你悲伤了，它接纳你；无论你是达官贵人，抑或平民百姓，它都一视同仁。无论什么时候，山都以它的高大雄伟给人以力的昭示，水都以它的清纯柔顺给人以美的遐想，难怪从古至今有那么多的书画家描山绘水，有那么多的文人骚客吟山颂水，有那么多的俗世之人游山玩水。怡情山水，对着那青青的山、清清的水，那尘世的烦恼还能干扰你？

到山水中来吧！给你的心一个安静的去处。已有那么多的古圣贤钟情山水。随着王维吟唱"人闲桂花落，夜静春山空。月出惊山鸟，时鸣春涧中"，你仿佛走进了世外桃源。杨万里的"万山不许一溪奔，拦得溪声日夜喧。到得前头山脚尽，堂堂溪水出前村"又将一对山水顽童置于你面前，它们一路打闹逗耍而来，情趣盎然。而王维的"空山新雨后，天气晚来秋。明月松间照，清泉石上流。竹喧归浣女，莲动下渔舟"就是一幅画，这画里蕴藏着一种美，流动着一种气韵。这时候，柳宗元的"千山鸟飞绝，万径人踪灭。孤舟蓑笠翁，独钓寒江雪"让你在肃穆、寂静中走进空灵的世界。

如果把山水比作人，那么山就是人的脊梁，水就是人的血脉。有形的山是物质，无形的水是精神。它们相依相伴一路走来，滋养着引领着地球上的生灵，从洪荒中而来，又向着不可知的未来而去……

（写于1997年）

话 说 自 然

自然是宇宙间一切事物都应遵循的法则。

自然是一种非人为的存在，只有以客观的态度看待自然，自然才会成为人类的朋友。刮风、下雨、打雷、闪电是一种自然的存在，衣、食、住、行又何尝不是人类生存的一种自然状态？人类和自然并生并存。人类是自然自我进化的产物，人类来自自然又复归于自然，人类既来自自然，就不得不遵循自身存在的自然法则。人类无能为力于天灾，也始料未及于人祸。而天灾和人祸就是自然对人类某种象征性的惩罚。人类在自然中生存，只有尊重自然、顺应自然，才能得益于自然。任何企图与自然为敌的行为，都是愚蠢的可笑的、后患无穷的。

不可否认，自然是人类最无私的朋友，它以辽阔的土地养育人，以丰美的水草滋润人，以花草树木愉悦人，在蓝天、白云、轻风、明月中沐浴的人，却在破坏着自然、践踏着自然。

在那个年月，凡空中飞过的麻雀要一只不剩地打死；人为地将牧场改为耕地，乱砍滥伐，捕食珍稀动物，使得生态失衡，由此而引起了一系列的恶性循环。人在有意无意中破坏着自然。面对人的愚昧无知与残忍，满目疮痍的自然哀叹着挥起了正义之剑。人类受到了自然的惩罚。

自然的力量是不可限量的。人类任何企图改变自然的行为都是徒劳的。人类为了保护地里的禾苗而锄掉地里的草，于是，用手拔、用铲铲甚至不惜使用化学类的除草剂。但结果呢？野火烧不尽，春风吹又生，人和草的斗争看来还是旷日持久的。生命的原动力来源于自然，越是没有人为痕迹的生命越是长久的生命、强大的生命。

你知道一粒小小的种子力量有多大吗？它靠着自然的力量可以在人搬不动的巨石间生存，它可以完整地分开人类无法分开的头盖骨。看不见摸不着的空气力量有多大？离开它人类将寸步难行。柔柔弱弱似有似无的水力量多大？没有它人类将无法生存。这是自然的威力，自然的力量是不可估量的。

人类常常为了某种需要而改造自然，被扭曲了的自然在痛苦不堪、面目全非中又自然地让人类尝到了苦头。人类为了丰产，给田里上足了化肥，到头来土壤板结了，贫瘠了。近年来悄然兴起的医美风，使多少并不算丑的女士去文眉、隆胸、抽脂、减肥等，真是五花八门，但往往弄巧成拙。有些家长给孩子过剩的营养，致使小男孩七岁就长出了胡须，小女孩五岁就来了月经。还有那些历史上的典故，如揠苗助长的农夫，效颦的东施，还有学步的邯郸——他们最大的问题就是背离了自然，从而遗失了自己。

人只有在自然中，才更容易恢复作为一个人的本真。纵情于山水，跋涉于沙漠，奔驰于草原，你还会不快？你所感受到的只是大自然的伟大。那山使你高大，那水使你温柔，沙漠使你豪迈，草原使你辽阔，你心中仿佛有根线被牵着，线的另一端系在无形的自然手中。你的心只是被某种东西激动着，想哭、想喊、想跳、想跑，你的灵魂仿佛飞出你的躯体，在自然中信马由缰。你不再是那个左右矛盾的你、前后为难的你、失意落寞的你，就连你都惊奇，你成为一个完全不同的你，一个心无牵绊、完全属于你自己的你。

是啊，这个物欲横流的俗世，使一切的东西都蒙上了一层人为的色彩，甚至连人都被异化了，而大自然能使人性复归。当今，有识之士呼吁人类要回归自然、返璞归真，这实在是自然在呼唤人性的回归。

生活中，常常有人为了某种需要而掩饰自然，结果常适得其反。走在大街上，稍事观察，你会惊奇地发现，不时有那一张张并不年轻的脸，却长了一头黑得过分的黑发，还有那原本并不难看的脸上，却施了厚厚的粉黛，给人一种蒙面人的感觉，一种被阻隔的不真实的感觉。我感到了遗憾，我知道，那是自然被遗失，美随之流失，这就是矫揉造作。我想起了一个成语——画虎不成反类犬。我也曾不止一次地见到，那白发苍苍的老人，满头银丝梳拢得很整齐、很洁净、很具风度，便觉得舒服，有一种愉悦的感觉。那就是自然的魅力，是自然的美融进了人体的美。人常说，清水出芙蓉，天然去雕饰。自然，才是人类最卓越的美容师，自然美，是一种脱俗的美，一种真美，一种大美。

的确，自然是一种美。天真无邪的小孩是自然的，那是一种童真；山野的村妇挽起裤腿、卷起袖子在田里干活，也是自然的，那是一种健壮干练；乡里的几个老汉圪蹴在东墙角眯着眼，吧嗒着旱烟，晒着太阳，谝着，那还是自然的，那是一种闲适自在。春华秋实是自然的，月挂柳梢是自然的，月升中天也是自然的，红日高照是自然的，夕阳西下也是自然的。自然是一种美，一种只可意会难以言说的美，一种不加雕饰的美，一种原汁原味的美。

　　自然，是一种本真的存在。自然囊括了宇宙间的万事万物，万事万物以自然的状态诠释自然本来的样子，这一切便构成了生机勃勃的自然，一起丰富着人类赖以生存的自然世界的存在。

　　认知了自然，也便认知了生命。生命原本就是一种自然的存在，认识到这一点儿，你便不会无故地伤感、莫名地烦忧，因为这一切都是自然的。谁又能抗衡过自然呢？曾经沧海难为水，除却巫山不是云，自然是不会老的，老去的只是人的心。人只有按自然的本来面目去生活，才能成为一个豁达的人，一个心胸坦荡的人，一个光明磊落的人，一个真实自在的人。

　　自然，就是天就是地就是世间存在的万物，就是万物运转时遵循的规律。人只有踏踏实实地走在地上，过着自然而然的日子，才会无愧于包罗天地万物的自然。

（写于1997年）

感悟生命

生命是什么？凡是有生命的物体，都逃不脱这个问题的追问，它就像难解的斯芬克斯之谜，一直在困扰着我们。

生命是一段旅程。每个生命在经过了那座圣洁的宫殿之后，便开始了他的旅程。生命的旅程有长有短，有的生命，像小溪般轻松而欢快地流淌；有的生命就似大河大江，表面平静，内里激荡；有的生命如海洋，在博大、广阔中流向辉煌；而有的生命却如一泓秋水，清澈透亮；有的生命，如一潭死水，无声无息；有的生命，奔腾咆哮，激越高昂。生命的旅程里，不光是流动的水，还有沉滞的泥沙。大浪滔天，泥沙俱下。在生命不绝的旅程中，涤去的是泥沙、是沉渣，依然流动着的是生命的主体。就如一个人不断改造自我，去伪存真、去粗取精一样。生命就是在不息的流淌中，焕发其活力，体现其价值。有的生命，流程虽短却激荡，有的生命，流程很长却无响。

生命是一种自然状态，但又留有人为的痕迹。每一个生命，在脱离了母体之后，便开始了自身的旅程。为了维持生命的存在，他要从自然中汲取养料——空气、阳光和水，还有食物。这些供养生命的物质营养，是每一个生命不可或缺的。记得有个伟人说过：人是要有一点儿精神的。这精神养料来自教育，这教育分为学校的有组织的教育和社会上的无组织教育。人的物质生命源于自然，人的精神生命更多源于非自然。生命的物质状态使生命得以延续，生命的精神状态使生命得以永存。在物质状态下生存的精神生命才是一个完整的生命、强大的生命。

生命是易碎的，人们渴求生存的欲念十分强烈。为了生存，人们要吃、喝、拉、撒，不是一次两次、一天两天，而是从生命开始到生命终结。每一个生命，都无一例外地遵守这个枯燥而单调的过程。这是一个艰难的历程，这还不算，更要命的是，假如稍不留意，它便会发脾气来，折腾得你死去活来。你必须常去看医生，没有谁逼你，你却心甘情愿为它受苦受累，因为你想延长你的生命。还有，与生命相关的营养学、养生学等学科也应运而生。社会上流行的各种口服液、保健品，以及近来悄然走俏的有氧摇摇机、气血循环机等，真是五花八门，不一而足。

可以说，人对生命的护卫够精心的了，但是，依然有那一个个生命，在猝不及防中走上了归程。尽管人们小心翼翼的，但生命还是头也不回地离我们远去。生命有时候就像一个令人讨厌的无赖汉，你越是珍视他，他越摆架子。当你不理不睬他时，他又异常地活跃。就像那田间的草和苗，人们千方百计保护的苗，往往不如人们千方百计要除掉的草具有生命力。

注视着那一个个来来往往的生命，我忽然觉得生命就是一座魔方大楼，无论你怎样摆弄，都走不出去。有些人忙忙碌碌一辈子，也没有找到自己的位置。有些人没费多大周折，却已如愿以偿，造物主奇妙得真是让人难以捉摸。那千奇百怪的生命、形形色色的生命，他们从不同的地方来，一起走进那魔方中去，在魔方中永不停息地旋转，总有精疲力尽时，当油尽灯干、蜡炬成灰时，他们又各自走出那魔方，向着同一个方向而去。

生命是美好的，生命是短暂的，生命是弥足珍贵的。对那无穷大的宇宙来说，每一个个体的生命是微不足道的，它稍纵即逝又来去匆匆。然而，活着多好，可以随意地看蓝天、白云、清风、明月，山山水水，草草木木。可以干自己想干的事儿。只要活着，只要生命还握在手中，一切就都还有希望。失败算什么，挫折算什么，拥有生命就意味着拥有一切。但生命不似季节可以轮转，生命不像时间可以绵延，生命不像能源可以再生。生命，是一次性的！流失了，将永不回还。不要为过去而悔恨，也不要为未来而忧虑。抓住现在，活在当下，现在才是实实在在的。你的生命时刻融于你的现在里，悔恨和忧虑，只能使你的生命在不知不觉中离你远去。

其实，一个人对生活的态度，体现了他对生命的态度。有的人淋漓尽致地挥洒生命，有的人在无所事事中消磨生命，有的人在得过且过中无视生命，有的人在我行我素中漠视生命，有的人自由自在地享受生命，有的人在奋斗拼搏中创造生命。你呢？属于哪一种？

常常，看着在地球上移动着的忙碌的生命，我在想，他们从哪里来？又到何方去？我仿佛听到一个渺远的声音在隐隐约约地说——生生死死，死死生生，生又如何？死又如何？旧的生命总要不断地老去，新的生命也会不断地诞生，人类历史就是由一个个生命组成的。

不要刻意求得什么，也不要有意损毁什么。在宇宙间，个体的生命就如星星，小而又小却发着光。万物在有常中运作，生命在无常中有常。

你的生命就握在你的手中，你的路就在你的脚下。去燃烧你的生命吧，别让它在无声无息中腐朽！

（写于1997年）

三十岁的女人

不经意间，你就被推向了人生的第三十个年轮。

站在三十岁的界标上，你突然发现生命的流水无声无息，你在人世间已走了三十年。蓦然间，你感到了心房有一丝震颤。三十岁，是人生历程中一个重要的里程碑，是人生新的起点，古人不是也说三十而立吗？

三十岁了，你不必为年华的流逝而哀叹，也不必为眼角浮起的沧桑而伤感，生活赋予你的内涵，需要你用心去体验。

三十岁的女人，是最具魅力的女人。三十岁的女人，从生理到心理，都是人一生中的黄金时期，处于人生日臻完美的临界。你已摆脱了年少时的单纯与稚气，但没有经年妇人的世故与圆滑。时光冲去的只是年少的壳，生活积淀的是年少时的激情与勇气。你已懂得怎么装扮自己，你更明了人的美在于内心。你娇而不媚，艳而不俗，风雅而不风骚，娴静、温柔、端庄，你已走进了人生妙不可言的某种"态"。

三十岁的女人，生活在人生最灿烂的花季。你是丈夫温柔的爱妻，是依着丈夫的可人小鸟；你又是母亲膝前撒娇的女儿，是母亲的掌上明珠。你有人娇宠，有人厚爱，你拥有人生最深厚的爱。青春赋予你的朝气与热情，会点燃你胸中的希望之火，成熟带给你的沉稳与练达又会使你如虎添翼。你的心空因阳光雨露而灿烂，有了孩子和丈夫的家成了你最深的牵挂。你能尽情地挥洒自己而把握住度。你的生命正处在花与果交替的一瞬，你的人生因此更浪漫而有质感了。

三十岁的女人，已成为真正完整意义上的女人，你完成了一个女人从感性到理性的飞跃。你有着女人的多重天职。你是爸妈的爱女，你是丈夫的爱妻娇娘，你是孩子最依恋的人，你是职场里扬帆起航乘风破浪、手执罗盘的那个人。

三十岁的女人，已告别了烂漫而轻盈的幻想，走向真切而踏实的生活。你不再在人生的路上东张西望、左顾右盼，你已有了自己的航向，有了执着的追求。你也未必没有幻想，幻想那逝去的时光与年华倒流。但你更懂得昨日不再，今日稍纵即逝，明日匆匆。因此，你不再为过去而悔恨，也不再为未来而忧虑，你会懂得珍惜，珍惜光阴，珍惜生命。你可能会哭，也会笑，但更多的是思索，思索生命，思索生活，思索事业，思索责任，思索人生更有意义的东西。你不再浅薄而有了质感，有如日升中天，使大地在沉静中享受着和谐与妩媚。

三十岁的女人，是人生气韵构成的一道妩媚的风景，是世间所有鲜花花蕊上的那点蜜，是云里风里流动的牵人魂魄的气息。

三十岁的女人，就是明月下芬芳的花，是天海里娴静的云，是秋日里纯净的泉。

三十岁，是女人一生中最美的年纪。

（写于1994年）

弹指一挥间

戊戌年仲秋午后的暖阳里，我坐高铁去兰州赴同学聚会。

回首往事才发现，大家已经分开三十九年了！

三十九年，弹指一挥间。

弹指一挥间，一日过去了；弹指一挥间，一月过去了；弹指一挥间，一年过去了；弹指一挥间，已此去经年……

我的小学、初中是在课间都能回家跑一趟的村子上的。到高中时，去了离家四五里地的镇上。从家到镇上，有条乡间小路——斜斜路，是它牵引着我来到我青春的七彩梦开始萌生的地方。如今，那条已经被光阴湮没的乡间小路早已不存在了，但它却一直在我心里延伸，上面长满了乡愁。

读高中时，我们正是含苞待放的年龄。一群花骨朵儿一样的男生女生从四面八方走到了一起，在那个靠东墙的教室，坐了几年，却连谁长什么模样都不清楚。因为那个时候，即使是同桌，男女生之间也从来不敢说话、不敢直视。"两耳不闻窗外事，一心只读圣贤书"是当时最贴切不过的写照。

那些日子，四季模糊了，只有白天与黑夜在轮转，每一个日子如夏天一样火热、冬天一样冷凝，却充满了力量感。知道该干什么不该干什么，知道要到哪里去，知道只有拼搏才会赢，知道明天的命运就握在自己手里，知道"鲤鱼"跳出"农门"才有出路，才能奔向大海。

每一个清晨，都要上早操。将那一长串字母组成的英语单词写满手心，跑操时，不时瞄一眼。跑完几圈后，以班为单位一字排开，做广播操。做完操，那些单词已记在心间了。至今记得，站在最前排的我，常常看着操场边高大的树叶间流动的光，仿佛鱼在水里游，感觉奇妙极了，这也成了我早操时独享的秘密。

夜深了，下晚自习的铃声响起。校园的路灯下依然是一个个如饥似渴读书的身影，自习室里仍有埋头苦读、鸦雀无声的一群人。该睡觉了，大家挤在一张长长的大通铺上一起进入梦乡。

下课后，大家一起拿着碗，排长蛇一样的队去打饭。将从家里带来的、冻得似钢铁般冷硬的馒头，泡进能照出人影的稀饭里，饭凉了，馒头却还带着冰碴。

那时，最期盼的是中午下课的铃声。因为刘兰芳的《杨家将》、王刚的《夜幕下的哈尔滨》在中午12点30分准时开播，它们诱惑着我，在上最后一节课时我便魂不守舍了。下课铃声一响，我便箭一样冲出教室，脚下生风般打来饭，旋开收音机按钮的那一瞬间，一颗激动的心才算安稳下来。那些美妙的声音陪伴我度过了许许多多美好的日子。

那时，最向往的幸福时光是周末。在学校工作的父亲回家去了，我一个人在父亲的房子里，把《人民文学》《十月》《当代》等抱在怀里心无旁骛彻夜地读，心里十分满足和喜悦，我感觉自己就像走进了清晨草尖上的露珠透过阳光折射出的那个新世界。那一滴滴甘露浸润着我的心田，有种花儿就要开放了的愉悦。

　　毕竟年少，逮着机会就偷懒。记得那时，我和好友艳娥住在离学校很近的同学婷叶的家里，三个人挤一个炕上。婷叶家的后院就是露天电影院，为了看电影，搭了个棚子，里面可以坐不少人。有电影的日子，下晚自习后我们便爬上梯子到后院的棚子里看电影。年少时的电影启蒙，就是在那个棚子里。现在想起来真是独特的体验。

　　依然记得，婷叶的父亲在县城的木材公司工作，不时带一些好吃的回来。有一次给我们一人分了三颗带硬壳的花生，那三颗花生让我至今想起来似乎还口留余香，后来吃过无数花生，却再也吃不出那样地道纯正的花生味了。

　　时间飞快，弹指间，就快要高考了。

　　四五月的天气正好，不冷不热，麦子正在扬花。晚饭后，我和同学结伴拿着书去学校附近的田间垄畔，成片的油菜花开得正盛，蝴蝶在身前身后飞，可我的心只在字里行间游走。

　　到了六七月，天气一天比一天热了。那个让人既紧张又兴奋的日子一天天逼近。7月6日终于来临，次日就是万众瞩目的高考了。全县的考生都像赶集一样拥进县城，全县城大大小小的旅馆、酒店爆满。正当我们五个女生无处住宿时，幸运之神降临了，在县城旅馆工作的小红同学的母亲让我们住进了她在县城的家。

　　就在那一年炎热的七月过后，我告别了我的中学生涯，来到了省城。从此后，我的那些芬芳中有酸、有甜，汗水和着泪水的日子便定格在了青春的天空里，成了一生中难忘的记忆。

　　以后的多少个夜晚，做了很多跟上学和高考有关的梦。人山人海里找不见自己的教室，到处找考场却就是找不见，坐在考场里盯着一个个陌生的题目发怵……有人说，高考就是一场摧残人的噩梦。可是，我认为，高考是一个年轻人为了改变命运实现梦想的阶梯，它是连接此岸和彼岸的桥梁，它是年轻人人生历程中一次重大的历练。

海角天涯，天涯海角，同学们一个个飞向了远方。可是，那个我们最初出发的地方，那个感召我们把梦想牵引到远方的地方，那个让我们的青春在发狠中发酵的地方，那个让我们埋下一粒种子，用奋斗、汗水、毅力、坚忍和拼搏去追梦寻梦的地方，是个让我们一辈子也忘不掉的神奇的地方。不能忘！怎能忘！那些白天，那些黑夜，那些晨曦里的操练，那些灯影下的苦读，那些教室里的书声，那些田间垄畔的凝思，怎能忘！不能忘啊！

当年的那群青春少年三十九年后聚在一起，把酒言欢，追忆年华，最怀恋的就是那一个个奋斗的日子，那花般鲜妍、灿若星河的日子，那苦里埋着甜、酸里含着泪的日子。

不承想，不承想，当年少年郎，今已鬓染霜。多少往事涌心头，不思量，自难忘。往前看，路漫漫，往身后看，弹指一挥间。

匆匆，太匆匆。人生啊，只是弹指一挥间！

（写于2018年）

穿过时光的隧道

2016年6月29日这一天，我穿越了一回时光的隧道。

这一年，政府进行了一次严格细致、地毯摸排式的人事档案大完善。微不足道的我竟被扫到了历史的盲点，我需要去生我养我并载承我青春的所在，去寻找历史的真相。

那个年月，"两耳不闻窗外事，一心只读圣贤书"的我却屡试不第。看着同伴一个个从身边远走高飞，年岁一日日递增的我，便在中榜那年建立学籍档案时，把自己的年岁往后推了两年。由于那时的一念之差，我便亲手将自己的历史"篡改"了。

从此以后，那个被推后了的历史便一直如影随形伴随着我。我为此犹豫过、尴尬过、迷惑过，特别是当被提及与年岁有关的事情时。最要命的是每一年的生日，家人会在属于我的那一个真实的日子为我庆贺。可被自己缔造的那个日子，在雪片般的祝福中，在烛光里，鲜花蛋糕美酒却无法让自己喜悦。那一次的心血来潮让自己三十年来在迷茫、惆怅中一次又一次地不知所措。看来，每个人都得为自己的错误付出代价。假作真时真亦假！到底哪个是真实的自己？

老公不止一次提醒我，快正本清源吧，人的命都是有定数的，

217

为何让自己一年过两个生日？正好趁着这一次的政府推进，把自己勘正了。

天气很热，时间很紧。我们兵分几路，同时搜寻。一路是本家的堂兄在家乡大队部查找我年少时可能留存的印迹；一路是中学时代的师友在当年上学的中学查寻；在县城工作的一个小兄弟的陪同下，我来到了最有希望留存线索的乡派出所和乡政府。

乡政府依然还在当年的位置。就是在这里，三十年前收到大学录取通知书的我，把自己的户籍迁出了家乡。天气热得出奇，那个接待我们的二楼的政府小平房里，一个小台扇一直马不停蹄地转着，可是我却汗流浃背。"乡政府"说，当年留存的资料全转到了十多年前才成立的乡派出所，并打开现存的资料库让我在心存侥幸中无功而返。于是，来到乡派出所。

夏日的余晖透过窗棂照在派出所那一屋子"浓缩的时光里"，却穿不透历史的尘埃。希望在升腾中一次又一次幻灭，任凭怎样翻腾，属于我的那一年仿佛人间蒸发了一般。这里最早的档案资料只到二十年前，属于我的三十年前太久远了，真的成了历史了。

这期间，堂兄查阅了一下午的资料，无疾而终，中学的师友也告知无功而返，乡政府、派出所的路都被堵上了，就像公安在查案，此刻线索全部中断。但一个人的历史不能就此消失吧？肯定在某个地方！这时，陪我的小兄弟提议去县档案局，档案局成了最后的也是唯一的希望。这时，天已黑定了，空气中却依然热浪翻滚。

我们马不停蹄地来到了县档案局。九层楼高的档案局大楼在黑夜中显得肃穆且威严。已下班回家休息的工作人员为我们专门来里一趟。

在工作人员引领下，我们来到了档案局资料库，看着那满满当当一屋子覆满灰尘的历史资料，我真是傻眼了。活生生的我就站在这一堆历史面前，却要寻找真实的自己，真是滑稽。要用历史来证明自己的真实！我不知道，真实的自己到底在哪里？

资料库里的资料堆积如山，但一摞摞的档案资料被编码整齐地排列着，在这片热土上生活过、正在生活着的人们都静静地在自己的位置上待着，走过那长长的整齐编着码的资料架，仿佛走在历史的隧道里，一种肃穆感、神圣感油然而生。我是从这片热土上走出去的，我是应该留在这里的。可是，毕竟三十年过去了，这里会有我的位置吗？在忐忑不安中，我在这时光的隧道里凝视着、逡巡着、搜寻着、热切地希望着。我感觉灵魂仿佛抽离了自己的躯体，在超现实中飞越。历史的脚步声越来越近了，九零年、八九年、八八年、八七年、八六年……终于看到了我离开家乡的那一年——一九八五年！我屏住呼吸，心咚咚跳着，一股抑制不住的激动袭遍全身，竟莫名地想流泪想奔跑想大声喊想……工作人员淡然地从资料架上取下那个用牛皮纸包着的资料，一页、两页……翻到第九页时，我自己的名字赫然纸上！我凝视着那个在时光的隧道里睡了三十多年的自己，那页已经泛黄的纸片，我把它紧紧地捂在胸口，我仿佛拉着自己的手，抚摸着自己的额头和脸颊，拥抱着当年的自己。在这里，我也触摸到了当年和我一起走过并离开这片热土的同学，我们紧密地贴在一起，肩并肩手拉手，仿佛当年有血有肉共同追寻梦想的我们。在时光的隧道里，我穿越到了三十年前，我相遇了三十年前风华正茂的自己，还有那一群如今已分散在五湖四海的同学……

当工作人员把属于我的那页已经泛黄的纸片递到我手上的时候，我感觉手上沉甸甸的，那才是自己啊！真实的自己，比站在这里的自己还真实！因为只有它能证明我是自己，真实的自己！我小心翼翼地把似乎有了温度的自己捧在手里，我怀揣着那页属于我的纸片，仿佛一下子有了种归属感，同时有了种被历史认同的感觉。

夜已经很深了，告别了家乡，告别了热心地陪同我寻觅历史的那群好朋友，可我的心却依然在时光的隧道里流连忘返……

（写于2016年）

时间深处的琴音（下）

安雅琴 著

（下）

陕西新华出版

太白文艺出版社·西安

屐痕

宽窄巷子

那年六月，应朋友之邀，我来到了成都。我不止一次去过成都，却从不知道成都有个宽窄巷子。

知道宽窄巷子是因为我一直心仪的女作家洁尘和雪小禅。洁尘是成都本地人，雪小禅不是成都本地人。但她们让我知道，去成都一定不能错过宽窄巷子。

这一次来成都很匆忙，时间很紧。离开的前一天晚上，朋友说带我们去吃火锅。我心里捂了那个地方很久了，心想要是饭后能去那个地方看一眼就好了，但仿佛怕被人窥了秘密似的，我什么也没有说。

从酒店出发，大约三十分钟的车程，我们便来到了一个十字路口。有个高大招牌站在路口，如门迎般远远地就向我们招手，上面写着两个很独特的红色的古体字，只觉得时尚现代又充满文化气息。走了大约十分钟的样子，向右转个弯便拐进了一条既古典又现代的巷子，路边赫然高悬一木牌——宽窄巷子！真是他乡有故知，不期而遇，我默默地在心里向老天作了一揖。

黄昏里，青石铺的路上，行人并不多，两边有不少店铺。雅致、精巧，各具特色。整条街道在明明灭灭的灯光里更显得神秘，闪烁的霓虹里，穿红着绿、粉面香腮、唇红齿白的一群妙龄女子嬉笑着，招揽过往的行人。一高门大户，门口有一对石刻的"民国男女"，男人一身戎装，高大威武，女人裙装礼帽，玲珑有致。女人依傍着男人，显得亲昵而浪漫，他们这是要赴一场上流社会的宴会吧？还有拉着黄包车正回头交代你坐好了就要启程的车夫，提着鸟笼扇着扇子的男子，手提算盘头戴瓜皮帽的账房先生，沉思的马，绿色的斑驳的邮筒、硕大的信封及车梁上装着信件的褡裢……这些从历史中信手拈来的人物和故事，都让你有种如梦似幻的感觉。你疑心自己走进了历史的长河里，走在了时光的碎影里；你疑心自己也成了他们中的一分子，亦真亦幻，亦假亦真……

突然，闪闪烁烁的霓虹里，激昂的音乐声四起。此时的宽窄巷子，宛若一个风韵雅致、泼辣能干的三十多岁的女子，有着波浪卷发，嬉笑怒骂着向你走来。

不期然间，我一扭头就看到了白夜这家店，是洁尘书里说的那个白夜吗？我莫名地激动紧张，会见到洁尘吗？不可思议的是，在门口的木板上赫然写着：洁尘今晚在此有活动。我的心都要跳出嗓子眼了！读了一本又一本洁尘的书，从未像此刻这般离她这样近。我知道，她和一帮文朋诗友常会不时聚在一起，白夜是她们常光顾的地方。

我轻轻推开虚掩的门，里面真不小，木桌椅摆了一大片，人并不多。我询问那个服务员模样的女子，洁尘晚上在此有活动吗？活动几点开始？女子漠然地看着一脸迫切的我，并没有言语。我转过身，像要拉住什么似的，落寞地扶住门框，又回头看了一眼，离开了这个其实很陌生的地方。生活常常是这样，它并不按照你希望的那样发展。

走出白夜，就看到了一墙之隔的瓦尔登书屋，这也是洁尘书里写过的地方。从门口望进去，一屋子的书，安静地看着门外的行人。我轻轻走进去，仿佛走进了素净的蔚蓝色的瓦尔登湖里。心，无可名状地妥帖起来。

从瓦尔登书屋出来没多久，便到了我们晚上用餐的火锅店——小龙翻大江。刚一进门，就看到一条威武的苍龙腾空而下，两把红色的高背椅就在龙的下方。有不少人坐在高背椅上和龙合照。店家领我们上了二楼，通往二楼的墙壁上，整面都是游动的红鲤鱼，游动的红鲤鱼让那面墙仿佛都动了起来。

上了二楼坐定，着古装的漂亮女子已为我们沏好了茶。茶壶精致，茶碗小巧。一墙之隔，有穿着纱裙、风姿绰约的妙龄女子在歌舞。在歌舞中酒足饭饱了，一条龙的火锅深深地降伏了我的胃。男子们聊天，我拉上同行的票丽去到外面走走。

这时才发现，天空飘起了小雨，地面并不湿，但一下子凉爽了不少。走进了一家摆满小玩意儿的店，我一眼就看中了一个简单、大方的木质咖色吊坠——泛着微波的大海上，有一叶小舟，一弯月牙在夜空中皎洁而妩媚。我感觉这个一眼就相中的吊坠仿佛一直在等着我似的。

又进了一家看起来还不错的丝绸馆，成功收获了一条具有民族风味的红色长裤，衣袋和裤脚间有绣花，我很心仪，还配了一件有暗纹的白色丝质长外衣，红配白，艳中有雅，我打心眼里喜欢。在后来的一次山中步行时，二者"同台亮相"，走在云雾缭绕的山间小路上，长发飘飘，自己感觉仿佛真成了仙子。

从丝绸店里出来，路上仍有零星的行人，我依然在宽窄巷子泛着亮光的青石板路上悠闲地徜徉，并不理会还在飘着的细雨。竹影掩映下，灰砖青瓦的二层小楼那红色的窗棂后面，有富家小姐正等着心上人儿吧？爬满青藤的墙后面是谁在等着谁？高高挂起的孤寂的灯里又藏着怎样的故事？光怪陆离的高楼上打闹嬉戏、衣袂飘飘的一群少女是仙女吧？高挂着大红灯笼的红门里围坐着四世同堂的一家人吧？镂空的墙头爬出的藤蔓里开满玫红的花朵，像要把整条街道染得妖娆了似的，既矜持又热烈⋯⋯

夜深了，雨不知什么时候已经停了，音乐声也停了，喧闹了一天的宽窄巷子安静下来了。仍有零星的行人走在寂静的青石板路上。这时候的宽窄巷子安静而妩媚，宛如一个极富韵味的少妇，抹着桂花油的头发在脑后绾成一个精致的髻，穿着蓝花花的大襟的袄，兰花手指捏着丝帕，迈着细碎的步子，从时光深处款款而来。

夜更深了，不得不离开了。我竟有一丝不舍、些许遗憾。这一次太匆忙了。我知道这是上天要留一份念想给我。

（写于2019年）

226

我和上海的缘分

我与上海是有些缘分的，那缘分缘于女儿。

似乎一眨眼工夫，女儿就长大了，十八岁那一年，她来到上海上学。此后，她即使离开上海去了美国，我也几乎每年都要去上海一两回。跟上海结了缘分似的。

记忆里，初次去上海是二十年前的事了。记得当时到上海时，已近黄昏。在东方明珠附近下车后，在就近的一家西餐厅用完餐，我便去了慕名已久的东方明珠。第一次知道，上塔还可以乘电梯。乘坐电梯到了塔顶，当我颤抖着双腿踩在玻璃地板上时，心一下子提到了嗓子眼，呼吸似乎都有点困难了。下面是如织的人、如流的车，不敢往下看，腿发软头晕眩，但上海城尽收眼底。晚上下榻在火车站附近的一个铁路招待所。留存在记忆里的除了东方明珠、城隍庙和南京路，便什么也不记得了。对了，还有黄浦大桥，我穿着那件宽松的咖啡色长裙在黄浦大桥如织的车流里留了张回眸一笑的照片。现在想来当时真是胆儿肥得可以。

此后十多年，我再也没去过上海。上海于我，如一个有一面之缘的人，并没有给我留下多少印象，也谈不上喜欢还是不喜欢。

很多人认为上海人清高、骄傲、有过度的优越感、不友好、小气、做作、瞧不起任何外地人。上海人应该让为数不少的国人心生暗怨。那一次上海之旅，尽管没有证据证实那些言辞的真实性，但是那些先入为主的言论依然让我对上海心生戒备。此后，上海便渐渐淡出了我的记忆。

大约过了十年，我送女儿来上海上学，这是我第二次来到上海。在此后的来来去去中，我才知道，上海人并不是人们以为的那样。当时，我们开着车不小心迷了路，想找人问路，却不见一个人。好不容易看见了一个迎面而来的中年男人，他两手提了大包小包，一看就是当地人，我便下车询问。他先是大拐弯小拐弯地说了一通后，听得我们云里雾里的，最后，他干脆上车给我们指路，之后，他又急匆匆地原路返回。这让我认识到了上海人热情的一面，让人心里暖暖的。看来，要知道桃子的味道只有亲自尝了才行。道听途说是不可靠的。

女儿的学校在静安区的华山路，闹中取静，虽不大却精致玲珑，典雅中透着格调，张扬中却有含蓄，动中有静，静中有雅，弥漫着淡淡的优雅的气息。我一下子就喜欢上了这个地方。

上海给人印象最深的就是浦东一带的现代化气息以及国际大都市的风范。林立的高楼大气中又不乏庄重，整体是高级灰的格调，如一个高级白领，儒雅、优雅、端庄、稳重又有掩不住的张扬与活力。林立的高楼大厦里透着股掩盖不住的气势。是的，一个城市是有它自身的气质的。上海这座城市，骨子里透着一种国际范儿——时尚、洋派与大气，引领时代潮流。这是近百年来历史的积淀，是它独有的气质。北京有种大家风范，中规中矩，又过于正统，有那么点沉重和压抑。十三朝古都的西安在传统中循规蹈矩，其自身又弥漫着浓厚的历史文化气息，独具魅力。

　　之后去上海，东方明珠也就最初去了那么一回，更多的时候是隔着黄浦江看着它在明明灭灭的灯光中妖娆。黄浦江的晚风吹了又吹，却总吹不走我对它的眷恋。

　　上海能留住我的，最初是因为女儿。后来的后来，却是因为它自身散发出的那种独特的气息。

　　我喜欢走在上海小街巷里的那种感觉，闲适而自在，仿佛自己在这里已待了很久似的。斑驳的树影里会露出错落有致的小洋楼的一角，就如闺阁中的小姐隐在窗后等着心上人儿归来。间或会有深深的庭院，那里或许有鲜为人知的故事吧。青砖墙的门楼边挂一个赭色的木牌，上面刻着一串数字，是门牌号，那里边有着怎样的人家呢？是几世几辈就住在这里的吧。

　　最心仪的是街两边不少小巧而雅致的店面，大小从几平方米到几十平方米不等，可里面的商品琳琅满目，空间使用率非常高。上海人真是利用空间的行家。也许在这寸土寸金的地方，练就了上海人的精明。在那些不起眼的街边小店里，常会有意想不到的收获。

　　它们表面如小家碧玉，内里却透着股大家闺秀的气质。一件精巧的挂饰、一条别致的丝巾、一条从里到外都透着女人味的长裙，哪怕是一件稀松平常的物件，做工都十分精细而用心独到。处处彰显了着别致、用心、体贴与恰到好处，就如一个贴心贴肺的闺密，让你自得又自恰，让你随着那一股清风优雅起来，让你格外有女人味。甚至有种叫幸福的东西让你心里很熨帖。在这条有情调的小街上漫步，人会十分舒服。

　　经营这些不起眼的小店铺的多是些并不年轻却充满着韵味的中年女人。她们把自己收拾得颇为得体，店里也收拾得井井有条，布置得很有品位，从她们身上你会体味到上海人是在生活，而不仅仅是活着。

　　有几次，适逢微雨，我便在微雨中漫步。这时，人比平日少了些，可婆娑的树依然在那里，幽静的小路、那些大大小小的店铺依然在那里安静地等着我。在微雨中漫步在这幽静的小路上，若遇到自己可心的东西，惬意便不知不觉来到心里了。

　　后来，女儿离开上海去了美国，可我每次到上海，依然要去女儿的学校转转，看一看那个不大却精致玲珑且秀美典雅的所在。哪怕时间很紧，即便不进去也要在门外自拍留影，仿佛女儿还在里面似的。只要女儿在上海，每次去时，女儿都会领我去学校南边的"湘思情"用餐，从来不吃包菜的我却对那里的手撕包菜情有独钟。那次送女儿上了去美国的飞机后，我和老公还专门去"湘思情"品尝了手撕包菜。

　　上海让我不能忘却的，还有那些小吃店。像邻家阿妹掩在平常的街巷里，走进去，无一例外让人赏心悦目。店面干净、整洁自不必说，素净的方块桌布上，手可盈握的小玻璃瓶里总是插着的一束鲜花，优雅地开放着，仿佛只为等着你来。有的小店要营业到深夜两点多，尽管没有多少客人，可它们依然信守着这个规矩。在西安见到的小吃，这里几乎都有，可是我更喜欢它们在上海小巷里的感觉。

　　上海的魅力不仅仅在于它都市化的外表，还在于它内里的品位与文化底蕴。曾经和上海结缘的那些文化名人中，我颇喜欢朱自清，其文中清新里带着淡淡的感伤，梅兰芳把艺术的真比生活的真更深切的真呈现给世人，余秋雨展现出的深厚的文化底蕴和"现代最用心经营的一部书"——《围城》所描绘的人生百态，也让我心醉。给人一种清冷、孤傲感且从骨子里散发出贵族气质的潘虹，如今又把上海丈母娘的精明干练、刻薄算计刻画得入木三分。以绝代风华绽放一世，旖旎了大上海的繁花，却比烟花更寂寞的阮玲玉、胡蝶、周璇等一批明星让我们知晓了那个时代的上海，一代才女张爱玲在上海经历了她文学的全盛时期，与胡兰成的热恋也是在这里。素喜赏花的徐志摩在上海龙华寺赏花后吟出的"我昨夜瓶里斜插的桃花，是朵朵媚笑在美人的腮边挂"。有点雅又有点媚，似美人眉心的那颗痣，有神又有韵……

　　如今，女儿回到了我身边，我每天都可以见到我可人的小棉袄。但我心里却还是对上海舍不掉、放不下，是有梦遗忘在那里了吧！

（写于2014年）

敦煌夜市

刚来到敦煌的那天，欢迎晚宴过后，大家倾巢出动，去了敦煌夜市。

五分钟不到的车程，我们便来到了一座二层楼高的木质结构的门楼前。"敦煌夜市"四个在黑底上熠熠生辉的金字如一家的老祖宗，坐在太师椅上居高临下，既威严又和善，将过往的行人尽收眼底。

进得门来，两只骆驼身背"敦煌夜市"四字，如两个高大威武的将士守卫着整个夜市，迎接着你我他。

长条的青砖铺的路面很洁净，两边是二三层楼高的店铺，路的中间一字儿摆开了长龙似的露天摊点，各式各样的小玩意儿琳琅满目、应有尽有。喜爱民族风的我相中了几副耳环，一副宝石蓝的开屏的孔雀，孔雀站在一心形的八棱柱的小小圆心上，似那千年前流过的一滴泪，欲滴未滴，又似那沙漠中的月牙泉，巧笑倩兮。我想象着它在耳畔灵动飞舞的模样，甚是欢喜。另一副是三层团花间镶嵌着五颜六色的宝石，下面一束红色丝线被一银色镂空的精巧的头盔紧紧收拢住，似一个戴着礼帽穿着一身大红新衣的娃娃向你作揖问好，喜庆极了。想象着耳际总有个喜庆娃娃见人就作揖问好，一

232

定会带给人好运。最喜欢的那副是一把银色团扇下缀两小一大三只螺壳，螺壳下方缀着翠绿带蓝的宝葫芦，宝葫芦下方是叶脉清晰的银色树叶，总感觉它是一个身着民族长裙、头戴珠光宝气头冠，挑着水桶，裙摆生风，款款而过的妙龄少女。这三副精挑细选的耳间宠物被我收入囊中，心满意足无以言表。

这时候，瞧瞧四周才发现一开始和我结伴而行的上海的曾总、成都的静总还有贵州的陈总，已经不知云游去了何处。我依然独自寻觅着自己的喜欢。那墨绿色檀木梳子如小孩张开的胖乎乎的五根手指向你招手，握在手里试了试，一下子头皮妥帖了，它还可以点穴按摩，我甚是欢喜。主家还允诺可以刻名字，后来却因刻字机的问题未能如愿而心存遗憾，看来是缘分未到。

此行最得意的便是求得的那几枚胡杨木的坯章。看着那堆通体如墨、细腻如脂，顶部或腰部间以沙色，浑然天成的胡杨木坯章，仿佛聚在一起的人间尤物。我毫不犹豫，便给喜作画的先生求得一枚上大下小的柱状的章子，如黑色的铁塔，执于掌间便似手握千斤，遒劲有力，有铿锵之势。待刻完字，那"立"字仿佛一彪形大汉顶天立地于天地间。我为自己求得的那枚是上下匀称的五棱柱，端庄秀丽、温润如玉、稳重大方，有种让人踏实、有依靠的感觉。一个家里的女主人可不就应该给人这样的感觉吗！再看其上的"然"字，底部的四点如同一团熊熊燃烧的烈焰，把一个家滋养得红红火火。跟先生的那枚方柱立在一起，绝不纤弱，竟有比肩之味。为女儿也求得一枚，柱形，纤细一些，上大下小，玲珑有致，似大家闺秀又如小家碧玉，干净利落，腰身上的那点月牙状的沙色如沙漠中的月牙泉，透着股灵气。"一家三口"放一起，相得益彰、气势非凡。转身临走之际，又相中一枚如枯树枝的章子，像极了普通之木，却敦中藏巧、拙中存奇，枝杈在旁，腰身偏上部及底部各一，细细观之则浑然天成。突然就想到草屋旁靠着一头戴斗笠的老翁，手持长杆烟袋正吸得陶醉。再看那"立"字，似一俏长俊秀男子立于横木之上小心划船。心想比起那"黑铁塔"，先生一定更欢喜这"枯木"吧。据说胡杨生而千年不死，死而千年不倒，倒而千年不朽，有"植物活化石"之称，有这等神木护佑，真乃吾家之幸也！

不得不说，这个晚上最让我觉得不虚此行的就是那个手包。船形，大红色，真皮。中间花纹取材敦煌莫高窟壁画，又似吉兽，如红色地毯中华美绝伦的王者宝座，比肩之位有一只美目从侧流连顾盼，另一侧却只见睫毛翕动。做工之精妙细致，构图之独具匠心，似人间尤物。执之则定然自得。

继续前行，走走停停，又收获了几件心仪之物。不知不觉间已近夜里十二点了，人似乎少了一些，却灯火依然。两旁的店铺和路上的摊铺皆没有打烊闭店之意。我暗自思忖，昔日的边陲古城如今越发璀璨亮丽、活力四射，绝不亚于一线大都市。

回转缓行，遇一方形广场，摆满当地特色小吃。这里真可谓热火朝天，意味正浓。闪着光的"沙州食驿"几个大字高悬空中，罐形红灯笼间以小小五星红旗，喜庆而热闹。敦煌老酸奶、冰糖葫芦、河西爆肚、铁板老豆腐、大漠猪蹄，最多的是数不过来的烧烤摊点，坐满了吃得头上冒着热气的人，猜拳行令声、呐喊声、叫卖声，和着欢笑声，把整个夜晚都点亮了。突然就看到了我的那帮同行者，正吃得欢、笑得狂，怕被唤去胖了自己，我便悄然离开。

出得那二层的门楼，门楼上的大红灯笼依然坚守着岗位，再看了眼身后依然灯火通明的夜市，毅然踏上有些清冷的街道，向着党河的方向孑然而行。

走在敦煌的夜里，莫名的宁静侵袭了我。敦煌，这个千年古城，以她卓尔不凡的气质，生生不息的顽强、奋进与坚忍，滋养着这一方烟火人家，而这一方烟火人家也以她的热情、纯朴和勤劳守护着这座千年古城。如今，敦煌人在这个神秘而神奇的地方安居乐业，让充满佛性的敦煌在可触可感的烟火人间焕发出勃勃生机。

这样想着的时候，就看到前面有个十字路口。路上的行人没有几个，竟有点怯。这时，从身后过来一对人高马大的男女，边说边走，看样子是两口子，我这才放了心。问那女的，这就是党河桥的方向吧？一路上都会有路灯吧？这里治安如何？一连串的问题，那女的秒答，我便安了心。及至十字路口，那反弹琵琶的飞天仿佛只为我一人演奏，她演得如痴如醉，我却雾里看花。告别了飞天，继续前行。

深夜独自行走在这个古代边陲小城的街道上，竟也安然自在、怡然自得。

不一会儿，就到了桥头，过了桥左拐便是酒店。可谁知，刚过了桥，路灯突然全部熄灭了，路上漆黑一片，我着实一惊。路上没有一个行人，只有不时飞驰而过的小汽车。好在远远地已经看到酒店上方七个闪着金光的大字"河西走廊大酒店"在向我招手了，遂脚下生风，在黑暗中向着那光亮奔去。

（写于2020年）

在敦煌的那些清晨和黄昏

仲秋的那个下午，从连日阴沉的西安城出发，来到了敦煌。一下飞机，高远的天空中万丈光芒竟刺得人睁不开眼。我的心莫名地开阔了，从那个下午便开始了我在敦煌的日子。

在敦煌的那些日子，我白天里跟着大伙儿一起学习和游览。而真正属于我的个人时间，便是那些清晨和黄昏。

翌日，生物钟叫醒了习惯晨练的我。来到酒店外，天空如墨，马路上空无一人。我有点怯。天这么黑，会不会不安全？就看到一妇人从酒店门前匆匆跑过。我没有丝毫犹豫，箭一样冲了出去。

风竟有些刺骨，我不由得把手缩进袖子里，寒风在脸上身上肆虐。右行不远便上了桥，不时有车呼啸而过，桥栏杆间隔约五十米便有一尊高耸入云的飞天，弹拉吹奏着各种乐器，或神情恬淡安然或喜庆吉祥，皆盘坐于祥云绕身的汉白玉柱上。过了桥头是一座桥塔，塔身上有骑马军士的浮雕，是出使西域的张骞，还是马踏匈奴的霍去病？他像个忠于职守的将军日夜守护着这座城池。绕过桥塔，顺着台阶来到河堤上，这里有打太极的老者，有在健身器械上拉伸的晨练者，当然更多的是如我一般的晨跑者。把自己置身于敦煌的晨曦里，和早起的敦煌人一起呼吸着这里的空气，我仿佛也成

236

了地地道道的敦煌人，莫名地喜乐自足起来。

一天的活动在黄昏里落下了帷幕。饭后百步走，能活九十九。我便与"志同道合"的壮汉曾总和精灵古怪的美女俊总结伴在夜幕下的党河岸边散步。五颜六色的灯光把河岸两边的建筑的倒影像电影一样放映在漆黑的天地间，远远望去，海市蜃楼一般，如梦如幻。周围漆黑一片，只有那灯光下的楼宇在墨似的天地间十分明亮，有种天上人间的失真感。脚下的河岸的地灯把岸边的树影筛了一地，踩在上面，人似乎也轻盈了不少。疾走中，我和曾总有一搭没一搭拉着话，能歌善舞的俊总紧随身后，哼着民歌手舞足蹈。靠近马路的堤岸一边不时有运动器械区，总会有伸腰拉腿的人。喧闹了一天的党河此时静静的，如熟睡的婴儿。夜幕笼罩下的敦煌城美丽而神秘。

我们沿着党河边走了一圈，边走边说，一点儿也不累，一看时间，竟然走了一个半小时。快到酒店左侧的桥头时，灯突然全熄灭了，黑暗中，我们不由得加快了脚步。不过，有"黑铁塔"的曾总在旁，我心里并不怯。不由得想起敦煌夜市回来的那次在黑暗里急匆匆行走的自己，暗笑，释然。

再一次晨练时，有更多的同好加入。在黎明前的黑暗中晨练，不再是单枪匹马，我心里踏实温暖了许多。桥栏杆间那些高高在上的飞天好像跟我是老熟人似的打着招呼。无垠的天宇有一颗不大却很明亮的星星，在天空中闪烁，召唤着什么似的。沿着党河晨练了一周，只有年轻的萨总全程与我结伴。约莫一个小时过去了，缕缕晨曦里的敦煌城揉着惺忪的睡眼苏醒了，新的一天就要开始了。

接下来的几日，黄昏里的漫步和晨曦里的锻炼，让我进一步认识了敦煌，认识了滋养敦煌子民的党河。这是一个美丽的城市，这是一条伟大的河。这个美丽、洁净、安宁、精致、小巧的边陲古城，已深深地走进了我的心里。

后来跟随活动安排，我又来到了鸣沙山脚下的敦煌山庄。又一个黄昏里，我顺着酒店四周围着的高墙漫无目的地走，秋天的树叶已经枯黄，不时有落叶在风中飘舞，水泥路面很洁净，园子里不时有石雕的古代兵士，它们是在守卫着这一方土地吧！及至最深处，一堵高墙尽头是一木质结构的门，门黑框黄，门的上面搭一不大的黄色门檐。和长长的甬道的墙体比起来，门着实不大，突然想到皇宫里的太监进出的也是这样的门吧。继续前行，便看见一通向外面的木质黑门。门不大，虚掩着，便推门而出，有一条宽阔的沙石路通向远方，放眼望去，远处可见鸣沙山。右侧三四百米的地方有一坍塌的舞台，可以想见它当初的雄伟壮观；左侧是残破枪炮；正中是用篱笆圈起来的空旷的沙地。没有一个人，独自一人在黄昏里走在这样的地方，心里怯了一怯，像躲避什么似的快步回转，急速关了身后的门，心却仍怦怦直跳。直至看到灯光里的人影才安心下来。

也许是在郊外的缘故吧，这里的黎明，天空更黑风更疾。路上几乎没有行人，但路灯高照，路两边的树木高大，有一点儿阴森。不时有人开着三轮摩托车一闪而过。我唱着歌给自己壮胆，脚下却不敢停着。头顶的星星很亮，我从不知道黎明的天宇会有如此明亮闪烁的星星，既繁又亮，聚拢一起，开大会一般。我极想停下来端详，无奈胆小心还怯。二十多分钟后，我便跑到了路的尽头，一巨石上刻着三个字——鸣沙山！突然就看到从路口拐过来的一队骆驼，驼铃声声，清脆悦耳。这是上天的馈赠吧，是对穿越寒冷的小小的我的奖赏吧，让我在这个黎明的鸣沙山的脚下偶遇了这神奇的沙漠之舟。

　　离开敦煌前的最后一个晚上，热闹非凡的欢送晚宴过后，大伙儿相约去楼顶的摘星台观星。满天的繁星，却找不见平日里最熟悉的北斗七星，但可以清晰地看到织女星和牛郎星在天河两边遥遥相望。远处不时有绿色的射灯扫过，使天空那些原本美丽异常的星星显得有些孤寂。热心又周到的美女静总通过手机软件，教我认识了很多星星，天上的那些零乱的星星可难不住她，我便因此认识了许多不大熟悉的星星。

　　夜已深了，不远处的鸣沙山黑魆魆一片，不知鸣沙山怀抱里的那弯月牙泉是否安睡了……

　　就要离开了，离开这座从远古走来的边陲小城了。这座千年古城，因了千古绝唱的莫高窟，因了精致小巧的榆林窟，因了粗犷渺远的阳关，因了那座神奇的鸣沙山，也因了鸣沙山怀抱里清纯似处子的月牙泉，而更具神韵了……

　　　　　　　　　　　　　　　　　　（写于2020年）

莫高窟

应朋友之邀，深秋的那个午后，离开阴云紧锁的西安古城，来到敦煌，来到了莫高窟。

尽管是暮秋了，这里太阳的光芒仍可用"万丈"来形容。天蓝如洗，高大的胡杨树黄灿灿的叶子在风中哗啦啦地响，像挥舞着无数只欢迎你的小手。微风吹过，仿佛有根羽毛在撩拨，暖暖的，有种微醉的感觉。

敦煌曾是古代的边陲小城，更是古丝绸之路上的军事重地，经济文化军事位置都很重要。那时的敦煌水草丰美、莺飞草长。

不用说，来到敦煌，绝大多数人就是为了参观莫高窟。我也属于那大多数。第二天一大早我们便来到了标示有"人类敦煌千年莫高"的敦煌数字博物馆——一个绝对可以称得上现代的建筑物。随着那一幕幕场景一幅幅壁画一桩桩旧事，莫高窟的前世今生便呈现在了人们面前，真是一场惊心动魄的旅程。其用现代的高科技的手段再现了敦煌的千年传奇。

吃过午饭，我们便到了真正的莫高窟。这个让世界为之震惊的地方。一道并不高大的门迎接了我们。说是门，还不如说是个牌坊。游人不算多，但也不少，两边高大的树在秋风里摇曳。进了并不起眼的第二道门，远远望去，二层楼高的沙崖上是一个一个门洞，难以想象这便是举世闻名的莫高窟。我纳闷，世界为之疯狂的莫高窟为何建在这样不起眼的地方？从这样甚至和窑洞从外表上看毫无二致的门洞进去，却是一个神奇的世界。

美轮美奂的壁画，神情多样的彩塑，最多的就是佛教中的众神灵画像及相关故事，让人叹为观止的是各具神态和韵味的飞天。除了佛教中的人事物外，还有山川风物、亭台楼榭等。这许多的人事物贯穿在生产生活的各种场景中，不正是当时俗世生活的写照吗？还有成千上万个供养人画像，真名真姓真事情。莫高窟其实就是一部真实生动的历史画卷。

在这个两公里长的艺术长廊里聚集了从魏晋南北朝时期到元代的艺术珍品。我在想，它们是如何经年累月被一刀一刀刻出来、一笔一笔画上去的？那人物的神态、衣服的线条，那通体和眉宇间的神韵，绘制的佛教故事以及俗世生活中的人物活动都十分逼真。它们成为研究古代历史的第一手资料。经过岁月的侵蚀，有些壁画成了斑斑驳驳散落一地的碎片，这些历史的碎片又是如何被拼接还原，让人们真切地触摸到了历史的脉动？在这里，历史的真相近在咫尺、触手可及。

这个古代丝绸之路上的军事重地，曾经风云际会，见证了无数的历史变迁和盛衰荣辱。从魏晋南北朝到隋唐时期，直至后来的元朝，上千年的时光，无数个日日夜夜，一个又一个无名的能工巧匠用他们的双手把莫高窟高高托起，让它成为举世瞩目的艺术宝库，成为历史的奇迹，是他们造就了莫高窟的辉煌。后来战乱频仍，莫高窟也难以幸免，一度湮没在历史的尘埃中。当朔风和黄沙带走它的最后一丝荣光，敦煌也无法逃脱盛极而衰的宿命。衰落的敦煌被人们渐渐遗忘，直到1900年。

　　莫高窟最初出现是因为一位叫乐僔的和尚。时经历史战乱的366年，四处云游的和尚乐僔到此。当时，天近黄昏，忽见鸣沙山上金光万道，状若千佛，他心有所悟，便在崖壁上凿下第一个石窟。此后，许多丝绸之路上的商人及官宦人家为了祈求神灵保佑他们富贵升官，纷纷在此凿石窟，请民间艺人绘上心中崇拜的神灵形象。从魏晋南北朝到元代，莫高窟的开凿延续了一千多年，长年累月，鸣沙山东麓的断崖上便留存下来一幅幅精美绝伦的壁画。

　　后因战乱频仍，敦煌屡次危在旦夕，但又在最后一刻化险为夷。莫高窟因远离城阙多次幸免于难。敦煌，是一座坚强不屈的英雄之城，莫高窟是上苍遗落在沙漠中的一颗闪着金光的宝石，是敦煌眉心上的一颗美人痣。

　　当走到第十七窟的洞窟前时，不敢近前。我在想，在这个小小的石窟里，曾经堆放的五万卷让世界震撼的经卷，是怎样安放的，又是如何被命运捉弄流散世界各地的？那个被争论了半个世纪的道士王圆箓说："忽有天炮响震，忽视山裂一缝，贫道同工人用锄挖之，欣闪出佛洞一所……内藏古经数万卷。"这个王道士发现了藏经洞，但这也成为莫高窟的灾难。人们对于他的功过是非一直争论不休。1900年，义和团运动如火如荼之际，躲过国内历次战乱的这方净土却被来自大洋彼岸的强盗斯坦因觊觎。据说，他来到莫高窟的那一天，突然狂风大作，有人说这是他冒犯神灵的警告。独自坚守了几百年的敦煌被这个强盗用欺瞒哄骗的手段拉走了大量价值连城的经书及文物。无知的王道士成了千古罪人。之后，法兰西、俄罗斯、日本等十多个国家纷至沓来。有学者说，敦煌莫高窟的藏经洞里的佛教经典，现藏于英国的最多，藏于法国的最精，藏于俄国的最杂，藏于日本的最隐秘，藏于中国的最散、最乱、最少。聚积了一代又一代高僧心血的莫高窟珍品就这样流散到了世界各地。这是中华艺术的伟大，也是中华艺术的悲哀。莫高窟里藏的不仅仅是经书，更是历史，它是破译历史的密码，能够揭开历史的神秘面纱。

两个小时的游览，是饱餐了一场的艺术盛宴。从并不高大的莫高窟出来，广场上一个穿红着绿的假人正跳着街舞，其与仅一墙之隔的莫高窟形成鲜明对比。历史旁观着，现实却实在有点闹剧的意思。

吃过晚饭，我们去观赏《又见敦煌》的情景剧。整个演播大厅人山人海，舞台就在你的前后左右，演员就在你的身边，舞台是移动的又是静止的，观众却是走来走去、满场移动的。

在挤满了人的大厅里，突然从地下升起一白色高台，就像走秀的T台。更加神奇的是，在T台上走来一个一个白衣人，他们像从历史中走来、从远古走来，各自述说着一段历史。他们的原型就是莫高窟上脱落的碎片上的人物，他们见证了莫高窟的前世今生。高台的四周挤满了人，大厅四周不知何时已变成一个一个的洞窟，从那高高的墙壁的洞窟中走出来的身着绫罗绸缎的富家小姐、太太，她们也在述说属于自己的那一段故事。随着舞台的变换，又出现了一个一个的小房间，地面全变成了玻璃，玻璃下是新房，里面有大红被、大红灯、大红福字，着大红喜服的新娘顶着红盖头坐在床沿，新郎官正襟危坐在桌旁。观众正在期待接下来的故事吧。

那一个个从壁画中走出来的人物，缓缓地向现代走来、向你我走来，你会有种恍如隔世的感觉，觉得遥远的历史离你那么近，近得可以听到历史的呼吸声。

神秘的莫高窟，历经磨难的莫高窟，绿洲里孕育，沙漠里流转。恍若一场梦，只是一瞬间。一转眼，梦已经醒了，却过了一千年。

一千年，只是一瞬间。

一场梦，梦了一千年。

一滴泪，流了一千年。

一阵痛，痛了一千年。

风为你心碎，雨为你哭泣。梦已醒，人已散，岁月难回还。

……

神秘、神奇、历经磨难的莫高窟啊！惊鸿一瞥，只为你绝代的风华。一眼繁华，一世风沙。丝路黄沙没古道，天破晓。离尘世，断喧嚣。

（写于2020年）

神秘的榆林窟

很早便知道敦煌莫高窟，却从不知道敦煌还有个榆林窟。

如果说莫高窟是高不可攀的大家闺秀，那么榆林窟便是灵秀俊俏的小家碧玉，可远观可近看，让人心安妥帖。较之高大上的敦煌莫高窟，我更喜欢小巧精致的榆林窟。

从敦煌市区出发，马路两边不断后退的高大挺拔的白杨树伴着我们一路在茫茫的戈壁滩大约走了两个小时。车缓缓停下来，眼前除了光秃秃的戈壁滩，什么也没有。极目远眺，四野无人，只有无边的空旷。天蓝如洗，万里无云，风又大又野。四野的风似乎一下子全涌过来了，刀子似的刮得人生疼，又站不稳。原本备用的大围巾刚一开始就派上用场了，我把头围得严严实实，只露出两只眼睛，可是风还是无孔不入地一个劲儿地往衣领里、头发里钻。

我们随着人流前行，便看到幽深的楼梯直通到底部，沿着台阶下到底部，下面真是别有洞天。

一条峡谷，豁然开朗，仿佛是曾游玩过的美国科罗拉多大峡谷再现，一样的开阔、一样的苍凉、一样坚硬的崖壁、一样的层层叠叠。两崖间同样有一条流动的河，只不过大洋彼岸的浑厚，眼前的清亮欢快。在峡谷里欢唱的河水如跳跃着的音符，闪着光流向远方。河的一岸是还没有被开发的洞窟，供游人参观的都在另一边。开阔的河岸两旁，绿树成荫。听张增龙老师讲座时，他展示过一幅榆林窟春天的照片，可谓是：阳春三月尽芳菲，此地桃花始盛开。朵朵粉色的桃花妖娆妩媚，宛如一群豆蔻年华的少女，河岸两旁的榆树则似意气风发的少年。风依然大，一片芦苇被风吹得像女人的长发在乱舞，却有电影镜头的感觉。一下子我就喜欢上了这个世外桃源似的榆林窟。

榆林窟又名万佛峡。洞窟开凿于榆林河峡谷两岸的东西峭壁上，因河岸榆树成林而得名。但东西两崖上层洞窟前面多有较深的甬道，且横开连通毗邻窟洞的长道，这不同于莫高窟。从整体上看，榆林窟有两三层楼房那么高，依崖而修的栈道仿佛悬于空中，在蓝色的天幕下更显得古朴、沧桑，来自远方的异域古国似的。周围没有树，也没有其他建筑，可以说榆林窟只是一座屹立于天地间的苍凉古堡。

这里的游客真不少，不时会碰到穿着黑色、灰色和黄色僧服的僧人。沿着栈道便可进入二楼有着幽深廊道的洞窟内。榆林窟的有些洞窟并不会开放。榆林窟现存四十三窟，是从中唐开始一直到元代不间断开凿形成的。洞窟的形制大致有三种：中心塔柱窟、中心佛坛窟、大像窟。在人物画中，出现了衣冠、相貌都很特殊的西夏人和蒙古人。

榆林窟最具价值的是精美的壁画。壁画内容十分丰富，有佛和菩萨画像，有声势宏大的佛教故事画，有种类繁多的花卉鸟兽画，有极为精致的装饰图案，还有不少供养人画像及详细的题记。它们对研究古代美术史有很重要的历史价值。

榆林窟的价值不仅仅在于它的艺术性，还在于它对研究当地历史所具有的历史价值和透过它所反映的当时的社会生活和生产技术水平。也许是莫高窟的光芒太过耀眼，才使得榆林窟似乎稍为逊色。其实，榆林窟是莫高窟的姊妹窟，毫不逊色于莫高窟，其与莫高窟都是我国的艺术宝库，一样大放异彩。

我们是在敦煌研究院听了两个多小时关于榆林窟的报告后前往榆林窟的。为我们作报告的是在榆林窟一待就是二十三年的张增龙老师。当年一个二十岁出头的小伙子孤身来到荒无人烟被尘土封存已久的地方驻扎，那得需要多大的定力和勇气！和他一起守护在榆林窟多年的还有带着我们游览并给我们讲解的曹晓继老师。

曹晓继，一位个头不高，单薄瘦小，但坚毅、果敢、充满智慧的女子，对榆林窟里的那些壁画、塑像及壁画和塑像的相关故事，她如数家珍。她看着洞窟里的那些佛、菩萨时，眼神里的恭敬与虔诚，深深地感染了在场的所有人。可以想见，在这里默默坚守多年的她，对那些洞窟里众多的飞天、佛、菩萨及佛教故事已了然于胸，它们成了她心中神圣的化身，也似乎成了她生活的一部分，她的这份热爱、这份痴迷、这份心甘情愿，也成了榆林窟独特的一部分。我在想，正是因为有一代又一代这样一群像张增龙、曹晓继的人对榆林窟的守护与热爱，才使得远离人烟的榆林窟在这无人的荒漠大放异彩。我甚至能想象，在每一个有星星有月亮或漆黑如墨的夜晚，当他们望向那些具有了佛性的洞窟时，也许会将自己的灵魂与洞窟里那些幻化的佛、菩萨融为一体，这成了他们灵魂的栖息地。在这样一个远离人烟的偏僻地方，能够年复一年坚守下来，心中没有坚定的信念是难以坚持的。

榆林窟，这片远离尘嚣的净土，这个世外桃源，吸引了一大批甘于寂寞、酷爱佛教及古典艺术的人。如果不作讲解，你是根本不可能明白那些洞窟里在讲述什么、发生了什么的。他们不仅仅是普通的讲解员，他们通过长年累月的研究，用青春和生命守护着这片精神的净土、灵魂的后花园。

据说前些年榆林窟曾因地震垮塌过，为清理被埋洞窟，向社会招募当地向佛百姓修葺。其中有一位身患绝症的当地人，贫病交加，生活无以为继，便来到榆林窟帮忙清理被埋洞窟。与洞窟内众佛相伴，被艺术珍宝滋养七年，他的绝症竟神奇地不治自愈。这件事在当地广为流传。

榆林窟的镇窟之宝是象牙佛。象牙佛由两片象牙雕成，合上是一骑象普贤，打开象牙佛，则每片象牙分成二十七个格子，记录的是佛陀从出生到成佛的过程。据说象牙佛本是唐朝高僧玄奘从印度西行归来的时候，印度国王赠送给他的礼物。一个名不见经传的石窟，因供奉着来自佛国的传世珍宝，一时间，慕名前来参拜象牙佛的信徒、香客络绎不绝。被世人知晓它的价值后，它也为奸人所觊觎，曾有三任榆林窟住持为保护象牙佛而命丧黄泉。这个稀世国宝象牙佛现存北京故宫博物院。但它的魂仍在榆林窟。

相较莫高窟，我更喜欢鲜为人知的榆林窟。如果说莫高窟是大哥，那么榆林窟就是小妹。大哥威武，小妹俊俏。它们一南一北，烘托着千年古城敦煌，敦煌因了它们而熠熠生辉、名垂青史、誉冠古今。

蔚蓝的天宇下，整个洞窟如一座充满故事的古堡，而古堡前的那条通向远方的道路，仿佛把神秘的宗教和现实分隔开来。一边是高大巍峨聚集了天上神灵的遥不可及的神秘世界，一边是触手可及的烟火人间。远处有高低参差的树和流向远方的河。河上有桥，桥下有水，水里有鱼。河岸有围着的石栏，沿河岸台阶拾级而上有长条的石凳。坐在石凳上看着这山崖、这河水、这绿意葱茏的树，感受这纯洁、这静谧、这空灵，仰望洞窟里那些一千年前就已经在那里的、也许已经有了灵性的人和事，心里充满了崇敬和神往。

当不得不告别榆林窟的时候，我内心充满了感动与不舍。这个神秘神奇的地方，这个纯净如处子的地方，这个远离人间烟火却烟火气十足的地方，让我深深地眷恋，在一呼一吸间它们已走进了我的灵魂深处……

（写于2020年）

西出阳关

其实并没有出阳关，只是到了阳关。虽然只是到了而已，可是还是被深深震撼了，直击灵魂的那种。

从敦煌城区出发，西行不到一个小时，就到阳关了。天空蓝得纯粹，新剥壳的鸡蛋青儿似的，风肆无忌惮地呼啸而过，全然不理会头顶仍很火辣的太阳。

太阳刺得人睁不开眼，空旷渺远的蓝天下分明有一团火焰在燃烧，似乎能听到噼里啪啦的脆响。那是一树一树的胡杨，黄得耀眼的胡杨把它火把一样的枝干伸向天空。起初一直以为是银杏树呢，那种张扬的黄直刺蓝天，近观时才看清，其叶如柳，色明黄，摸起来皮一样厚实光滑。这哪里是银杏呀，我才生平第一次认识了胡杨。

在广博无垠的大自然面前，人显得渺小而卑微。这个被历代文人咏吟的阳关，这个寄寓思古幽情的阳关，这个充满了梦幻色彩的阳关，这个留下了大唐公主芳踪的阳关，这个充满了阳刚之气、威武雄壮的阳关，从古到今，屹立于茫茫荒漠中，是要把天涯路望断吗？

阳关，始建于汉武帝"列四郡、据两关"时期。当时的阳关水源充足，早在三四千年前这里就已是水草肥美的绿洲，大自然的眷顾让这个边陲之地焕发出勃勃生机。后来，日益崛起的匈奴人不断犯边，具有宏图大略的汉武帝怎能容忍屡次骚扰汉朝边关的匈奴人，他曾三次派大军进击匈奴，并在公元前119年最终将匈奴彻底击败，把匈奴赶出河西走廊，并在这里设置了武威、张掖、酒泉、敦煌四郡，同时建立了阳关和玉门关。

阳关与玉门关像两兄弟，又像扁担的两头把河西走廊一肩挑起，它们一起护卫着这个通往西域的咽喉要地。阳关因坐落在玉门关之南而取名阳关，是通往西域的门户，是丝绸之路南道的重要关隘，是古代兵家必争的战略要地。

此刻，我站在这里，不禁感慨万千。尽管历经了几千年的风雨侵蚀，阳关依然雄浑壮观。历代王朝都把这里作为军事重地派兵把守，有多少将士曾在这里戍守征战；又有多少商贾、僧人、使臣、游客曾在这里出关；更有数不清的文人骚客面对阳关，写下不朽诗篇。高僧玄奘从印度取经回国，就是经过这里返回长安的……

一阵风将我的思绪从遥远的从前拉回现实，看到那一字儿排开的一人高的几大瓮酒，我心潮澎湃。我依偎着比我还高的酒瓮，想象着昔日将士们出征前喝一碗壮行酒，便金戈铁马驰骋沙场，多少热血男儿，出了阳关，便一去不返。如今，昔日的阳关城早已面目全非，仅存一座汉代烽燧遗址，孤独却又不屈地守卫着这一片热土。这是阳关历史唯一的实物见证。

据传，唐代天子为和西域于阗国保持睦邻友好关系，将自己的女儿嫁给了于阗国王。皇帝下嫁公主，自然给公主带了好多嫁妆，金银珠宝应有尽有。长龙一般的送亲队伍带着嫁妆，长途跋涉来到了阳关，欲在此地歇息休整。夜间突然狂风大作，黄沙四起，天昏地暗。狂风沙尘遮天蔽日，一直刮了七天七夜。待风停后，邻近的城镇、村庄、送亲的队伍和嫁妆以及那来自皇宫的公主全部没了踪影，只见一堆一堆高低起伏、绵延不绝的沙丘把整个阳关封得严严实实。从此，这个旌旗猎猎、天高地远的边关要塞便荒芜了。

我随着人流，通过"瓮门"走出了阳关。极目远眺，茫茫荒漠，经年累月形成了一个个起伏的沙丘，从东到西自然排列成二十余个大沙梁，砾石平地把沙梁连成一片。

在砾石沙梁的腹地，一条狭长的"阳关道"把南北两边连起来。走过阳关道，来到山之南，这里是一眼望不到头的大沙滩，被当地人称为古董滩。这里，遍地是陶片、铁砖、瓦块、兵器、装饰品等古遗物，难怪当地人称"进了古董滩，空手不回还"。我随手捡了一块瓦片，抚摸着它有些粗糙的"身躯"。它不是一块普通的瓦片，它经历了几千年的风风雨雨，目睹了阳关的血雨腥风，见证了历史的风云际会，承载了阳关将士的满腔热血与家园梦想。

阳关，从一代雄主汉武帝不断开疆拓土的历史中一路走来，在东汉以后因为帝国版图的变化而废弃，此后，还因帝国与少数民族政权的拉锯而失陷。历经沧海桑田后，古阳关被掩埋于黄沙之下，如今只剩下遗址和残存的烽燧，无声诉说着一段远去的历史……

历史的脚步走到了唐朝中后期，海上丝绸之路兴起。特别是安史之乱后，开始衰败的唐朝逐渐失去对西域的掌控，河西走廊随之被吐蕃侵占。到了北宋时，这里又沦落为夷蛮西夏的地盘。此时阳关就像没有母亲疼爱的孩子一般，被历史冷落，在朔风荒漠中含泪啼血。但它依然日夜守护着关外那些长眠于此的灵魂。

从古到今，到阳关的路都是一样的寂寞荒凉。阳关，成了一座被风沙湮没的古城，多少年被历史的烟云掠过，无人问津。

走上阳关烽燧，原本七米多高的烽火台已经被侵蚀得只剩一半，但仍然有种走在天边的感觉。天地之大，唯我独尊，人显得那般渺小。就是在这里，多少士兵用烽火传递军情，转瞬间，又是旌旗猎猎，号角声声，铁骑嗒嗒，悲壮非凡。

与边关将士们一起被阳关铭记的还有那些不朽的边塞诗。担头行李，沙头酒樽，携酒在长亭。"劝君更尽一杯酒，西出阳关无故人"道尽了长亭柳依依，相别十里亭，咫尺千里，未饮心已先醉，不忍离、不忍分之情。庾信的"阳关万里道，不见一人归。唯有河边雁，秋来南向飞"，作者送别友人，望断天涯路，前不见古人、后不见来者；钱起的"沙场烽火隔天山，铁骑征西几岁还。战处黑云霾瀚海，愁中明月度阳关"中，金戈铁马关山千重，此去艰辛，建功立业可期。储嗣宗的"五原西去阳关废，日漫平沙不见人"写出了阳关的旷古寂寥。对阳关寄予思古幽情的古人唱诵吟咏着阳关一声声、一遍遍，其情切，其意悲，让人肝肠寸断……

今天，国人对这个湮没于历史风尘中的小地方念念不忘，归根到底并不是帝王将相的功劳，而是唐诗宋词的神奇，是文化的影响。如今，这个昔日的边关旧貌换新颜。阳关，不再悲壮、不再是送别之地、不再凄凉，也不再是一去不归之地。如今的阳关脚下有中国第二大葡萄沟——南湖，汉武帝时代的渥洼池波光粼粼，在沙漠的背景下异常美丽，犹如海市蜃楼。拂去历史的尘埃，阳关，被王维的诗句高高托起，成为一个雄壮瑰丽的"图腾"，对于每一个中国人来说，它都是一份不可或缺的记忆，一个精神的故乡。

抚摸着写着"阳关故址"的巨石，就像抚摸着被历史风化的岁月。它屹立于茫茫荒漠中，瞭望着望不到头的关外，守护着这里的每一粒尘沙包裹着的记忆，直到永远……

（写于2020年）

鸣沙山看日出

离开敦煌的那天清晨，和云南的施总、成都的甘总还有昆明的杨总相约一起去鸣沙山看日出。

天微明，启明星当空。11月的鸣沙山还有点凛冽的感觉。路上有零星的行人。不大工夫我们便到了鸣沙山景区门口。门还没有开。我们是那天最早揭开鸣沙山面纱的人。

门打开后，穿过空旷的广场走了一小会儿，我们便来到了鸣沙山的怀抱。一眼望不到头的鸣沙山纯如牡鹿、静如处子，它光洁的肌肤在晨曦里泛着浅古铜色的光泽，又仿佛笼着一层轻纱，做一帘正在启开的梦。我从未见过一个地方会如此纯净和圣洁。那是天上的人间。洁净、纯净、宁静，宛若仙境！

据传，唐朝女将樊梨花挂帅西征，行至这里发现水草丰美，便在此安营扎寨。当夜子时，突然狂风大作，飞沙走石，黄沙弥漫七天七夜才停，但那些女兵没了踪影，平地多出一座沙山。从此后，每当夜深人静之时，从这沙山之中就会传出类似雷鸣的声音，当人们攀登沙山踩着流动的沙子时，它也会发出同样的声响。据说这是那些女兵因没有回到故乡，怀念家乡而望空长泣呢。

我一直纳闷，沙怎么可以堆成山？但堆成的沙山就在眼前。

我铆足了劲儿想见识一下登上沙山的感觉，但是同伴们都不去，我有心独行又怕爬到半山腰会滚下来，万一受伤而最终误了飞机，便作罢了。前后左右都是沙子，被沙子包围会是什么感觉？终归没能体验。看来这是要给下一次留点念想。鸣沙山就像一位佳人披着面纱，等着我费大气力去揭开。

天又亮了一点，我们像孩童般爬上最中间的沙塬。四周依然是沙，我们爬上来，视线一下子开阔了许多。眺望远处，山顶分明有人，小得像星星。日光洒下来，沙上便有了金子般的光芒。弯弯曲曲的"羊肠沙道"直通远方的山顶。专业摄影师施涛胸前总挂着他的"宝贝"，时而前倾时而后仰，在我们的声声呼唤中不亦乐乎。我千里迢迢带来的那条红丝巾成了道具，在我们每个人身上头上手上流转，那一袭红在清晨的鸣沙山上像跳动的音符，像一团燃烧的火焰，更像一个红色的精灵在鸣沙山跳舞。我们轮换着将丝巾高高抛起，以期有旗帜似的飘扬之感，后仓皇撤离中被抢入镜头。于是，身后扬起鲜红丝巾的静总、猫着身子的施总和助丝巾高高飘起撤离途中的我一起被杨总定格，各具神态，搞笑又搞怪，肚皮都笑疼了。

我那天穿了红色拖地长裙，墨绿色上衣，在静谧的沙的世界里，那红有一种说不出的妖媚之感。红色的丝巾迎风而起，像一面猎猎的旌旗，在沙的世界里张扬。那样艳，那样热烈又那样落寞。我用红色丝巾包裹着头，只露出一双黑幽幽的眼，那一刻，我感觉自己仿佛成了待嫁的新娘。我又把那飘逸的红丝巾束在头上，手搭凉棚，回眸一笑，看见一个娇羞、妩媚又多情的女人在黄沙漫漫的天地间自由舞动。

这时看到一驼队迎着朝阳缓缓而行，像极了西天取经的唐僧师徒。驼铃声声，不紧不慢地向着远方前行，他们的身后是一条长长的沙窝……漫漫黄沙一直延伸到远方，山顶仿佛天的尽头似的，太阳就是在那里生长出来的吧？晨曦里，驼队向太阳初升的地方而去……

仿佛只一会儿工夫，便光芒四射，给整个鸣沙山镀上了一层赤金色。

从没有见过这样壮观的日出，初时，满天的霞光连成一片，把东方的天空彻底燃烧了。又像一幅硕大无比的油画。突然就想到了天堂！对了！就是这个词！这像极了《三生三世十里桃花》电视里反复再现的天宫之景！那是离太阳最近的地方，那是神灵生长的地方，那是孕育最纯净的处女沙和最纯净的月牙泉的神奇地方。

仿佛一个新生命在脱离母体的一刹那，一跃而出，一个水灵灵鲜活的生命诞生了，那个鲜活的生命便是生生不息的太阳。这时候看看四周才发现，满天燃烧的红霞转眼间就没了踪影。她们是燃烧了自己才孕育出那一轮红日吗？

那调皮的娃娃一点点变化着，周身的光愈发耀眼。黄色的帽子仿佛被晕染开了似的，又一点点升高，先前还暗金色的沙，这时泛着金光，那金光的外面又笼着层纱，那轻纱笼着还没有苏醒的梦，又如少女美丽的胴体，细腻光滑，透着圣洁和纯净。

我多么想爬上那高高的沙漠顶上看日出，终归还是把自己搁浅在了半山腰上。但我也看到了冉冉升起的朝阳，以及日头从山顶升起时的壮阔气势，连同上山的驼队也让人眼睛不停地追随。他们一起成了我眼中的风景。脑海中总是出现一个画面：在天籁般的梵音里，一驼队向着光的方向缓缓远行，身后是一串串沙窝，沙漠在阳光下泛着冷清的光，把那驼队的剪影拉得好长好长……

　　这时候，四周依然静悄悄的，仿佛不曾有人来过一般。那些从古到今，一直守护在这里的黄沙，那得要能多么耐得住寂寞，才能坚持住那一份坚守。不远处的月牙泉上方笼着一层薄薄的纱，仿佛笼着轻梦。

　　这绵延的山，这清凌凌的泉，在年复一年、经年累月的凝望中相知相守，山因这泉的灵秀而刚强，泉因了山的卫护而柔媚，这不就是一对天成的永世的情人吗？它们一起滋养着这一方的水土，养育了这一方的子民。

　　渐渐地，太阳的万丈光芒普照了整个鸣沙山，人也慢慢多了起来。因行程紧迫，我们便在看一眼又看一眼的不舍中慢慢离去。

　　一条木板铺就的小路把我们引向一丛芦苇，比人还高的芦苇和身后的沙山连成一片，甚是奇妙。我就纳闷，沙漠里也会生长芦苇吗？密密麻麻一大片的芦苇，就在这被沙包裹的世界里生长。施总可以大显身手了，给我们在芦苇丛里拍照。大自然神奇的大手一挥，山便有了，水便有了，芦苇也出现了，它们一起造就了这个神奇而美丽的地方。

　　别了，鸣沙山。别了，月牙泉。别了，这沙包裹着的美丽世界。我分明感知到了它们已走进我内心的深处。

（写于2020年）

走过毛儿盖

依依不舍地告别了九寨沟，我们一行人踏上了去黄龙的旅程。真看不出，平日里斯文的和老师，这时候口若悬河，主持起了第四届"综艺大观"。时间在欢声笑语中不知不觉地滑过，突然，不知谁喊了声"毛儿盖草原"！

草原风光，我只在书中读过，在电视上看过，近距离接触还是生平第一次。

我困惑，是否造物主早在冥冥之中为人们安排好了某种缘分？当你不期然地登临某地，你却分明感到是那般眼熟，仿佛心有灵犀一般，尽管此地确实是你首次登临。

当我看到毛儿盖草原的一刹那，就有这种感觉。

车在一眼望不到边的草原缓缓停下来，一群人欢呼雀跃跳下车，撒着欢儿地扑了出去。

这里的草怎么这么绿呢？踩上去软绵绵的，草绿色的汁液沾在了鞋子上。不远处有成群的牛羊，它们自在地啃着草，多像画在草原上的写意画！蓝天、白云、草地无限地向远方延伸。无须风吹草低，牛羊便见了，这时我的感觉用心旷神怡来形容再贴切不过了。

极目远眺，是无尽的绿、满眼的绿、无边无际的绿，在微风中摇曳，一波一波地荡开，仿佛绿色的海洋中荡起的层层波浪。它不像大山的绿色可以分辨出层次，它绿得你怎么看都看不透，这看不透的绿色一直绿到了天的尽头。在这绿色的世界中，微风过处，宛若无数条游龙舞动着，一会儿就到了远方。

一车子四五十个人，在毛儿盖四散开来，仿佛要被这铺天盖地的绿吞没了。孩子们在草地上打着滚儿，年轻的姑娘们采摘散落在草间的花儿，小伙儿们则练起了把式，还有人扯开嗓子唱起了：蓝蓝的天上白云飘……我信步向远方走去，远方地势越来越高。变成了山坡，但它们连成一片，仿佛到了天的尽头。有一种被压迫又被环抱的感觉，上面是蓝色的天空，下面是绿色的大地，天地合而为一，把"人"环抱起来。分明有一种压迫，却这般心旷神怡。我喜欢这种被压迫、被环抱、被融入的吞没感，宇宙的无穷大这时候就是这么被无穷小地罩在了"人"上。突然就理解了陈子昂的"前不见古人，后不见来者。念天地之悠悠，独怆然而涕下"的那种孤独感、那种唯我无我超我的感觉。让我无法呼吸，却又那么向往。我想草原就是天和地的孩子，是天和地的杰作。草原上的人只不过是广袤宇宙中的沧海之一粟。

造物主仿佛怕人们看久了那无尽的绿色会慵倦了人的眼，于是，便不经意地轻轻一挥，于是星星点点五颜六色的小花便绣在绿草间，那些花朵小小的、碎碎的，零星地撒在绿草间。那绿草因了花儿而灵秀，那花儿因了绿草而灿烂。它们相得益彰，共同装点着毛儿盖的前世今生。

沉浸在这绿色的草原中，不觉已过去了两个小时。这时，一个脸蛋红红的、头上顶着绿色围巾的小姑娘，经过时向我们招手。她忽闪着一对黑白分明的大眼睛，我们这群不速之客成了她眼中的风景，其实她不知道的是，她更是我们眼中的风景。

一群洁白的羊羔在不远处，仿佛散落在无垠草地上的白色花朵。我在想，经年累月地在这无边的绿色草原里穿行，这无边的穿不透的绿色也是寂寥的吧。那些吃草的羊儿悠闲自在地一心一意地吃着绿色的草，它们是这天地间的精灵。

被这无穷无尽的绿色包裹着，大自然以它的美愉悦了人的眼，让人有种天人合一、物我皆忘之感，似乎进入了某种虚空的境界。

绿色的大草原上，除了羊之外，还有黑色的牦牛。这使得那连绵不绝的绿色凝重了，有了某种质感。突然，我仿佛触摸到了历史的脉搏。仿佛穿越到了六十多年前，毛泽东率领着中国工农红军是如何走出了这广袤的毛儿盖草原？在前有堵截、后有追兵，天上还有敌机轰炸的险境，毛泽东带领着红军爬雪山过草地，顽强而勇敢地走出了困境。这需要像大草原一样的宽广胸怀，常年屹立的雪山似的钢铁意志！

"该出发啦！"不知谁喊了声，大伙儿不约而同地从毛儿盖深处走出来，走向停在绿草间的汽车上。司机启动了车子，我们仿佛是行进在绿色大海里的帆船。我们是毛儿盖的过客，毛儿盖是愉悦我们的风景。

不得不告别毛儿盖草原了。因为不远处的黄龙在向我们招手。但我脑海中挥之不去的是这样一幅画面：蓝蓝的天上白云飘，白云下面马儿跑……

（写于1995年）

王顺山之行

王顺山并非一座名山，但游玩过一次后，便藏在心底不曾忘却。

那是一个暮春的周末，和几个朋友相约去王顺山。我们结伴而行，一行十来个人在暮色中出发了。当晚我们下榻在县城招待所，次日清晨，我们便开始了此次的王顺山之行。

当我们来到王顺山脚下时，一只憨态可掬的大狗熊吸引了我们。被囚在高大铁笼里的黑家伙忽闪着怎么也睁不大的两只小黑眼，在我们每个人身上扫视。听护卫人员讲，它是在王顺山中被捕捉的。看来这王顺山也是有宝物的。

要进山的人并不怎么多，但卖小吃的小摊着实不少。穿过田间小道，我们上山了。阳光若隐若现，似在与我们捉迷藏。风儿轻拂面颊，十分舒服。我们这支队伍中最小的两个人儿——安安和皓皓跑到最前头，他们欢呼雀跃，那高兴劲就甭提了。孩子本属于自然，山野的清新唤出了他们的童真。我们这些大人仿佛也受了感染，在这远离红尘的山间释放自己。

渐渐地，有了种雨雾的感觉，尽管并未下雨，空气中却有着一种让人心醉的湿润感。苍松翠柏编织的绿网，不知何时已连成一片，怎么看也看不到头。蓦然间，在那绿色中，有一团白得耀眼的不知名的小白花在摇曳，它们一下子抓住了我的眼球，它们与那层层叠叠的绿一起装点着王顺山，仿佛碧海中泛起的白色波涛，翻滚着、起伏着，荡漾开来，直漫溢到那河边。

河水清凉凉的，河中有大小不一的石子，甚至还有盖房屋用的那种大石板，它们都被"驯服"在了浅浅清清的水流下。白色的花儿与绿色的藤蔓纵横交织，仿佛给水流搭了一个长长的彩棚，青蛙和蝌蚪在清浅的水流里欢快地嬉戏。青青的山，清清的水，轻轻的风，人的心仿佛也轻了。从一条长长的峡谷出来后，眼前豁然开朗，一块高大的石块横在道边，人们纷纷拍照。

远眺来路，群山苍茫，郁郁葱葱，层层叠叠。眼前漫山遍野的松柏为山穿上了绿色的衣裳，绿色的衣裳上还绣着点点白花，素净而雅致。一开始活蹦乱跳的两个小家伙，不知何时已上了父亲的背，这时却要下来。在众人的鼓励下，小家伙们昂首挺胸，还真走了不短的一段路。

终于来到了观景台，我长长地松了口气。极目远眺，群山皆在脚下，插在台顶的红旗正迎风飘扬，似在召唤着游人。淡淡的山岚，仿佛给王顺山披上了一层轻纱，隐隐约约中，更为王顺山增添了一丝神秘色彩。四周全是高高低低的山，真应了苏轼的诗"横看成岭侧成峰，远近高低各不同"。我们在凉亭里稍事休息，便又起程了。

过了歪歪扭扭、一步三摇的"天梯"，上了几乎是直上直下的索道，之后就是刃峰了。此峰薄如刀刃，故而得名。它像一个手掌伸出半空，下面是万丈深渊，左右两边无依无凭。上刃峰真的如坐在刀刃上、骑在虎背上一般，前不得后不得，左不得右不得。我的心要跳出嗓子眼了，这时任何细微的响动都会让你出一身冷汗，仿佛单刀赴会，又似雄鹰展翅。这刃峰相比险峻著称的华山有过之而无不及。

上到刃峰，碰到了一个山里少年。他十一二岁，面色黝黑，衣衫褴褛，背着一个皱巴巴的长蛇皮袋子，是专为捡瓶子用的。他说他利用礼拜天的时间捡瓶子是为了买学习用具。我的心莫名地沉重起来。下山路上，我无心赏景，却不由得想起了城里娃娃。山里娃从小练就了城里娃所没有的吃苦耐劳的本领，当城里孩子还在父母怀里撒娇时，山里孩子已开始为父母分忧解难了，生活的重负过早压在了他们稚嫩的肩上，风吹雨打让他们更苗壮地成长，依着山傍着水的他们也有像山一样的性格——坚毅、沉默，以及大山一般的力量。当然，他们也有劳动者的喜悦与收获，他们收获的不仅仅是金钱，更是一种精神。

当我们回到王顺山脚下的时候，是下午四五点。天还没黑，最爱玩的小鲁提着猎枪去打山鸡了，有专人安排晚上的活动，其余人自由活动。喜欢山水的我，常居闹市，难得有这样一次机会，心想何不趁此时重返山林间呢？主意已定，我便脚步轻快地向山里走去。

黄昏的王顺山，显得格外安静，除了下山的几个游人，就只有我一个人逆向而行，人们都诧异地看着我，我莞尔一笑。

喧闹了一天的水流，此时无声无息，但依然是那样清。我信步来到一块硕大无比的石头旁，清清的水从石头上流过，洗白了石身。我依稀听到了一个渺远的声音在说：明月松间照，清泉石上流。只不过这里没有浣女和莲舟。巨石的尽头是一潭碧汪汪的水，两边是郁郁葱葱的藤蔓植物，藤蔓中有星星点点的小白花，那一垄垄的修竹映在水中。微风轻轻吹过，岸上的花花草草摇曳生姿，我的心儿也随着那花儿草儿一起飘荡。白天被吵闹了一天的松柏像卫士一样静静地伫立着，守护着这一山的宁静。

暮霭悄悄笼罩了王顺山，这时候的王顺山变得越来越模糊，我突然就有了一种在梦中的感觉。此时的玉女潭静悄悄的，全没了白日的嘈杂与喧嚣，潭底的碎石清晰可见，溪水缓缓地流进玉女潭，稍事休息便打了一个漩儿，流向了远方。我看着玉女潭仿佛一个娴静的少女，在这山水间，尽情释放着自身的妩媚。四周静悄悄的，没一点儿声响，仿佛天地间从来就是这么静。我几乎成了其中的一部分，要把那幽那静合而为一，融为一体了。

就在这时，我看到潭中石头下游动着的一群蝌蚪，它们静静地游来游去，自由自在、无拘无束。它们是一群多么可爱的小生命啊！但看着看着，却不由得有了一种毛骨悚然的感觉，那水中游动着的，却不是我印象中的可爱的小生命，它们的头又圆又大，尾巴约莫两寸长，通体是灰色的，却夹杂着黑斑，这分明是老鼠！它们还在啃着水中的东西，恶心得我差一点儿吐出来，可它们依然自如地游着，游得我六神无主，心烦意乱。

此时，三个下山的少年，刚好经过此地，我叫住他们想问个究竟，他们看了一眼，满不在乎地说，那是蝌蚪要变成青蛙了。噢！原来如此！我长长地吐了口气。

当我从玉女潭返回驻地的时候，已经有一只肥肥的山羊被缚在场地中央，孩子飞快地跑过来抱住我说："要杀羊，吃羊肉了。"我走近那只可怜的山羊，看到山羊的那双眼睛时，我不由得心里一颤，那双眼睛流露出的是祈求、是哀伤、是无助，它要求助的是要结束它性命的人，我不知这是山羊的悲哀还是人的悲哀。这时，一个强壮的山民走近山羊，他手里拿着一把短刀，刃薄如纸，这一寸见方的刀片却使刚才还活着的羊一命呜呼。有种说不出的感觉扼住了我的咽喉。人啊，真是残忍极了！

当夜幕降临的时候，偌大的场地中央已燃起一堆熊熊的篝火。我们全员出动，有搭架子的，有抬羊的，有捡柴火的。两个小家伙跑得最快，他们争着抢着抱柴火。最辛苦的要数小曲了，他负责腌渍、调味，还不时看看火候，整个人汗流浃背。熊熊的火烤着羊，也烤着每个人的心，我们争着靠近，但火烧得旺又不得不后退。摄影师小李也很忙碌，为了选一个好镜头，他前后左右地找，最后拍摄下了一张张珍贵的照片。

夜渐渐深了，烤全羊还没好。我悄悄地起身走向黑暗处。四周一片寂静。这时候的王顺山如一位黑魆魆的巨兽，俯视着这一片亮光里的人影。天上的星星格外亮，也格外繁密，这是山里特有的夜景。远处的几声狗吠声打破了夜的宁静。站在黑暗里，我凝望着那团光明及光明里影影绰绰的人影，不由得想，人真是奇怪，逃离了城里舒适的生活跑到这荒山野岭找刺激，这也算回归自然吧！

一阵风吹过，烤全羊的香味飘来。我从黑暗里走向光明处。孩子跑过来将一块烤好的肉递给我，还真不错，鲜、嫩、香，我啃着还冒着热气的羊肉，嚼得有滋有味。最逗人的是两个小家伙，你喂我、我喂你，做得有板有眼，还品着兑了水的果酒。小鲁也将他的战利品——两只野鸡做成了烧鸡，人人喜笑颜开，个个红光满面、嘴角发亮。刚才我们光顾着烤肉，现在腾出手来，边吃边跳舞，一直被冷落的音响这时候响得震天。人们欢笑着，手舞足蹈。

夜更深了，不知谁家的雄鸡开始打鸣了，我们才不舍地离去，在王顺山脚下，穿过黑暗走进梦乡里……

（写于1996年）

黄山看日出

我正驾着祥云在黄山上梦游，忽然就被叫醒，一看表才3:30。我一骨碌爬起来，穿上衣服便出发了。

我们一行三十多人，说起来也算一个不小的团体了。但夜里爬黄山，什么也看不清楚。夜里的黄山黑魆魆的一言不发，白日里的高大雄奇也变得神秘莫测起来。我们这时也很少有人说话，只是静静地、默默地、急速地走着。周围只有黄山的松涛声，由远及近又由近及远。偶尔有一两声的鸟鸣，在黎明前的黄山间回荡。什么也看不分明，只能跟着感觉走。

两边是比人高出许多的黑暗，脚下依然是黑暗。黑暗里走在那弯弯曲曲的路上，我心里还真有点怵。不知怎么就担心起来，会不会有强盗出没？正这样想着时，突然发现不远处有一白影。难道真像影视作品里常看到的，山里常有神仙或妖魔出没？这莫非是个仙女？等走近一看，才知原来是垃圾桶。黄山的洁净是有目共睹的，就连这垃圾桶都是洁白的。

渐渐地，浓厚的黑暗仿佛被稀释得淡了一点儿。周围的一切能看见点轮廓。但依然是那么静，更多的是幽。走在那幽静里，你会觉得你整个人都要被融化进这幽静里了，你会疑心这世界上只有

266

你一个人，就这么走着，从远古中走来，从梦中走来，走向地老，走向天荒。山路似乎宽了些。这时，你才看清，你是走在碧绿里。那绿，从脚下一直延伸向天边。你被绿引领着，你被绿护卫着，你仿佛被镶嵌在绿里，你似乎变成了绿色的精灵。被那么多的绿包裹着，你却并未感到压抑，反而有一种从未体验过的闲适与自在的感觉。终于看到人了，那么多的人，也不知道一下子从哪里冒出来的。有的已在光明顶上，有的正向光明顶而去，当我们走上光明顶时，时针正指向4：45。

这时候，天几乎亮了，不过脚下的山和远处的山还似醒非醒。我在想，黄山怎么起得这么早？是为了迎接第一缕阳光吗？我们找了个好位置站定，放眼东方的天空，只见印象中很雄伟的黄山这会儿静静地伏在那儿，山顶上有一条很分明的染黄的丛林带，像画家着意由深而浅泼上去似的。人们在山巅期盼着、等待着。慢慢地，那橘黄靠近中间位置的颜色开始加深。忽然间，它像一个即将临盆的产妇，她在痛苦地扭动着身躯，她大汗淋漓、疼痛难忍。黄山就像一个手足无措的汉子，他只能眼睁睁地看着她在痛苦中煎熬，那突兀的山峰就是他高高举起的手臂，他在给她力量和信心，他在鼓励她、安慰她。她似乎平静下来了。这时，先前的橘黄已成绯红。下面的黄山好像也放松了些，刚刚还阴沉紧绷着的脸也晴朗起来了。

不知怎么，忽然间觉得，天地之间是一个天然的舞台，天和地就像一对男女，此时，舞台上正在上演的是人世间最惊心动魄的一幕。舞台下的男人们大都喊着叫着，女人们则屏气凝神大气也不敢出，只静静地旁观着。

突然，人群欢呼起来。只见那绯红一跃一跃地向上。只一刹那，一个鲜活的新生命诞生了。它一开始只有半个圆盘那么大，仿佛浮在一个硕大的容器中，一会儿工夫便挣脱出了容器。那个新生的小生命可真是威力无比，仅几秒钟就光芒四射，给千山万壑镀上了一层赤金色。一直还紧绷着脸的黄山这时终于笑了。

"安老师，别动！"同行的老师不失时机给我留下了一个绝美的瞬间。一束阳光正从我胸前穿过，我仿佛被光穿透了，被光融化了。真是太神奇了！

太阳的万丈光芒如千万条丝线，织着你织着我织着他，织着晨曦织着山岚织着群山！

太阳的光辉洒遍千山万壑，这时候，整个黄山被一层赤金色轻笼着，宛若一个就要醒来的梦。

（写于2000年）

绿色的大连

知道大连，是在课本上；认识大连，是去了大连之后。

如果顾名思义的话，大连该是既大又连着什么的吧。其实，大连并不大也没连着什么。大连是一座不规则的长条形城市，狭而长，像一个苗条的美少女，肌肤光滑，妖娆多姿，依偎在渤海的臂弯。

大连是绿色的。走进大连，你便会被无处不在的绿色吸引。无论是大街还是小巷，不管是城区还是远郊，碧绿的树和草都将占据你的视线，层层叠叠的绿、高高低低的绿，圆形方形的绿，大片大片的绿色醉了你的眼更熨帖了你的心，让你有种被绿包围的感觉。那丝丝缕缕的绿、簇簇团团的绿、蜿蜒不绝的绿随着你、跟着你，也愉悦着你，你的眼花了，你的心醉了。

在大连，除了马路，你看不到裸露着的地面，只因它们已被绿色的草坪覆盖了。听导游小姐说，这绿色的草坪是从日本进口并经过加工才栽培的，难怪这里的草坪绿得别致，绿得与众不同呢。那绿色从市内一直绵延到郊区，却并不"平铺直叙"，而是随着地势起伏着。不光是绿色的草引人注目，不知名的绿树点缀在绿草间，使这绿色有了变化、有了层次，仿佛在加深这绿意。我不明白，那绿为何那般纯粹，那般纤尘不染？它翠而嫩、嫩而莹，碧绿中含着诗意、蕴着诗情。我不知怎样来描绘它们，我感到了我词汇的贫乏与欠缺，无措中只是感动地、心疼地、目不转睛地望着它们，用眼更用心。更让人叫绝的是，绿色的草地那一些绿色的树底，绣着一圈圈白色的小花，也有红、黄、蓝、白、紫等各色相间的彩色的花篮。这还不算，在路的拐弯处，海的蜿蜒处，会有一朵朵彩色的浪花在那绿色中飞入你的眼帘，你还没来得及看清，又一朵朵雪白的浪花在绿色中飞向你，你的一双眼睛都不够用了，你却感觉不到累。让人感动的是，这绿色不只是遍布市内的角角落落，它还顽强地不知疲倦地延伸到远郊。

离开大连的那天，我们坐着车沿着滨海路转了一圈，路上几乎没人，看到的只是些绿化工程，以及宽敞、洁净的马路。不用说，路两边是忠实的绿色卫士，更远处是层层叠叠的绿，那是一座山。有一段路，两边全是槐树。听司机小张说，这段路也叫情侣路，今年五月份的一个星期天，他路经此处，突然间看到了一对新人相携而来，新娘身披白纱、戴着红花，路两旁的槐花开得正盛，白得耀眼、香得醉人，也不知是花醉人还是这景这人让人陶醉。当他走过这段路，他看到了整整五十四对新人，一开始他还感到激动，但到后来，他已不知什么叫漂亮了，他已被漂亮"麻木"了。

当我们绕到山前面的时候，一眼望不到边的蓝吸引了你。那是大海，是让人心旷神怡的大海。我突然明白了，大连为什么这么绿，那是因为蓝色的大海滋润着它，蓝色的海风吹拂着它，还有大连人养护着它，它才能潇潇洒洒地绿、率情率意地绿、撒着欢儿地绿、漫无边际地绿。

整整一个小时的滨海路之旅，绿色跟了我们一路，更确切地说，是绿色引领了我们一路。它是那般灵动和清雅。它不因远郊无人而怠惰，也不因闹市繁华而蓬勃，它一味地绵延着，履行着绿色使者的职责。

大连是绿色的，绿色的大连给了人一种启示：持之以恒就会产生美、产生愉悦。这也体现了一种精神：蓬勃、向上、顽强。大连人就是以这种精神建设大连，这绿色将大连与洁净、希望、美好、祥和连在了一起。

（写于1998年）

大连的"四多两少"

刚一下飞机，来接我们的王导就给我们介绍起大连来了。末了，说大连有"四多两少"，让我们猜猜看，在离开大连前告诉她答案。于是，在逗留大连的日子里，无论是大人还是小孩，都将自己感知的"多"或"少"争相报给王导，人人都希望自己的答案是正确的。

我崇尚自然，刚一踏上大连的土地，那颗心、那双眼睛便被满眼的绿吸引住了。在宾馆前、饭店后，在大街小巷，在闹市、远郊，你总会看到绿色的草坪毫不松懈地紧随着你。坐在车上，我贪婪地望着一路伴随着的绿色，忽然，我灵机一动，这草坪多不是一"多"吗？我把这个答案报给王导，她微笑点头，我甭提有多高兴了。

"王阿姨，是花园多吗？"一个脆生生的童音响起，看到王导点了点头，小家伙高兴得竟拍起手来。可不是吗，有草就有花，花草是不分家的。在街心、在公园，丛丛簇簇的花儿竞相开放，夺人眼目，悦人心扉。

"广场多，算不算？"没有过多久，一个苍劲有力的声音说道，原来是一位大爷。当我站在星海湾广场的时候，我十分激动，这里安静、空旷。我们专门去看的人民广场以前叫斯大林广场，广场南端有一纪念碑，碑前站一荷枪的苏联士兵，纪念碑的基座上有数不清的鸽子。

中山广场就更奇了。走进中山广场，你仿佛走进了音乐的殿堂，美妙的音乐在广场上空回荡。这是我国唯一的音乐广场。还有二七广场、三八广场，大连的广场多达七十多个。

这最后一多，实在是难猜。有人说是水多，有人说是海产品多，还有人说是高楼大厦多，但都不对。王导告诉大家这最后一"多"是单行线多。在大连开车，最不易违反交规了，到处都是单行线，你只管跟着前面的车跑。我在想，这单行线多，也算是大连的特色？那也会带来不便吧？

除了四"多"，大连还有两"少"。这两"少"是警察少和自行车少。仔细想想，这一路走来，确实没有看到几个警察。在进入大连的高速路上倒是看到了警察，但是我还纳闷，警察怎么会在高速路上呢？走近了才看清楚，那是警察雕塑。

尽管警察少，但大连秩序井然。十字路口有红绿灯，却没有警察。这红绿灯就是警察，无形的警察，让车各行其道。这和我生活的城市形成了极大的反差。

在大连城区，我真的没有看到有人骑自行车，街上不是步行的人，就是开着车的人。在快要到远郊的滨海湾才看到骑自行车的人。不同于一般的自行车，这些都是可载两人甚至三人的自行车。多是情侣共骑一车，一前一后，各有脚踏，他们谈笑风生，看着一路上的好风景。他们不知道的是，他们也成了我们眼中的风景。

就要离开大连了，大连的"四多两少"，和大连一起留在了我的记忆深处。

（写于1998年）

新疆行

草原与沙漠

草原与沙漠，是新疆最具特色的风景。绿色的草原有种梦幻般的浪漫，而黄色的沙漠给人一种凝重的现实感。

我平生第一次看到沙漠是在飞机上。飞机腾云驾雾，我倚窗眺望。突然间，一眼看不到头的浑黄尽收眼底。最初我以为那是黄河，但即刻否认了。我知道，新疆既不是黄河的源头，新疆的水也是极少的，哪能有这样泱泱不绝的水呢？随之，我看到了像极了老树根须的痕迹，并且很有规律地蔓延着，仿佛精雕细刻的艺术品。这一片浑黄，蜿蜒出了一条带子似的，一直延伸到天地的尽头。我正惊叹大自然的杰作，先生告诉我，这是沙漠。后来，当我们坐车穿行沙漠时，才算真正认识了沙漠。

新疆的沙漠是连绵不绝的，黄色的沙漠铺天盖地而来，甚至车行大半天也不见半个动物，只有望不到头的沙砾。面对着这千篇一律的面孔，观光的客人也会倦了。当然，偶然也会有焦黄泛绿的草甸，极像戈壁滩上异色的补丁；还有浑身长满刺的麻黄草，就像秋天里败落的矮秆植物；东一处西一处的胡杨，看着像发育不良的瘦弱孩子。这些，几乎是沙漠的全部。沙和石砾主宰着这无人之地。无边无际的寂寥就像空气一样弥漫在天地间。这是自然的造化，却也是精神的苦役。然而，一片原始的胡杨林，让我更进一步认识了沙漠。

在未见到那片胡杨林前，我是无论如何也不会相信沙漠还能孕育出如此神奇的生命的。那片胡杨林少说也有几千棵，它们个个高大坚挺，最小的也得两人合抱，至少有几百甚至上千年的历史。我突然意识到，沙漠是为勇士而存在的。那一棵棵巍然屹立着的胡杨，就像历经磨难但依然精神抖擞的壮士，那凹凸不平的树身就像老人青筋暴起的手臂，那裂开的年轮刻写着沙漠的沧桑。我看着它们，仿佛看到了一群坚强的巨人。它们赤臂裸拳，随时准备与胆敢来冒犯的敌人搏斗。它们的枝干紧紧地拢着树身，形成了一股坚不可摧的力量，严寒冻不死，酷暑烤不化，狂风摧不垮，沙暴吹不弯。它们是沙漠上的勇士，是沙漠不屈的魂灵。它们沉默而顽强地在这无人的沙漠里，在这成百上千年的光阴里，一丝不苟地守护着家园，坚强而隐忍。它们，这一群无畏的勇士，在同大自然的搏斗中，练就了一副钢筋铁骨，提炼出了生命的精华，成为沙漠中的奇观，愉悦了人的眼，更震撼了人的心。它们是一道铜墙铁壁，是沙漠中的奇迹。

如果你就此认为，沙漠是一位凝重、刚毅的男子汉，那你就错了。我们在穿行沙漠公路时，曾走到了塔克拉玛干沙漠的一角。这时候，沙漠完全成了一位妖娆且多情的妇人。我惊叹，那一堆堆精雕细刻的艺术品，是如何聚合在一起的？它们仿佛无数个美若天仙的女子，裸亮着胴体静卧在这无人的天地间。她们曲线分明，光滑而细腻，她们是天地精气交合的尤物。顿时，我脑中冒出一词：白璧无瑕。

车刚一停，那一群吃五谷杂粮的俗人，当然包括鄙人在内，便迫不及待地扑入它们的怀里，肆无忌惮地践踏它们、蹂躏它们，在它们如丝如缎般的胴体上戏耍着、游玩着。但这群"女子"并不是好惹的，它们群起而攻之，护卫着自己的每一寸肌肤。它们唤来了朋友——风，扬起了身上细腻的脂粉。于是，细得若有若无的沙漫天飞扬着，像无数似有似无的鞭挥舞着，在那群胆敢来冒犯它们的男男女女的头发间、眉毛间，以及眼睛、鼻孔、耳孔、嘴巴等有缝隙的地方肆意鞭打。最终它们胜利了，我们这群不速之客落荒而逃。

这就是沙漠，我所见识的沙漠。我曾不止一次地听说，沙漠常有"海市蜃楼"，那是沙漠的一大奇景。它为广阔而寂寥的沙漠平添了许多神秘色彩。据说有人远道而来，只为看沙漠中的海市蜃楼。我在想，在这千里无人烟的大沙漠，突然看到人声鼎沸车水马龙之景，那是何等的幸运！你可是那见证奇迹的人，那是虚无缥缈的真实，那是真实的虚无缥缈。

如果说沙漠是位刚柔兼具的奇人，那么，草原就是一幅油画。

这里除了沙漠，就是无处不在的草原。这里的草原是无遮无拦、一望无际的。我们的目的地是巴音布鲁克草原。

走在巴音布鲁克草原上，那天蓝得好迷人，云白得好飘逸。那蓝天白云仿佛从极高极远的穹隆上罩下来，吻到了绿的地。于是，天与地像一顶巨大的蒙古包，我们全被罩进这蒙古包。这透明的蒙古包，这无极的蒙古包！

风，轻柔地吹着，却很凛冽。我们刚从炎热的盛夏中走来，却不知不觉间进入了冬季。我正纳闷着，走过来了几个热情的牧民。

他们早已在绿色的草地上铺好了色彩艳丽的地毯，摆好了奶茶、酸奶疙瘩、马奶子，并端上了用晒干的马粪烤的味道极纯正的羊肉。当我们也像牧民们一样盘着腿坐在地毡上，手捧盛满美酒的号角杯送到嘴边时，整个人连同心都醉了。这时候，耳边又响起了悠扬的民歌。恍惚中，我听同行的人说，这里的牧民是土尔扈特人的后裔。我不由得重新审视这一群语不出众、貌不惊人的西北汉子。

他们的祖辈英勇顽强、不畏强暴。他们是漠西蒙古的一支，因不堪漠西贵族的欺压而辗转西迁，直至伏尔加河下游。在伏尔加河下游定居了一百四十年之久的土尔扈特人又因不堪沙皇俄国的奴役，于1771年举行了反抗俄国压迫的民族武装起义，十七万部众在他们年轻的首领渥巴锡的率领下，历经半年，行程一万多公里，付出了人员减半的巨大牺牲，最终回到了祖国的怀抱。

当时的清朝皇帝乾隆对重返祖国的土尔扈特部给予妥善安置。从那时起，土尔扈特部就生活在这片土地上，这是一个英雄的部族。今天，面对这支英雄部族的后裔，透过他们古铜色的脸，我仿佛又看到了他们祖辈留给他们的坚忍和刚强。草原就是他们的家，他们练就了和草原一样宽广的胸怀。我看着他们，又看着他们脚下的这片草地，忽然间觉得他们与这草地已融为一体，幻化成了一个无比强大的巨人，正张开双臂拥抱草地上的一切苦难与喜悦，拥抱太阳与月亮。

这样想的时候，一阵悠扬、清亮的歌声传来。只见在天地交融的远方有一群星星点点的活物飘了过来，近了，更近了，我看到了那栗色的马群，歌声就是从那里传过来的。一位穿着蒙古族服装的少女，左手紧拉缰绳，右手高扬鞭儿，唱着"蓝蓝的天上白云飘，白云下面马儿跑。挥动着鞭儿响四方……"飞奔而来。好熟悉呀！

这不是电影中的镜头吗？那一刻，我有种走进电影里的梦幻感。

蒙古包静静地沐浴在夕阳的余晖中，袅袅的炊烟徐徐地从头顶升起，雪白的羊儿在草地上撒欢、嬉戏。几个孩童逗着蹲卧在毡房前的小黑犬，那毛色光亮的小黑犬摇着尾巴，在这个身上蹭蹭、在那个手上舔舔，然后又悠闲地走开了。星星点点不知名的野花在绿色的草间开了一片，夕阳给这一切都涂上了一层醉人的玫瑰色。我忽然迷失了自己，这是一幅多么美丽的画啊！我轻轻地走进这画里，仿佛走进了梦里头⋯⋯

天与地

这里的天是蓝色的，是那种看一眼便忘不掉的蓝色，是梦的颜色。在这梦的深处，好像走来了一位纤尘不染的白衣少女，她纤纤素手不经意地那么轻轻一挥，于是，就像有朵洁白的雪莲盛开在蓝蓝的海上，随风而颤，风姿绰约、楚楚动人。

一会儿，又出现了飞溅得很高很秀气的舒卷的浪花，在蓝色的海面上前呼后拥着，顷刻间又堆成一座连绵起伏的雪山。在那雪山脚下，依稀可见房舍错落的村庄，在村前有一池蔚蓝色的湖水，荡漾着，荡出了一个影影绰绰的世界⋯⋯

当然，新疆的天，并不是一味的温柔。它发起脾气来，像个野性十足的汉子，铁青着个脸，阴沉得仿佛要和谁干一架才解气。这时，你就会有种透不过气来的压迫感。那伸展得极远的天，似钢盔罩在地的头顶，地似乎难以支撑，一瞬间，感觉天要塌下来了。

这就是新疆的天，新疆独有的天。

新疆的地是厚实的、广漠的。不知为什么，我总感觉这里的地像是一位沉深、厚重、相当有韧度的男子。这是天生的吗？不是一个真正的男子，谁又能忍受得了那恍若洪荒的沉寂，承受得住那千古无人的落寞？他在无边无际中静默着、守望着，在无始无终地坚持着、忍耐着。在这无极的宇宙间，仿佛要被禅化了去。但他的体内奔流着黑色的血液，养育出了绿色的草原、壮阔的沙漠、雄奇的天山。

站在这地上，看着这天，我忽然有了一种不真实的感觉。这地，撼人心魄的辽阔、沉静；这天，一如既往的纯净、亮丽。在城市，远看天地一片，你既看不清天，也看不见地。地上是拥挤的建筑、如蚁的人群，天上布满了灰尘，人很难看见天地的真容。而在这里，天是清晰的，地是清晰的，它们都清清楚楚地摆在你的面前，就像一个坦荡的人。看了这里的天，你会心旷神怡，你会心明如镜、情纯如水。看了这里的地，你会旷达起来。你知道了什么是真正的天与地。在这里依稀可以洞穿历史时空，看到历史走过的印迹，触摸到历史的脉搏。因为，我看到了从西汉走来的张骞，从东汉走来的班超，从遥远的罗马帝国走来的大使，从乾隆年间走来的重返祖国的土尔扈特部，以及在他们脚下延伸着并连接着中原和欧洲的熠熠闪光的丝绸之路。

在这里，天似穹隆，天罩在和它差不多大小的地上，天与地自然形成了一顶透明的蒙古包，天地间的人却显得那般渺小，仿佛成了天地间的精灵。他头顶着天，脚踩着地，在他头顶和脚下，乾坤在轮转，阴晴圆缺皆在嬗变。

走在这广漠的地上，人会感觉自己的生命是很有限的，自然的伟力是无穷的，一种生命的沧桑感油然而生。在这里，天、地、人融为一体了，天地就是我，我就是天地，不分昼夜、难分彼此。仿佛从很久以前我就这样走着，走向地老，走向天荒。

歌与酒

在新疆，有酒的地方必有歌，有歌的地方必有酒。酒与歌是新疆人的一双眼睛，透过这双眼睛，你能感受到新疆人的豪放与坦诚。

无论是在人声鼎沸的闹市，还是在荒无人烟的郊区，热情的新疆人都会用美酒和欢歌款待你。在这里，就连生性最内向的人都会被热情的新疆人感染，有种宾至如归的感觉。在酒与歌营造的氛围中，人们的话特别多。人与人之间没了陌生，没了隔阂，没了疏离，有的只是真诚、理解与友善。那不曾认识的人，一下子在美酒与欢歌中亲密无间。在这里，酒与歌汇成了一股神奇的力量，这股力量将五湖四海之人的心扉打开。于是，一种至真至善至美的感觉使你对新疆的人、物、景都有了新的感受。

毋庸置疑，酒这种溶于水，烈于水的液体，有着火一般的性格，它使钢铁般的硬汉肝肠寸断，又使那柔弱如水的女子悍猛暴烈。而这时候，一曲悠扬的民歌，就如烈日下的一阵轻风、寒冬里的一盆炭火，消解了酒中的烈性分子，从而使你有了种熨帖的感觉。

我们到达霍尔果斯的时候，自治州的父母官亲自为我们在座的每一个客人倒酒。一只山羊穿在横杆上架在火上烤，下面是燃烧的炭火，山羊身上油光发亮，香味弥漫了整个房间。人们舞个不停、唱个不停，手里一刻也不闲着，一会儿递一块香喷喷的肉，一会儿端一杯酒给你，那样自如，就像你们已经是老朋友，这一片天地是他的，这里是他的世界，他在他的世界里纵情欢歌。在他的带领和召唤下，在边上服务的女子也载歌载舞起来，曼妙的身段、娴熟的舞姿，一男一女，一刚一柔。一会儿，那能歌善舞的人们纷纷加入进来。

新疆人喝酒，十分豪放与不羁。他们不用盅，而用杯；不是细酌慢饮，而是猛喝狂饮。并且各路诸侯轮番轰炸，大有不将你放倒绝不罢休之势。在整个行酒过程中，有漂亮的姑娘和英俊的小伙为你一遍又一遍地唱着祝酒歌。这唱歌的人迷了你的眼，而酒醉了你的心。你也仿佛飘飘欲仙，你会不由自主地与他们载歌载舞。这时候的你，是卸去了伪装的本真的你，是灵魂飞出形骸的你，是最潇洒自如的你，是真正的你。这酒，如火；这歌，似水。水火本不相容，但酒与歌在这里却完美地融合。

酒与歌，是新疆人的生活，是他们的常态，这种常态的生活，造就了他们豪放、坦荡的性格，这种性格赋予了他们刚强的生命、火一样的热情、勇往直前毫不畏惧的特质。

山与水

新疆有三山，有二水。

阿尔泰山横亘北方，昆仑山守卫南方，天山夹在中间将新疆分为南北两半，于是有了南疆和北疆之分。我们在天山附近往来穿行，天山成了我们最忠实的伙伴。

在从北疆到南疆的旅途中，给我留下深刻印象的有两条河：塔里木河和孔雀河。

塔里木河是一条伟大的河。以自身的不屈与坚忍，孕育了新疆人特有的性格。虽然它知道自己终归到不了海洋，但它却从未放慢脚步，在广漠无人的沙漠中穿行，滋润着沿岸的庄稼、树木和草地。它不紧不慢不急不躁地穿行在广漠的天地间。它的性格中透着股沉稳，就像一个城府极深的男子；但它偶尔也会妩媚一下，这时，它又像一个柔媚多情的妇人。它沿着河堤三弯两绕，徐徐前行，风姿绰约，雅致迷人。常年的跋涉让它练就了高超的本领，严寒与酷暑奈何不了它，即使它的形体在沙漠中消失了，但它的精神依然存在。我想，它大概是在地下积聚力量，准备蓄势待发吧。这就是塔里木河，一条伟大的河。

相比之下，孔雀河有着和塔里木河迥异的性格。孔雀河像是一位奔放、活泼、泼辣、自信的黑皮肤维吾尔族姑娘，很青春，充满生机与活力。它日夜不息地奔流，仿佛不断跳动的脉搏，催促着、招引着新生的库尔勒。我想，莫非正是有了孔雀河的缘故，库尔勒才越发灵秀、越发富有生机了？孔雀河，就是放飞在南疆首府的一只开屏的孔雀。

水离不开山。新疆的山，山山相连。一个天山，怎么走也走不完。那山绕着山、山连着山、山抱着山，无论如何也走不出这山。我想看看这山的真面目，却越看越糊涂。我突然理解了苏轼写的"横看成岭侧成峰，远近高低各不同。不识庐山真面目，只缘身在此山中"。在天山的怀抱里看着天山，我蓦然觉得，天山就像一个"团结友爱的集体"，天山是无数的山共同支撑起来的。我突然明白了天山雄伟高大的缘由了。

新疆的山绵延而巍峨，酷暑里积着雪结着冰，虽在炎夏，山里却是清凉的。我们穿行天山时，看见了一尺见方的冰墙，还看见了不知是哪个年月的积雪，它们散落在天山怀里。身着夏装的我们，尽管冷得直打哆嗦，却像个孩子似的在冰雪里跳着、跑着。我们在天山的腹地钻来钻去，却总也出不去，仿佛孙悟空总在如来佛的手心里。我想，这怎么看也看不透的天山，它是从天上来的吗？

天山不像内地的山，要么光秃秃寸草不生，要么满山铺绿。天山上有巨大的石，石头间有黄色的土，土上有树，树间有草，山顶有常年不化的积雪，冰天雪地的山上有傲立的雪莲。令人惊奇的是，天山的某些地方是赭色的，天然的红赭色山石形成了各式各样的造型，或堡垒，或宫殿，或莲花盛开，层层叠叠、丛丛簇簇，奇妙无比，令人浮想联翩。

行至天山腹地，有河水裹挟着浑厚的泥沙一直不停息地前行，有着一股自强不息的韧劲儿。尽管没有叮咚声，没有欢唱，却奔腾着、咆哮着，头也不回地勇往直前，向着那远方马不停蹄而去。

新疆的山，雄奇、冷峻、巍峨，是典型的西北汉子。新疆的水，柔中含刚、弱中带强，是典型的西北女子。

新疆，就像一杯纯酿，透着醇含着香。它时而似一位蒙着面纱的妙龄女郎，妩媚曼妙；时而如一位铮铮硬汉，凛然正气、威武刚强。新疆是国之边陲，守着六分之一的国疆，是铜墙是铁壁，是坚不可摧的国之良壤！

（写于2001年）

德国的城堡

我以前不知道德国有城堡，走进德国后才知道，德国的城堡不但不少，而且个个都有些年代了。

踏上德国领土的第一顿早餐就是在有着四百年历史的龙讷古堡享用的。进了圆洞形的大门，有一位身着白衣戴白色高帽、叽里咕噜说着外语的男子把我们迎进了房子。房间里有一张超长的长桌，长桌上是三个为一组在高高的烛台上燃烧的蜡烛。桌上摆满了各种美味，我们享用了曾在电视上看过的贵族早餐。

早餐过后，一个围着围裙的和善的老妇人领着我们参观了城堡。我这才知道，一个城堡几乎就是一个小世界。这里有各种农具，有专门的兵器房、刑具房，还有烤面包房。有一个房间燃烧着一堆炭火，那炭火从古代一直燃烧至今。后面那间摆放着精致长桌的屋子里面有棵树形的柱子，伸出的枝丫要把整间屋子撑起来似的。墙上精致的灯台上方是古堡历代主人的铜质雕像，是要让他的后人在这里进食时不要忘记了祖先吧！

刚进门时看见的那口井，足足有九十八米深，据说挖了整整十五年，至今有几百年历史了，但依然保存完好。从前过往的商人在这里打水、歇脚，有人当场将一桶水倒入井中，十几秒后才听到回响。那一声幽远的回响仿佛把人的思绪拉回了遥远的从前，从前的兴旺和繁荣可见一斑。高高的尖塔和圆柱形的塔身及狭长的窗户，蓝得让人心疼的天空，一朵一朵细碎的云悠闲地在天空散步，又像撒了一把爆米花。飞机飞过，拖着一条长长的尾巴，那些高大碧绿的树在蓝天下摇曳。城堡有些地方的外皮已经脱落，在斑驳的树影里更显得沧桑。沿着细长的台阶拾级而上，有道不大的侧门，在蓝天白云的幕布下，远远望过去，前面的那扇门仿佛天门似的。

我们第一天下榻的便是一座城堡酒店——Romrod Schloss。红砖青石混凝的塔身，周围还有一组建筑，组成一个鳞次栉比的城堡群，高高的围墙把整个城堡连成一片，形成一个院落。里面有现代化的餐厅，有正在播放着音乐的酒吧，在这里历史和现实交织在一起，演绎着现代的文明，诠释着历史的典雅。这个城堡的周围有很多人家，属于典型的欧洲小镇。

晚饭后，一条不宽的沙石路把我们引到了村外，一条通向远方的路，一眼望不到边的草地，远方天地合一。几个身着五颜六色衣服的女人坐在路旁的排椅上，仿佛天地的精华全在她们的身上，令人赏心悦目。此时人的心瞬间随着那洁白的云飘向很远的地方，一丝涩涩的酸酸的甜甜的感觉悄悄地漫溢心头，心便如白云般轻柔，人也妩媚了起来。

在欧洲最大最古老的森林动物园深处，有一个神秘的古堡，建于威廉四世时期。在这个古堡里，一位公主一出生就遭到黑巫婆的嫉妒，给她下了可怕的咒语，说在她十六岁生日当天将被纺锤针刺死。尽管三位仙女极力呵护、万分小心，却仍然避免不了厄运的降临。美丽的公主在被纺锤针刺伤后沉睡了整整一百年，直到被王子的吻唤醒。这个古堡——沙巴堡也被称为"睡美人"城堡。这个宛若与世隔绝、有着青黑色塔身的古堡在日光下的密林中若隐若现，给人一种神秘、阴森、恐怖的感觉。不过，几个世纪以前，美丽的公主已和英俊的王子过着幸福的生活，这里有不少男士慕名而来，或许是想奇遇睡美人而做一回王子的美梦吧。

在睡美人城堡用完午餐，高大威武全副武装的骑士已经在魔法森林等我们了。在魔法森林里，骑士以高大、古老、枯而不死的古树为引子，一路讲述森林发生的故事及大自然给人类的启示。这也是格林童话里一再出现的森林，格林兄弟不断闪现的灵感就来自于这个原始森林。暮色里，我们走出了魔法森林，没想到有一个更大的惊喜在等着我们。这个惊喜就是有着七百多年历史的长发公主城堡及城堡里的长发公主。

夕阳给长发公主城堡涂上了一层金黄色，梦幻而迷离。玫红色的砖砌成的塔身在夕阳下显得高大巍峨，塔上的窗户边正在远眺的长发公主是在等她的心上人吗？她金黄色的长发从窗户垂落下来。据说，长发公主刚出生时受到诅咒，头发有五百米长。后来她与一个青年相爱，可她的父母嫌贫爱富，便将长发公主监禁在城堡里。在一个漆黑的夜晚，长发公主便用长发将青年从窗户吊上来，青年帮她解了监禁后，他们逃往魔法森林，过上了幸福的生活。

看到我们走过从外界通向城堡的天桥，"长发公主"走下城堡，与骑士一起陪我们上到城堡的塔顶。极目远眺，周围的山麓、河流、村落、道路、田野、森林尽收眼底，居高临下的城堡真有王者风范。从城堡的最高处下来，我们又被引领来到地堡——城堡的最下层，据说古代时只有最尊贵的宾客才能被主人在地堡款待。外面炎热难耐，地堡却凉爽惬意。长长的桌子上早点燃了蜡烛，摆放好了各种美食。我们一一落座。

享用完美食之后，我们回到了各自的闺房。不用奇怪，在长发公主城堡，当然每个房间都是闺房。这些闺房大小不一、装饰各异，但无论哪间都十分精致玲珑，美奂绝伦。

来到了属于我的那一间闺房，彩色的帐幔静静地垂落在红色木地板上，床中央被折成心形的白色的被子上撒满了散发着淡淡幽香的玫瑰花瓣，心形的中心有一个彩色的小袋，袋里装着用彩纸包裹着的巧克力。一扇不大的窗户通向外界，窗台上摆放着一篮鲜花。站在城堡脚下仰望，塔身上大大小小的窗户外爬满了绿色的藤蔓，整个城堡就像一个巨大的绿色植物，那些小巧的窗户像极了城堡的眼睛。夜里，窗户里的一盏盏灯下正演绎着一幕幕浪漫迷人的童话。

在德国的日子里，除了可以近距离触摸，可以走进、感知这些城堡，还有很多坐在车子里只可远观的城堡、游历时远处影影绰绰的城堡、屹立在闹市里的城堡、隐于密林深处的城堡……这些城堡大多建于中世纪甚至更早一些的时候。那时的德意志四分五裂，有权势的王公贵族便营造城堡作为防御工事，后来这些城堡也便成为其军事实力的象征。当时的统治者也把城堡当作享乐的行宫，因而将它建在极佳的风景点。那些古堡除了充当军队的营地外，也是骑士们习练剑术的场所。德国的城堡曾接纳过流亡中的马丁·路德，在城堡里，他用了十个月的时间完成了《新约全书》的翻译工作，为他以后的宗教改革奠定了基础。曾经辉煌的许多城堡如今已沦为废墟，它们带着历史的尘埃，诉说着悠悠岁月……

在德国的日子，走上城堡，我走进了远古；走出城堡，我走进了现实。随着时光在现实和远古中穿梭，那个在我的世界里遥远而陌生的德国，也因此而感性起来。

（写于2015年）

运动在欧洲

在欧洲不算多的日子，一多半的时间我都没有忘记运动。

运动，是缘于习惯。前些日子没有运动，是因为出发时忘记带运动鞋。在从德国去丹麦的途中，抓住那唯一的购物机会先买了双运动鞋，次日清晨便开始了我在欧洲的第一次运动。

那是在"乐高"附近的小镇比隆——一个距乐高乐园仅五分钟车程的地方。我们下榻的是Hotel Svanen Bilund酒店，酒店就在离马路不远的路边。临窗就可以看见马路。

晚饭后，孩子们为明天的演出排练，我和几个朋友去散步时，发现酒店对面有个不大的游乐场，顺着游乐场往里走，发现了一个被铁丝网围起来的空旷的场地。这真是个运动的好地方！我由衷地在心里赞叹。

翌日，天还没有大亮，我便起床了。全副武装后去了那个侦查好的运动场。晨曦里的运动场空无一人，看着既非塑胶亦非草坪的运动场，我纳闷为什么是沙石地面。难道这是丹麦人的运动习惯？我不管三七二十一，开跑！一圈下来，用了十多分钟。在这么宽敞的运动场上，心无旁骛地跑着，竟身轻如燕。当跑到第三圈时，我突然发现远远地迎面跑来一匹马，心里便咯噔一下，糟糕！莫非这是个跑马场？

难怪是沙石路且有动物蹄痕。是因为我占了它的道来逐客的吗？不会踩踏我吧？无处可逃，只有硬着头皮见机行事了。马越来越近了，我才发现马身后拉着一个小小的两轮车，两轮车上坐着一个手拉缰绳的中年男子。我这才长长地嘘了口气，继续我的运动。我又突发奇想，何不和马赛跑呢？可是，即使是加足马力也只有无可奈何的份儿！这时，一束阳光正好照在马的身上，枣红色的皮毛泛着亮光，我注视着它矫健的身影与我越来越远，我也便将那妄想收回来，安分得一如往常。可是，突然，身后开过来一辆庞大的洒水车。我拼命地跑，终于躲过一劫。

但好景不长，第六圈刚过了入口处不远，"汪汪、汪汪"传来了清晰的狗叫声。我警觉地四处张望，就见在运动场的入口处，一只大黄狗隔着铁丝网向我狂吠。我放慢脚步往后退，以防它跃过铁丝网猛扑上来。这时候，除了已经走远的洒水车，运动场空无一人，就连那匹拉车的马也不知去向。那只狗一声紧似一声地叫着，我的心提到了嗓子眼，继续一边往后退一边观察动静。突然，狗的叫声逼近了，原来，那个家伙绕过铁丝网跑到入口处来了。这时，我担心它一跃而上扑将过来，"救命"都到嘴边了，可我紧张得发不出声，因为不但周围不见人，而且我连用英语咋说"救命"也忘了，真有种叫天天不应、喊地地不灵的绝望。过了一会儿，我发现它只吠而不动。慢慢地，它走得越来越远了，叫声也越来越小了。我快速地逃离了那个让我胆战心惊的运动场。原本打算跑十圈的我，因了这些奇遇，只跑了六圈便草草收场。

这，便是我在欧洲的第一次运动，刺激而惊险。

当晚，我们下榻在Comwell Rosklide酒店，一个靠近乡村又离大海不远的酒店。房间与外界连接的整面墙都是玻璃，透过玻璃，可以看到浩渺的天宇下一轮皎洁的明月，可以听到外面的虫鸣，我一下子便喜欢上了这个迷人的地方。

翌日，迎着朝阳，我又开始了新一天的运动。万丈霞光将刚收割完毕的一层层的田野与草地连成一片，参差不齐的黄与绿由近及远铺向望不到边的天际。一条乡间小路蜿蜒伸向远处。散发着泥土清香的小路牵引着我来到了一个村庄。此时，村庄还在沉睡中，一切都是静静的，沐浴在霞光里。几乎家家户户，院落里都有树，码过似的整齐。门外是掩着窗的绿植、静美而鲜艳的不知名的花、精心修剪过的花圃，这一切都在告诉我，这是一个生活幸福、有情调的人家。穿过村子就是一条不时有汽车疾驰而过的马路，也不知通向哪里去。于是我便掉头向来路跑去。穿过村子和那片迷幻般的田野，小路把我又引到了大海边。大海仿佛还在梦乡，远处海天相接。这时，就见几只灰鸭游过来，划破了水面的宁静。岸边的木桌椅水墨画似的定格在晨光里……

刚到达哥本哈根的那天，晚饭后散步时，发现了酒吧一条街。工作了一天的哥本哈根人，似乎都来到了这条街上，街道不宽却全是人，路边的酒吧也挤满了人，座无虚席，他们悠闲地喝酒、聊天。边上有条并不怎么宽的运河，一直通向大海，河面上有来往的船。我心里想，运河两岸应该是个不错的跑步场所。

次日天刚亮，我就跑到了那个酒吧一条街，却没想到，一字儿排开的大卡车把运河两岸挤得严严实实的。于是我只好向着反方向沿街道而去，穿过了也不知几条并不宽的街道，拐过了也不知几个弯，发现了一个公园。于是，沿着公园的河堤而行，就看见很多正在晨练的丹麦人，有单身的男女，也有一家三口，有母女一起的，有父亲带着儿子的，还有牵着狗的老人。河岸这边是高大的树，树下有路；河对岸是修葺得很齐整的草地，一直铺向高高的河堤，河堤上还是晨跑的人群。

我最喜欢那一河的水。水面开阔而宽敞。我不由得疑心这是在郊外，因为在我的潜意识里，这样宽阔的河怎么可能奢侈地在城里？它那么宽那么阔又有那么多的树绕着、那么宽阔而平坦的草地陪伴着，而且一眼望不到边。它就那样静静地流淌着，不急不慢。清晨的阳光轻柔地抚摸着河的脸颊，河便羞红了脸，闪着碎金子似的光。一边的河岸全是树，高高低低的树倒映在水里，水被蓝色的天空浸润着，水面上绣着一团一团的绿。在这样的河边晨练，心情是愉悦的，脚下是轻盈的。不知不觉中，时间过得飞快，该回去了。

出了公园，跑过几条街道，没想到的是我却找不到回去的路了。我用不太熟练的英语想让哥本哈根人给我指路，却三问而无果。心想，小小的哥本哈根怎么也不会弄丢一个大活人吧？就凭印象沿街而跑。可是跑了也不知几条街道，周围的一切却越来越陌生。时间不允许我乱跑了，正要给导游打电话求助时，一抬头却发现了那条运河。真是踏破铁鞋无觅处，蓦然回首，那人却在灯火阑珊处。

当晚还住在哥本哈根的那个酒店。第二天，就要告别这个小巧的国度、美丽的城市了。我抓紧这最后的时刻，起得比先前哪一天都早，直奔那条已经流进我心里的河。经历了前一日的迷路小插曲，我不敢再张狂，便格外小心。出酒店门，左拐穿过几条大街直到公园。今天我沿河的另一岸跑，岸边铺满地毯般的草地，还有高高的堤坝。穿过公园，有一座铁索桥，过了铁索桥有一扇高大的门，门里面清一色的红色房子，有军车和穿军服模样的人，就连门口守卫的雕像也是全副武装的军人。往左右各有一条通向河堤的路，上了路便可沿着高高的河堤绕河一周了。如果说沿着河边林荫下的河岸路是愉悦惬意的，那么，在河这岸高高的河堤上则心旷神怡、神清气爽。绕河一周后，我听到教堂正在敲钟，便去了先一日观光的女神雕塑群。当时，处处是人，摩肩接踵，而这时空无一人，女英雄高高地站在牛拉的战车上，喷泉刚好洒在战车上，整个雕塑群在喷泉里、在阳光下熠熠生辉，那座尖顶的教堂在蔚蓝色的天幕下仿佛卫星发射似的冲向天宇。

就要离开欧洲了，我却留下了遗憾。那座有着古城堡的美丽的小镇，那座有着童话般的瀑布、清澈的湖水、幽静的池塘和隐匿的桥梁的威廉高地公园，那座如梦如幻的长发公主城堡，等等，都是别样且美丽的地方，我却在这样美丽的地方错失了运动的机会，这既是遗憾也是希冀。看来，还得计划第二次欧洲之行了。

（写于2015年）

东瀛之旅

应朋友之邀，去了趟日本。同行的有四五个好友，还有一群在途中认识的朋友。一路上心情甚是欢畅。

这是我第一次去日本。

我是通过书本和荧屏认识日本的。一个小小的日本，能在二战后的重创之下迅速崛起，成了世界上的经济强国。作为一个普通人，我想探究其中的缘由。这从一直陪伴我们的当地导游和司机身上似乎能窥探一二。

说"小日本"，真是名副其实。所过之处，屋子小、道路窄，就连电梯也小得让人匪夷所思，空间只有我们的一半甚至三分之一那么大，标明可载九人，可实际上载五六人便已发出警鸣了。

可一踏上日本便一直载着我们的那辆车，着实不小。每次上车都有馨香扑面而来，有樱花香、茉莉香，抑或玫瑰香。可同行的一位朋友愣是闻不惯这个味道。车子每个座位后面每天都会整齐地码着两个塑料袋，是用来装垃圾的。每次我们吃饭时，司机就开着车转，一直等我们用完餐，因为停车场太小，没位置停。导游陪着我们前前后后，感觉司机是没用过餐的。可每次上车或是下车时，他都精神饱满、彬彬有礼地说着我们听不懂的日本话，从神情上看是礼貌问候语。几十个人的行李箱，全由他一人搬运。那位导游徐小姐，是个二十多年前来日本的上海女子。她身材苗条、皮肤细腻，说话似莺歌燕舞。我们坐上车，她就精神饱满、声音洪亮地开始讲解了，当然说的是有关景点的故事及沿途风光、人情，多余的废话一点儿没有。其对工作认真负责的态度，是有目共睹的。仅就我们近距离接触的这两个生活在日本的男女身上，我大概知道了这个小小的国家在世界上立于不败之地的缘由。陪我们一路走来的徐导说，带日本团她最省心。

来到日本，富士山是绕不过去的。以前从图片上看过，只觉得它神秘，也仅此而已。如今一整天围着富士山转悠。我们隔着一条河，目光掠过水面，看向富士山，山是雪白的、枫叶是火红的、天空是蔚蓝的、银杏叶是金黄的、树是碧绿的，真可谓绚烂，绚烂围裹着的富士山更显得洁净不俗。

我们先去了附近的忍野八海。不大的忍野八海似乎汇聚了海的精华，却比海更清澈更澄明。那水是泉水，清得连细小的灰尘都尽收眼底，清得连"海"底的水草根须的漂动都看得一清二楚。这里是一个一不小心被遗留在人间的仙境吧？水里分明有空灵的气息在流动。我们这些俗人排了长队去泉那边净手净身，然后喝下据说可治百病的圣水。我纳闷，这水为什么那么清呢？是从没有见过的那种清，是让人的五脏六腑都一清二楚的那种清，它会清冽到你心的最里头。水边转动的风车，墙外临水处挂着金黄的玉米、火红的辣椒，小桥，茅舍，琳琅满目的土特产，无不在告诉你，这里是一个从古老中走来的民风淳朴的世外桃源。从被枫林染红的平和山上远观富士山，就有了另一种感觉，它仿佛变成了一个成熟且泼辣的大嫂。

我们是从东京出发去富士山的，一路上山路不算短也不算长。国内的山巍峨高耸，行在山间须得仰视，人有种被压迫的感觉。可在日本完全不一样，山体开阔，路边时而还会看到轻盈的芦苇在摇曳，飞驰的新干线、磁悬浮研制所和多个兵工厂及高精尖的研制所大都隐在郁郁葱葱的森林里。据说，研究工作单调、枯燥，这些绿色的植物会养眼也会安心，人性的关怀可见一斑。经过大约两个小时的车程，富士山的身影出现在了前方。

秋季的富士山已是白雪皑皑。久违的雪，一下子精神了人的眼。可怎么一点儿也感觉不到冷呢？原来细心的司机不知什么时候已将空调暖风打开了。

传说很久很久以前，有一位叫笃郎的伐竹老人，在山林深处伐竹时，发现了一个三寸的小女孩。带回家养了三个月以后，小女孩便出落成了美丽的姑娘。有许多青年男子向她求婚，天皇也加入了求婚者的行列，但都被姑娘婉言拒绝了。原来这姑娘是天上的仙女，因为犯戒被贬下凡间赎罪。在第三年的八月十五中秋之夜，她必须重返天宫。走前，她为了答谢天皇，就给了天皇一包长生不老药。而天皇看到心爱的姑娘离他而去，一气之下把药放在远离皇宫的山间烧掉了。谁知道这包药却总是烧不完，总是冒着烟，因此就将这座山叫作"不死"或"不二"之山。在日语中"不死"和"不二"与"富士"的发音相同，富士山便由此得名。老人将自己上山所经之处做了标记，从山脚下的一合目一直到山顶的九合目。但游人只能到五合目，这已经足够了。当富士山一下子近距离呈现在你的面前时，反倒少了些美感。只是一个小土堆而已，还不甚高，像邻家的坡地麦田，只是没有麦子，或许麦子被雪覆盖了？

刚一下车，风"嗖"的一下就钻进人的衣领里，一阵刺骨的寒侵袭了我的全身，我不由得打了个寒战。一个老人引着我们进了超市，一下子暖和了不少。老人还给我们每人发了一个据说可以带给人福气的小铃铛。我将它系在随身的包上，那清脆的铃铛声便跟着我前后左右，连空气仿佛也欢乐起来，不那么冷了。山脚下的小木屋、青瓦红墙，给富士山增添了些许热乎气儿，一下子就让我想起了曾经拥有过的一张明信片来。

那张明信片里，目之所及，屋顶、桥梁、门前小路、小河、树枝上尽是雪。从窗户里透出一束光，里面有一个抽着烟锅的老人，老人身边有一只狗。炉火正旺，煮着一壶茶，老人在讲一个古老的故事，是有关东北大森林的还是富士山的？我想是有关东北大森林的吧，因为富士山有点轻盈，承受不起这古老绵长的故事。富士山宛若一个少女，身披轻纱，缓缓向你而来，你就有了梦幻般的感觉。还是让这面纱轻掩着的好。人就是这样，对于向往已久的美好，近处观之就有了种遗憾夹杂着失落。

山脚下木屋里的灯光都点亮了，我们该离开了。连落日的余晖也已模糊起来了，雪在路两旁奢侈地铺着，延伸到两边缓缓而上的森林里。

我倚着车窗，凝望着渺远苍穹上的那轮皎洁的月亮，月还没有满，却格外亮，透着股晶莹。我从没见过这样纤尘不染的月，像块玉挂在天海的眉心。不远处的星子闪着璀璨的钻石般四射的光芒，不知怎么了，心里仿佛被蜇了一下，脑海里浮现出挂在故乡上空的那轮明月……

（写于2013年）

296

年在远方

活了大半辈子，过年几乎都在家里，仅有几回在异乡过年，回想起来也蛮有意思的。

一

有生以来第一次在异乡过年，是十多年前跟了团去澳洲旅游。凌晨四五点的样子就出门，门外面是被冻住的积雪。为了减轻行李，我直接把凉鞋穿在脚上。那一刻虽然冻得瑟瑟发抖，但是心里有一团火。

到了澳洲要出关时，遇到了惊险的一幕。一只不大却异常凶猛的小警犬围着我们转来转去、闻来闻去，就是不放我们走，让人心里发毛。后来目标锁定在一个陕北的女性团友身上，她把随身包里的东西全倒在地上，什么也没有发现，可就是不放行。最后终于在她的包的夹缝里发现了米粒大小的牛肉丁，取出后，才顺利通过。

澳洲是个好地方。天蓝如洗，云白似雪。大大小小的帆船停泊在水面上，到处都有可以停泊的水岸。我们还没到酒店就先去了海滩。海滩上到处都是赤身裸体的老外，有个女子竟精赤着上身，旁若无人地与海浪嬉戏，引得不少男同胞红了脸。

　　我们到澳洲的那天，正好是大年三十。晚上下榻的是悉尼酒店。安顿好后，我们一家人走出酒店，地图把我们引到一条僻静的小路上，天上下着毛毛细雨，若有若无的那种。女儿手拿在酒店绘制的极简地图和儿子边走边看，我和老公静静地跟在后面轻轻地走着。细雨没有湿了衣衫却滋润了人的心。一户一户的人家在雨中静静地被黑夜笼罩着，路上几乎没有人，却一点儿也不孤独，有秋虫在叫。突然就看到漆黑里灯火通明的一户人家，门上贴着大红对联，还挂着一对大红灯笼，一下子，有种温暖的感觉流遍全身。心里酸酸的涩涩的，我突然就想家了，尽管家人都在身边。

　　我们走到火车站的时候已是晚上9:30了，上了地铁，坐了约一个小时的车，才到唐人街。这时，雨大了起来，我们出门时没有带伞。很多人在出站口避雨，有几个打着伞的外国人在雨里闲谈。有把黑色的伞特别大，可以把那个撑伞的胖子全装进去还绰绰有余。我告诉女儿也去买这样的一把伞，把我们全家全装进去。

　　满大街都是中国人。中国人在异国他乡找过年的感觉呢，可是真的太难了。街上人也不多，来到一家拥满了人的中国餐馆吃了顿不大正宗的年夜饭，也不知要去哪里，满街上乱转，人看人。在异国他乡看着我们的同胞，他们也看着我，却并没有说话，只是点了下头。

　　夜深了，人渐渐稀少，雨也越来越大。我们在异乡的第一个年被浇得湿淋淋的，但漆黑的小径上那一对大红灯笼却一直亮在我的记忆深处。

　　悉尼似乎一直在下雨。我们去了悉尼歌剧院、国会大厦，又看了袋鼠，还去了主题公园，坐在三十三米高的跳楼机上失声尖叫。

其间因为洗澡房的水漫到地毯上，被罚了一百美元，在去黄金海岸飞机场的路上丢了电脑，在国会大厦参观时丢了眼镜。唉！

告别了澳大利亚，来到了新西兰。这是一个牲口比人多的地方。印象最深的就是那个一直冒着白烟的活火山森林，滚烫的岩浆旁若无人地在翻滚，全然不理会过往的行人惊异的目光。这里处处可见大自然的原始状态，它们被很好地保护起来，就像一个纯朴的村姑，干净、纯洁而美好。那个年，那个在远方度过的第一个年，伴随着美好，也夹杂着些许遗憾留在了南半球的那些国度里。

二

后来，女儿去美国上学，那一年过年，我们来到了美国的洛杉矶。

大年三十一大早，我和老公早早地把从国内带来的红对联、红福字贴在女儿不甚大的黑色门两边，落地玻璃上也贴上了红福字，红福字两边是两个着唐装的童男童女娃娃在向着过往行人作揖，那样醒目那样鲜艳又那么喜庆。一个一个的老外看着大红对联、大红福字和作揖的中国娃娃微笑地点着头走过。老公喜气洋洋地穿上了红底金色福字的唐装。那只叫豆沙的小狗，嘴里叼着拖鞋撒着欢儿地跑前跑后。电视里正播放着中国国际电视台来自国内的过年新闻。我围着围裙正在剁饺子馅，老公整了一桌鸡鸭鱼肉。晚上八点整，饭菜摆了一桌子，冒着热气的饺子也端上了桌。一年一度的饕餮盛宴——春节文艺晚会也开场了。壁炉里的火燃得正旺。

那个年，那个在大洋彼岸度过的年，我们去了海边，去了拉斯维加斯，去了科罗拉多大峡谷，去了好莱坞环球影城及星光大道，还去了美国规模最大品类最多又最经济实惠的奥特莱斯。

三

有一年我们和表哥一家去了普吉岛过年。大年三十儿那天很晚才到了海岛上的酒店，这是真正的海景房，推开窗就可看到海，一望无际的那种。我们和表哥住在隔壁，拐几个弯才到两个少女住的海滨别墅。房间里的浴池大得像游泳池，光卫生间有两间房那么大。两个女娃娃享受了一次总统房待遇。过年是一定要理发的，大年三十晚上老公为已熟睡的五岁儿子理发，"鸡窝"的发型让儿子既顽皮又神气，后来遇到不少外国人要与他合影。晚上八点整，我们把家里带来的年味摆了一桌子——德懋恭水晶饼、咸菜、烧饼、老干妈、方便面，还有当地的热带水果，就着春节文艺晚会里传来的阵阵锣鼓声吃了起来，虽身在异地，却心回故里。

让人难忘的是，我们住过的酒店，皆如花园般，十分赏心悦目。

四

有一年在将近年尾时，我带着女儿，嫂子带着她女儿，我们两对母女结伴来到了巴厘岛。

那个山间的漂流着实让人欢喜。那个导游——黑而结实，但有黑白分明的眼睛和洁白的牙齿。我们帮着一起搬运工具到河边，起初水流并不大，一会儿，水流越来越急，险滩丛生，水流湍急。黑而结实的导游通体黝黑，脸黑、手臂黑，眼睛黑而亮。他趁我们不备把船开到飞瀑下，冷不防一条从天而降的瀑布把我们浇了个透心凉。"落汤鸡"们倒很爽，爽透了，旁边的小黑娃看着成了"落汤鸡"的我们，狡黠大笑，不过可爱极了，也顽皮极了。那一趟漂流险象环生，但也快乐满满。

后来在泡温泉时，满池的玫瑰花瓣让人欲醉欲仙，正陶醉间，瘦弱的侄女晕倒在温泉池里。

后来，在去游玩时，带了瓶"精油之国"的精油，留用至今，仍念念不忘，馨香至今。那种奇异的香时常让我忆起那一趟巴厘岛之旅。

五

2020年的年是在美国度过的。那个年太特别了。因为那一年的年，是有生以来第一次不是关注年的喜庆和欢快，而是被疫情牵着心揪着神，即使远在大洋彼岸。

我们最初到的是奥克兰。奥克兰的湖像一面镜子，把周围的楼房、树木和湖岸的草尽收眼底，路面宁静而洁净，我便想起了鲁迅先生的《药》中华老栓走过的那条路。湖的最北边过了桥是一片长满荒草的地方，我总是不由得想起《秘密花园》里的小主人公初到英国时经过的那片神奇而充满野性和故事的荒原。过了马路，湖畔小路旁红叶落了一地，二楼有位坐着轮椅的小姑娘，黄昏时分，燃烧的晚霞让这一泓湖水战栗不已。

迈阿密的国家湿地公园像个极有学养的智者，将极漫长的湿地公园的前世今生不急不缓地向你娓娓道来。那沼泽中无人处盛开的荷、那泽水漫漫的远方、那不知何时已坍塌的码头、那不知在沼泽

301

中长了多少年的灌木、那枯枝上偶尔开出的淡淡的小花、那在雨中垂钓的满头白发着红衣的老者，还有那只在桥旁一动也懒得动的鳄鱼，它们都定格在我的记忆里挥之不去。

我们真正的目的地是风城芝加哥，那可真是名副其实的风城，它无与伦比地冷。那儿的雪不是下，是砸！砸得人脸疼。那天黄昏去城区游玩，回家途中下起了雪。一会儿工夫雪就把路埋了，可一眨眼工夫，雪就被风扫干净了。风像刀子似的往身上刮，刮得人站不稳。童心未泯的女儿竟抓了把雪堆起了雪人来，风大得几乎把人能刮跑，她却还自得其乐。一会儿，一个有鼻子、有眼窝的小雪人站在了路旁，真是可爱极了！我拉女儿回家，她却还依依不舍地向小雪人挥手道别。

在芝加哥酒店二十七层的房间，极目远眺是安大略湖。芝加哥的安大略湖像梦一样缥缈在那条湖心的码头上，有穿着黑色风衣走向远处的男子的背影，潇洒而浪漫，我突然就想起了高仓健。还有那个穿着红衣裙的女子，把自己定格在芝加哥丛林似的城区背景的湖面上，迷人而极富韵致。还有那个二层楼的小镇，每天清晨我们会穿过长长的街道去那里的鲜品店采买。

后来，告别芝加哥到了旧金山。旧金山是名副其实的阳光之城。下午五点多下了飞机，阳光照得人睁不开眼。在异国他乡生活了二十多年的北京人杨哥和他的一家人开的海鲜店里过了把海鲜瘾后，便在深夜来到了高尔夫公寓。每天的清晨和黄昏我都会和老公一起去那个我们发现的小镇走走。小镇静极了也美极了，我们在那个晨曦里几乎没有见到人，房前屋后的花花草草在独自开放，一缕缕阳光透过绿树洒在洁净的路面上，把树的影子拉得很长很长。我把自己长长的影子和树的影子叠在一起，阳光把我和树合二为一了。旁边那个高尔夫球场真大啊，草绿得人心旷神怡，偶尔的一树的婆娑把草地渲染得越发碧翠。自个儿开着球车的老外大多是白发苍苍的老者，他们无不友好地向你点头问好。我至今忘不了的是公寓通往球场的桥头那棵高大的树下的白色椅子和桌子，树旁的花儿开得艳极了，清丽而妖娆，总是看到有个老外拿着个大个头的吹风机在路边吹来吹去。

年里，在美国的那些日子，我们皆是自己做饭。每天的功课便是去超市，购买新鲜的食材，但这里没有馒头只有面包，我真想自己蒸一回馒头，无奈总是找不到发酵粉，只好作罢。

在不同的地方过年，年也有了别样的味道。其实，年在哪里过不重要，重要的是一家人在一起过年。

（写于2021年）

基韦斯特小镇

从迈阿密出发，四个多小时的车程，到基韦斯特小镇的时候已经是午后一点多了。

基韦斯特是美国最南端一个美丽的海滨城市，与古巴隔海相望。

停了车，我们便直奔海边。这里人不多，有很多高大的椰树，人们身着短衣短裤、趿拉着拖鞋。一派热带风光，充满了异域风情。一眨眼工夫，我们仿佛从秋天倒回到夏天。

这里是热带却并不闷热，有凉爽的风，日头也并不毒。旁边有粉蓝、粉绿、粉黄的美人鱼形排椅在树荫下妩媚地等着你。

不宽的街道两旁是叫不上名字的茂盛的热带阔叶林木，它们像热情得过分的艳舞女郎。道旁有垃圾箱，垃圾箱四周有色彩鲜艳的热带植物，热情泼辣的大妈似的。车灯长着长长的眼睫毛，像靓丽的青春少女。

背街小巷也有服装店，门面不大，进去却不小。共同的特点是冷气森森，但都非常洁净，大多是夏日服装与用品。我去的时候顾客没有售货员多。

有一家店里，人明显比其他店多了不少。门口立一牌子写着：

五元店。在美国的这些日子，很少见到五美元的东西，好奇心吸引着我进去，里面商品琳琅满目，竟比别家都丰富。我给先生淘了件黑色毛边的汉褂，非常酷，很配他。还买了一双纯白的拖鞋、一条星条旗浴巾，以及一件白色和一件宝石蓝的卫衣。每件都是五美元，真划算。

来到这个海边小镇的意外收获是见到了海明威的故居。需要排队参观，每人十五美元。这是一个二层的小黄楼，他在这里生活了九年。一生娶了四个妻子。他的第一任妻子和他生活了六年，当她把自己最好的朋友宝琳介绍给自己的丈夫认识后，他们发生了轰轰烈烈的婚外情。很快，宝琳成了海明威的第二任妻子。正在参观的这所房产就是宝琳的叔叔以八千美金资助拍得的，宝琳从世界各地运回物资装扮了这个居所，他们在这里养育了两个儿子。海明威与第二任妻子生活了十三年，后来又与具有迷人魅力并目标明确的金发的战地记者玛莎认识并让玛莎成为他的第三任妻子，他们共同生活了五年就匆匆分手。1946年，著名作家玛丽·威尔士成了他的第四任妻子，他们有众多共同的爱好——钓鱼、狩猎、滑雪等，这成为他们婚姻关系的基础，直到他1961年去世，他一直和玛丽生活在一起。

这位世界级文豪的居所，原是一个海军军官的家邸，这家人得病去世后闲置了四十年，被海明威的第二任妻子宝琳打理成如今的样子。二层楼有很多房间，被打理得精致典雅，很多家具是从欧洲运回的。宝琳不愧是时尚杂志的主编，审美情趣非凡。二楼后面有间幽静的居所，是海明威的写作办公室。他每天六点起床把自己关在这里写作直到中午十二点，下午去钓鱼、饮酒等。

房子周围是高得都要够到楼房的热带阔叶植物。房屋四周被浓郁的热带风光包围着。饱满而高大的植物伸到二层楼那么高，地面的树荫小道遮天蔽日，植物恣意地狂野，让这里跟毛姆笔下的斯特里克兰创作的高潮时期生活的环境极为相似。也是在这种环境下，海明威的创作达到了前所未有的成就。他是用生命在创作。

酷爱拳击的海明威一次出行回来发现，宝琳花巨资将他的拳击场改为了游泳池，海明威随手将一枚硬币抛向泳池以示抗议。直到今天，海明威扔的那枚硬币依然在泳池里。那个游泳池直到今天依然是当地最大的泳池。海明威最伟大的作品《老人与海》的原型是他最好的钓友——福恩特斯，一个古巴人。

这个美国最南边的海滨小镇因为海明威而闻名于世。走在这个陌生的小镇上，不认识一个人，但仅知道海明威一个就够了，他赋予了这个小镇精神和意义。这里的街道并不宽，和你见过的任何南方海边小镇并无二致，但是因为海明威而有了别样的意味。

到了太阳快落山的时候，我们来到了一条满是人的街区，各色人等摩肩接踵。我原本还在心里犯嘀咕，还景区呢，这么点人，原来是没有进入主街区。突然有了小时候跟着母亲逛集市的感觉，又亲切又陌生。街道两边挤满了一个挨着一个的店铺，各种各样的店铺，眼睛竟看不过来了，我盼着天不要黑得太快。前边看到了吃食街，街道两边坐满了人，他们在凉风中边聊天边吃美食，闲适而放松。好不容易选了家有空座位的店铺，龙虾、牛排的味道真不错，在街边摊吃了顿正宗的海鲜饭。女儿说，早知道应该计划在这里多待几天，天天逛着也不会烦。

习习海风吹过，吹乱了我的长发，黄绿色的丝巾像风筝似的被风带起，飘在咸腥味的空中。海边有架望远镜，女儿在望远镜中瞭望古巴，我看到了一艘船在苍茫的大海中越来越清晰了。

　　不知不觉中，夜色降临了。满天的星星俯视着大海，海浪一波一波的，比白天大了许多。海风吹过，有一丝凉意。就要离开这里了，我没有说再见，因为，有机会我一定还会再来的。

　　迷人而美丽的基韦斯特！这个诞生了《老人与海》的迷人的海边小镇！它会留在我记忆的深处，永不褪色。

（写于2020年）

那不勒斯码头

到达佛罗里达州那不勒斯小镇的时候，太阳快要落山了。

这个仅有两万人口的小镇，有长长的海岸线、洁净迷人的海滩。那狭长的栈道伸向海里，这里也是最初的码头。

这里游人并不多，风出奇地大，空气中甚至有冷冽的味道。洁白的沙滩上只有一个胖女人拉着一条白狗在转，岸上有林木掩映的别墅。

我们沿着木栈道向大海走去。蓝色的海水咆哮着、翻滚着，一浪又一浪地拍打着海岸，像个脾气暴躁的男人。太阳像个孤独的孩子，无依无靠地挂在无边大海的远方，可太阳光直直地射在人的身上，便有同样耀眼的光辉四散在周身，镀了金一般。头发在头顶群魔乱舞，耳郭上细细的绒毛都清晰可见。

女儿和老公在玩全景拍摄，穿着人字拖的女儿，来不及追镜头，干脆脱了鞋光脚满地跑，同一镜头里竟有三个形态各异的她，或跑或跳或做着鬼脸，真是个长不大的孩子。受她感染，我这个半老徐娘也蹦进了镜头里，放浪形骸。有鸟在身后的水面低飞，飞飞停停似在海面觅食，也有那高飞的，迎着太阳飞去，似在追日，又旋即飞回在头顶盘旋，顽皮如孩童。也有不怕人的鸟，飞落在木板上，飞累了在休息吧。突然想起高尔基的《海燕》，那个孤独的勇敢的搏击大海的海燕，这群在海岸嬉戏飞翔的鸟里也有它们的一员吧？

时间一分一秒地过去，不知疲倦的海鸟依然在海面翻飞。风似乎更大了些，有人来也有人走。不知不觉中，太阳离海面更近了些，像个光着脑袋的顽皮的小娃娃，就连耳朵似乎都那么清晰，外面罩着层淡黄色的光圈，再外面是橘红色的光晕，在烈烈地燃烧，海面也被镀了层赤金色。在落日余晖的抚慰下，大海平静了许多，但似乎依然气息难平，一起一伏地呼出压抑心头的闷气。

那海水、那太阳、那鸟、那海滩，还有更远的远方，我依然觉得没看够，老公和女儿已经催我好几遍了。在太阳扑入大海怀抱的那一瞬，我奔向已经走远的老公和女儿，栈道仿佛一下子在我身后黑了下来。

走到洁净的街道上来，一阵悠扬的琴音传来，循声望去，是一个胖女人在街角拉小提琴，那琴声真的有专业水准。我站在马路的斜对面凝望着她，沉浸在琴音带给我的美妙里。那琴音仿佛一股潺潺的溪水流进心的深处，那里有阳光在闪烁、小鸟在欢唱。能听见花开的声音，连同空气中的花香都能闻见。这时，就看见有个开着黑色小轿车的男子拉开车门，打赏那琴师。我的心似乎被什么蜇了一下似的，也想走过去，但终于什么也没有做，在再一次响起的琴声中默默走开。我敬佩那些音乐人，他们以自己的方式给了人灵魂的抚慰。

天已经黑定了，路灯把这个小镇照得如梦如幻。高高的路灯架下挂着一篮子旺实的花，高大的椰子树上缀满了无数一闪一闪的指头蛋大小的灯，发着光的椰子树像个手插在衣袋里的时尚男青年，和同伴一起吹着口哨、扭着身子。小镇不大，两边的店却不少。大多在门外摆了铁桌藤椅，桌边的人不多，但坐下来的大多两两饮酒低谈，有不多的人在就餐。房檐上有流苏式的灯带瀑布似的垂下来，廊柱上有优雅的壁灯亮着。

走来转去，不知道进哪一家店。突然，我看见街边摆在木架上的一幅画。那幅画淡青色的背景像笼了一层轻雾，白色、淡紫色、粉蓝色的小舟散在寂静的水里，有细细的桅杆就在小舟顶端，远处隐隐约约的有一排临水的房子。画面干净、淡雅，笼着层轻梦似的，一下子就吸引了我的目光。走进门里就发现里面有更多的画，还有一个老者。攀谈起来才知道，这些画皆出自老者之手，有幅蓝色海水翻涌的画已被人以两万五千美元的价位订购。一幅幅的画里倾注着老者对大自然的敬畏和对生活的理解。

进了一家女儿热搜后评价不错的意大利店，我们要了一份龙虾、一份比萨、一份面，味道还真不错。还有最后上的一大杯冰水。这些日子，只要在外面吃饭，一概是加了冰的水，竟也习惯了，胃也没有不舒服。牛肉天天吃，却也不积食。中西方饮食的不同，造就了体质的不同。国人大多喝热水、热茶、热咖啡，年青的一代人在西化，冷饮加热狗。

初来小镇的时候，透过橱窗，我发现了一家真丝旗袍店，其花色或清丽脱俗，或火辣热烈，图案奇特新颖，款式别致多样，便铆足了劲儿想要进去看看。只因怕错过码头的落日，遂作罢。饭前欲去，饿得咕咕叫的肚子抗议，又先去吃了饭。吃过饭，再去时，门已上了锁。唉！可能我们无缘！缘分就是这样，抓住了，就结了缘；错过了，也便永远错过了。

街边店铺大多打烊了，连那个卖油画的店铺也关门了。打烊和没打烊的皆静悄悄的，生怕惊扰了小镇的宁静。这个靠着旅游业支撑的小镇，不慌不忙不紧不慢地迈着脚步，踏实地走过属于自己的每一天。

夜深了，从头可以看到尾的码头小镇寂静得分外迷人。路面洁净得一尘不染，路灯依然高悬着，月光的清辉洒了一地。街边的装饰灯依然热情不减地明亮着，那高挂在树梢的孤灯如清寂的妇人在等待着丈夫归家。

我最后看了一眼夜幕下的那不勒斯码头。此时，天空深蓝得如绸缎一般，似乎在酝酿着一个甜美的梦……

（写于2020年）

在芝加哥的那些日子

到芝加哥市的时候，天近黄昏，雪下得正欢。

下榻在位于市中心的TRUMP酒店。酒店门脸太不起眼了，只有一个小侧门，一次仅容一人进入。一个戴火车头帽子、穿着翻毛领长大衣的白人矮个子男青年，很有眼色地推来了一个长方形的拉货车，帮我们拉大包小包的行李。前台站着两个人，这就是酒店的全部工作人员。

站在二十七层的高楼上极目远眺，灯火点点，如星河灿烂。高高低低的楼房如帆船，纵横交错的道路如桅杆，运载着这个两百七十万人口的城市在"摩天大楼的故乡"里运转。

2708是我们的房间，在二十七楼，这是个五星级的酒店，还可以做饭，真是意想不到的惊喜。在芝加哥的日子里，我们把特朗普盖的这个二十七层的房间变成了"家"。

在这个家里，我第一天就干了件蠢事。为了给刚买回来的肉蛋奶腾地方，我把冰箱里的有价食品误放入冷冻层，结果，酒瓶碎了，酒流了一地，人却醉在满屋的酒香里。

次日一大早，便去了香港人开的华人超市，那真叫一个脏！尽管贴着春联、挂着红灯笼，做足了"中国年"的气氛，可是，乱摆乱放的货物随便堆在地上，地上一坨一坨的污渍、一片一片的水痕，销售人员说话粗喉咙大嗓门，跟骂街似的。地方不小，却拥挤不堪。我有点疑心那些食物会不会不干不净。

到了下午，和朋友约好了在星巴克见面。我们到星巴克时，朋友早已在二楼靠窗口的位置等我们了。谈完事，朋友先行告辞，我们继续在星巴克里徜徉。据说这是美国也是全球最大的星巴克店，它把工厂搬到了店里，把店建在工厂里。操作间就在面前，如此逼真又如此神奇。我纳闷，那一个一个硕大的管子是如何把可可豆变成香味浓郁的咖啡的？我围着那些大家伙转来转去也没有看出个所以然来，只好作罢。

从星巴克出来，已是黄昏。天上又飘起了雪花，昨日的雪还堆在路边。起风了，帽子、围巾也挡不住冷风的侵袭。梦露的巨幅照片在闪烁的灯影里独自妖娆，艳丽欲滴的红唇诱惑着过往的行人。

走进一家正在大促销的服装店，一下子暖和了不是一星半点。和女儿各自淘了一大堆心仪的衣服，老公坐在奶油白的开放式沙发上等着给我们买单。混血的俏丽女侍者如花蝴蝶般，头上扎了条华丽的丝巾将浅棕的卷发包起来扎在脑门上，配以同样色系的圆形大耳环、同色系的毛衣，她黑白分明的一双眼睛十分灵动，可以说是热烈而不失庄重，俏丽中又透着雅致。我怂恿老公和"花蝴蝶"合了影。

从服装店出来，一家艺术馆吸引了我们。进去发现，只有一个年轻漂亮的女孩子守着店，墙上挂了多幅名画。经过高科技处理的画儿像有灵性似的：薰衣草在斑斓的夕阳里热烈地把自己燃烧；虬枝似铁的树在红遍天的大火里似一个极尽妖魅的舞者，又仿佛以肉眼可见的速度在裂变繁衍的细胞；河边是一树婆娑的粉，艳阳天似的，地上是浓厚中透着亮的绿，绿草间缀以点点的白，粗矮遒劲的树干上有淡绿的苔藓，一河的斑斓，河对岸是绿得厚实的苍翠的山；一望无际的向日葵在缕缕晨曦里如纯净的处子般轻颤；最后的那幅红枫叶——服务员领我们来到密室，如被深藏闺房的待嫁女子，在闪烁的光影里，那片片红叶在微风中轻颤，红里透着光，光里透着亮，亮里有明媚，明媚里含着妖娆，又纯净又妖娆，那么触手可及又那么空灵遥远，缀在叶尖儿欲滴的露珠晶莹剔透，画面简洁却又蕴含无限。可以说，这里的画幅幅精品、张张惊艳，使用了一种经过特殊处理的新技术，让那些大家之作以更美的姿态呈现。

夜拉开了帷幕，街上依然有不少人，雪下得似乎更大了，穿了厚厚的棉衣也冷得人直哆嗦。冷飕飕的风直往脖子里、衣服里钻，雪是"砸"在脸上的，竟有些生疼。没一会儿，风又大了起来，如刀子似的割人的脸，吹得人站不稳，路上的雪被风吹起了一堆一堆。女儿十分顽皮，用几乎冻僵的手在马路边的台阶上堆了个巴掌大的雪人，有鼻子有眼，还像模像样。

这样寒冷的夜晚最适合坐在温暖的火炉前。一家人围坐在壁炉前包着饺子，整了几凉几热几个菜，就着饺子。一家人团圆在二十七楼的天空。几杯红酒下肚，我竟有了些醉意。

年在远方！

芝加哥是名副其实的"风城"，风大，雪如麻。在来芝加哥的飞机上，赠送的礼物就是唇膏和护手霜。我最厚的棉衣都抵不过芝加哥的寒冷，风刮在脸上似乎是带了刺的，硬生生地疼。站在二十七楼的窗前，能听见雪砸在窗户玻璃上的声音，地面不一会儿就积了厚厚的一层雪。一楼门口的门迎穿得似大笨熊，总觉得他是从冰天雪地里走来的俄罗斯人。

在芝加哥的日子里，最常光顾的地方是十四楼的健身房。起初，我在十四楼转来转去就是找不见健身房的门。服务员冷眼旁观，看怪物似的看着我，不知道我要干什么。不得已，我抱起拳在她面前原地跑动，她心领神会，领着我，穿过长长的通道，有一扇不起眼的门，推开后，才发现望不到头的狭长房间里，是各式各样的健身器材，很多我还没有见过，真是长了见识。跑步后，我在各种各样的健身器材上一一试手。最心仪的是那台放松的机器，圆形，直径约一米，厚五十厘米，站在上面，感受被"整理"的快感，真是从头发丝到脚尖的震颤，散了架似的，但是放松过后却感受到前所未有的舒坦。

在十四楼健身房的窗前跑步，我最喜欢看地面上来往的行人和那一条条横跨大桥通向远方的马路。周围都是林立的高楼，我就在其中的森林似的楼宇间，远处那栋上面有着圆圆塔顶的高楼，楼顶四角又有四个圆塔，长方形主楼体的上面还有三层，且层层递进，整栋楼十分高大，像位荷枪实弹的士兵，威武而英姿飒爽。有一条泛着波光的河，河上有一字儿排开的至少四五座桥把河的两岸连接起来。河里有船，河上有桥，桥上有车，桥下的河道上有一两个行人在风雪里疾行。远方是蔚蓝的海水，一眼望不到头，据说是五大湖之一的密歇根湖。我一直想沿着河岸的那条路去远方的湖，可是风雪阻止了我，未能如愿。我知道，有机会我一定会走近那河那湖那缥缈的远方。

离开芝加哥城的前一天，女儿带我们去了千禧公园，那个因有个"大扁豆"而著名的地方。路边有厚厚的积雪。七拐八拐之后，终于来到了那个公园，此时已经有不少游人，空场地上积了厚厚的雪。公园门口有个下沉式广场，铺了厚厚的雪，原来是个滑雪场。穿了红棉衣、黄棉衣、白棉衣的少男少女们三个一群两个一组滑起来，风一样在雪里旋，看花了我的眼。拾级而上，一边是白桦林，一边是空地，皆铺着雪，厚厚的一层。回望时，蓦然发现了那个亮闪闪的"大扁豆",这个"大扁豆"把周围的楼房、树木、人群、道路一揽入怀。站在豆外的你和站在豆里的你,彼此互望着,我在神奇地看着另一个自己。我和自己握着手,逗着自己笑,和自己挤眉弄眼,真是太神奇了!

终于要离开芝加哥市区了,五大湖在我的期盼里落了空。在郊外的Roscoe Village居住的第三天,要去日内瓦湖游玩,五大湖又魔法一般出现在眼前,我直喊女儿停车,不去日内瓦湖,也要去梦寐以求的五大湖看看。

因为车在马路边不能久停,我拉着老公飞快下了车,一路奔向五大湖。

走近了才发现,举世闻名的五大湖真的是名不虚传。浩瀚无边的大,一望无际的蓝,惊心动魄的美。沿湖有树,树边有路,路上有人,或骑行或奔跑或行走,皆悠然自得。我们走向延伸至湖心的那条路,路上结了厚冰,湖水几乎与路面齐平。站在码头上,回望芝加哥城,群楼林立,密而高耸,海市蜃楼般"漂"在水的中央。我把最鲜艳的红衣裙穿在身上,以芝加哥的群楼为背景,在五大湖边"搔首弄姿"。为了更好地拍我,老公摔了个狗吃屎并弄湿了鞋袜,但这并没有减少他拍摄的热情。

老公沿着一路的冰走向远方的湖,那湖缥缈而不真实,老公仿佛成了电影镜头里浪迹天涯的男主,手插在衣兜里,黑色的风衣被风微微吹起,愈走愈远,潇洒极了,也酷极了。

就要离开芝加哥城了,离开这个把我冻得不行了的城市,离开这个"风"一样的城市,离开这个高楼大厦的"故乡",忽然心里有点不舍,有点惆怅。

(写于2020年)

芝加哥小镇Roscoe Village

　　约莫一个小时的车程，我们从"Trump"来到了Roscoe Village，当时已是午后时分。清晨高挂天空的太阳也不知去了哪里，天上有了薄云。比起芝加哥城，此地的风已收了锐气。

　　这里的街道并不宽，有车零散地停在道路两边。我们的2139房子不知在第几条街靠中间的位置，是一个有着三层楼的小洋楼。推开临街的黑色小铁门，上了三层楼梯，便进了一扇白色的门。门口有个婴儿车。我们在二楼，楼梯是和扶手一样的赭色的木头，楼梯上铺着豆沙红的脚踏布，狭窄的楼梯仅容一人通行。

　　推开门，首先看见的是一椭圆形深赭色木桌，有四条酒红色方巾平整地铺在餐桌两端，白色的小瓶里是绿色的花。最神奇的是悬在餐桌上空镂空的硕大如冠的缀满小星星的灯，灯光打下来，小星星洒满了桌子。靠右边是一个奶油色的双门立柜，柜子靠墙有一个圆形的大镜子正对着餐灯，镜子里全都是闪烁的星光。餐桌墙后有葛丽泰·嘉宝和一个男影星的画像，画像两侧有两扇百叶窗，左侧靠窗的位置有一个半人高的落地灯，像个随时听从差遣的小侍童。葛丽泰·嘉宝下面是可坐三人的酒红色麻布沙发，上面有两个黑色绒布靠垫。用餐时，有明星一直陪着，胃口也会大开吧。柜子上有错落有致的工艺品，餐桌下面是斑马条纹的地毯。这个一进门便夺人眼球的餐厅，典雅而灵动，让人一下子便有了食欲。

餐厅左边是客厅，铺着灰色地毯，与酒红色的布艺沙发成了绝配，优雅而不俗。靠垫是各种花形的小抱枕，像一群顽皮的孩童。沙发上方是几幅精致的画，顶上有木质吊灯，地面还有落地灯。对面的电视上方有个不宽的平台，上面是精致的工艺品，旁边是三扇独立的百叶窗，圆形的黑色小茶几安放在中央。

往右便到了开放式厨房，那里摆放着一圈木质的柜子，柜子上面有与柜子同色的高低不等的罐子，还有大肚子的酒瓶。地上铺着防水地毯，刀、叉、勺有序地摆在抽屉里，高高低低的玻璃杯像列阵的士兵，大小的餐盘整齐地码成两叠，就是缺碗和筷子。洗碗机和烤面包机家家必备。

卫生间不超过五平方米，但里面有连成一体的洗衣机、烘干机，有嵌着镜子的洗漱柜，柜子侧边叠放着白色的浴巾、中巾、小毛巾。镜子上方有台板，有四个一组的带罩射灯，墙上有小巧的组画。另一个有浴盆的卫生间，也一应俱全，白色的门、白色的面盆、白色的窗台、素色的分挂在两面墙上的画、整齐码在一起的毛巾、三个一组的射灯。两个卫生间的灯光比外面亮得多。不大的空间被独具匠心地使用。卫生间精致、洁净，让人油然心生暖意。

三间卧房不算大却间间精致温馨。墙面的小画、床头的装饰、床边的小灯、窗前的绿植都十分精致，房内装的是百叶窗。可以说一屋子都是浪漫与情趣。我突然就想到了曾经看过的韩国电视剧《浪漫满屋》，但这里更多了情趣与人文情怀。

突然下起雪来。透过玻璃窗，看见雪成片成片地落下来，一会儿工夫玻璃窗外积了厚厚一层，我从没有见过这么大的雪。古诗上说"大雪降如麻"，今天真算见识了。

　　雪停了，出了小屋，来到外面。依然冷，路边的积雪又添了一层，路面上的雪没有坐住。这座小镇有蛛网似的街道，小镇上的人不多，两边都是店铺，但没有多少人光顾。我们进了一家"古董店"，宝贝真不少。女儿淘了件精致的小怀表和铜质的小象，怀表像电影中有身份的人常戴的那种，可以放私密小相片。

　　我和老公常常迎着晨曦疾走。第一次差点迷了路，尽管我们说好了只沿着一条街向一个方向走。在路上，遇到了一座漂亮的教堂，便走了进去。台上有一个披着神父黑袍的男人嘴里发出叽里咕噜的声音，身边有两个披着披风的小童，真像一对小天使。我们装模作样地在木质的排椅上坐着，其实什么也听不懂。出来后，便迷糊了，差点找不着北，回不了"家"。

　　我喜欢在这小镇的街上散步，有老公陪着也行，一个人独行也可以。这个冬天的小镇，干净、典雅，到处都是绿植，许多房子前面的空地上开满了鲜花。菊花开得到处都是，散漫而颓靡，让人极想堕落。

　　沿着路边的人行道走，人不多，也清静。路边的房顶都积着雪，路边也是。一切都静静的。我一下子就喜欢上了这个芝加哥近郊的小镇，尽管这里也冷，但少了芝加哥城的风。有拉着狗出来散步的人，并不多，擦身而过时也会相互问候。我沿着另一条街道一直走，一直走，走到尽头，我用脚步数着这个小镇有多少条街道，一条街道有多长，横着的、竖着的，一条也不放过，真像坐在飞机上空看西安城，阡陌纵横。这里每两条街道之间会有一条窄而小的道路，道上积雪深厚，有冰，家家户户的后门口都有高而大的绿色垃圾桶，站了一街道，等待人们投放垃圾，它们站成了一道风景，在窄而幽静的道上。道上有冰有雪，人很少。

绕过垃圾桶有片空地，是停车用的。

以前总以为美国商业味太浓，没有人情味，不懂情调。其实不是这样的。尽管这里的街道并不宽，但家家户户的门前屋后都精心打造，造型奇特的矮树或草地、门廊上迎风而舞的铃铛、门上挂着装在篮子里的花草……

沿着门前街道，跨过五个街区，有家超市里面全是有机食品，琳琅满目、应有尽有。东西是贵了点，但物有所值。蛋、肉、奶都挺便宜，但蔬菜太贵了，可是真新鲜啊。拿了袋小胡萝卜，小手指长短的小胡萝卜，有成百个挤在透明袋子里，你推我、我推你，可爱极了。提在手里走在街上都充满了情趣。

我最喜欢闲散地走在街上，看这里的建筑。这里的建筑以红、白、灰为主色调，千姿百态，各具特色，有错落有致的尖顶、各具神态的嵌窗和悬窗等。沿着整条街道走，会有一种不真实的感觉，你疑心自己一不留神就走入了神话世界，成了这里的一分子。沿着门口的台阶走上去，就如走进了童话世界，每一扇门里面都演绎着一个动人的故事。

我们住的房子的右侧是一间缩到后面的小红木屋，屋顶有烟囱，有木格小窗。院子铺满了雪，厚厚的一层。院子里有红色的小圆桌、白色的椅子。一院子雪，没有人。有小鸟在枝头跳来跳去。

2139对面的那条街道往里走有一家音乐酒吧，外面是露天酒吧，黑色的大伞收了，像个秃鹰耷拉着硕大的脑袋。黑色的桌面被雪覆盖着，靠街的栏杆上也积了层雪，有枯草的条形花栏杆上也是雪，枯草被雪压弯了，不堪重负的样子，却颇有情趣。

住在这里的每一天，我几乎都要去小镇的街道上走走，迎着日

出，踏着夕阳，细数着天上的星斗。经过一家家街边小店，遇到喜欢
的推门进去看看，尽管大多时候什么也没有买，但店主仍很热情地和
你说"hello""bye—bye"。

在这里住了一周时间，离开时竟有些不舍。这一生，也许不会
再来这个小镇了。但我知道，它会一直在我心里，某个时刻会让我
的心疼一下、眼酸一下……

（写于2020年）

纳帕的酒庄

来旧金山不去Napa Valley，就如到贵州不去茅台镇。我们下榻的酒店附近就有酒庄，朋友怂恿老公去酒庄做义务灌酒师，终未如愿。但一定要去Napa Valley的酒庄。

酒庄，这两个字听起来，瓷实耐听又掷地有声，给人一种神秘、美妙、浪漫、幽深又有故事的感觉。

国内的很多影星也在国外投资酒庄，总让人有种赝品的感觉和跟风的嫌疑。酒庄，那是扎根在土地里的东西，是内心里对土地对酒有情结的人为梦想打造的家园。酒是酒庄的灵魂，酒庄是酒这个精灵的栖息地。酒庄就像一个忠心于主人几百年的仆人，把主人的精神思想、喜怒哀乐经过岁月酿成琼浆玉液，惊艳世人。酒庄和它的主人经历了人生的风风雨雨，一起走过了很多年。

那天临近中午，我们启程去Napa Valley。一路上，山川、道路、房屋、原野，风景如画，令人心旷神怡。两边林木葱茏，山道弯曲，车行其间，似电影中的画面，我的心便跟着车飞驰起来。经过了平原、经过了山地，一片一片的葡萄园出现了。正是早春时节，褐色的葡萄藤上已抽出了嫩芽，地上却是一片葱茏，绿成毯的、黄成片的各种植物间种在葡萄藤间。那一株一株的葡萄藤横成行，竖成行，斜也成行，无论从哪个方向看，都笔直成行。一个个葡萄架就像英武的战士，身板笔直地坚守在田间地垄。葡萄架下套种了绿植，远远望去，葡萄像绣在绿毯上精美绝伦的画，那耀眼的黄成一片的是油菜花。

Napa Valley似平原又有起伏，似山地又不见峰峦。是平原上的山地，是山地里的平原。远看有山，近看有水，依山傍水，钟灵毓秀。有一条笔直的宽道通向园子深处，屋舍俨然，有树有车亦有人。如晋代陶渊明笔下的"采菊东篱下，悠然见南山"，这里采的不是菊而成了葡萄，那便是一处一处的葡萄酒庄，似悠然于世外的桃花源。宽阔的道路又接了地气，有仙气的地方接了地气便是人间的美好。

顺着这条笔直的道路往前走，再拐个弯，就是V. Sattui酒庄了。

有些年代的古树、石头砌成的房子、长长的走廊、高高耸立的城堡瞭望台、成排堆放的橡胶木桶、葡萄藤搭起的廊道、长在墙里的枯藤、弓形的木门和木窗、从房顶垂下来的绿藤，垂了满墙，镶嵌在绿藤中的小小窗户是小姐的闺房吧？窗后可有小姐在等心上人归来？

一层有一排大房子，里面摆满了酒，挤满了人，有品酒的、观酒的、买酒的、卖酒的。仔细看看，约分为三个区域。左侧的是嫩粉和白色的酒居多，酒瓶造型奇特，这里是"白仙粉黛"区，为女士专供。我尝了一口，甘甜、清新而有淡淡青草的味道，如晨曦中缀在叶尖将滴未滴的露珠，也似少女清纯灵动的眸子。右侧的是"赤霞珠"区，围着一堆男人，我也挤过去呷了一小口，顿感似有一股强力在身体里横冲直撞，如排山倒海，沉浑厚重、狂野霸道，有王者风范。这是男人的酒。在中间的是果味红酒，瓶身细高，如亭亭少女，也有艳粉的、蓝粉色的，妖冶如艳舞女郎，适合正餐过后饮用。它仿佛是黄昏时洒在山坡上的最后一缕阳光，似恋恋不舍，但终归铅华洗尽，恬静淡然如挂在皎皎空中那一弯月牙。

女儿选了款果味红酒，老公提了一瓶"赤霞珠"酒，儿子挑了一堆巧克力、糕点之类，我为自己选了一瓶"白仙粉黛"酒。这里的酒都是自产自酿自销。我常常睡前喝一杯红酒助眠，但说真的，很少喝到这样鲜美纯正的葡萄酒。我想起了一句俚语——宁吃鲜桃一口，不吃烂杏一筐。

从那间大酒房出来，太阳的余晖把整个酒庄照得如梦如幻，枝繁叶茂的古树就像一个童话的开始，一切都笼在落日的余晖里。一阵钟声响起，仿佛在酝酿着讲述一个古老的故事，这个古老的故事就发生在这个有些年代的城堡里。这个飘着酒香的城堡下面是偌大的酒窖，偌大的酒窖里藏着一群酒的精灵，氤氲在酒香中的城堡连同周围土地上的生灵们一起沉睡在酒的王国。

古堡的下沉式广场早已摆好了白色的桌椅，身穿白色上衣、头戴白色高帽的师傅一手执餐盘一手背身后，鱼贯而入。从三楼、二楼、一楼，再到下沉式广场，沿着扶梯两边的走廊一路有鲜花指引，犹如花的溪流。晚上篝火燃起来了，人们跳起来了，寂静的酒庄在夜幕下沸腾起来了。

天几乎黑了，整个酒庄依然沉浸在灯火通明的狂欢里。月光下，我们踏上了归途。

（写于2020年）

旧金山城的那些地方

从"风城"芝加哥坐飞机到达旧金山机场时，是下午五点半左右。但是头顶亮晃晃的太阳让人睁不开眼，天没有一点儿要黑的意思。阳光穿过空气，好像是直射下来的，天空又清又亮，空气中有种清冽的味道。孩子说，旧金山是著名的"阳光之城"，难怪呢！

美国著名作家威廉·萨洛扬说："旧金山本身就是艺术，超过一切文学的艺术。每个街区都是一个短篇故事，每个山岭都是一部小说，每个家庭都是一首诗，每个居民都有不朽的灵魂。"

旧金山城的那些山

旧金山城本身就是一座山城。俄罗斯山是旧金山的一个街区，也是旧金山的一座山丘，因俄罗斯领事馆坐落该地而得名。俄罗斯山前方是个明显的大陡坡，一脚油门踩下去就能开进前方不远的海里。远远望去，蔚蓝的天空下是一望无际蔚蓝的大海，海边停满了船舶。俄罗斯山街道两旁是不高的建筑，有三四层的，也有仅两三层的。一层是分隔开的落地玻璃的向街房，二层是灰墙灰窗的房子。道旁是一棵又一棵树身洁白枝叶茂盛，树冠婆娑的树，树冠极其茂盛，就像个子不高的女人却长着一头大爆炸头发。主树干不高，却长着比身子还长的树枝，又层层叠叠，及至根根树枝伸向天空，就像举着无数火把。那些绿色的火把远远望去就如一团团绿色的蘑菇云，一棵棵树像一排排戴着钢盔帽的士兵，日夜护卫着身后的主人。墨云似的树团后面，是灰墙红顶的房子，窗户都安在棱柱形的壁上，窗户形状皆呈扇形，窗户顶端大多雕有锯齿状的窗楣，犹如给那些窗户戴了顶有流苏的帽子。就像全副武装的少数民族少女用清澈灵动的大眼睛望着你。街道开过的车、行走的人以及周围的建筑和绿得浓密得化不开的树一并被收纳进万花筒似的落地玻璃里。

和俄罗斯山毗邻的是诺布山，此处的建筑风格与俄罗斯山完全不同，全是简欧风格的建筑。窗户的帘楣是倒挂着的高脚酒杯，窗户亦是棱柱形的，楼的上下层皆是小门小窗，像生活不济的穷人家。门前道路边的树矮而稀。后来才知道，诺布山是富人区，可只瞅了一眼就不大喜欢，感觉就是个穷人区。

这些地方只是路过，我们真正的目的地是九曲花街。

九曲花街

九曲花街是一条长一百八十米，但坡度很大，有八个急转弯，可以说是九曲十八弯的街道，官方称为伦巴底街，被誉为"世界最曲折的街道"。

从街口往下看，一条长坡道通向很远的地方，两边皆是居民小楼。紧挨居民小楼的是仅可一人通行的小道，伴着花坛中的玫瑰花蜿蜒而下。居民小楼的阳台、院落与背后的山及远处的海浑然一体，九曲花街被夹在两边的居民小楼之间，宛如峡谷。不过，峡谷间流淌着的是风中摇曳的花、缓行流动的车，两岸是观景的人。

花流淌得满花街都是，夹在花间的九曲道路，胆小的人绝不敢上道冒险，那胆儿肥的也提心吊胆如蜗牛般爬行，一趟下来绝对会汗湿衣衫，但这一趟刺激的冒险会让你终生难忘。

街道弥漫着花香，远远望去，如同斜挂着的绒绣，千百种花汇聚成花的海洋，空气中弥漫着奇异的花香的味道。站在最高处，放眼远去，整个花街都仿佛被踩在脚下，一直延伸到远方，直达湛蓝的旧金山海湾。顺着两边的道路徐行，就如在画中行走一般。居民小楼的院落各具特色，那门楣上的藤、那窗户外的竹、那墙上垂下的一片绿藤，无不体现他们对生活的热爱。

华灯初上，九曲花街分外惹眼。九曲十八弯的街道两旁灯火通明，夜幕下的九曲花街，犹如一条游龙蜿蜒在花海间，壮观极了，也惊艳极了，你会疑惑这是天上人间。

唐人街

告别了九曲花街，我们开车直抵唐人街。

沿着狭窄的街道徐行，远远就看见一座高高的白色尖塔仿佛在道路中央，在蓝天的映衬下显得格外耀眼。寻塔而去，突然看到蓝天下高高飘扬的五星红旗！那么鲜红地飘扬在异国他乡的上空，多么亲切又多么美呀！一下子我的眼眶就湿了。我拿起手机，连拍数张，要把它印在心底。

在缓坡的街边停了车，步行去唐人街。唐人街有十六条街，十万华人生活在这里。主街格兰特街上都是店铺，栩栩如生的龙飞翔在街的上空，红灯笼挂满了街道。各家店铺都夸张地竖写着古体的汉字的店牌，出售各种小玩意儿的杂货铺、讲究的珠宝店，听到的是汉语，说出的是汉语，处处彰显着中国元素，这些无不告诉你，这是一个中国城，这是中国人的地盘。这里喧闹而热烈。

找了家广东人开的餐馆吃了顿不算纯正也还凑合的中餐，餐馆里的外国人不少，印度人居多。菜的味道不错，就是分量太大了，我的同胞真是厚道的中国人。看同胞在异国的土地上赚着异国人的银子，我心情大好。

吃完饭，在街上溜达，就看到街口有个广场，信步拾级而上。这里围了一群一群的人，有下棋的、拉二胡的、闲聊的，还有人直接躺在地上晒太阳、睡暖觉，更多的是坐在石长椅上晒太阳闲聊的人，多是中国老头，也有外国人。有小孩子穿着中国老式棉袄在花栏的石台上爬上爬下，脸上抹着已干了的鼻涕，让人心生怜爱又不由得心酸。唉！可怜人在哪里都可怜啊，我的同胞！我心里很不是滋味。

驻足旧金山唐人街牌坊楼，一大两小三个绿色的牌子，如母亲一左一右拉着两个孩子在匆匆赶路，一赶就到了异国他乡的土地上。牌坊楼里外是完全不同的世界，里面是一个小中国，处处充斥着中国元素，一墙之隔的外面却完全是另一番模样。

金门大桥

几次经过金门大桥，只是坐在车上远观，这一次一定得下车去瞧瞧。

七弯八拐之后，终于来到了桥下，没等车停稳，我便急不可待地推开车门跳下车。

终于可以近距离触摸这座闻名于世的悬索桥了。据说，至今建成70多年的金门大桥由27000根钢丝绞成，每根钢丝重6412吨，巨大的桥塔高227米。站在桥下，仰望桥塔，高大又雄伟！我如小矮人站在庞然大物前。桥上的行人如蚁，红色的桥索、红色的立柱在蔚蓝的海天之间显得雄伟壮观，远远看过去，宛若巨龙横亘在1900米长的海面上。桥下海水翻滚，桥上一片宁静，不时有车呼啸而过。

人真不少，但风出奇地大。风吹得女儿刚下车又跑回车上。有个男子正在车后换沾在身上的亮蓝色的潜水衣，我裹紧大围巾向海岸走去。

极目远眺，蓝色的海面风平浪静，远处影影绰绰有许多建筑。看似平静的大海，海浪声却排山倒海，不断撞击拍打着海岸的礁石。我直拉老公离岸远点，免得被浪打湿衣衫。

我心中纳闷，处于美国中北部的芝加哥是风城，可旧金山已到了西海岸却依然有不逊色于芝加哥的风。家人们抵不过不断袭击的风，纷纷上了车，我却还寻找着最佳的角度要把这座美丽的桥印在记忆的底片上。

双子峰

双子峰是旧金山近郊的两座并行而立的海拔八十多米的自然山丘，被早期的西班牙殖民者称为"印第安少女的乳房"。车只能停在山丘下面，我们顺坡道步行，爬上陡坡，上了一座高台，这里已经有不少人了。

　　站在这里，可以俯瞰整个旧金山城。旧金山城好大呀！一眼望不到边，星星点点的灯光延伸到无尽的远方。夜黑风大，周围一片寂静。放眼望去，整个旧金山市尽收眼底，就连金门大桥也清晰可见。我的眼睛都看不过来了，因为满眼都是点点的灯光，那是高低参差的楼房里透出的灯光，就像撒落人间的无数明珠，熠熠生辉。烟火人间，人间烟火，让人无限感慨。我在想，每一扇窗里都有一个温暖或悲凉的故事吧。我的心又热又凉，世间多是几家欢笑几家愁，让人心安踏实之余又百味杂陈。

　　这时，就看到有年轻人放着音乐扭起了迪斯科，动感的音乐引诱得我也蠢蠢欲动，老公一把拉我走开。

　　后来，在离开旧金山的飞机上，我透过玻璃窗，又看到了夜幕下的旧金山，不由得想起双子峰上的那一幕幕。可能是因为处在更高处吧，一个别样的旧金山城如一幅异常美丽的画卷，徐徐在眼底展开。旧金山仿佛被灯火点燃了，金门大桥、旧金山海湾、双子峰都已看不清了，无尽的连绵的点点灯火将黑夜渲染得如梦如幻。在天上看旧金山，楼影幢幢、灯光点点，海岸线曲折蜿蜒，梦幻而迷离。在天上俯瞰人间烟火，真是无尽的美。

（写于2020年）

在温莎的那些日子

　　到达温莎的时候，天已经黑定了。温莎的夜空蓝得异常深沉，宛如一张硕大的幔笼住了一个轻梦。

　　没费多大工夫，就找到了我们住的4205，四号楼二层的第五个房间。西方人简单明了，不绕弯子，直戳戳把信息推给你。推开门，一尘不染的房间里，开放式厨房与餐厅和客厅连成长长的一片，落地式百叶窗把阳台隔在外面，壁炉的火烧得正旺。墙壁有多个暗门，拉开却是洗衣机、烘干机、衣帽间，还有个大家伙深藏不露——两米宽的一张大床。两个纯白的卫生间宽敞明亮，像穿着一袭白色连衣裙的姐妹俩。

　　低调优雅的高尔夫酒店式公寓竟然有早餐供应。多个高大英俊的年轻男士彬彬有礼地站在餐厅门两边，一个眼窝深陷、目光深邃、留着八字胡的纯种美裔随我们一起走进餐厅，简单得不能再简单的早餐，他却一直陪着，并喋喋不休。老美真是算盘打得噼里啪啦响——推销他们的旅游项目。一顿简单的早餐，我们竟吃了几个小时，女儿心慈面软，就当练口语了。真可谓"天下没有免费的早餐"。

　　早已去外面溜达的老公发来了照片，上面是一望无际的草地、一池清澈的湖水、一排挺拔的树、几只戏水的灰鸭，背景是湛蓝的天空。我走出餐厅，和老公一起，在风里徜徉。院子真不小，有十多个独立的建筑群，花草树木、泳池、小径都在其中，既统一又独立。有修剪花园的工人，更多的是推着高尔夫球具的老人。没有见过清洁工，却见拿着一个大吹风机的人在路上吹，吹过的路面一尘不染。

沿着草地来到那座满是树木的桥，白色的木桥把酒店和高尔夫球场连接在一起。桥头的草地边有一张黑色的圆形铁桌，四把白色的椅子围一圈，如众星捧月。老公坐在白色的椅子上，白色椅子在绿色草地上，绿色草地远处是蔚蓝的天空，一棵老树伸着长长的手臂，镜框一般把那画儿一样的景致揽入怀中。我用镜头把老公连同椅子、草地和天空透过树杈尽揽入镜，宛如镶嵌在树杈间的一幅画。粉艳艳的花在树下开得正欢，妖冶魅惑又清丽脱俗。草尖的露珠映出了这个晨曦中的世界，空气中弥散着花香。

跨过桥，看到一个高尔夫球场，一个个高大而满头银发的老人微笑着向不打球只观看的我们打招呼。球童开着小黄车忙个不停，多个黄色球车小将似的手挽手臂连臂排成一长队等候着它的主人光临。

桥的另一端是一个爬满藤的木门，里面似乎藏着无数的秘密，诱惑你走进去。推开门，里面是个小园子，有条长廊，长廊下有辆花车，还有两棵枝繁叶茂的老树，长长的树枝在空中纵横交织，如手臂般在高空牢牢握起。老树下是个舞台，舞台背靠一个足有两米高的绿篱，其间缀着无数小灯，一条一米多宽的路通向树下的舞台。舞台后面是树林，舞台边上是潺潺的流水。可以想见，在有月光的晚上，这里幽静而森然；灯光闪烁的晚上，又会有一番何等喧闹的场景。

后来，我不止一次来到这里，也不止一次怦然心动。

这里的俱乐部真不少，有高尔夫俱乐部、运动健身俱乐部、游泳俱乐部、旅游俱乐部等，我们去得最多的是台球和乒乓球俱乐部。室外的篮球场是老公和儿子最爱去的地方，靠窗的阳台下面的温泉池是我最常光顾的地方。我喜欢那个温泉池，氤氲在一团热气中，仿佛一个轻梦。每天清晨便有一个工人清扫，尽管温泉池里的水蒸腾着热气。我常常喜欢坐在阳台黑色的圆桌旁听着音乐看着喜欢的书，温泉掩映在阳台下面的绿树间，充满了邀约之意。常常有人坐在高大的古树下面的排椅上看风景，他们也成了我眼中的风景。

我喜欢走在夕阳里，穿过绿汪汪一眼望不到头的草地去湖边散步。夕阳连同岸边的树影、房屋全倒映在湖里，有水鸟从水面掠过，灰鸭在水里游，它的头冠竟是绿色的，它高昂着头旁若无人地游过，骄傲得像个皇后。

黄昏时分，我常常沿着那条两边有着白色栏杆的沙石路走向深处，最深处通向一处农庄。一块空场地上有农用车辆，有灯光，有人影。白天在草地上悠闲吃草的牛马羊群业已归圈。老公说，不要过去，美国人有枪。我走过去，有枪的美国人向我们点头微笑打招呼。

院子里最多的是老树，一棵一棵的老树。虬枝盘旋，苍劲有力，如一个饱经沧桑却依然开朗乐观的老人，在向你讲述一个地老天荒的故事。星光满天，树影婆娑，犹如童话世界。远处的灯光又把我拉回人间。

在这里的每一个日子，闲适淡远，心如被羽翼拂过。天那么蓝，云那么白，树那么绿，草那么嫩，花儿那么鲜妍。是秋天？春天？我明明刚从冰天雪地中走来，这里却还有穿着短衣裤的人从身边走过。在这里我迷惑了，我大概走过四季……

（写于2020年）

Shiloh Greens小镇

发现那个小镇——Shiloh Greens，完全是在偶然中。

在离开旧金山的前三天，习惯了晨练的我们，向门前那条道的右侧去探索。马路右侧是条干涸的河，我们沿着河岸一直走，走了不知道多久，碰到一个同我们一样晨练的人。这时我们才发现左侧有个小镇。那个晨练的男子就是从左侧的小镇跑出来的。

我们左拐便进了小镇。这时，才后知后觉地发现，那个小镇一直就在河堤的左侧。与温莎仅一河之隔。

走进去，小镇安静得仿若无人，怕惊扰了什么似的，我们不由得放轻了脚步。初升的阳光一缕缕倾泻在房顶上、树上、停在路旁的汽车上和路上。路上看不见一个人，甚至连条小猫小狗都没有，一切都是静静的，一切都沉浸在万分的寂静里。可是路旁明明有汽车，门上明明挂着花篮，婴儿车也还放在门口，窗外一丛丛一簇簇的花儿在独自怒放。从日日的喧闹中走来，走进这个万籁俱寂的小镇，仿佛走进了梦乡里。一切都是那么静、那么美、那么如梦如幻，宛若沉睡中的处子。在缕缕的晨曦里，我的心一下子如六月天喝了冰水般熨帖，仿佛闻得见空谷里幽兰的芬芳。

见惯了日头下的喧闹，从没有遇见过一个小镇如此这般。它在阳光里沉睡，在沉睡里静美，在静美里纯粹、清寂，在清寂中落落大方。

房子是清一色的独门独户，却又天然地连在一起。清一色的白墙灰瓦，人字形屋脊，统一的百叶窗，门廊和窗户的造型各具特色。门前有精心修剪过的绿树和花草，有开得艳而寂的花——娇嫩的粉、明艳的黄、魅惑的紫，纯粹而热烈。那门廊里，没有男人走出来，没有女人走出来，没有小孩走出来。可是，你知道，他们就在屋子里，就在恬淡里，就在幸福里，就在他们想过的日子里。

通向马路的小径上，木屑中生出一小撮的嫩绿，脱俗得让人心疼；石砾中长出暗红的一团团一簇簇多肉植物；丛林似的仙人掌，绿叶中绽出艳黄的一簇簇喇叭花，明艳而热烈。拐过街角有一树的艳粉，妖娆而妩媚；马路上飘落的花瓣，白中带粉，粉里含丹，在微风中战栗，含羞带娇。鹅卵石绣在石板间，像一幅画在马路上的画，树影斜斜地盖在马路上，像极了荷枪实弹的高大威武的士兵。竖起的木栅栏上有绿的叶红的花，像是趴在墙头对你笑的顽童。路边定格在四四方方的石槽间比鸡蛋小一点的鹅卵石像一群你挤我挤你光着身子对着你做鬼脸的小调皮。那些美，一双眼看不过来；那些静美，纷至沓来，叠加在一起，排山倒海向你袭来，在这静静的晨曦里，在这缕缕的初阳里……

在不知第几个十字路口，有一个街心公园，初阳静静地在公园里挥洒着，一棵老树像个老园丁守护着这一园的宁静。终于看见了一个人，一个老人拉着一条黄狗走向园里，初升的阳光洒在老人身上，也洒在狗儿的身上。围着园子的是一圈的房屋，依然没有人，只有清晨的阳光静静地挥洒着。

接下来的每一个清晨，我都会来到这个小镇，像一个如约而至的恋人。小镇一如既往的静，一如既往的美，一如既往地在静美中沉睡，也一如既往地直击我的内心。我静静地用脚步丈量它的每一寸土地，用眼睛注视它，用心灵感受它，感受它带给我的舒坦与抚慰。

就在离开的那一天清晨，踏着晨曦，我来向小镇告别。我走过每一条街道，细数着，把它们印在心扉，那些树、那些草、那些花儿、那些门廊、那廊下飞舞着的风铃、那窗下的一树碧绿、那墙头的一串红、那墙角的一抹绿、那些百叶窗、那些敞开着的窗户……

我竟然迷了路，怎么也走不出去。找不到那条河，找不到那一望无际的高尔夫球场以及小镇后面那条通向远方的马路，找不到引领我来到这里的那条寂静的河堤。虽焦急，暗地里却庆幸，那是小镇在挽留我吧，那是小镇也不舍我吧，它摆个迷魂阵在逗我玩吧？

它依然在沉睡，它不知道有个钟情于它的女子就要离开了，也许这一生我们将不再重逢。可我没有悲伤，只是喜悦地把它的眉它的眼它的一切尽收心底，放入记忆深处……

（写于2020年）

走过原始森林

暑期的最后几日，我们来到了云南的西双版纳。最后一日，有半天自由活动时间，我们便去了西双版纳热带原始森林。

免票的旅行车将我们送到一座桥边，我们便独自前行了。过了桥，一群小猴撒着欢儿向我们跑来，当我们走近时，冷不防"蹿"上来，在你的臂上、肩上，甚至头上，这儿挠挠、那儿摸摸，顽皮得孩子似的，给点吃的，便一溜烟没了踪影。

我们一行六人，四个大人两个孩子。竹子搭的小路弯弯曲曲，湿而滑，高大的树木遮得我们只能看到星星点点的天光。脚踩的地方是湿漉漉的，手扶的地方是湿漉漉的，就连周身仿佛也是湿漉漉的，空气更是湿漉漉的。你却并不难受。

我们小心地前行着，当孩子胳膊般粗细的树枝手挽手肩并肩地横在道上时，我们只能匍匐而过。高大的不知名的古木无言地挺立着，从河谷伸向天空。走在路上，我们无法触摸到它们的身躯，却可以感觉到它们力争上游的信念。也不知什么时候竟然出了太阳，我们的身上、脸上、胳膊上满是树叶筛下的阳光和影子。

一路上，几乎没有碰到其他行人，在这个看不到边际的森林里前行着，四周一点儿声音也没有。我觉得自己仿佛在走向亘古，突然间就觉得自己已差不多把生命交给了这静寂的原始森林。

不知不觉间，蜿蜒的小道把我们引到了河谷，沿着溪岸向前走着，心儿就像那欢快的溪水，我依稀感觉到了森林的心跳。盘根错节的古木，伸开它长长的根须，我猛然间觉得那是一群赤膊的硬汉，为了枝干的高大而无私地献出了自己的一生，正是这一群坚忍而刚毅的硬汉，才造就了这座茂密的原始森林。那根上分明镌刻着力与美，我抚摸着那些盘根错节的躯干，突然间觉得自己有了无穷的力量。触摸着它们，我仿佛触摸到了光阴的脉搏，看到了历史留下的脚印，听到了历史走过的足音，感觉到了历史呼出的气息。

走在森林里，更像走在童话世界里。轻盈的雪花从天空中落下，给森林披上了层洁白的纱，雪将森林装扮得圣洁而梦幻，童话里的小仙子在森林的雪屋里欢快地跳舞……

突然，一条小孩子胳膊长短的小青蛇从我们行走的溪岸爬过，孩子吓得尖叫起来，我也连忙后撤。身强力壮的弟弟说："蛇已经跑得没踪影了！"我这才蹑手蹑脚走回来。这一惊，走路便万分小心了，对脚下的路格外仔细起来。

当我们走出森林的时候，我却有了种走进故乡老屋的感觉，母亲正在家乡的村口向我挥手。突然就想起，老屋的那面南墙顶上有一个孔，在有太阳的中午，母亲和姐姐在灶房做饭，便有一束阳光斜射进来。那时候，我总喜欢用手去逮，也不知逮什么。但那光影里有无数的尘埃的微粒，不停地飞舞着。在原始森林里，童年的这个画面一次又一次地再现，撞击着我的心扉。

森林是人类最初的家园。走过原始森林就是走过人类最初的家园。走过这个湿漉漉的雨后的原始森林，生命仿佛更酽、更醇、更厚了。

（写于1999年）

语

人

时光里的母亲

在我的时光里，没有了母亲，已经快三十年了。

没有母亲的日子，故乡的天不再蓝，云不再白，草不再绿，河水不再欢唱。先前充满欢乐与温暖的老屋也变得空荡荡的，院子里落了一层厚厚的树叶，一屋子的冷清。

老屋于我，便是母亲，母亲于我，便是故乡。自从老屋里没有了母亲，我与故乡之间便有了莫名的隔膜。近乡情怯，故乡成了我一生走不出去的雨季。

我常常羡慕那些挽着母亲的手悠闲散步的孩子，和母亲有说有笑、靠在母亲肩头、倒在母亲怀里撒娇的孩子，逢年过节围着母亲的孩子，和母亲有说不完体己话的孩子，甚至在母亲病床前的孩子。母亲，这个世界上最平凡最朴素的称呼，哪怕我喊破嗓子，也没有人再应了。

母亲走了，却把绵长的思念深深地留在了儿女的心里……

记忆里，母亲总是不大精神，但不大精神的母亲，从没有歇息过。从里到外，一家子大大小小八口人的吃穿用度都要靠她一个人操持。那时，我们姊妹多，还都未成年，父亲常年在外地工作，到周末才能回家。母亲除了料理家里的一大堆事，还要到生产队劳动挣工分、口粮。我们放学后，妹妹们捡柴火、拔猪草，年龄稍大点的我帮母亲搓捻子、纺线，母亲则在织布机上织布。常常，我一觉醒来，看到母亲又在纳鞋底。母亲的一双手像会变戏法似的把家里大大小小的衣服鞋子全变了出来。在那个贫穷的年代，我们姊妹穿着母亲亲手缝制的合体的粗布衣裤，常引来羡慕的目光，在村里走过时，我们心里美滋滋的。

每到核桃树上挂满絮儿的季节，母亲就和本家董姓婶娘一起在我家长长的院落里经线。一头是把纺成的线码好堆放在一起，另一头有两个木橛，把线缠绕在木橛上，一圈又一圈，一人负责来回架线传送，一人负责把传来的线整理好。母亲一双手一高一低架着线，在院落里来回穿梭，把长长的无尽的线以经纬的方式传送整理，这是织布前的工作。我们常在架着线的母亲身旁疯跑，母亲骂也骂不走，也便由我们去了。在母亲一年一年的经纬里，我们长大了，母亲却积劳成疾。

那些年，几乎每年夏天，母亲都要酿醋。那真是一个复杂的大工程。先要将麸皮在大铁锅里煮，然后放在蒲篮里晾，到一定温度再把醋曲放进去搅拌，最后装在瓮里加盖醅晒。老屋的门口左侧，有一个比我还高的老瓮，装了满满一瓮的醋坯，只要中午吃面，母亲就会端一盆面汤在上面抹一层。太阳日日晒，天天抹面汤会结一层厚厚的盖子，油黑发亮，散发出一股诱人的香味，我们常常端着碗圪蹴在旁边吃饭，闻着那香味，也是一种享受。到醋终于酿好的时候，满村子都散发着醋香味，常常有邻居的大婶大嫂正做着饭发现没醋了，便端着碗来我家舀一碗醋。父亲有个外地的战友，每年来我家都要带一大桶母亲酿的醋回去。我们姊妹几个到今天都喜欢吃醋，与母亲不无关系，却总吃不出当年的味道。

那时候最惬意的事情是夏夜里纳凉。吃过晚饭，母亲便把用芦苇编织的凉席铺在扫得干干净净的院子里，对门儿的大婶大嫂便会坐在母亲铺的凉席上一起拉家常。微风吹过，满天的星斗一闪一闪，萤火虫在葡萄架下飞舞。女娃娃们嬉戏打闹追赶萤火虫，男娃娃们则围着一棵棵大树逮蝉。跑累了，我们便挤在母亲身边，听大人们拉家常。不远的池塘里，蛙声一阵阵传来。夜深了，炎热也渐渐退去，母亲便将不知什么时候已睡着的我抱回家。仲夏夜的梦里满是星星，星星落了一地，在碧绿的草丛中一闪一闪的，像绿宝石，神奇极了。

过年是母亲最忙碌的时候。从腊月初七晚上不眠不休地煮一大铁锅腊八粥开始，一直到腊月二十三祭灶、腊月二十四扫灰钱、腊月二十六拆洗被褥、腊月二十八蒸年馍、大年三十煮肉，每一个日子都从天明忙到天黑。其实，一年三百六十五天，母亲几乎每天都在起早贪黑地忙碌着，为她大大小小的孩子，为我们的日子。

母亲省吃俭用惯了，常穿我们已不穿的旧衣服。但我知道，母亲年轻时有两条齐腰的粗粗的长辫子，母亲应该是个爱美的人。我上班后用第一份薪水为母亲买了件她很喜欢的绿底小碎花绸缎外衣，母亲一直压在箱底舍不得穿，直到母亲去世时，我们才从箱底翻出来穿在她身上。母亲是穿着这件衣服走的，这对我来说多少算是个安慰。

有集市的日子，母亲常会去距离我们村四五里地的镇上看我的外婆。除了给外婆带去她亲手做的好吃货，也时常会给我们带一些糖果回来。母亲赶集的日子，黄昏时分，我们姊妹便会眼巴巴地站在村口的大柳树下往东南方向张望，每一个从远处走来的人都不放过。从远到近，我们期盼着，一次一次充满希望，又一次一次失望。但是我们坚信母亲会回来，会出现在我们欣喜若狂的期盼里。多少次梦里，我都这样站在村口期盼着母亲回来。可是如今，望穿秋水、望断天涯也等不回母亲——那个承载了我们幼年时的甜蜜、幸福、期盼和梦想的人了……

母亲，您离开我们近三十年了，时光带走的只是那些没有您的日子，留下来的，是对和您一起的那些日子无尽的怀念……

（写于2019年）

娘

娘是我的后娘。

在我们的时光里，娘只生活了六年。但娘留给我们的念想，却是十个、百个六年都无法承载的。

在我的记忆里，娘留着短发，黝黑而厚密。岁月已在她脸上刻下了一条一条的痕迹，但岁月抹不去她总是微笑的面容。娘身上似乎有着我们的影子，也说不上来是哪一点儿像，但你总会在无意中发现，好像我们很久之前就是一家人了。这大概就是人常说的缘分吧，我们和娘是有缘的。

娘来到我们家那年，我的女儿还不到一岁。我工作忙，房子小，又不能雇人看。在家乡的镇照相馆工作的娘毅然决然地将孩子接回老家帮我带。这就意味着娘离开了她心爱的工作岗位。过了两周，我与先生回老家看孩子。孩子已会走路了，穿着娘用旧衫旧裤亲手改成的衣服，鸭子似的挪着步。脸蛋儿较先前黑了，但长了肉。我走过去抱她，她却哇的一声哭了，扑到娘的怀里。

娘将女儿从一岁一直带到三岁上幼儿园。孩子告诉我，姥姥家只有饭和馍，没有好吃的。但我清楚，娘的饭和馍为孩子打下了一生的身体基础。孩子就像娘的影子，如影随形，娘走到哪里，她的小手就拽着娘的衣襟跟到哪里，晚上睡在娘的怀里，还要手摸上、嘴噙上娘的奶才入睡。

在我的印象里，娘似乎压根儿就不知道什么叫累。她总闲不住，匆匆忙忙地走动在光影里。孩子上幼儿园后，娘在家乡自己开了照相馆。照相、洗相片、收拾屋子、洗衣服、烧饭，哪样都得她干，她样样干得很出色。

娘总是起得最早睡得最晚的那个人，也从未见她午休过，她身上似乎有使不完的力气。在城里待久了，我也添了一些坏毛病，早上赖在床上就是不想起来。只要回到家里，早上睁开眼，娘早做好了早饭、打好了洗脸水等我们。每次我们回家，娘都割肉、买菜，忙活、张罗着。回家真好！离开了亲娘，我们仍拥有家的感觉。

娘属于那种不爱说话的人，她见人只点头一笑，从不多言语。不爱说话的娘只知道干活，娘总有干不完的活。爸和娘一样心地善良，但没有娘的脾气好。爸发脾气时，娘从未还过嘴，只是在一旁默默地干着她该干的活，她是用干活来表达自己。爸的脾气过后，娘依然什么也不说，只是忙着手里的事情。沉默是金！那沉默里包含了太多的东西：包容、体贴、贤良与温柔。爸常对我们说，你们要多学你娘。

我清楚地记得那年是个闰五月，听老人们讲，闰月里为老人买新衣，老人会长寿。我们姊妹四个拥着娘到集镇上将娘从头到脚"武装"起来，四个花枝招展的姑娘围着娘前呼后拥，说说笑笑地从人流中走过，惹得路人一脸的羡慕。熟悉的人说娘好福气，有几个好女儿。他们哪里知道，是我们有福气遇到个好娘。

那时，适逢学校放假，我和在学校工作的大妹便陪爸和娘住了段日子。娘依然如从前一样忙，我和大妹每天中午负责午餐。我们想着法儿地准备每顿午餐，两个外孙在姥姥身边跑前跑后，娘的脸上笑开了花。娘一会儿去抱个西瓜，一会儿又买了几斤鲜桃，一会儿又将荔枝提了回来。爸说，你们走吧！让你娘清净几天。其实，爸是心疼娘。娘说她爱我们回家，她喜欢孩子们。

娘对我生母的娘，即我的外婆非常孝顺，逢年过节总忘不了给老人送点好吃的、买点适合老人穿的，就是平时也常抽出时间陪爸或独自一人去看望我的外婆。娘一去，外婆拉着娘的手，娘搀扶着外婆，娘儿俩总有说不完的话。

爸的单位分了套三居室的住房，娘说这下你们回家不用借住别人的房子了。娘为每个房间置办了全新的被褥、凉席、枕头和衣架。娘还专为我缝制了两床里外全新的被子。娘说，我那里常去人，需要这些。

其实，娘对自己很节俭。她常常穿着洗得已经看不出本来颜色的裤衫，吃的方面也从不讲究，床上的被子还是我母亲在时用的。我们回家时带给她的新衣服她一直压在箱底舍不得穿。受了苦的娘知道过日子不容易。

就在那个假期，就在那年的闰五月里被我们"全副武装"的娘，却没有任何征兆地离我们而去。我们永远失去了我们最敬爱的娘。是那个该死的脑出血夺去了娘的生命。娘临终前一句话也没有说。不爱说话的娘一直保持沉默。沉默是金啊！娘！

人生实在太无常了，如你我般的常人是无法参透的。我不再相信好人有好报的说教，那不过是神在教人行善而已。但我知道，娘如一座灯塔，会永远亮在我心里。

（写于2001年）

杨　妈

杨妈是我的邻居。

在我搬进这个院子的时候，杨妈住在这个院子已经有三十多年了。也不知道我是她的第几任邻居。

我住进这个院子的第一天晚上，正在梦乡里酣睡的我，忽然被一阵若有若无的声音惊醒，莫非有小偷？我赶忙抓了件衣服披上，去外面看了看，什么也没有。那声音却愈加清晰地传来，且分明是从杨妈屋里传出来的。她的房间里十分明亮，有一个身影在屋里晃动。我便回到房里，一看表才刚刚凌晨四点呀！此时我睡意全无，索性穿上衣服，走出屋外。

夜色是这样好，月光如水般泻了一地，天空纯净得如处子，浩渺的苍穹深邃得仿佛梦境。月光下，影影绰绰的建筑显得格外神秘。这时，我似乎才发现，我居住的这个院子其实很独特。幽深的院子两旁的两层楼都住满了人，院子有着过去有钱人家才有的前房、过厅和后房，看起来真有点深宅大院的味道。听院里的老人们讲，这里以前是户有钱人家的亮宝楼，我却觉得这里更像一座寺庙。这样想着的时候，我仿佛真闻到了寺庙里的香味。那味道几乎弥漫了一院子，且似乎愈来愈浓，再用劲一闻，却又什么都没有了。

这样折腾了大半夜，次日自然萎靡不振。时间长了，在凌晨四点时，常常会鬼使神差地醒来，伴着杨妈屋里的"响声"到天亮。由此自然在心里怨起杨妈来，不知这老太婆在发什么神经，白日里便很少搭理她。

杨妈一个人生活，亲戚也很少。平日里也不大和不相干的人来往。她的老伴，听说二十年前死于一场车祸，她那位从小抱养的长得颇英俊的儿子，在新婚蜜月中却无缘无故死去，儿媳妇回了娘家，从此一去不复返。空荡荡的屋里便只剩下杨妈一个人。

一日，我起了个大早去晨练，发现一全副武装的尼姑正从杨妈灯火通明的屋里往外走，灰色的长袍穿在身上，灰色的布帽端正地戴在头上，手里还捧着什么东西。我并没有看清楚那人的脸，只觉得一股寺庙里才有的香味在空气中弥漫。正纳闷时，那团黑影却说话了："怎么起这么早？"我这才听出那"尼姑"是杨妈，她捧着的是香炉，她说她刚做完早课。我便知道了每天凌晨四点开始的"响动"原来是杨妈在念经。每次念经她都穿着佛衣戴着佛帽手拿佛珠跪拜在佛堂里，那般认真、虔诚。

杨妈原来在一个集体单位工作，效益不怎么景气，退休金每月只有二百块钱。在如今这个除了工资不涨什么都涨的年代，这点钱也仅够打牙祭。她买菜从来在下午，因为下午可以用最少的钱买最多的菜。我不止一次见她用白开水泡干馒头就咸菜便是一顿饭。在饮食上她对自己近乎苛刻，甚至有点苦行僧的味道。但是佛堂里的供品却从不马虎。供桌上摆放的永远都是市场上最贵最时鲜的果品。每过几天，她便将佛堂里的供品散发给院里的小孩子吃。她说那是佛品尝过的，沾了佛气的，能消灾免祸。小孩子们只顾着好吃，哪管什么佛不佛的。有顽皮的孩子趁她不备还悄悄溜进佛堂里自己去拿，她迈着三寸金莲拍着巴掌颤悠悠地过来，孩子们早跑得没影儿了。她也不知是没记性还是不记恨，隔几天照样给孩子们发"献果"。孩子们都叫她"阿弥陀佛"奶奶，也乐意听她讲佛家的故事，她的家成了孩子们的乐园。

她就是孩子们心中的佛，她总是微笑着，她那儿总是有取不完的好东西，她总是在念"阿弥陀佛"，她总使我们的院子弥漫在"佛"的气息里。

一个人生活的杨妈并不孤独，她心里有佛。我一直在想，佛大概是这个老人生活下去的精神支柱。

也不知从何时起，杨妈的肚子里长了个瘤子，且有日渐茁壮之势。街坊们都劝她到医院里看看，但她不相信医院，她信佛，她说佛会替她治病保她平安。眼见着她的肚子一天天大起来，虽然也不疼不痒的，但总让人感到不舒服。佛却视而不见。但她对佛依旧如初，照旧每天四点穿着佛衣戴着佛帽捻着佛珠在佛堂里"全副武装"地拜佛，照旧供给佛最好的果品。

有一次，我那五岁的孩子问杨妈："'阿弥陀佛'奶奶，你肚子里是不是有个小妹妹？"杨妈的眼睛笑得眯成了一条线，双手托着已经很大的肚子，好不容易才止住笑的我说："这里面装的是佛！"

的确，我常常纳闷，是什么力量支撑着这位孤苦的老人，在经受了失夫丧子的连续打击后，还乐观地生活着？是佛？要不然她为什么会黑天白夜地拜佛呢？但佛却并没有厚待她，她依然清苦，肚子里的瘤子依旧在生长啊！为此事我还专门问过她。她说，佛给人的是一种看不见的东西，是一种精神。人心中有了这种东西，你就不会以苦为苦。她说，其实，人人都可以成佛，佛是觉悟的人，人是未觉悟的佛。

我早已习惯了杨妈的早课，自从我与她成了邻居，生活大体是顺畅的。大概真像她说的那样，她也为邻居们祈来了福。对于杨妈在做完早课后连带打扫了我家的院子，刚开始我还会不好意思，现在早已习以为常了。不是我懒惰，实在是在我央求了多次后，杨妈依然没有改。我不忍心拂了她的好意，也便由她去了。

杨妈一日里的大部分时间都交给了佛。除了每天四点的早课外，还有午课和晚课。每逢农历的初一和十五，杨妈还会去寺庙里上香。当哪一天下班回家没有看到杨妈，不用查日历，那一天肯定不是初一就是十五。杨妈对佛的虔诚是风雨无阻的，而且她每次去寺庙必定是颠着小脚自己走去的。

去年冬天的那场大雪过后，在去寺庙的路上，风寒路滑，她重重地摔倒了，摔折了腿，还差点儿出了车祸。她忍着疼跛行到庙里，事后她的佛友们将她抬回了家。我去看望她时，看着她肿得老高的腿，便感到怜惜。她却说："幸亏佛的保佑，不然怕早没命了。"

但是那次重重地摔倒后，她便再没有站起来。肚里的瘤子也来凑热闹，已经长得很大的瘤子，像一架鼓似的横在胸前，使她坐卧不宁。腿因为感染动弹不得，肚里的瘤子却还兴风作浪，痛得她滴水难进。后来在院子里的几位老太太的一再劝说下，她终于被送进了医院。不久，医生从她肚子里取出了重三十多斤的肉瘤，新闻单位还将此事做了报道。

尽管瘤子取了出来，但她的身体却日渐消瘦了下去，原来就不胖的她成了皮包骨头。街坊和她的佛友络绎不绝来看望她。她终于好了起来，并且能下地走路了。熟识的人都为她高兴，最感到欣慰的就是作为邻居的我了。

但是谁也没有想到的是，仅过了几日，她没有任何征兆地撒手人寰了。人们发现她时，她静静地躺在床上，佛衣和佛帽叠得整整齐齐，佛珠盘在佛衣上，一起放在枕边。屋里的一切像先前一样干净整洁，佛堂里的灯还亮着，供桌上摆放着上好的时鲜水果。只是再也没有了杨妈的身影，也再听不见杨妈的早课声。

杨妈走了，我还会时常想起她。我思忖，她一定是去了极乐世界，成"佛"了。

（写于1998年）

陈　伯

我至今没有叫过他一声陈伯。

这是那个孤苦无依的老人的唯一愿望，但我始终没能让老人如愿以偿。现在的我无法理解那时的自己。

是啊，人往往有很多的往事，都成了今天无法解开的斯芬克斯之谜。

你无法看出他的实际年龄是五十、六十抑或七十。一年四季，他总是留着光头，就像一尊经年的唐三彩闪着青光。但奇怪的是，他却从未忘记戴一顶网眼礼帽，无论冬夏。

谁也不知道他叫什么，无论大小，见面直呼陈师。他和生人很快就能熟络起来，凡是见过面的人，他就有使人忘不掉他的本领。他就像一个老顽童，有老人的形骸，有孩童的顽皮。

他就像一本经年的书，一棵在孤独中刻满年轮的古树，一头埋头耕耘的老黄牛。

我刚分到城墙根儿那个学校工作的时候，他是那所学校的勤杂工。每天凌晨四时，起来烧开水，紧接着打扫男女生厕所。晨曦初露，孩子们陆续上学来了，在孩子们琅琅的晨读声中，他开始吃他的早餐——一碗油茶，再泡一个馒头。夕阳西下，薄暮初起，偌大的校园里有一个忙碌的身影，不用问，准是他又在一车车转运全校积攒了一天的垃圾。他做这一切就像日出和日落一样自然和准时。他仿佛从不知道脏和累，尽管他的工资少得可怜。

他一个人生活，无儿无女无依无靠也无牵无挂。他说，他就喜欢在学校这个环境里忙。他转来转去都是在学校里，他爱文化人。小时候家里穷，根本上不起学，他只能利用放牛的间隙在教室外面听先生上课。现在一看见孩子们有这么好的条件读书，他就打心眼里高兴。在学校里忙，再忙再累，他都不觉得困乏。

我居住的二楼下面住着他和另外几个老人。从乡下来到城里，远离父母，独自生活，我对乡下人有一种天然的亲切感，自然亲近起了孤苦无依又自来熟的他。于是，慢慢地便与他熟识起来。

时间久了，我们之间也常发生一些小的摩擦。那时，我有一辆不用上锁的小坤车，每当我急用车时，就找不到车子，却往往会在放车子的地方发现一块小木板，上面工工整整用粉笔写着："车暂借用，见谅！"还在那行字的右下角写着："陈留！"我简直哭笑不得，我毫不留情地当面数说过他多次，但这样的木板字却一再出现。

最使我头疼的是，他时时刻刻都忘不了给我讲被他"融会贯通"的《论语》和《四书五经》等。在这方面他有着异乎寻常的耐心，而我听得如坐针毡、头皮发麻。他从不计较这些，只要有空，他就乐此不疲，乃至他离开此地到别处谋生，我去看望他，他仍不失时机地给我讲解《三字经》。前几天，到我这里来拜访的几个同学还问那个好讲古文的陈师呢。

他能写一手很老辣的毛笔字，又能画很老到的工笔画，听说曾经给剧团画过布景，还会吹很像样的口琴。我至今仍保留着他经常弹的那架不知哪个年月的红白相间的小钢琴。我在想，如果有条件的话，他或许还真能成什么大气候哩。

他常说，要知父母恩，自己抱儿孙。直到我有了自己的孩子，才深切地理解了这句话的含义。我常思忖，这位老人就像一件锈迹斑斑但却闪着亮光的奇宝。

现在想起来，他生活里的"名言警句"还真不少，诸如"二尺五是假的，人人都爱戴""买眼镜去了买了个车圈""久走夜路总有碰到鬼的时候"……这位老人仿佛一位有着怪癖的圣哲。

每逢星期天，我的朋友和妹妹来了，便喊来他一起热热闹闹地做一顿地道的家乡麻食或包一顿饺子，要不就是打一顿热火朝天的搅团。一屋子的欢声笑语惊飞了窗外的小鸟，大家一起猜谜、讲笑话、吼一段秦腔，当然他是不会忘记讲《论语》的。

当我有什么需求时，他总会比我先一步想到并哼着小曲给我早准备好了。常常，他给我从开水房打来了开水，给我倒掉了垃圾，给我把生好的蜂窝煤夹来，给我把蜂窝煤搬上楼，把我的火炉封好……他做这一切时自然而然，我接受这一切竟也心安理得。他的好是你感觉不到他的好，我似乎已习惯了他为我做的一切，就像老人对他的孩子，或是孩子对他的老人。

突然有一天，一向有说有笑的他像往常那样来到我的小居室，我依然忙我的事情，却意外地没有听到他给我讲《论语》，就惊异地抬起头——我从不曾发现的伤感和颓丧明显地布满老人的脸。我突然发现，他确实老了。"我要回乡下了，人老了不中用了，还是早点走，免得给学校添麻烦。"说完，他头也不回地走了，临走，给我留了他在乡下的地址。

他走了，我的心里空落落的不是滋味。人在一起待得久了，常常会忽略彼此的存在，一旦分离，思念却会像涨潮那样涌满人的心海。但我并不是十分地想念他，日子久了，竟会许久记不起他来。只是偶尔在火炉灭了、忙得忘了打开水、垃圾堆了一地时才想起他来。

这一别就是近十年。其间，我有了自己的家，有了孩子，我曾经住的小二楼也早已在一片林立的高楼里没了踪影。他去了乡下后，也到我家里来过几次，但有限的几次他仍不失时机地给我与孩子一起老生常谈《论语》与《四书五经》。

我与老公一直想带着孩子去乡下他的家里看看，无奈，诸事缠身，一直拖到了2002年的国庆。就在这个国庆，我竟梦到了几年不见的他。我对先生说，无论如何也要去看看他。于是就在10月7号一大早便出发了。其实，早在两年前，我就已经打听到了他家的大致方位，当时就准备去，后来却被耽搁了，谁知这一耽搁又是两年。我们并没有费多大周折，就打听到了他的家。如同晴天霹雳一般，最不愿发生的事情发生了，我当时就蒙了。

他已于两年前因车祸不治而亡。一听到这个消息，我的眼泪一下子就涌满了眼眶。老天啊！这是为什么？这样一个在我心目中一向硬朗的老人，说没就没了？我的悲伤、遗憾与悔恨是无法言喻的。

陈师，我们来看你了！陈伯！你一直希望我们到你的家里来，我们来了，你却走了。我们看到的只是一座空空的房子，一座孤零零的房子，一座被野草包围了的房子，一座已经荒芜快要坍塌了的空房子。我们围着这个并不大的房子，隔着窗户往里寻找着，企图找到你生前活动的哪怕一丝踪迹。但我们看到的只是被老鼠打得成堆的土和布满的灰尘。"

　　在村人的引领下，我们来到了他的坟前，这个已经在地下——不！应该是在天堂里生活了两年的老人的坟前。当听到那个噩耗的时候，我在村头的小商店里买了一大堆纸钱。我能为他做的只有这些了。当纸钱随着火光飞升的时候，透过火光，我仿佛看到了在天国里忙碌的他。

　　我在心里呼喊着：陈师！陈伯！

　　可是，回答我的，只有风。

（写于1996年）

乡　怨

从乡下来到城里，算起来也有十几年了。但故乡常常萦绕在我的梦里。

人可能会抱怨生活，但没有人不怀恋自己的故乡。人一旦走出故乡，乡愁也便如影子般紧跟着你。

我常常怀恋故乡，这怀恋中夹着几许酸涩。我与故乡之间有种说不清的阻隔，故乡于我，有种难以遣散的忧伤。

我深深地知道，这是因为母亲。不知怎么，在我的感觉里，母亲就是故乡，故乡就是母亲。母亲在时，故乡就是明月，总给我寄着遥远的思念。但母亲去了，故乡便成了我走不出去的雨季。

那一年，母亲只有五十二岁，就永远离开了我们。从此，我知道了什么叫人生的缺憾，什么是内心深处的失落，也懂得了生命的无常与苦短。

母亲去了，不知为什么，我总迁怒于故乡。母亲以她的勤劳与质朴、贤良与慈善恩泽于故乡，但故乡却无动于衷地看着母亲到了另一个世界。于是，乡怨，便如一根鞭子，总抽在我内心最深处。

母亲去了，故乡依旧在。多少个夜里，我梦回故乡，我寻找着母亲。万水千山走遍，处处是母亲的踪迹，却难觅母亲音容，千呼万唤中，我从泪湿的梦乡醒来。

有星星有月亮的晚上，我常凝望着天空出神。曾经，一样的星星，一样的月亮，我们母女相依相偎，呢喃细语，话着家常，母亲温热的手掌抚着我的头发。那时，我没有感觉到什么，而此刻，我却深深地知道，那是一种我今生再难奢求的幸福。

自从故乡没有了母亲，我常常怕回故乡。但鬼使神差地，我却常常怀想起故乡。我想那条弯弯的通向故乡的小路，我想那条绕着故乡流淌的小河，我想故乡的明月，以及翘望着我回归的老屋。然而，我想有什么用呢？它们早成了我记忆里不愿掀开的一部分。

近乡情怯，于我已是一种极大的苦痛。每回回故里，总有一种难以言明的伤感缠绕着我，使我心里疙疙瘩瘩的，不是滋味。故乡蜿蜒的小路依旧，流淌的小河依旧，清风明月依旧，但村头再也看不到母亲盼儿回归的身影，再也听不到母亲送儿远行的叮咛。母亲啊，没了你，故乡变成了怨和忧，成了不堪回首的情伤与苦愁。

而今，母亲和故乡已滴答成了我心田的雨季，她们曾滋养我、润泽我，但她们也会淋湿我、刺痛我。我常常不由自主地怀念她们，可每次怀念，都在心中增加了一分沉重。我的心跌落在泪里，魂却在故乡的土地上。

故乡是我盘根错节的根，母亲是呵护我的叶，她们都一样让我的心牵挂。但一把黄土将母亲送到另一个世界去了，我四处游荡，成了一个无根的人，漂泊天涯而无人牵挂。苦痛与失落在一次又一次回望故乡中折磨着我。

故乡啊，在这个世界上，你毕竟是我生命中的唯一。走出你，却走不出思念你的梦；走出思念你的梦，又怎能放下对你的牵挂！

（写于1998年）

茂盛其人

一直以为"茂盛"就是他的名字，从不知道他的名字其实是叫段均彦。

初次见面是在二十多年前。当时只闻其声，不见其人。老公说有个朋友在蓝田县城开了家小吃城，味儿很地道，便带我去了。小吃城开在县城十字路口的西北角，并不起眼。关中的小吃在这里几乎都可以看到。那一次只听老公跟茂盛通电话，他的声音便从电话里溢了出来，声如洪钟，笑声爽朗，也便知茂盛是个豁达的关中汉子。

再一次"见茂盛"是在老家的老屋里，一大家子人为婆婆过生日。老公请了茂盛来亲自给爱吃面的老娘扯面。大约早上八点的样子，一辆小汽车缓缓停在了大门口，一个中年男子含笑从车里下来，人未到声先来。只见他个头不高不低，身体健壮，面色红润，穿着一身得体的休闲装。他从车上提下来一大堆东西，全是切好的成品菜，码得整整齐齐装在袋里。这是我第一次跟茂盛正式谋面。

他麻利地把自带的蓝色围裙拦腰扎起，把菜从袋子里取出来放到案几上，调料和盘子一溜儿摆好。我欲打下手，却根本没有插手的机会。三下五除二，一时三刻的工夫，一大桌子菜就整出来了，色香味俱全，香飘满院，欢声笑语和着饭菜的香味弥漫了一屋子一院子。茂盛是个豪爽人，几杯酒下肚，唱起了秦腔。没想到，炒得一手好菜的茂盛，秦腔也唱得荡气回肠、有模有样。

当然了，茂盛最拿手的是他的扯面。说起扯面，茂盛有说不完的话。早些年，因为家里穷，十来岁的茂盛跟着母亲在街边摆摊卖扯面。在蜂窝煤炉子上放个小铁锅，左手拿碗，右手掂勺，不失时机地见人就吆喝。我猜想，茂盛的口才就是在街头摊边练就的。年轻的茂盛凭着"冬练三九、夏练三伏"的那股子闯劲、拼劲、韧劲和干劲，用勤劳、智慧和不懈的努力闯出了一片属于自己的天空。他把一碗面从一个小摊扯成了面馆，又把面馆扯成了酒店。如今，他的茂盛酒店是蓝田县城的地标性建筑。

大多人都知道茂盛扯面扯得好，却不知道他还是个演说家。在他的日常话语里，常带着喜闻乐见的嬉笑俚语，亲近又自然。这种自然而然的流露，是他日日练月月练年年练，经年累月，用自己的真诚、质朴、热忱和一颗滚烫的心练就的。面对得心应手的扯面，他的话像倒豆子似的蹦出来，那是他心中对扯面有情结。俗话说"民以食为天"，而对于关中人来说，这个"天"就是面，就是能让人无论走到世界的哪个角落都忘不了的那碗面。茂盛扯的那碗面里，有关中人的情结。

平易近人的茂盛，脸上始终挂着笑，浑身上下每一个细胞里都长满了快乐。他笑起来憨厚质朴，腼腆得像个从乡下来到城里的邻家大哥，见人一笑，本身就红着的脸便越发红了，笑声里透着爽朗与干练。初次见面，他的笑就能带给人春天般的温暖。

爱笑的茂盛，对文化情有独钟。没有上过几天学的茂盛对文化有种发自内心的热爱。一走进酒店，几乎处处可见文化的踪影。从一进酒店大门到楼梯，每走一步，都洋溢着古典气息。那雕梁画栋的游龙沿着大厅里的大圆柱飞升到屋顶上，那一幅幅的花鸟画、山水画，那梅兰竹菊里和青铜鼎里，蕴含着厚重的文化，身临其间仿佛漫步在历史的长廊。整日氤氲在历史文化氛围里的茂盛，把自己变成了一个十足的文商。

功成名就的茂盛，将"不求现在有成就，但愿常在奋斗中"作为座右铭鞭策自己。他常说的一句话是，他能有今天，都是党的政策好。质朴的茂盛知道自己是谁，他走在坚实的土地上，把自己的根深深扎进人民这块土地里，引领着他奔向充满希望的新生活。

已过花甲之年的茂盛，却有一头黑而茂密的头发，森林一般蓬勃在那个装满智慧的脑袋上。他衣袋里常装着一个特制的桃木梳子，趁着没人时就会梳两下。他打趣说：一梳心舒畅，二梳头发旺，三梳人精神，四梳心明眼又亮。看着正在"沙化"的我老公的额头，茂盛在办公室里翻了半天，拿出一把同样精致的巴掌大的梳子送给我老公，并叮嘱他天天梳时时梳有空就梳，"沙漠"定会变"绿洲"的。

如今的茂盛，可算是个名副其实的名人了。他的扯面扯到了北京，扯到了香港，扯到了美国纽约的曼哈顿时代广场的"世界第一屏"纳斯达克大屏，同阿里巴巴、腾讯、百度、京东等一系列商业巨头一样借纳斯达克大屏向世界展示自身形象和实力，为中国的"厨师之乡"增光添彩，给蓝田人陕西人中国人长了脸。洋溢在茂盛脸上的是自豪和骄傲。

已经成了名人、罩了一身光环的茂盛，却质朴得像个邻家大哥。只要有亲朋好友来，他都会亲自上手，围裙一束，来到案板前。只见面在他手里高高扬起，上下翻飞、左右摇摆，像一群妙龄少女挥舞着长袖舞蹈。手里扯着面，茂盛嘴里还念念有词："面白味又好，我能给你扯圆的扁的、长的短的、宽的细的、薄的厚的、油泼的、浆水的、臊子的，咥不呀？咥呀，来，坐这儿，那我给你扯。"他在表演，他把面扯成了艺术。很快，一碗艺术品端上来了，蒜辣子和着葱花热油一泼，闻一闻都香，吃到嘴里不用说更是一种享受。

富起来的茂盛时常说的一句话是，他之所以有今天，要感谢党感谢政府，没有党的领导，没有党的好政策就没有他的今天。吃水不忘挖井人，茂盛是个一直脚踏实地的人，一个懂得感恩不忘本的人，一个自己富了不忘乡亲的人，他带动乡亲们用自己的双手和勤劳实现了富起来的梦想。一方有难，八方支援。汶川地震时他捐款，这次新冠肺炎疫情他又张开双臂，迎接奔赴一线的白衣天使和英雄们，敞开大门免费提供食宿。茂盛是一个有大爱有担当、顶天立地的汉子。

茂盛很普通，普通的茂盛，却用工匠精神把一碗扯面扯成了艺术品。他手执蓝田勺子，搅香世界。平凡的茂盛用自己的双手书写着不平凡的人生。

（写于2020年）

门卫老赵

门卫老赵不干门卫了。

整日见一个人时，往往会嫌弃他身上的毛病；一旦离开了，却念起他的好来。门卫老赵便是个离开时会让人想念的人。

门卫老赵个子中等，脸方腮圆，面色红润，多言爱笑。笑起来像春天的花蕾，包着嘴不露齿，欢乐却顺着嘴角往外溢。拉起话来如暴涨的河水，你轻易走不开。

老赵是个极负责任的人。每天放学学生都走光了，他会一个一个教室去查看，哪个教室还有逗留的学生，哪个教室没关灯，哪个教室门窗忘关了……上楼下楼转了一大圈之后，确信万无一失了，老赵这才心安理得地消停下来，抱着那个有些年头的小茶壶嘴对嘴地喝，神仙似的。天黑了，学校几乎不再有人进出了，老赵也会倒一壶小酒，弄几个小菜，自斟自饮，怡然自得，过着自得其乐的小日子。

跟随门卫老赵一同来到学校的是老赵那辆约莫两米长的深红色的摩托车。日子久了便知道，摩托车在的地方老赵一定在，老赵在的地方，摩托车也一定在。摩托车跟老赵形影不离，亲热得跟老相好似的。老赵的摩托车不但服务了老赵，也服务了学校里不少老

364

师。不管是谁，遇到紧急的事，只要你张口，老赵从来都是二话不说骑着摩托车载着你去，甚至有些事情你略交代，他便骑着摩托车自个儿在寒风或骄阳中风一样地替你跑一趟。

对于老赵的热心肠，起初还有点让人难为情，时间久了，便习以为常了。老赵的热心肠不只是对他熟识的人，对不认识的人也一样。有家长给孩子送被褥，他会帮忙拿上楼；有学生周末从家里拿着重物进校门，他主动询问并帮忙送到宿舍；有来找人的，他会详细询问并亲自带过去。老赵的热情是骨子里的。

不过，热心肠的老赵却是个慢性子。慢性子的老赵经常不慌不忙，即使天塌下来，老赵还是那副处变不惊的样子。因为基建，学校迁到了离原学校一站路的地方，门卫老赵仍留在没有学生的原学校当门卫，但这座空校园里时常会有上级检查并有不时进出的人搞基建。因为工作关系时常需要去原学校办事情，看得真真切切老赵就在门卫室里，你千呼万唤他才不慌不忙站起来，慢条斯理地走出来，看你几眼后又看一眼，才拿出本就在手里的门锁遥控器，慢悠悠地按下去。门缓缓地开了，老赵不失礼貌地问候着你，你气鼓鼓地走进门，一声不吭，不想理老赵，老赵却还在和你说着你一句也不想听的话，让人生气又气不起来。

门卫老赵是个闲不下来的勤快人。他经常会干领导没有安排的分外事。手持笨重的大花剪修剪花木，校门外的马路上经常有他挥舞扫把的身影，鱼池的鱼儿看到这个常常喂养它们并帮它们换水的人会撒个欢，再游走。天黑的时候，不会有人再进出了，老赵会到空无一人的学校的角角落落里再转一转，花坛里的烟头儿、墙根儿的一堆猫屎、风吹落的枯枝败叶、雨后被堵的下水道，老赵都亲自去收拾得妥妥帖帖。

　　老赵最自得的是他曾是知青的那段历史。当年被知识青年上山下乡的热潮裹挟着，到农村这个广阔天地接受了贫下中农再教育。被贫下中农教育了的老赵是个懂得感恩的人。其实，感恩的品性应该是老赵骨子里自带的，淳朴的民风让老赵这品性更突出了。几十年过去了，老赵对他下乡的地方仍念念不忘。当年的生产队队长已经不在人世了，但这并没有阻碍老赵"探亲"的热情。他常去看望和他一起劳动过的村民，乡亲们会备上一桌酒菜，热热闹闹喝几盅，伙伴们会留他住几宿。老赵说起来一脸的兴奋，本就红润的脸庞放着光。他对他曾经流过汗的地方似乎有了某种情分，就像姑娘远嫁了心却仍系着娘家一样。

　　熟悉的门卫室里已经好久看不见门卫老赵的身影了，新来的儒雅门卫会早早地就把门打开迎接进出的人。但我还是会怀念那个慢条斯理按开门锁遥控器和你不厌其烦打招呼的门卫老赵，也会想起自己因老赵的慢而气呼呼的样子，便不由得暗自笑了起来，笑过后又有一丝怅然若失不知不觉爬上心头。

（写于2020年）

怀念丁祖诒先生

公元2012年3月12日13时50分，丁祖诒先生与世长辞了。这一天也是伟大的革命先行者孙中山先生离世的日子。两个同样伟大的灵魂相隔近一个世纪后在天国里相遇了。

丁祖诒先生走了！是那些望不到头的簇拥着的花圈花篮告诉我这是真的。看着仿佛从天而降的几乎概括先生一生的挽联，不由得怆然泪下。

先生真的走了！但为什么一种浓厚得化不开的情绪弥漫在空气中，在向前来悼念的人们诉说着先生的无处不在呢？丁先生，在人们心目中留下了太多的印记。他的精神已深深扎根于人们的内心深处，你绝对不会把他和死亡联系在一起，因为他从来都是以一个硬汉的形象出现在人们面前的。

在我的印象里，他的头一直高昂着，深邃的目光凝视着远方。这样一个不屈的硬汉怎么说没就没了呢？

认识丁祖诒先生，已有近二十个年头。尽管没有直接和先生有过多的交往，但我一直很关注先生，因为老公和先生可以说在生活和事业上神交已久。进一步了解丁先生是给他编书之后。

西安翻译学院就像他的孩子，就像他的生命。就像他的灵魂，他是真正为了西安翻译学院这个事业而存在的。有时候，你分不清，你说的是西安翻译学院还是他，他和他的西安翻译学院已经融为一体了。我相信，正因为这样，无论过去了多少年，丁祖诒都会像那巍峨的终南山一样在"西译人"的心目中屹立着。

我以为，人对人的了解不光是看他说了什么，更重要的是看他做了什么。丁先生不光能说更能做。先生是个慷慨激昂的演说家，在中国高等学府北京大学，在多次重要的国际会议上，先生都慷慨陈词。先生为了中国的民办教育事业奔走呼号、上下求索。从他那一篇篇鞭辟入里的论文里，你会知道先生是一个多么了不起的有思想的教育家；从媒体的报道里，你会了解先生精彩而传奇的一生；从那一篇篇笔触细腻而饱含着激情的散文里，你会知道先生是个才华横溢的文学家。条分缕析中你会知道先生是个多么了不起的人，一个浑身罩满光环却异常清醒的人。

先生更是个实干家。四十八岁，这在很多人可能已经偃旗息鼓的年纪，先生却开始走上了一条布满艰辛但意义非凡的路。从那个时候开始，那个还在襁褓中的西安翻译学院被先生孕育着。从赤着臂扛着麻袋的先生身上，你会知道什么是干劲和坚忍；从站在简陋的屋檐下注视着学生的眼神里，你会看到希望与憧憬；从在会上发言而振臂疾呼的先生身上，你会看到什么是激情；从先生在莫斯科的滂沱大雨中高举着"西安翻译学院祝贺中国申奥成功"的标语并狂呼"中国赢了"时，你会感受到先生从心底发出的爱国情怀。从先生身上，我知道了人活着是要有激情、有一种精神的。正是这种激情和精神铸就了先生一生的精彩。

先生的一生充满了传奇。他自幼便显现出数学天赋并距离数学家仅一步之遥，却因出身而失之交臂。他自学四国语言，成了大学老师，几近知天命的年龄却又开始创业，且一发而不可收。这是先生人生中最辉煌的历程。

　　世人眼里的先生是个不折不扣的教育家，但先生身上还有着诗人的特质。先生的妙笔让他身上又多了一层光环。先生还弹得一手好钢琴。我在纳闷，一个人一生只要成就一件事情就难能可贵了，但先生是一个全才全能的人，而且样样都做得很精彩，先生用他的一生在阐释传奇的含义。

　　先生是一个充满激情的人。先生的生命里一直有种激情饱满的因子，这使得先生一直到晚年思维都很活跃很敏捷，完全不像六七十岁的老人。先生甚至为了工作，一夜不眨一眼。他会在每年的中秋节与学生共度，并高歌一曲。

　　先生是一个简朴的人。尽管拥有巨大的资产，可以说家大业大，但先生始终很简朴，甚至近乎克制。先生在吃穿上从不讲究。

　　先生痴迷于他的事业，却从来不把身体当回事。就在先生已一病不起，躺在医院的病床上的时候，他还是心怀学院、心系学生。他让人抬着担架回到他为之奋斗的学校去，先生放不下他用生命和灵魂铸就的西安翻译学院，舍不得和他日夜相处的学生们，舍不得那片他为之奋斗大半生的热土，他的西安翻译学院。

　　先生不该走得这么急、这么快、这么早，又这么突然，因为先生难舍的太多了，还有太多的牵挂。那么多的孩子都不想离开他们的丁爷爷，还有那么多被他感动的人不愿意他走。

　　但先生还是走了，先生太累了。

　　丁祖诒先生，安息吧！

（写于2012年）

刘忠其人

认识刘忠，是三十多年前的事了。

那时，他已经是陕西省农业银行的行长，属于大官了。在我的意识里，大官都是些高昂着头颅的人，如我这样的凡人是不易接近的。但刘忠并非如此。他很平和，不大说话，但说出的话透着睿智又不乏幽默感。

他是个不大张扬的人，还有点内敛。他一直知道他是谁。他常说，他是农民的儿子，农民的后代是不能忘本的。这个本就是根本，是土地是农民是群众。所以他才有了那些鲜为人知的诗，那些为土地以及发生在那块土地上的人和自然所作的诗。

身居高位而内敛的他，却天生有着诗人的气质。那一头微曲而油亮的黑发，从里到外透着股不俗。他身上有种难能可贵的童趣，他能从平常得不能再平常的自然事物里看出不同来，而且随手拈来，便成一首小诗。那诗仿佛跟你一路走着，娓娓道来经过的那山那水那花那草，那样平实、朴素，不做作、不哗众取宠，就像路边那一株小草，自然而然让人备觉亲切，置身人群又超然物外。

文如其人，这话用在刘忠身上再贴切不过了。他的诗文就像他的为人，直白中迸出思想的火花，平实中透着灵气，朴素中蕴含着哲理。

　　他为文朴实无华，朴实无华的他却心忧天下。他保持着本真，并保持了一个农民儿子的谦逊与执着。

　　从20世纪走过，他用他的诗去回味了那个逝去的年代，以及那个年代、那个年月的人和事。他用文字记录了那个年代的点点滴滴，将它们用一首一首的小诗串起来，仿佛给历史的外衣钉了一枚枚纽扣，使那远去的历史又立体起来、鲜活起来。

　　人是不能忘记过去的，忘记过去就意味着背叛。当然，人也不能只活在过去。人常说，吃一堑长一智。前事不忘，后事之师矣。在历史的脚步已经跨进21世纪的丁亥年的年初，收集了刘忠先生在20世纪所作的部分诗歌，编辑成此册，使生活在这个时代的人们不要忘记已逝去的那段历史。

　　　　　　　　　　　　　　　　　　　（写于2007年）

贾老自立

自立老人是先生的朋友。最初，是从先生平日的电话里知道了他，虽不见其人，却也早闻其声了。自打认识了自立老人，他便成了我的莫逆之交。

三年前我突发眼疾，当时先生因事不能陪我看医生，便给我发过来一个电话号码，后面还有一个"贾"字。电话很快就通了，传来了一个爽朗的男声。我说，贾大夫好！对面的声音一下子笑得收不住。我心想，还有这样的大夫？这才知道，"贾大夫"不是真大夫，就是先生平日电话里的贾自立老人。

不是医生的贾老，却跟医院里的很多大夫熟悉得很。他的那些医生朋友后来也成了我的朋友。他会隔三岔五把朋友们聚在一起聊天吃饭，却从不让我们掏腰包。他说，他的两个儿子不用他操心，他和老伴都有退休金，人要那么多钱干啥。他不抽烟不喝酒，两个人也花不完那么多钱。钱就是让人高兴的，多了是累赘。年轻人，有负担，上有老下有小，工资紧。他请大家吃饭他高兴，大家见到他也由衷地高兴。我们就在他家楼下的那家酒店吃饭。走进酒店，总是有工作人员不断热情招呼他，他甚至能叫出他们的名字、说出他们来自哪里。自立老人身上有种天然的黏合剂，他用热情、幽默、真诚、随和把朋友们黏合在一起。

他为人乐善好施，没架子，又爱说笑。快九十岁的老人了，思维敏捷，笑声爽朗。和他差不了几岁的老伴说起话来就像唱歌，清脆嘹亮，中气十足。二位老人相扶相携，举案齐眉，伉俪情深，作为晚辈的我好生羡慕。

闲来无事，我常写点"豆腐块"，偶尔会见诸报纸。每有小文刊出，贾老必会打来电话，用文中片段插科打诨，逗笑一番，常引得我心花怒放，他也自得其乐。他笑着调侃："我想吃上面漂着芫荽、蒜苗和油泼辣子的《连锅面》了；老赵骑着红摩托来了，你要抓稳啊（《门卫老赵》）；茂盛的扯面扯得长，我也想吃一碗（《茂盛其人》）；马河渠里洗衣裳的那一堆人里，哪个女娃娃是你呀（《家乡的河》）……"且将文章细心剪下来保存，然后送到我手上，真的比我自己都上心，着实让我除了感动还是感动。

自立老人诚恳热情、乐观开朗，人没架子，又体恤别人。退休近四十年了，依然有一大群常常走动的朋友。他常常说起一些我认识的和不认识的人，我仿佛跟他那些从未谋面的朋友交往了很久似的。他是那种有着太阳特质的人，让和他接触的人温暖，因为他身上有光。

去年，因为一件事，对自立老人有意无意怠慢，生活重重惩罚了我。记得当时正忙于一件麻烦事，心烦气躁之际，突然自立老人来了电话，我心里想，真不是时候，便随手挂掉了。过了一会儿，电话又响起来，我看了一眼没有理会，随它自己响去吧。事情忙完过后，压根儿忘记了再回电话给他。现在想来他当时该有多么伤心和难过，竟然被一个不知天高地厚的晚辈怠慢。

第二日，发生了一件不可思议的事情：好端端的，手机突然黑屏了，再启动时，屏幕上出现了一个"白苹果"，无论我怎么捣鼓，那个白苹果始终以王者的姿态，旁若无人地占据着屏幕的主位，全然对我的焦急熟视无睹。我急得如热锅上的蚂蚁，对着白苹果干瞪眼。那里面可存着我还没有来得及接收的诸多文章原稿，而且新近刚换了电脑，原文已全部删除。急得我红了眼，日夜难安，连做梦都是"白苹果"！

生活以这种形式提醒我、惩罚我，真的是太深刻了。这让我深深地明白：对长者、有恩之人切不可怠慢、不可不恭不敬，否则那是会受到惩罚的，我深深地明白了这一点。这是自立老人通过上天给我的教训，这个教训让我受用一生。我一直感念这件事对我的启示，我感谢那个智慧的长者。敬人者，人恒敬之。生活就是这样，一直用温柔的信号在提醒我们。

白苹果的事情过去很久，我都缓不过劲儿来。但也自此和自立老人走动更勤了些。自立老人曾在学校任职，离校近四十年了，他的很多学生依然还和他来往。每次说起他的学生，他都如数家珍，眼睛里放着光。

自立老人住在单位的家属楼里。我从不知道离钟楼仅几步之遥的城中心，还有这样的地方。这应该是20世纪80年代的老房子了。水泥铺地，白灰刷墙，但是干干净净，各样东西归置整齐。两个浅黄色布沙发中间是一个方形茶几，每次我去看望老人，老两口都早早准备好了吃食，沙发中间的方茶几上面堆满了各种零食。在这个有点不那么现代也有点拥挤的老房子里，和老人谈天说地，整个屋子十分温暖，给人一种无法言说的踏实和安稳感。

屋子里最醒目的是几摞比人还高的报纸，整整齐齐，有棱有角。还有几十本一模一样的黑色笔记本，里面是自立老人平时看书的摘录和心得。几近九十岁的人了，至今仍保持着这样的习惯，真是难得。我翻看着这些字，从这些一笔一画方方正正的字里，我分明看到了浸润在里面的光阴和年华，以及对所热爱事情的坚持与执着。这是一个活出了精神的人。

自立老人身上的爽朗、乐观、风趣和幽默，以及对生活的真知灼见所折射出的睿智的光芒，给我辈以人生的启迪。

（写于2021年）

姑　父

在那个凄风冷雨的秋夜里，我的姑父，一个我心目中永远击不倒的人却与世长辞了。

那一天是2008年9月26日凌晨。

从那一天开始，雨一直在淅淅沥沥地下着。已觉秋窗愁不尽，哪堪秋雨助凄凉。是老天也在落泪，为逝去的姑父哀悼。

在我的印象里，姑父是一个健朗的人，一个始终微笑着面对生活的人。在我的记忆里，每次去姑父家，姑父都会到街上去买好吃的糖果和蔬菜叫姑给我改善生活，从我们很小的时候就是这样。所以与我没有血缘关系的姑父却比有血亲的舅家都让我难舍难忘。

记得那年我们家盖房子，姑父基本挑起了全部重担。我们姊妹多，母亲多病，当时在二十里地外工作且一向以工作为重的父亲是没有时间和心思操心家里的事的。整整一个多月，姑父和姑不离左右地忙前忙后。我们住上了新房，姑父却瘦了整整一圈。

更忘不了那一年我生病，是母亲先一天领着我来镇上看病。因为第二天还要进一步检查，家里还有年幼的弟妹们，姑父便让母亲将我放在他家。清楚地记得，第二天一大早，姑正在赶着做饭，准备饭后送我去医院。一直在咳嗽的我等不及姑将面下到锅里，就已咳得上气不接下气。姑父大声喊姑别做饭了快去医院，立即背起十几岁的我

376

就往镇医院跑，一口气跑到离家二里地的医院，又跑前跑后地找医生，我的命算是捡回来了，姑父却累得直不起腰。

姑父家原来很贫困，仅有一间房，但由于姑父的勤勉，一家人生活得其乐融融。姑父给院前屋后种满了果树。我至今不爱吃葡萄，就是因为那时在姑家将葡萄吃伤了。还有梨和桃，都是我每次去姑家向往的。记忆中我最爱吃姑父家的蜂蜜，那一座座的蜂房整齐地码在后院里，我不敢过去，怕蜂蜇我，但姑父什么也不怕，老朋友似的侍弄那些小精灵，不一会儿就将一碗透着香味的蜂蜜递到我期盼的小手里。我用舌头一舔，甜在了心里头。

记忆中，每到年关，姑父天不亮就起来在一个偌大的瓷盆里和面，经过几道工序，变戏法似的将一大盆面变成一院子里高高挑起的挂面，待到挂面干了再切割装箱由表兄妹们拿到街上去卖。那时，姑家的日子过得红红火火，都是靠姑父智慧的大脑和灵巧的双手。

如今姑父盖起了两层五间楼房，楼上楼下精装修，里面家具一应俱全，在当地可算是首屈一指。儿女们也已成家立业，是该享清福的时候了。勤劳一生的姑父却依然不听儿女的劝告，硬是又种植了几亩毛桃，每天天不亮就起床往地里跑，侍弄着他地里的那些孩子。他完全忘记了自己已是七十多岁的老人。他是勤俭惯了、勤劳惯了。姑父是个一生都闲不住的人。

积劳成疾的姑父终于累倒了。看着躺在病床上的姑父，我不相信，曾经一直那么高大刚强硬朗的人怎么会一夜之间就倒下了？那个在我记忆里端着茶杯坐在门前椅子上始终微笑着的健朗的人，什么时候也成了和别人一样的老人？我在心里感叹时光的无情与残酷。

在我心里，一生都没有麻烦过人的姑父生病后却像个孩子似的难侍候，家里大大小小的人，包括儿女子孙乡邻好友，凡被姑父照顾过的人，都怀着一颗拳拳之心盼他早日康复，可他却始终对抗着所有人，仿佛和谁有仇似的。其实，我一直在想，一生都明白事理、宽以待人严于律己且乡性极好威望极高的姑父为什么临到终了会这样，真让人百思不得其解。其实，这正是磊落一世明白一生的姑父的过人之处。他是怕儿女们在他走后太伤心，是怕他的亲人们不舍他而太难过，所以故意用这种方式辞世。谦恭一生的姑父到头来都保持着他的这种宽厚仁爱的品性。

姑父走了，给每个人都留下了念想，因为姑父用他的品行践行着他作为一个大写的人的一生。

生前高大的姑父在临终时竟瘦得皮包骨头。姑父走了，带着对这个生他养他的一片热土的无限眷恋，带着对他的子孙儿女的无限期望，带着对伴他一生一世的老伴——姑姑的万般不舍，头也不回地走了。姑父走了，走在了这个无边落木萧萧下的季节，走在了这个凄风冷雨的午夜，走在了这个空气中弥漫着丹桂幽香的季节里，走在了这个人们几乎都睡定的时候。他是不愿惊扰乡邻的安眠，他是不愿工作了一天的儿女再为他操心。一生都不愿给人添麻烦的姑父悄悄地来，静静地走。

自从姑父离世的那一刻起，雨就一直在下。雨落在地上，却湿了人的眼，痛着人的心。那一片撕心裂肺的哭声寄托着儿女不尽的哀思，那长龙似的纸花是对姑父的追忆，那前来吊唁不绝的人是姑父生前磊落一生光明一世的见证者。

姑父走了，却活在了熟识他的人心中。

（写于2008年）

大舅妈

大舅妈去世了，在2021年的冬天，在这个冬天的有着暖阳的午后。这一年，她七十六岁。

但在我的印象里，大舅妈一直是我儿时记得的样子。中年的她，留着短发，一身朴素干净的衣裳，嘴角时常挂着微笑。个子不高，眼睛里时常流露出慈爱的光。见了我，总是拉着我的手，笑眯眯地嘘寒问暖。

记得小时候，我时常随着母亲去舅家。舅家在镇上，镇上隔三天就会有集市。有集市的日子，母亲便要去舅家，那是必定要去大舅家的。大舅妈会擀一大案面，像变戏法似的麻利地变出一大铁锅可口的连锅面，那味道至今还诱惑着我的胃。尽管在那个年代，没有多少油水，也缺乏蔬菜，可大舅妈会用她那双灵巧的手把各种家常东西烩在一起变出一大铁锅的美味。一大家人围坐在一起，那时候没有饭桌，各自便坐在小板凳上，大舅就圪蹴在门口，端着一个大老碗，大舅妈和母亲边吃饭边拉家常，我们就围坐在旁边，大家吃得热火朝天，满屋子的欢声笑语。

吃完饭后，大舅妈继续和母亲说话，拉着怎么也拉不完的家常。我拉着母亲的衣角，就站在她们边上，津津有味地听着她们不厌其烦、绵绵不绝的话语，小小的我，便感觉到了温暖、自足、踏实和惬意。一抬头，头顶的天很蓝，云白得像棉花糖，有风吹过，有如小娃娃的手在脸上抚弄，便觉得日子很美好。

大舅只比母亲大两岁，大舅妈比母亲还小，但姑嫂俩关系好得像亲姊妹，每次见面都有说不完的话。有时不回家，就留在大舅家过夜，姑嫂俩睡在大土炕上，躺在大炕上另一头一溜儿排开的就是我们这些小人儿。大舅妈和母亲拉家常一直到深夜，我们在梦乡里已不知游了多少回，她们还在低声絮叨……

那个贫穷的年代，常常缺吃少穿。但我看到大舅妈穿着很合体的衣裳，干干净净，利利索索。她脸上常常挂着微笑，起早贪黑地忙碌着，把日子过得风生水起，经营得有滋有味，一家老少其乐融融。

谁也没有想到的是，那个大舅妈最疼爱的小儿子，那个像赶趟儿似的在大年初一降生、眼睛里时常放着小鹰一样的光芒、聪明伶俐得异于常人的小表弟，也是大舅妈最引以为傲的孩子，在七岁时得了场大病把人没留住，这成了大舅妈心里的伤。她整天里以泪洗面，好几年都缓不过来，从此便落下了眼疾。

日子还得继续。旧伤恢复的大舅妈又挽起袖子大干起来。大舅在外面忙于各种事务，精明能干的大舅妈把家里打理得井井有条。在她的精打细算下，日子过得红红火火。没过多久，用攒下的钱给家里置了一院房，有十几间，作为客房出租给那些在镇上做小生意的人。从此后，日子好了不知多少。

一天天，我们长大了，大人们也上了年纪。后来，我来到城里学习和工作后，便不大回老家，也便很少见到大舅妈了。直至五十二岁的母亲也离我们而去，我们成了没娘的孩子，大舅妈拉着我们姊妹的手，泪流满面，絮叨着母亲吃尽了苦却没享成福，让我们只要回家就到她家来，想吃什么她给做。母亲离世了好几年，提起母亲时，她还会抹眼泪。姑嫂关系如此好，在乡下也实属难得。

生活常常以这样的方式，一再告诉人们什么叫无常。过了几年，大舅没有任何征兆地突然离世，空荡荡的屋子里，只剩下孤苦的大舅妈一人。

由于父亲也在城里跟我们一起生活，便很少回老家了，和大舅妈一家也慢慢少了往来。直到两年前，听说大舅妈的眼疾加重了，我便和弟妹们一起去看望她。眼皮沉得抬不起来的大舅妈，硬撑着睁开眼，用她布满皱纹不再柔软的手示意我坐在她身边的凳子上，无言地看着我们，没有说一句话，眼角却溢出清泪。我不由得心酸难过，紧紧地抱着大舅妈的身体。大舅妈拉着我的手不肯松开，就像久违的母亲又来到了我身边……

如今，终于得到解脱的大舅妈，去那个极乐世界了。那里没有痛苦，那里有母亲，有大舅，还有她最心爱的小儿子，她应该也不会孤单。大舅妈走了，却把思念留给了记挂她的我们。

站在大舅妈灵前，凝视着大舅妈的遗像，平静安详的大舅妈，看着为她忙碌的人们，看着这个已经不属于她的世界。

恍惚中，总觉得曾经那个麻利善言、精明能干的大舅妈一直都在，她穿着那件合身的蓝花衣衫，微笑着走在光阴深处。

（写于2021年）

如泣如诉慰母恩

　　从不曾如此近乡情怯。因为，如今等在故乡的，是空荡荡的老屋里无处不在的"无"和院墙上随风而泣的枯草。还有院子里厚厚的一层落叶。一方孤寂的净土，我在"外头"，母亲在"里头"。

　　几近三年，我没有一刻不思念故乡，为那一方净土下的灵魂，常常在梦中唤着母亲，泪沾枕。

　　三年前，那个阴风突起的黄昏，一纸电报，传来了那个令人难以置信的噩耗——母亲与世长辞。我无法相信自己的眼睛。母亲，您才五十二岁啊！五十二岁，正当人生的壮年，可是……母亲，从那一刻起，我懂得了什么是撕心裂肺。

　　我爱故乡，但我不敢回故乡。我怕我无法自抑。看到熟悉的村庄，我会想起您，如今有谁会站在村头翘盼着我归来？又有谁相送我到村外？走进小院我会想起您，有谁会把院子扫得如此干净等着我回家？踏入空荡荡的老屋，我寻遍屋子的前前后后，没有您啊，母亲！没有熟悉的袅袅炊烟，没有天伦之乐织就的满屋的欢声笑语，只有空空的一屋的静默。坐在后院葡萄架下的青条石上，我无法不想您，这里，曾有盛不住的欢乐漫过婆娑的月影洒向苍穹，就连风都是清香的……可如今，这一切都到哪里去了？我千呼，我万唤，回答我的是风的呜咽和月的沉默。真道是——物是人非事事休，欲语泪先流！

母亲，我忘不了我上中学的那年冬天，刺骨的寒风如刀般割在脸上，同学们一个个缩头缩脑，缩着手在墙角挤"冲儿"。这当儿走来了被寒风包裹的您。您步行几里地专程为女儿送来您自己缝的棉手套。您知道我每一年最容易被冻伤的就是手，当您将一双崭新的棉绒手套戴在我又红又肿的手上时，母亲，我看到了您的手。那是怎样的一双手啊！粗糙、龟裂、青筋暴起，我攥着它，眼泪禁不住漫过眼睑。

我们一天天大了，您却一天天老了，添了一根根白发，多了一道道皱纹。为了我们家的日子，为了您大大小小的孩子，您起早贪黑，忙了地里忙家里，忙了白天忙晚上。父亲在外工作，我们家的日子还算富裕，但您舍不得吃、舍不得穿，生病总是自己扛，舍不得花钱看病，最终积劳成疾。我用生平第一份薪水给您买了那件绿色小碎花绸缎棉袄，您很喜爱却一直舍不得穿，直到辞世还压在箱底。母亲您用您的离世，启悟女儿关于珍惜、关于生命、关于爱和付出的意义。

记得在您去世的前两天，我回老家看望您。当时，您在镇医院住院，我给您亲手做了您常给我们做的旗花面。那时，您已经无法自己坐起来，您斜靠在枕头上，浑身力气似乎都用尽了。我给您喂饭，您的嘴张开都显得异常吃力，一口饭喂了好一阵子，又从嘴角流了出来。您吃得满头大汗，我喂得也是一身汗。母亲，没有经过世事的我，不知道那时候，您几乎油尽灯枯，已经用尽全身力气，但还是被命运推到了生死的临界点。我悔恨自己没有留下来，在您生命的最后关头陪着您。

母亲，我更忘不了，那一年，我带着两个月大的孩子回家，拖着病体的您，一遍又一遍地在尘土飞扬的车站翘望。尽管您一句话也没有对谁说，尽管医生叮嘱您千万要静养，尽管您每迈一步都如上刀山，但从家到车站的路上，留下了您充满爱的身影。当我抱着孩子站在您面前时，躺在病床上的您欣然地笑了，清清的泪从您眼里淌出。

母亲，您离开的头一年，我几乎夜夜都会在梦里寻找您。有时梦到您在万花筒似的地宫里，有时又仿佛看到您从田里正往回走，或者您就躺在老屋院子的椿树下纳凉，有时又梦到您不辞而别去了很远的地方。母亲，因为我不相信，您会离我们而去，我总是固执地相信您一定在一个不想让我们知道的地方，但一定会回家。

母亲，一回回的梦里，女儿都见到无言的您忙个不停，我也常常从梦中哭醒。我多么希望时光能倒流，阴阳能相通，我会加倍珍惜和您在一起的分分秒秒，哪怕听您病中的呻吟。但我知道，似海如山的母恩已永无回报的那一天，与日俱增的，只是如泣如诉的思念和悔恨。

母爱，是一首无字的诗；母爱，是一曲唱在心底的歌。女儿的思念像如泣如诉的琴音，像淙淙流淌的溪水，绵绵不绝……

（写于1994年）

师　魂

　　夕阳早已落到山后了。暮霭漫上来，笼罩了整座古城。坐落在古城墙根儿的这所有些年代的学校在经过了一天的喧闹后渐渐地静下来，偌大的校园里几乎看不到一个人影。但办公楼四楼的一扇窗户依然亮着灯，仿佛夜的眼。

　　灯光下，一位五十岁左右的中年妇女，她，齐耳的短发，穿着一件米色上衣、银灰色筒裤，给人一种端庄、宁静之感，又透出股说不出的威严与刚毅。她面前的桌上，堆放着三叠盈尺的作业本，她正在神情专注地批阅作业。对面桌上三个十四五岁的孩子正在做着她已经讲了三遍的题。这是班上几个底子比较弱的学生，为了这几个全校闻名的学生，她可真是操碎了心。这不，刚上完课、答毕疑，又和板报组的同学一起检查了一遍为明天准备评比的板报。其他学生陆续离开了学校后，她又开始给这几个学生补课。

　　这几个学生底子太弱了，她不能让她的任何一个学生掉队。她已经计划每天为他们补课，时间越来越紧了，她一刻也不能放松。这几个学生情况各异，一个太调皮，一个想学就是长进不大，还有一个父母离婚无人管，基本就是放养状态。针对他们不同的情况，她已分别做了规划。经过这一段时间的加强训练，他们都有不同程度的进步。临近中考了，绝不能掉以轻心，要一鼓作气。那位最捣蛋的学生最先给出了答案，学生笑了，她比学生还高兴。九点半的时候，孩子们的家长接走了他们。

孩子们走后，她又用了两个小时，才把作业改完。她站起来，伸了一个懒腰。忽然，眼睛针扎似的疼。一丝不安不易觉察地掠过脑际。她也不知道最近怎么了，眼睛已抽筋似的疼了好几次了。但是临近中考，她太忙了，实在抽不出时间去看医生，只是上周给一位在省医院工作的同学打了个电话说了说情况，同学提醒她一定要来医院看看。但是最近事情太多了。前天学校说上级教育部门要来校进行检查，要求各班准备板报。忙活了两天，今天终于办好了，只等着明天接受上级领导的检阅了，她就可以松一口气了。

当她走出办公室时，已经晚上十一点半了。出了校门向东走去，那是她家的方向。她明白，还得倒三班车才能到家。一想起家，一股暖流涌遍了全身。她有一个通情达理、支持她工作的老伴儿。她在车站等了好一会儿，也不见一辆车来，也没有别人在等车。她这才意识到末班车已经走了。她得靠着两条腿走回家去。她舍不得花几十元钱打出租车。在北京上大学的女儿还等着她寄钱，而她一个月的工资只有五百多块钱。走就走吧，就当锻炼身体呢。

古城的夜是不眠的夜。她有多久没有好好看过她居住的这个城市的夜景了？她总是忙，这一忙就是三十年。在这条路上，她已来来回回走了三十年，她仿佛第一次发现，古城的夜竟这么美。深蓝的夜空像深邃的海，明亮调皮的星星如学生的眼睛一样，一眨一眨的。她突然觉得生活是多么美好啊！

路两边的霓虹灯下，讲究而排场的夜总会、俱乐部、娱乐中心正红火着。有人在明明灭灭的灯光下唱着跳着玩着，享受着人生。

这个时候，他们怎么会想到在同一座城市，还会有人在废寝忘食、呕心沥血地工作和学习？

一想起那一群孩子，她心里就有说不出的欣慰。他们是一群鲜活的生命，是她生命的源泉。她爱他们，她熟悉他们每一个人，他们已融进了她的生命，成了她生命的一部分。

当她到家的时候，已是凌晨一点了。这已不是头一回了。

躺在床上，她浑身像散了架，眼睛又出其不意地抽筋了。她点了点眼药水，沉沉地睡着了。也不知过了多久，检查组好像要检查各班板报，当检查组到她的班上时，却忽然发现四周该贴的彩条竟忘了贴，这美中不足使她一下子紧张起来。她急得不知怎么办才好。急得她猛然坐了起来，一摸头上全是冷汗，原来是一场梦。她笑了，这梦做得太及时了，太好了！她必须去补救这个不足。于是她轻轻地穿好衣服，打开门准备往外走。老伴醒了，诧异地问她干什么去，她说班上还有点事，需要迅速去处理。老伴说，你真是不要命了，现在才四点多。她还是出了门，匆匆的身影消失在茫茫的夜色中。

她就是这样一个人，一个视工作高于一切的人，一个把生命融进事业中的人，一个纯粹的人，一个一心扑在学生身上的平凡而伟大的人。她的不平凡就在于她的平凡。

当学生们陆续来到学校的时候，她已做好了一切。当检查组的领导来到她班级的板报前，面露喜色点头称赞，她的心里比六月天喝了冰水还舒坦。

第一节课的铃声响了。这一节是她的课，她从容地走进教室。这时，眼睛又不是时候地开始疼了。她揉了揉眼睛，走上讲台。这一次比之前都疼，但她强迫自己硬撑着一定要坚持把这节课上完。

豆大的汗珠在背上流。到了这节课的最后几分钟时，她的眼睛一阵钻心地疼，紧接着眼前像蒙了一层雾水似的，再然后就什么也看不见了。一种不祥的预感攫住了她的心。孩子们发现了她的异常，一阵骚动。她睁着一双什么也看不见的眼睛，看着同学们，让学生先自己看书，并叫前排两个学生将她扶到医务室。

她终于被送进了省医院，经过几位专家的会诊，诊断出她患了非常严重的眼疾，必须尽快动手术才有可能复明。她的那位中学同学正好是她的主治大夫，责备她为什么不听自己的话早些来看医生，或许也不会到这一步。

她感到好累，她实在太累了，常常觉得自己像在拉一架车爬坡。她明白她不能停止、不能松懈，只能一鼓作气一个劲儿地往前赶。她埋怨自己怎么会在这个节骨眼上倒下呢？她的学生怎么办呢？距中考只剩下一周了呀！她人躺在病床上，心却还在学校。

下午，几个班上最调皮也是她平常关注最多的学生还有班干部来医院看她，他们流着泪说："老师，您是为了我们才累病的，以后，我们天天轮流照看您！"听了这话，她挣扎着坐起来，严厉地说："回去告诉同学们，没有我的许可一个也不准来医院！你们安心认真地按计划复习，就是对老师最大的安慰、最好的照顾。"学生们也真听她的话，果然没有再来。尽管她不在学校，但她的班级却比以往表现得更出色。学生们都憋着一股劲儿，要用最好的成绩去报答他们敬爱的老师。

就在学生中考的头一天，医院为她安排了手术。躺在手术台上，她不是想着她的眼睛能否复明、能否重见天日，而是又想到了她的那些学生们——他们能顺利答卷吗？遇到问题会冷静思考吗？会记住她曾经叮嘱过的不要提前交卷、要认真检查吗？

　　当眼睛上缠着纱布的她被推出手术室的时候，全班四十五个学生一个不落地站在手术室门外，齐声说："祝老师早日康复！"并将一个精致的花篮送给她。花篮中的鲜花上有晶莹的露珠在闪烁、滚动，鲜花丛中的满天星，静静地俯视着身边的花朵，就像老师慈爱的目光抚慰着她可爱的学生。

　　好大一棵树，绿色的祝福！

（写于1996年）

吾父吾师

我的父亲是我的老师！

岁月如磨，只一眨眼的工夫，便将当年还是盛年的父亲推向了耄耋之年，豆蔻年华的我也已到了知天命之年。

自打我记事起，父亲就是个极为严肃的人，很少见他笑。看似冷冰冰的父亲心里却装着一团火，那团火便是对教育工作的热情和对学生的爱。中学时，我一直在父亲身边上学。我唯一沾父亲的光就是可以在教师灶吃饭，这让我有了种极大的优越感。可是即使在教师灶吃饭，我几乎没有和父亲同吃过。因为我吃饭的时候，父亲仍在学生灶那里巡逻，一看见父亲站在那里，打饭的学生队伍便井然有序。父亲去吃饭时，不是饭菜凉了就是没有了。

父亲经常背着手在校园里转，发现问题随时解决。有一次下了晚自习，他去操场边转时，发现了一个学生正在树上津津有味地看墙外放映的电影。他不动声色地离开，叫来另一个学生，并叮嘱那个学生不要声张，只把那个树上的学生叫下来。学生下来了，一回头发现了就站在他身后的父亲。他对父亲说："安校长，你说吧，咋处理？"他次日早晨在上操后当着全校师生的面做了检讨。因为家里穷，有些学生交不起学费，父亲会派人把学生叫来学校，给该生申请减免学费。

晚自习时，父亲常常在教室的窗户外观察，脚步极轻，生怕惊扰了学生。下晚自习的铃声响了，父亲已把学校会议室的大门早早打开，将收集的学习资料挂满了会议室墙壁。好学的学生会陆续进来继续学习。会议室座位有限，在学校高高的路灯下、在老师宿舍的窗外都有学生的身影。那时候，到处可以看到如饥似渴学习的学生。

寒暑假，教师们都放假回家了，父亲常常去省城请来知名的教师为学生授课。当时缺乏学习资料，父亲常常顶风冒雨跑到省城为学生订购学习资料，并张贴于校内供学生学习。母亲生病在西安住院，我正怀着孩子，其他弟妹还在上学，父亲却惦记着学校周三开例会，硬是抛下母亲回到了学校。父亲对教育事业的忠诚和对学生的爱，学生看在眼里，记在心上。

父亲退休多年去外地游玩，闻讯赶来的学生围拢着他，嘘寒问暖，有说不完的话，他心里乐开了花。已经走上工作岗位的学生遇事常会请教他，父亲会给以指点。如今，学生们聚在一起时常说起被父亲严厉批评却让他们感念至今的故事，他们说是父亲改变了他们的命运。

那一年父亲七十岁，早已经走上工作岗位的学生们自发组织为父亲过教师节。学生们在父亲亲手绘制的"桃李图"上寻找着他们的位置，兴奋不已，仿佛又回到了中学时代。很多人纳闷，学生们念念不忘的应该是他们的班主任，对一个老校长能这样真是少见。父亲最高兴的时候，就是和他的学生在一起；父亲最自豪的事，就是他遍布五湖四海学有所成的学生们。

父亲来我的母校工作的那年，母校高考中榜七十多人，比父亲来的前一年多了六十八人，名列全县前茅。以后多年保持这个良好记录。每届考上的学生，他都要亲自标注在他绘制的"桃李图"上。那是他亲手绘制的，地图上是他五湖四海的学生。几十年过去了，见到学生，他一下子能叫出他们的名字。

我相信一句话：有付出，是一定会有回报的。父亲以他的无私奉献以及对学生深深的爱，赢得了学生的尊敬和爱戴。父亲站在他亲手绘制的"桃李图"前时，是父亲最幸福的时刻。

当父亲刚刚离开学校的时候，我不经意间看到父亲一个人默默向着学校的方向一言不发。住在学校家属楼的他，当听到学校铃声响起时，他会低着头静静地坐在小板凳上一动也不动。夜深人静时，他常常向学校的方向凝望。他是舍不得他的学生，舍不得他一干就是四十多年的教育事业。尽管他不在学校了，仍然有四乡八邻的乡亲来向他请教孩子的事，或是上学或是填报志愿，还有已走上工作岗位的学生在一些决策的重要关头请他指点迷津。

离开了学校，他仍惦记着每年的高考，密切关注每年的高考政策及动态，常召集村里高考的学生义务辅导他们填报志愿，也有家长亲自带着孩子来请他指教。

退休后的父亲，又开始热心张罗村里的事情。在大伙的齐心协力下，多年失修的古庙焕然一新了，"水泥路"成了真的水泥路了，过年时古庙的红灯笼挂起来了，红对联贴起来了，村头的黑板报办起来了，村里的秧歌队舞起来了……

我们姊妹大多在西安，父亲便不时来城里。几乎每回来城里，都会为村子的老年人义务办理老年证。那一次，父亲拿着我老公弄来的十多张戏票，如约到来的在省城工作的学生们见到他第一句话就问："校长叔，说吧，又有啥新任务？"退休的父亲东奔西跑找他在省城工作的学生，为村里修了路建了学校。他用自己的退休金为村里买了报架并订了《农业科技报》。在西安举办世园会的那一年，他在现场义务维持秩序，那些乱挤乱拥的人流在他的指挥下，竟然井然有序，他大概把那些人又当成了他当年的学生。

早年父亲在距家几十里的外地工作，一周只在周末回家一次。周六下午，骑近百里路的自行车天快黑才到家，刚放下自行车的父亲又拉起架子车拉土去了。我不明白为什么要拉那么一个小山似的大土堆呢？后来知道是为了垫后院。父亲回来除了拉土，还拉粪，要么就是劈柴、担水，总之一刻也不闲着。到第二天要走了，还得到村头的水井里担水，一担又一担，直到把家里那个比当时的我还高出许多的水瓮装满。这一瓮的水可以供我们全家一周吃用。这就是父亲的周末，他总是在奔忙，比蜜蜂还忙。

父亲对学生严格要求，对子女也不例外。那个年月，粮食紧缺，有次走亲戚回来，经常吃黑馍的我，将给大伯家送的白蒸馍忍不住私藏了两个，被父亲知道后狠狠地打了一顿。

以前，老觉得父亲是个冷冰冰没有感情的人。如今，父亲让我们越来越多地知道了他温情的一面。他常幽默一回，惹得我们前仰后合地笑。那一年在老家过年，父亲和孩子们在院子里敲锣打鼓，高兴得像个孩子。孩子们每次回老家，父亲必定提前晾晒好被褥，并在屋檐下绑好秋千，只等他的子孙们来玩。

逢年过节，我们回到老屋围在父亲身边拉家常，常常说到夜里两三点。这个时候，父亲眼睛睁得大大的，一点儿也不瞌睡。可父亲第二天早晨照样起得那么早去扫村里的马路。村里人笑着对我们说，只要看见村里马路特别干净，肯定是父亲回村了。

我常常想，父亲这么大年纪的人了，是什么促使他乐此不疲地去做那些异于常人的事？是一种信仰，一种精神！他坚信这个社会是美好的，生活是美好的！父亲身上一直有一种精神，一种值得我辈学习的精神，一种对生活的热爱，一种对社会的责任感。

我的父亲！吾父吾师！

（写于2016年）

探访赵振川先生

难耐城里酷暑，我们周末便去了关山牧场。从关山牧场返程时，途经千阳，老公说要带我去一胜处。

千阳，我还真没有来过。不过，看着参差不齐似乎营养不良的庄稼、草皮有一搭没一搭盖着的山，我暗想，这样的地方还能有什么胜处？

七弯八拐之后，就看见石雕模样的墙体，颇有几分气势，上书红色"千湖"。进得"千湖"，竟别有洞天。

路两边零星有居住的人家，可并没有见到几个人影。先是不粗但笔直高耸的一片密不透风的树林，与村上春树曾画的森林颇有几分相像。不知这里是否是"挪威的森林"。接着是一片接一片的荷塘，间杂其间的是一丛丛连成片的芦苇。二三十分钟后，车停在一处中央有亭子的荷塘边的空地上，好像是专门为我们停车准备的似的。往里走有几座房屋，两三层楼的样子，屋后临山，屋前是流淌的河，河边有柳有芦苇有荷。老公没有诳我，这真是一处胜地！

来到房子前，一块赭色的木匾出现在眼前——赵振川工作室！噢，原来是久负盛名的赵振川先生画室！

"我把媳妇带来了！"老公笑着朗声道。本坐在藤椅上的一老者站起来，我迎上去握住那双有力的手，他笑着说："好！把咱媳妇带来了！好！"

这就是鼎鼎大名的赵振川！一头几乎全白却很浓密的头发掩不住先生当年的英姿，一双聚光聚神的眼睛不时透出年轻人般灵动的光芒，着布衣布鞋，与坐着的藤椅很是般配。

工作室高且大，约有三层楼那么高，错落有致的灯讲究地挂在上空，整面称得上空旷的墙专门留白是为先生作画用的，墙边有专门镂空的五组细长的窗棂，外边有光透进来，窗外绿色的树影在墙外婆娑。一张一弛，有明有暗，错落有致，先生的画室在通透畅快中处处别具匠心。

老公初学画时，师从赵先生。平日不时听老公提起先生，却从未谋面，今终得一见真人，真乃一幸。寒暄过后，我们落座，先生让我们品尝了差人清早从集市上买来的鲜桃，我们喝茶、聊天。谈笑间，深感先生虽为大家，却一点儿架子也没有，平易近人且幽默风趣。先生说，他为作一幅画才来此处，他现在晚上不作画，只白天作画。我们来时刚送走了一批人。我笑问，人多来往，会影响先生作画吧？先生说，别人说着话，他作他的画。不了然于心，怎能有如此气魄！就像板桥先生说的"成竹在胸"，先生是"成画在胸"。画累了便泡一壶茶，或去池塘边转转，等心腾空了就接着作画。

先生的画室中央有张近十米的长桌，桌子上铺着一张几乎和桌子一般大的白毡，毡上是先生正在作的一幅几乎和桌子一样大的画。画的架子已搭起：莽莽群山，远近高低，错落有致；郁郁葱葱的树，顿失滔滔的河，大好河山直抒胸臆。真是大格局、大气魄！

随后，先生邀请我们参观了展室。出了工作室，跨过一条马路，就是展室。展室是和先生工作室几乎一样大的房间。展室里最夺目的是先生的一幅巨大的山水图，周围几乎全是书法作品，有先生的也有别人的。先生的画如众星捧月般熠熠生辉。在这里，我也知道了以先生的父亲赵望云为首的"长安画派"的精英人物石鲁、何海霞、方济众、黄胄等，他们为长安画派的发展做出巨大贡献。"长安画派"以山水为载体，深入生活，表现生活，透视出西北人的精神与灵魂。"长安画派"之所以能流传至今并不断发扬光大，是因为它们解决了"画什么""为谁画"的问题，把一直以来中国画只为少数人服务的方向改为面向大众、深入现实、反映民众生活和精神风貌的表现主题上来，打破了文人画的历史局限，直接与现实对话，与毛泽东主席"文艺为工农兵服务"思想相契合。

天色渐晚，我们不得不和先生告别了。

途经先生工作室外那一片荷塘，有小径通向荷塘中央的亭台。有月的晚上，在亭台观月赏荷，会有白鹤从空中飞过吗？不由得想起了林黛玉和史湘云对的"寒塘渡鹤影，冷月葬花魂"，只不过此情此景绝非彼时情景。再往外走，荷塘便与湿地公园连成一片，一条蜿蜒的河流经门前流向远方。有背倚的山，有门前的河，有绿而茂盛的芦苇；有池有荷，荷上花开，有白有红；有草有花，有亭有榭；居于这妙处的赵先生活脱脱一个神仙——画中仙人！

（写于2016年）

青草味里的怀念

走在春日里，空气中常常弥漫着丝丝缕缕的青草味，一阵一阵直往人的鼻子里、眼睛里、心里钻。

不用问，准有割草机在春天的草地上轰鸣，落地的青草沁出绿色的汁液，饱满的汁液星星点点地落在草地上，于是，草更绿了，把地也染得碧透。那是草流淌的血液吧？抑或是它流出的泪？那种特有的腥味会让人微醉。花却开得正艳。

这时候，心里就像谁用根羽毛在不经意地撩拨，有点酸楚，有些微感动，又夹杂着激动和些许不安。莫名其妙地，便会有种淡淡的无可名状的忧伤，涩涩的酸酸的又甜甜的凉凉的掠过全身。那是春天的味道吧？是青春的味道吧？

这种独特的味道，一直留存在我的记忆深处。它们就像季风一样，每年的春天准时来到，把我的思绪牵引到从前，以及从前那些有关伯父、有关春天、有关浓得化不开的青草味里……

打从我记事起，我们就跟伯父生活在一起。婶娘去世得早，伯父也没有孩子。伯父年长父亲八岁，长兄如父，父亲每月的薪水是要交给伯父的。

印象里，老屋的正中央有个颇大的八仙桌，八仙桌两边有两把雕花的黑色木椅，木椅上一边坐着伯父，一边坐着父亲。他们常坐在椅子上说话，吃饭时也是坐在椅子上，菜放在桌子的中间，一人端一个碗。伯父和父亲说话时，从没有笑过，很像古装剧里的老爷。

但和我们不一样。伯父常和我们有说有笑，把司机常常叫成"鸡屎"。去地里一起干活时，我们和伯父猜谜语、说笑话。伯父说我是状元，二妹是榜眼，三妹是探花，四妹和弟弟太小，也记不清说他们是什么了。只可惜，伯父没等到我中状元就离开我们了。

那时，伯父是生产队的饲养员，每一次妈妈做好饭，我就连蹦带跳唱着歌去饲养室叫伯父吃饭。伯父的饲养室在村北头，远远就可以闻到从饲养室漫溢出来的青草味，浓浓的青草味弥漫了一屋子。饲养室的地面上，常常堆放着伯父割回来的青草，旁边有一个看《铡美案》时见过的那种大铡刀，那些堆积如山的草就是大铡刀一刀一刀铡碎的，天长日久，地面都被浸绿了，青草的汁液渗进了地里。

伯父的饲养室里有十几头牛，它们都是伯父的宝贝，伯父日夜陪伴着它们。伯父除了照看这些像农民一样忠厚老实的生灵，还经常用独轮小推车把晒干的土推进来铺撒在牛圈里，以便牛们在没有太阳的时候也能时常闻到太阳的味道。伯父常常夜里起来给它们添草加料，在做这些的时候，他常常和牛说话，仿佛在对一个人说话似的。那些牛默默地望着伯父添草、加料。又默默地一心一意地咀嚼着这世界上无与伦比的美味，用油光发亮的锦缎似的皮毛，让伯父在屡次的比赛中获得了无数赞赏的目光。那个时候，生产队所有的地都是靠它们来耕作的。

为了这些耕牛，生产队还专门栽种了苜蓿，一种开着紫色小花的草本植物。这些苜蓿都由饲养员经管着。春天里，刚从地面上冒出来的苜蓿，过不了多久便水水嫩嫩、翠绿翠绿的，惹人怜爱。那个年代，日子都过得紧巴，似乎什么都缺。为了给饭里添点绿色，我们这些孩子常常随着大人去偷苜蓿。有一次偷得正欢，被伯父发现了。伯父在后面追赶，大人跑得快，瘦小的我被追赶得上气不接下气，眼看就要被伯父抓住了，情急之下，就近跑到一户半开着门的人家，返身关上门。伯父在外面咚咚地捶门，我的小心脏在门里面咚咚地跳。现在想来，真是有趣。这是贫穷年代平淡生活中的意外和惊险。每当干这些"勾当"时，我吓得不敢回家，常把"胜利果实"藏在门外隐蔽的地方，蹑手蹑脚地溜回家，生怕遇见伯父。

苜蓿根本不够伯父经管的这些大家伙吃，况且苜蓿第一茬的嫩绿被割后，常常会开紫色的素色小花，星星一样撒得满地都是，枝叶却变得干巴巴的，水分全被头顶的太阳晒干了。伯父常常去河岸割青草。青草里有跳来跳去的蚂蚱和从河里跳上来的青蛙，伯父常逮来给弟弟玩，弟弟像个小跟屁虫似的，伯父常能满足他的好奇心。

青草和苜蓿的味道极像，其实它们本也都是草本植物。只不过，春天的青草是水嫩的、滑爽的，有种丝滑感。在春风中摇曳的苜蓿则透着股灵性，内里又充满了质感。它们相得益彰，被饲养室里伯父的宝贝们愉悦地享用着。在这些绿色的植物里来来去去，伯父身上也浸染了这些植物的味道，整个饲养室不用说更是盈满了烈烈的青草味。在这浓浓的绵长的青草味中，伯父多年来生活的那个地方，就如现实中的童话世界一般。

当暮霭笼罩整个村落的时候，伯父的地盘也是最热闹的时候。生产队的记分员在这里为当天劳动的人记工分，每年的口粮都按这些工分来分配。年少的孩童一天只有两个工分，不到大人的五分之一。有些人家一年到头，不但得不到口粮，还得给生产队倒贴。我们家有两个劳力——伯父和姐姐，所以一年下来还能挣八十多元。大人在记工分的当口，我们这些小孩子便在伯父的饲养室里捉迷藏。有一回还硬往伯父堆在墙角的铡碎的青草里藏，被伯父拉出来打了一顿。在大人们的笑声中，鼻涕、眼泪、青草沾满衣服的我也破涕为笑。

有关伯父的记忆都浸润着青草味，这是春天的味道。我对伯父的思念长成了春天里的一棵树，这棵树在时光里枝繁叶茂。

在我离开家乡来西安上大学的那一年，伯父离开了这个世界，算起来至今也有三十多年了。三十多年来，每年春天里弥漫在空气中的青草味总会将我带回从前的青葱岁月。那种味道是和伯父连在一起的，那是一辈子也忘不掉的味道。

（写于2016年）

时间深处的孤灯

他是我的班主任，自从他退休离开学校，我们二十多年没有见了。适逢母校五十华诞，老班长一提议，我们一群人去看望老师了。

到了那个叫马营的村子，很快就找到了老师的家。老师去了地里，班长带了几个男生去找。一会儿，我们看到一个老人向我们走来，我们屏住呼吸，时间在这一刻仿佛凝固了。

不知谁喊了声：袁老师！已经四十岁上下的我们欢呼雀跃着向老师跑去。我们男男女女几十个人一下子把老师簇拥在中间，拉着手，问候着，满腹的话不知从何说起。

老师的家，可以用清贫来形容。两间房子里没有什么值钱的东西，一个老式的布沙发放在刚一进门的地方。一下子来了这么多人，师母找来了家里所有能坐的东西，其实也只不过是几个高低不等的小凳子。然而，我们却围着老师站着。老师一一叫着我们的名字，高兴得哭了。他说他实在太高兴了，能在有生之年见到这么多学生，这是比什么都好的事情。

我的眼睛酸酸的，眼泪被我鼓足劲憋了回去。真让人不可思议！一眨眼都二十多年了，当年十几岁的我们如今眼角都已有了岁

402

月的痕迹，老师却没有多大变化，头发依然花白，目光依然炯炯有神，八十多岁的人了，精神还是那么好。老师一一问了我们的情况，喜悦写在老师的脸上，我们仿佛又看到了二十多年前的那个班主任。

那一年，我们刚刚进入那所中学。他是我们的班主任。他对我们要求很严格，从不允许迟到早退。他自己以身作则。他总是第一个去教室，当同学们陆续来到教室时，他早已打扫了卫生，擦净了黑板，教室里外洒了水。放学后他又是最后一个离开教室，到了晚自习，又陪着我们。教室成了他的家，我们成了他的孩子。老师是起得最早的人，也是睡得最晚的人。每天老师都要打扫教室的卫生。老师用他的行动告诉我们，要热爱劳动，他用行动诠释着什么是爱。

在他的影响下，班上同学一直都很努力，学校的卫生流动红旗因此常常挂在我们班的教室。记得，有一个学期开学没多久，他突然宣布，要求班上的女生一律剪成短发。我的一头长发可是从上小学就开始留的，我视它为生命，说什么也不愿意剪掉，并从心里恨他，嫌他多管闲事。没想到他为此事找到了当时在学校当领导的父亲，并说留短发无论梳头还是洗头都很方便，这样就会有更多的时间学习。后来，在他的耐心说服下，我剪了头发，也理解了他的良苦用心。如今我也这样要求我的孩子，这不能不说是受了老师的影响。

有一天，我们班转来了一对双胞胎姐弟。由于适逢周末没来得及安排住处，他便将他的宿舍钥匙给了他们，自己跑了很远的路回家。他就是这样从来都当学生是他自己的孩子。

老师没有什么惊天动地的丰功伟绩，有的只是一颗时时事事处处为我们着想的平常心，并且用他自己的行动默默地引领着我们向前去。

时光荏苒，日月如梭，但在时间的深处有一盏孤灯一直照亮着我的人生之路。

（写于2002年）

琐

忆

哦，我的小屋

　　我的小屋它龟缩在两边高大的楼群之间。多年来的风吹、日晒、雨淋，门窗的油漆已变色脱落。

　　"你也实在太破旧不堪了！"我常对我的小屋说。

　　一次偶然的机会，改变了我对小屋的看法。我去参加朋友的婚礼，他们都是搞建筑的，婚礼就在简易棚里举行。看着那"新房"，我陷入了沉思。工棚低矮就不必说，单是透过工棚顶的石棉瓦直射下来的骄阳也足以将人晒化。但工人们什么也没有计较，他们兴高采烈地做着各自的活儿，那样坦荡，那样知足，那样认真。我被感动了，刹那间，我想到了我的小屋。我理解了我的小屋，突然间，我感觉到我的小屋，那是等了我多久的老友啊！城市这么大，独独是我拥有了它。老实说，对于小屋给予我的一切，和那工棚相比，我还有什么不知足的呢？

　　在迎来送往中，小屋接待了一批又一批客人。有往昔的同学，有新交的好友，有家乡的亲人。他们带来了关心、问候、温暖和欢乐，还有深深的祝福。作为小屋的主人，我不断地发现了它的好。

　　小屋呈南北走向。屋内南边有个方方正正的大窗户，临着热闹非凡的小街，不紧不慢地接纳着夏风秋阳。北边和门并排有一个大

407

窗户，却静得仿佛与南边是两个世界。小屋有三十多平方米，我又把它分为南北两部分：北部工作区和南部生活区。

盛夏，当我从外面回到小屋，一股清新凉爽的气息扑面而来。瞬间，满身的疲劳便不翼而飞，浑身的燥热烟消云散，我宛如来到了世外桃源。那南来北往的风，爬上窗户，扑进小屋，给小屋送爽。若在晚上，倚在临街的窗前，仰望夜空，满天的繁星一闪一闪，听着悠扬的乐曲，夜风轻柔地抚摸着我的全身，舒心惬意极了。

隆冬，我踏进小屋，寒冷霎时便被消融了。小屋用一屋子的温暖拥抚着我，一种只可意会的情愫溢满了我的心扉，淡淡的温馨围裹着我，抚慰着我孤寂的心，一股暖流浸润我的身心。几盆花草，给小屋增添了几许盎然的春意。柔和的灯光，轻轻飘动的窗帘，淡淡的花香，悠悠的乐曲，整齐的书桌，整洁的小床……在这里伏案疾书，我满足极了。

我爱夜，爱月色。月明星稀的夜晚，我总爱站在通向小屋楼梯的平台上，仰望苍穹，无尽的联想便将我的思绪带到无垠的天际。由于小屋的位置，我只能看到一线天空。每每这个时候，我就有种超凡脱俗之感，仿佛走进了一个神话世界，在幽深的静静的"峡谷"中怡然自得地逍遥。这里没有尘世的纷杂，没有人打扰，只有清幽，只有纯净，我宛如步入一种空灵境界。

茶余饭后，工作间隙，我常情不自禁地走到"生活区"，凭倚临街的窗户，小街上的人生百态尽收眼底。透过窗口，我看到了飞翔的小鸟、凌空的大雁、飘逸的流云、高远的蓝天。于是，我的思绪便飞出小窗，飞向蓝天，飞进宇宙。

斗转星移，小屋里，迎来了真诚的爱人、可爱的孩子。现在，小屋仍在为我们这个三口之家缔造着幸福。我们生活虽不算富裕，但常常有盛不住的欢声笑语溢出小屋。

我的小屋，它陪着我度过了那段艰难却美好的时光，把无尽的快乐和幸福带给了刚刚步入社会的我。

哦，我的小屋！

（写于1991年）

家乡的斜斜路

　　村子的南边，有条通向东南方向的小路，村里人常叫它斜斜路。

　　斜斜路是一条土路。路不是很宽，最多可容一辆架子车通行；路面不是很平，走在上面垫人的脚。但沿着它，可以把人领到五里地外的镇上。

　　全村的人，都走斜斜路。斜斜路横穿了几乎全村的田地。走过斜斜路，村人将希望播种在春天里；那希望在夏天里便茂盛地生长；到了秋天，该收获希望了；冬天里，村人收藏了丰硕的果实。

　　一年里，最忙的季节是夏季，全村大大小小的人都会奔忙在斜斜路上，一同奔忙的还有欢笑和汗水。

　　当大人们在田间忙活的时候，我们这些娃娃则在斜斜路上奔来跑去，打闹嬉戏。大人们劳作累了，便坐在斜斜路两边说笑、拉家常，孩子们则闹得更欢实了。

　　常常，在镇上有集的日子，我和弟弟妹妹们会跑到村头的斜斜路口，等待赶集的母亲归来。因外婆家在镇上，母亲赶集往往黄昏才能归来。我们就站在村口的大柳树底下，往斜斜路上远望。远远地，看到了一个人影，我们热切地期盼着。人影越来越近，我们的心会加速跳动，眼睛也一眨不眨地盯着越来越近的人影，生怕一眨眼错过了，心里便焦急地呐喊：妈！妈！是你！是你！走近了，发现不是母亲，心里有点恼。但当远方又一个黑影在斜斜路上出现时，我们又开始热切地期盼了。当那希望终于变成现实时，我们会不顾一切地跑到母亲身边，帮着接下母亲挎着的竹篮，那里面常常有我们爱吃的糖果。

多少次，斜斜路给了我们希望也给了我们失望。在希望与失望中，我们长大了，母亲也变老了，我们也一个个在母亲的目送中踏上斜斜路走向了远方……

先是我，再是弟弟妹妹们，我们一个个走过斜斜路到镇上去上中学。我们离开后，母亲常会在周末的黄昏——我们必定回家的日子，站在村头的斜斜路口翘望着东南方。当那远方的影子变成我们的时候，母亲的脸上笑开了花。

去镇上上学，一周里，我们还会在斜斜路上走一两回，要回家取馍。当在斜斜路上来回走动的时候，好几里的路程得走大半天，枯燥而乏味，有时脚都磨出了泡。晴天，只忍受它的疙里疙瘩罢了；遇到雨天可就惨了，泥泞而狭窄的斜斜路使人望而生畏。几里路走下来，脚像上了刑，腿像灌了铅。于是，我在心里发誓，这辈子再也不走斜斜路了。

再后来，真的彻底不走斜斜路了，因为，村西头修了条宽阔的柏油马路，很平整、很宽畅，三轮车、拖拉机、小轿车都愿走这条新修的路。

斜斜路上走的人越来越少了，只有老人和小孩偶尔走走。算起来，我竟然有近三十年没有在斜斜路上好好走过了。从斜斜路走到省城，在省城一待就是几十年。每次回老家，也不走斜斜路，村西的柏油马路可以将我带到家门口，而斜斜路还是只能走人、拉架子车，雨天里还是照样泥泞。

可不知怎么的，离开家乡几十年了，每回回家乡，我总爱去看看斜斜路，就像去看一个老朋友、一个儿时的玩伴，重拾一段抹不去的时光。我会特意在斜斜路上走一走，去田间地垄看看，便有一种踏实与稳妥的感觉，甚至有种亲切还有微微的激动。我知道，斜斜路上的一草一木，已深深地融进我的生命，不管它离我有多远，不管我离开它有多久，我永远也走不出儿时那段快乐的留在斜斜路上的时光。

（写于1999年）

门前那棵树

我家门前有一棵树。

它陪伴我已有二十多年了，我搬进小区时它已经在那里了。

那棵树并不高，但枝叶繁茂、树冠硕大，把一楼人家的窗户都掩映了。夜幕降临，婆娑的树影里仿佛藏着一帘幽梦。

突然，有一天清晨，这棵树下围满了人，人们议论纷纷，且对那棵寻常的树指指点点，树身上并不粗壮的枝干耷拉在地上。一打听才知道，一楼的这户人家昨夜进贼了，贼就是顺着这棵树钻进屋子的。这棵树成了窃贼的帮凶。在失主的强烈要求下，那棵无辜的树成了替罪羔羊，被愤怒地连根拔起，后来，它被移栽到了楼下门前的中心花园的最西头。

那个有点神秘的窗没有了树的掩映，便被完全暴露在了光天化日之下，显得突兀而单调，总觉得怪怪的，像缺了点什么似的。那棵树被连根拔起后，周身的枝叶疏密不均，像头发"沙化"的中年人。它就躺在一楼的地上，像一个遍体鳞伤、不断呻吟的病人。它无力地承受着四周的目光，人们无情地对它指指点点。过了不久，那些枝干也被砍掉了，只剩下中心的一小部分。它就像病人剃了光头。可能是觉得买它花了钱，扔了可惜吧，就把这棵树移栽到了两座楼中间的小花园里。那个小花园并不大，那里栽种的全是冬青，并不高。那棵面目全非的树在冬青里好似鹤立鸡群。只是移栽过去不久，它便枝枯叶干。我心想，这树怕是要完了吧。暗暗思忖，都是那不长眼的贼惹的祸。

日子如常，日出日落间，也不知过了多少时日。忽一日，看见那树身四周撑着木棍，树身上还挂着吊瓶在输液，如一个哈着腰拄着拐杖有了老态的年轻人，有种悲凉爬上心头。曾经多么神气的"年轻人"啊，现在怎么一下子"老态龙钟"了？我便不忍再多看它一眼。偶尔路过时还会看到它，它依然没有起色。我心想，这个历经坎坷的树怕是要命不久矣。日子久了，竟忘记了它的存在。

忽一日，楼下围了一圈人。凑过去，才知道是那棵树被拦腰砍断了，只留下不到一人高的桩，一场雨过后，光秃秃的树身顶端生出了一抹绿，那抹绿怯生生地探着头，羞涩的小姑娘似的。也不知过了多久，那头顶竟然有了一片绿意。后来那个倔强的"小家伙"终于茁壮起来了，如今已是枝繁叶茂了。

每天下楼，它都在楼下迎接我，每天回家，它都目送我上楼，披星戴月，风雨无阻。它用它的成长，告诉了世人很多道理，关于坚强和勇敢，关于磨难和重生，关于误解打击和忍辱负重，关于历经艰险和起死回生。它是大自然的孩子，它是大自然的代言人。

如今，它不但长高了，也长壮实了。我总觉得它像一个精明能干的小伙子，有一头浓密繁茂的头发，泛着光泽，在微风中欢笑着，日日向着朝阳，吸取天地之精华、日月之灵秀，散发着挡不住的青春气息。我是看着它一步一步变成今天这个样子的。如今它已经郁郁葱葱，枝繁叶茂，有了长成参天大树的趋势了。

那棵树，那棵历经坎坷、受尽磨难、劫后重生的树，那棵坚强勇敢、不屈不挠、战胜厄运的树，那棵经受误解、打击、嘲讽和挖苦却顽强活下来的树，它用对生命的执着、对生活的向往诠释了生活的真谛，小小年纪却让人敬佩。

天渐渐冷了，小区里来了一对弹棉花网蚕丝被的夫妇。他们的机器就支在小花园前面的那片空场地上，与我家门前的那棵树仅一步之遥。白天，他们在这里忙碌，那棵树不眨眼地看着他们；晚上白帐子围成一圈，就成了"家"。那棵树站在他们的"家门"外，替他们守候着"家"。天当房子地当床的他们，在风餐露宿中体会着生活的不易，但却坚强地把日子活成了一道风景。多么像和他们毗邻的那棵树啊！

有一天，我突然发现了，其实小区的每一个单元的楼门前几乎都有同样的一棵树，它们有着相同的枝叶和躯干。但我家楼下的那一棵却卓然不群。它的同类们没精打采、松松垮垮的，有种疲态和老相，仿佛一个五十岁朝上、胡子拉碴、趿拉着拖鞋的邋遢男子。可我家楼下这一棵有所不同，它挺拔、英姿飒爽，如一个二十多岁的小伙子，充满了向上的力量与朝气！它是一棵有故事的树，它是一棵经受住了打击和坎坷的树，它是与命运抗争过的树。它独木成林，活出了一种不屈的精神，它用它的成长，昭示世人只要不放弃，未来一定属于不懈努力的你！

那棵树，让我见证了生命的奇迹；那棵树，揭示了大自然的奥秘；那棵树，给了我喜欢它的理由！

我喜欢我家楼下的门前的那棵树！

（写于2021年）

外婆家的茅草屋

从乡间来到城里，从茅草屋上到高楼大厦，但我心灵的一方净土却留在了外婆家的茅草屋。

小时候，只要父母到外婆家去，准要带上我。这一去，必是要被外婆留下来住，一住就是一个月，甚至四十天。我有关童年的记忆，多半是与外婆家有关的。

那时候，外婆家居住的是一座茅草屋，并且还是独家独院哩！茅草屋的东边有片不小的空地，外爷把春夏秋冬精致地栽进了这里。于是，我看到了嫩绿的韭菜齐刷刷地在春风里唱歌，黄得耀眼的油菜花儿站在边上拍着手欢笑，小蜜蜂和花蝴蝶也跑来凑热闹。

热得人一个劲儿往外冒汗的夏季，我奇怪那一簇簇地散布在绿色枝叶间的小黄花是如何变成了浑身长满水嫩小刺的黄瓜的。我最爱替外婆采摘那爬满枝干的串串梅豆角和那藏在枝叶间的紫色大茄子了。丝瓜的枝蔓则顺着外爷牵的绳爬上了墙。但我最爱不释手的还要数那鲜红欲滴的西红柿了。不久，这里又变换出了绿色枝叶间燃烧着的红红的火焰，那便是小小的我每顿饭都离不了的辣椒。而那呆头呆脑伏在地上的便是吃起来又面又甜的南瓜了。到了北风吹起的时节，北方庄户人家离不开的萝卜、白菜又成了这里的主宰。

416

常常，那地里的果实，没等成熟就成了我口中的美味。偶尔被外婆看见了，她也只是在我的小屁股上拍上两下，乐着走开了。外爷更是亲自采摘来喂我这个"小馋猫"。

外婆家的茅草屋坐西向东。清晨，阳光似道道金线透过窗棂，照着还钻在被窝里的小懒虫。这时候，正在做早饭的外婆已为我烤好了黄灿灿、香喷喷的馍馍，刚吃过煮鸡蛋的我，又接过外婆递来的烤馍馍，趴在被窝里有滋有味地吃起来，外婆的脸上笑开了花。不过，外婆不是事事都依着我的，我清楚地记得，有天清晨，一丝不挂的我硬要跟外爷打水去，外婆死拉硬拽，我还是挣脱了。外婆抓住我后，狠狠打了我一顿。在我的记忆里，这是外婆唯一一次打我。

外婆家的院子靠北有架好大好大的葡萄藤，几乎笼罩了半个院子。藤上挂满了青果果，就像一个个发着青光的小灯泡。当这些青果果一个个在不知不觉间变紫的时候，便是我最开心的时候。我悄悄地搬来小板凳，颤颤地站在上面，手持竹竿去干谁也能猜得出的"勾当"。当然，更多的时候，是外爷亲自为我采下那紫色的果实。但是，我最盼望的，是晚饭后一家人围坐在竹凉席上，我坐在外婆怀里听她讲牛郎织女的故事、讲嫦娥奔月的神话，外爷则吧嗒吧嗒地抽着旱烟。月亮银色的光辉透过葡萄藤星星点点地洒在我们身上。

外婆家的院子正前方有一眼清泉，时间久了竟汇集成一方清池，池水清澈见底。夏日里，那伞篷撑在池的中央，荷花仙子身着粉红衣裳在绿篷上翩翩起舞，蜻蜓飞来为她助兴，鱼儿在篷下自由自在地游来游去。修竹在岸边站立着，仿佛守望着这一池的秀色和灵气。池水的尽处是一望无垠的稻田，在微风的召唤下，绿色的秧苗荡起一层层绿浪，蓝天、白云、水鸟在绿色织就的水网中时隐时现。现在想起来，我突然觉得这里比琼瑶刻意描绘的水云间更多了些活力与灵气。

外婆家位于渭河沿岸，周围多水草，夏夜的蚊子一波一波嗡嗡地飞来，又闷又热又痒，尤其在晚饭时分。这时，外婆总是手拿芭蕉扇坐在我身边前后左右扇着，外爷则不断给我夹菜，直到我的小肚皮变成大西瓜。饭后，我会拉着外婆来到水池边，帮我数那怎么也数不清的星星。那一池的点点繁星，仿佛一池的珍珠，一闪一闪的，煞是好看。这时候，蛙声和着蝉鸣，在一回一应地唱着。

由于常年在外婆家，我在那里结识了许多要好的小伙伴：丛叶、银玲、小琴……外婆家茅屋前的院落成了我们游戏的场所。荡着外爷在树林间为我们绑的秋千，踢着外婆为我们缝制的沙包，追逐着、嬉戏着。过家家、捉迷藏是我们常玩的游戏。若是夏夜，我们会在葡萄架下追赶低飞的萤火虫，跑到池边学蛙叫。月亮为我们照明，星星为我们点灯，清风为我们送凉。大人们坐在池边的凉席上拉着家常。

啊！外婆家的茅草屋就是我年少时的一艘船舶，它载着我、摇着我，将我摇进一个遥远而温馨的梦里……

（写于1996年）

记忆中的木塔寺

　　木塔寺其实不是真正意义上的寺庙。因为这里面没有和尚，也没有尼姑。

　　它坐落在西安城的南边。据说它始建于隋文帝年间，是隋文帝为独孤皇后建的皇家林苑。因独孤皇后烧香念佛，于是便建了七层木塔。在此基础上，历朝历代又加建并重修，形成木塔群。特别是宋元时进一步重建，规模进一步扩大。但元末战火，使大多木塔焚毁，亭台楼阁也大不如前。解放后，为保护文物古迹，在寺址上建有木塔寺苗圃。

　　妹妹从学校毕业便分配到了这里。因为这个地方有点世外桃源的感觉，我也时常去。尽管如今木塔已不再，可当初接纳它的土地还在。也许历史已将一缕灵魂留在了这里，才使这里成了喧嚣中的一片净土。

　　在这里，一圈高大的树围着围墙，里面种着各种各样的苗木花卉，和外界隔绝开来，世外桃源似的。

　　我说妹妹，你的青春，是交给这个寺庙了，尽管它不是寺庙。

　　记忆中，木塔寺周围确实没有多少人。方圆几公里，除了树木就是田地。由围着墙的树木隔开的墙里，俨然一个独立王国。里面住着二十几户人家，有老人小孩男人女人。出工时听铃声，像极了早先时的生产队。只是和乡间不同的是，一垄一垄整齐的土地，每一处都被精心地侍弄着，上面生长的植物一垄赛一垄的繁茂。有萌芽状态的苗木，高的低的，还有各个季节的蔬菜，各样植物都像模像样的，甚至有点玲珑的味道。院子里还有喷泉，大树下有用来浇地的水井。有两棵上了年纪的古树（据说还是得到国家保护的古树）在砖砌的高台里，就像两个历经沧桑的老人见证着这里不凡的历史。有几棵高大的柿子树长在墙根下，像守卫的哨兵。春天，那棵歪脖子的桑树上长着肥大的桑叶和紫红的桑葚，女儿常拉着我来为她养的蚕采桑叶。夏天，妹妹的窗户外面常常被高大的树木遮蔽了阳光，所以夏天不用空调都很凉快。秋天，地上铺了层厚厚的叶子，踩在上面很是惬意。

春日，我和老公带着孩子到这里放风筝是常有的事。那时，这里除了成片的树木就是一大片麦田，很开阔。风筝会在那无遮无挡的天空上借着风飞得老高，孩子追风筝累了便又跑前跑后地逮花蝴蝶。春光里，麦苗浪一般向看不到头的远处漫去。在高楼大厦里待得久了，这里还真是个醒神养眼的好地方。

最忘不了在这里挖野菜，野菜是和春天一起长在这里的土地上的。其实，放风筝的季节也是挖野菜的季节，附近的小媳妇大姑娘结伴来到这里。当风筝飞在天上、蝴蝶舞在枝头的时候，我和妹妹便拉着家常，在风筝飞过的地上挖野菜。嫩绿嫩绿的野菜捧在手里，像握着一捧鲜活的春天。

记得儿时，挖的野菜种类很多，诸如麦护平、老翻滩、磨儿芥、草草菀……还有记不起名字的，总之很多。但现在能看到的只有荠菜。一年又一年，荠菜承载着我们儿时的梦。因为挖荠菜是儿

420

时最主要的课外作业，也可能因为那时太穷，把对粮食以外的吃食的希望全寄托在荠菜身上了，却没想到它成了我一生都走不出去的乡愁。

在我的记忆里，挖野菜只是春天的事情。但在木塔寺的秋日里，我重拾了那个在春天里才能做的梦。这时候的荠菜比春天的更硕大，但周期不长，如果失了时机，很快就像秋天的落叶似的枯黄了。但秋日里，却能挖到春日里找不到的小蒜。小蒜长在秋天的树林里，上面甚至盖着一层秋天的落叶。细细的长长的叶子，像葱也像韭菜，但味道却比葱韭都让人难忘。像专门有人种上去的似的，一丛丛一簇簇，仿佛专等着欣赏它、喜欢它的人来。可能城里人不大知道这种野味，所以它才得以在这静处繁茂，不受搅扰地独自美丽。

怎么也忘不了最后一次去木塔寺。那时妹妹连同她的单位已经搬离了这里。也可能有点怀旧的意思吧，闲暇无事，我便独自去了那里。原本是想挖点野菜。却没有见到几个人，从前繁茂的花草树木也没了精气神似的，地里的草都长荒了，苗木也稀稀落落有一搭没一搭的，像营养不良的孩子。正是和往日一样的秋日，不知为什么却没有如从前一般硕大碧翠的野菜，全荒了，只有枯草。从前茂密的草地也稀稀拉拉，秃子的头似的，树也失了平日的精神。寻遍各处都没有荠菜的踪影，难道它们也搬到了别处？不但没有挖到野菜，还徒添了伤感。这里就像我的一个老朋友似的，如今它的魂灵去了哪里？

那是我最后一次去木塔寺。

从此后，木塔寺便淡出了我的记忆，却永远留在我的梦里了……

（写于2013年）

我的高一五班

自从那年走进高一五班的教室，至今整整四十年了。

四十年，几乎是人生的一半。那些岁月会伴随人一生，不经意间撩拨你一下，一股酸酸涩涩甜甜的青苹果的味道便弥漫开来。

想当年，十四五岁，花骨朵儿一样的年纪，带着露珠带着刺，蝴蝶、蜜蜂一般从四面八方飞进了那个让人心系一生的学校，学校东侧第二排中间的那个四四方方、普通得不能再普通的教室，百溪入海般汇入这里——高一五班！在这里开始了我一生中难忘的青葱岁月。

提起高一五班，第一个忘不了的便是我们的班主任袁老师。他个头不高但很精神，留着寸头，花白的头发倔强地一根根站立在头顶。他总是背着手满教室转，闪着精光的眼睛随时扫射着班级里的角角落落，绝不漏掉任何一个异常的苗头。他平日里不苟言笑，但笑起来真像好天气。他对班上每个同学的情况了如指掌，电脑数据般码进不知道装了多少智慧的脑袋里。

我们高一五班有四五十号人，头发长的有十四五个，其余全是"光葫芦"。当时基本男女不同桌，即使不得已同桌，也是从来不说话，连看也不看一眼，不是因为有什么仇恨，是因为"男女授受不亲"。我们在教室里不说话，在学校遇见也是低头走过，偶尔在大街上遇见也仿佛从来不认识一般。

因为个头小，我老是坐在教室第一排。最奇葩的是，上课开始五分钟不到我就打瞌睡，并且紧闭着双眼直直端坐着还不倒，手指被同桌的刘同学掐得红一块紫一块也不醒。那得多硬的功夫呀！

我一直都胆小、害羞，一说话就脸红。坐在最前排，自然不敢往后看，就是借个胆儿也不敢呀，后面都是男生。我除了看黑板，就是看老师，再就是顺着门缝看外面走过的人。在我们班生活了整整一年，却还没有把班里的人认全。一年下来，除了靠近前排瘦小的和老是坐在后排人高马大的，再就是那些特别的——长长的辫子总是盘起来的黄同学，天生丽质与众不同的段同学，高挑成熟气质不凡的程同学，用红头绳在头顶扎根小辫满教室乱跑、化学课堂上睡得呼声山响而被老师用粉笔在脸上画了副眼镜的杨同学，体育课上为了抢篮球演绎了一场"血染的风采"，陈同学的"铁头"撞断了赵同学的"钢牙"，不走校门老是走捷径——从学校低矮的后墙上翻进翻出练就了一身功夫后来成了警察的徐同学，时常穿着蓝白相间宽大粗布衣衫进进出出骄傲得如一个凯旋勇士的高同学，还有那一对学期中间从城市转来的杜姓双胞胎兄妹，尽管只待了两个月就"远走高飞"却成了我们的"老大哥""高一五"的"班魂"的马班长，和我形影不离的"二娥"及那一群高高低低胖胖瘦瘦的同窗——"高一五"的兄弟姐妹们……那么多鲜活的瞬间，镶嵌进了人生的记忆里，挥之不去……

不记得玩过，也不记得打闹过。记忆的底片上显影的只是低头学习紧锣密鼓的一幕幕。课堂上自不必说，晚自习上更是静得地上掉根针都听得见。晚自习的灯熄了，学校的会议室里依然座无虚席，高高的路灯下依然有捧着书夜读的同学，就连老师窗外的灯光下也不乏学习的身影。无论多晚或多早，路灯下总会有捧着书本读书的一幕。多少年过去了，它们交织在一起，绘成了一道道亮丽的青春风景线。

难忘那一场歌咏比赛，多才多艺的语文老师梁老师从前跟到后。梁老师是典型的南方人，一头浓密的黑发下是一个才华横溢充满智慧的脑袋。尽管他瘦而黑，纤细而文弱，身板里却蕴藏着无数的奇思妙想，引领着正当年少的我们在知识的海洋里恣意畅游。梁老师一遍又一遍教唱着五音不全的我们。至今记得我们当时选唱的是《我的祖国》，那首歌是梁老师教我们的，现在还时不时独自哼唱。练歌的过程中，可爱的李姓女生和调皮的杨姓男生，合唱"姑娘好像花儿一样，小伙儿心胸多宽广"。那时候，这两句包含着"小伙儿、姑娘"的唱词，可是我们万难唱出口并卡住过不去的坎儿，这一小插曲的神奇效果是让平日仿佛不会笑的我们放纵地大笑了一回。

同学们常说，提起我们的母校，提起母校里的高一五班的人和事，就一定会提到时任学校校长的我的父亲。放学的铃声响了，从各个教室冲出去以百米赛跑的速度冲到饭堂的学生们挤成一团时，只要远远地看见威严的安校长背着手走来，乱糟糟的队伍便瞬间井然有序。端着一碗能照出人影的苞谷糁，拿出从家里带来的冻成冰块的黑面馍馍，泡进去，苞谷糁冰凉了，馍却还没有化开，就着罐头瓶里装着的酸菜。在那个贫穷的年代，饥饿随时威胁着我们的胃。我还好点，借父亲的光可以在教师饭堂打饭，但最强烈的感觉依然是饿。二两一个的白面馍馍，我舍不得吃完，总要留一小块在碗里。

总忘不了路灯下、教室外面的灯影里，爬上爬下你追我赶的壁虎，和一团一团飞着的小飞虫。它们也在纳闷，这一群男娃娃女娃娃咋没黑没明地学呢？它们怎能明白，这是我们"鲤鱼跳龙门"的唯一途径。

如今，这一群从高一五班走出去，走向四面八方，走向各行各业，真的跳出农门的当年那群豆蔻年华的少男少女，如今大多过了知天命之年。但回忆起那些年少的岁月，回忆起我们的高一五班，回忆起点点滴滴被码得整整齐齐封存在时光隧道里、在斑驳陆离的光阴里影影绰绰、透着金属般光泽的我们共同经历的岁月，禁不住泪光闪闪，心里却说不出的甜。

那一年校庆，我们这一群从高一五班走出去的男男女女，参加完校庆，去看望退休二十多年已经八十高龄的班主任袁老师。满头银发的袁老师精神矍铄，颤抖着双手握着我们的手，竟能叫出我们每个人的名字，激动得老泪纵横。我们才知道，袁老师听说校庆能见上他的学生们，早早就让老伴缝了双全新的灯芯绒布鞋，让裁缝专门做了身崭新的中山装，结果却在校庆的前一晚因为激动地试穿新鞋而不慎蹩了脚。

高一五班，一个青春绽放的地方，一个朝着梦想起航的地方，一个让颗颗年轻的心放飞的地方……

难忘我的"高一五"！难忘我们的"高一五"啊！

（写于2019年）

清明的记忆

在我儿时的记忆里，几乎每一年的清明节都要到十里外的大山里为烈士扫墓。

很早就为这一天的到来激动着、准备着。班主任先买来纸、绳子、糨糊。纸不是一般的纸，而是专门用来扎花的皱纸，有各种颜色的。每天只盼着下午早点下课，因为课余时间不用做作业而是糊花圈。下课铃声刚一响，我顾不得看一眼窗外的世界，便在班里忙活开了。那时班里的同学几乎人人参与，有折纸的、剪纸的、折花的、扎圈的、粘花的，再把这一个个大大小小的各色花用细线绑在精挑细选的竹竿上。那时候，每个班都亲手制作花圈，甚至暗中较劲，看哪个班做得最好看。除此之外，还要全校师生学唱祭扫烈士的歌。这在大约一个月前就开始准备了，由音乐老师给全校师生教为烈士唱的歌。现已记不清那歌名是什么，但至今还能清晰地感受到那肃穆庄严的场面。近四十年过去了，每当清明时节，那时的情景便浮现出来，电影般在我的脑海闪过。

在城里生活了二十多年，西安城南郊的烈士陵园我只去过一次，还不是为扫墓去的。记得那是三月份学雷锋的日子，我领着学生为烈士陵园打扫卫生。那时我才知道，城里的烈士住在碧绿葱茏、幽静冷清的肃穆之地。我便暗中思忖，这乡下人和城里人不一样，却原来连烈士墓也有如此大的差别。但我还是不能忘却躺在大山怀抱里的烈士们。据说，大山里的烈士们是为了解放我的家乡而长眠在这里的，大家常常去祭奠他们。

我们不像城里人称之为烈士陵园，而叫烈士墓。清明节这天，各班早早列好队，大家都穿着平时舍不得穿的新衣服，花圈一字儿摆开在各班的队列最前面，唱着缅怀烈士的歌。我们从天刚蒙蒙亮就上路，列队前行，有的同学还背着干粮。十几里的路程，对一个不到十岁的孩子来说并不是一件容易的事。

走了很远的路，终于来到了一座大山脚下，大家一字儿排开，开始往上爬，那可以说是真正的羊肠小道，蜿蜒着伸向天边。那是真正的大山，一眼望不到头的巍峨，一眼望不到边的葱郁，等上到山间一较平坦的地方，便看见有无数的坟墓挤在一起，只有少数的有碑。快十二点的样子，从四面八方来祭祀的学生和领导都来齐了，便开大会。领导们讲完话后，便全体向烈士默哀。山一样的花圈，堆了一大片。由于我人小个子矮，什么也看不见，只看见冲天的火光。从那一刻起，幼小的我便深切地感受到烈士的伟大，也隐约知道自己肩负着未来。正像歌中唱的那样："成千上万的先烈，在我们的前头英勇地牺牲了，牺牲了。让我们高举起他们的旗帜，踏着他们的血迹，前进吧，前进吧！"

记得有次去扫墓，我们班有几个顽皮的男生说要去山沟里寻找烈士的足迹，结果发现了几颗子弹，还有几个弹头，后来他们还受到了学校的批评。

关于年少时为烈士扫墓的事情，已是很久以前的事了，但想起来，还是感到亲切，甚至于神往。

　　原来总以为，清明节只是为烈士扫墓而设的节日，后来才知道，这一日，是活着的人为死去的亲人过的节日。但这个节日不像其他任何节日，这是一个勾起人伤心的日子。古人说"清明时节雨纷纷，路上行人欲断魂"，自从知道了古人为清明写的这首诗，我便留意过，清明这一日，天常是阴的，甚至还会下雨。

　　清明前后，盛放的桃花开始败了，雨过处，就像流着清泪的丽人，粉色的花瓣落了一地。梨花却开得正盛，雪一样堆了一树。唐人那句"梨花一枝春带雨"将人带进了某种空灵之境。其实我并不喜雨，大概因了这句诗，对雨天便产生了特殊的感情。

　　在我的记忆里，清明时，最诱人的色彩是金黄，那是一片片的油菜花。记得姑姑在奶奶去世后，每年的这一天便与妈妈一起牵着我的手，走过黄得耀眼香得醉人的油菜地为奶奶上坟。在姑姑与妈妈绵长而悠远的哭声里，我却在油菜花里追赶着花蝴蝶。

　　如今，刚过五十的母亲也成了清明里我要去祭奠的人。还有四十多岁的娘、正值英年的姐姐以及童年记忆里很健朗的我的亲人们。我不知道这世界到底是怎么了，生命的无常是你我一般的常人无法参透的。去的毕竟去了，来的尽管来着，这是生活轮转的法则。对于我们活着的人来说，就是在这时光里踏实地过好每一天。

（写于2013年）

金锁关上锁把锁

华山上有个金锁关，金锁关上挂满了锁。

我至今都没有搞清楚金锁关的来历。但我想，金锁关里一定锁了段曲折离奇又缠绵悱恻的爱情故事。

金锁关上最引人注目的风景就是锁。那些数不清的锁挤着、压着、叠着，满满地缀在铁链上。两边的铁链都被锁占据着，有点果实累累的样子。满眼的锁，比山上的人似乎还多。望着那疙疙瘩瘩的锁，仿佛偷窥着许多人无尽的心事。又弯又长的山路窄且陡，两边的铁链你无法触摸，能触摸到的只是锁着的心事。

凡到过华山的人，大都不忘在金锁关上锁把锁。那锁成了华山上的一道风景。金锁关是个坐标，它是北峰连接其他各峰的关口。

站在金锁关上四望，到处都是如蚁的人群，有向这儿来的，有从这儿离去的。华山就像个巨人，敞开他的胸怀，接纳了古往今来的善男信女。善男信女们大多是带着某种愿望来的，这些愿望便被锁在了金锁关上，祈求上天保佑能尽早实现。

如果将金锁关上的锁一字儿排开的话，大概可以锁满华山了吧。金锁关实在太沉重了，它怎么能承受得起那么多的重负？金锁关实在太难得了，它时时刻刻为那一颗颗虔诚的心守护着一件件的心事。金锁关实在太伟大了，它不分昼夜地倾听着芸芸众生的心事，化解着他们的苦与难。它像一位禅师，不知疲倦地点化着南来北往的人们。从古到今，金锁关始终没有说一句话，却如一位忠实的卫士，在迎来送往中坚守着自己的职责。

金锁关收获的是心事，放飞的是希望！

金锁关上锁一把锁，于是，烦恼被锁住了，忧愁被锁住了，永结的同心被锁住了，一生的平安被锁住了。古往今来的人们，将他们对生活的希冀与期盼、对幸福的向往与追求、对命运的挑战与抗争、对人生的祈祷与祝愿，一股脑儿地锁在了金锁关上。看着那些锁，我在想，那诸多的心事能被锁住吗？大概，能锁住的只是人们的愿望与希冀，锁不住的是那颗为愿望和希冀而跳动的心。

金锁关是华山上一道独特的风景。把你的心事锁在这挂满锁的风景里，让它自然风化掉吧！

我也随一回俗吧，十块钱买一把锁，锁在了金锁关上！

（写于2000年）

呆　呆

前些日子，孩子牵回家一条狗，说是阿拉斯加犬，叫它呆呆。

我一点儿也不喜欢狗，打小就是。尽管呆呆并不呆，一看就是很机灵的样子，但它并没有打动我。

见了呆呆的人，都说这狗真俊。一只狗能被不少人称为俊，可见它是真的俊了。

它刚进家门的时候，还不到一个月大。眼睛明亮，看人时怯生生的，摇着还没有长长的尾巴，无声地跟在人身后，可怜巴巴地盯着你，乖巧，温驯，惹人怜爱。

但是过了没有多久，它便"野"得不成样子。自从孩子把它带回家，便早出晚归，我也因为忙，要经常出去。怕它到处乱跑，便把它的伙食备好，将它锁在卫生间里。一听见有人开门，它便迫不及待地"汪汪"叫了起来，特别是见了不大待见它的我，叫得更起劲儿。我一生气就踢了它一脚，它摇着尾巴跑走了。日子久了，它的狂吠我假装没听见，但是心里烦得要命，加之人困马乏的，它摇尾乞怜的讨好让我更加厌恶它了。可是这丝毫没有影响它狂吠的热情。我真想上去揍它一顿，心里发誓，一定要把它送走。

不用说，家里常常被它搞得天翻地覆、乌烟瘴气。本来好端端放在门口的一双鞋子，总是被它搞得"劳燕分飞"，有时一只在客厅，一只在厕所，有时一只在门口，一只不知去了何处。有一只拖鞋，我找了好久，直到很久以后才在床下最里面找到，不用说，又是它的杰作。

我不知道它是如何在一夜之间就变"狂"了的。从早到晚，它撕咬、狂躁、惶恐，把挂在卫生间门后的浴巾撕破了，把放在卫生间刷鞋的刷子咬得面目全非，把每一双拖鞋都咬得参毛，还有拖把和扫把，也遭了殃。我从不知道，一只小小的狗这样能折腾。

孩子把这只狗带回家的时候，买了一蛇皮袋狗粮，一条毛茸茸的毯子，就像大婴儿的睡袋，还有磨牙棒及小铃铛。看来，孩子是把它当小娃娃养了。

可是自己还是个孩子，怎么能养另一个孩子呢？但我拗不过孩子，就勉强留下了它。

这只小家伙给我最深的印象就是，它总是低着头在地上找东西吃，仿佛从饥荒年代走过来的人。一看见人拿着食盒，它便迫不及待地蹭着你、围着你，甚至到后来跳着够，企图从你手里抢食，搞得人又好气又好笑。

它常常很狂躁，不是朝人叫，就是前后左右地跑，还用它的头蹭你，蹭得人心烦。

最让我受不了的是它到处拉屎尿尿。在人不注意的角落里，总会有一堆它的杰作，让人无法忍受。特别是推开卫生间的门，一股狗屎味便扑鼻而来，让人既嫌弃又无奈。可它却不自知，竟然雀跃着前后左右地跑，睁着一双无辜的眼睛可怜巴巴地望着你，看得人心不由得软下来，便蹲下身，抚摸它绸缎一般的毛。这时候，它会异常安静，我一天的疲累也不知跑到哪里去了。

后来，当我离开家时，便把它放到楼顶，把吃的喝的统统放在楼顶，并把通往楼顶的门锁死，它便撒着欢儿跑走了，去了广阔天地里。我安心地去外面忙我的事情。没想到，每当回家的时候，门还没有打开，就听到它在楼顶拼命地叫，甚至用没有长开的爪子抓门。我跑上楼，气不打一处来，楼上又被它搞得翻了天。花盆被掀翻了，盆里的土倒了一地，有的花盆被打碎了，臭狗屎拉得到处都是，还尿了一片一片的地图。我气哼哼地踢了它一脚，它没有记性似的，依然摇着尾巴在我前后左右地撒欢儿，就像个调皮的孩子。

我拿来扫把和拖把，把它的那些"杰作"收拾完已经直不起腰了，它却没眼色地围着你撒欢儿。

吃完晚饭，我常常会上到楼顶去跑几圈消食。我刚一推开门，它就会像箭一样冲出去，不由分说跑在我的前头。我跑它便陪我跑，我走它便和我一起走。我停下来，它也停下来，用它的头蹭着我。有一次差一点儿绊倒了我，气得我狠狠踢了它一脚，它跑到远处自己玩，但不一会儿又跑到我身边来。

有一次，在楼顶跑累了我便停下来，它竟然围着楼顶的烟囱台跑圈，左三圈右三圈，然后仰着脑袋眼睛一眨不眨地看着我，小尾巴摇个不停。我正纳闷，它这是在干吗？突然意识到它这是在想着法儿讨好我。末了，还卧在我的正前方，把它可爱的头架在两个前爪上，用黑白分明的眼睛一动不动地看着我。我的心仿佛被什么东西蜇了一下，一下子软了下来。这是个多么可怜可爱的小生命，不到一个月大就离开母亲来到一个陌生的地方，为了求生存，用尽浑身解数讨好我，以引起我的关注与怜爱。

我慢慢蹲下身子，抚摸着它绸缎般的皮毛，它竟然顺从地一动不动，一副很享受的样子。我才发现，这个小家伙其实很通人性，它懂得你对它的好，它也明白你对它的嫌弃。但是为了生存，它只能可怜巴巴地委曲求全，可是它还那么小那么小……

起初，它连楼梯的台阶都不能独自迈上去，也不敢下楼梯。不过它在用前爪试探，当着我的面一次又一次，但是最终还是没有成功。所以后来当我外出时，就把它放在往楼顶去的楼梯的连廊上，并放好食物和水。中间有近十个台阶呢，它应该是能够让我放心的。

但是，那天当我回家时，它站在七楼的顶端，蜷缩着的尾巴，像一个耳朵。它竟然"噔噔噔"跑下楼梯来到我身边。我突然意识到，这个小家伙已经学会了下楼梯，这一切都是在没有人陪伴和训练的情况下，小小的它独自完成的，真是不可思议。

我越来越觉得这个小家伙可爱，并有点喜欢它了。就在这时候，那个能领养它的人突然出现了。因为我们整天不在家，没有人陪伴和喂养它。

就在它要离开的那天晚上，我第一次主动抱了抱它，它很温驯地没有挣扎。我紧紧地抱着它，就像抱着我的孩子。我这才第一次仔细地看了这个来家里不到一个月的小家伙。

它的背和头是黑色的。它的耳朵总是高举在头顶，像两根天线，耳朵里面是白色的。黑色的眼睛里侧的上方有两道雪白的剑眉，眼窝是黑的，更显得眼睛很有神。黑色的鼻梁和句号似的鼻头连接的地方有一道白色的线，鼻翼两侧连同嘴巴都是雪白的。脚掌到膝盖之间，像穿了双雪白的靴子。

我静静地看着它，它也静静地看着我，我们的眼睛里对彼此都有不舍。先生又一次催促了，并从我怀里抱过它。我转过头，眼睛里湿湿的。

自从那天过后，我再没有见过呆呆。

但我在楼顶散步时常会想起它，想起那个叫"呆呆"的小
家伙。

（写于2021年）

连锅面

小时候家里穷，每天除了吃面还是吃面。就是面也紧缺，只能做连汤带水的面。那面通称连锅面。

连锅面是母亲最常做的面，隔天就做一回。那时候，村里家家户户做得最多的也是连锅面，十天半月才做一顿干拌面或臊子面，改善一下伙食。可能当时缺吃少穿，把面下进锅里，汤汤水水烩一大锅，看起来能多一些，让汤水把肚子撑饱。锅里下的面都能数出来，清汤寡水一大锅。也没有什么菜，只有葱花、田间地畔挖的野菜，调上母亲酿的醋和油泼辣子，也吃得有滋有味。

连锅面的面，那当然得亲手和了。和面时，水要一点一点往面里倒，待面粉在手里变成了一绺一绺的面絮儿，再把那些卧了一盆的面絮儿揉搓成团。母亲说，和面要三光：面光，盆光，手光。面和好了，用干净的湿白布盖住，再准备菜。

菜是自家院子里种的。实行家庭联产承包责任制后，允许百姓种菜了，各家各户便在房前屋后种了菜。黄瓜、西红柿、茄子、豆角……从后院摘下来的木耳、一把蒜苗、几根香菜，还有从门前马路上买的老豆腐，再砸一窝切成碎块的姜和蒜，上面放些辣子面、花椒炝过的热油一泼，满屋子都是香味。

436

菜准备妥当了，面醒得正好。醒好的面揉了再揉，直到光滑，就可以擀了。在宽大的案板上，将面擀成比大铁锅上的锅盖还大的一个大圆片。母亲常把擀好的面先对折成半圆，再折成扇形，然后切割成想要的各种形状。我功夫不够，只能在擀好的面上撒上一层厚厚的玉米面，再用擀面杖把擀好的面卷起来，用菜刀把卷起来的面破开，面就成了大小不一的条状片。然后一手压面，一手执刀，一刀一刀细碎地切过去。可以切成韭菜叶宽的，也可切成手指肚宽的，根据喜好随意宽窄、任意长短。但是以短的为多，大约就手指头那么长。把细长的面下进锅里做成连锅面也照样不错。母亲曾把玉米面和成面团，也擀成面，不是为了改善生活，而是苦中寻乐，但也乐在其中。

把切好的面节儿放在竹箅上，就等水一开下进锅里。几滚过后，再把刚从院子里拔来的鲜绿水嫩的青菜下进去，满锅都是翠色。一切都停当了，再把早已炒好的菜氽进锅里。酸面咸搅团，醋要稍出头。调好了，再撒一把切成碎末的蒜苗和香菜。白的面和着红红绿绿的一锅菜，一大铁锅有菜有面有汤的连锅面就成了。舀一碗又舀一碗，肚子撑得圆滚滚，眼睛却还看着锅里。

那时候，要是谁家盖了新房，那是一定要请村里的男女老幼来新家暖房的。用来招待乡亲的就是一大铁锅的连锅面，锅里有难得的豆腐和肉片。能吃一碗暖房的连锅面，客主都沾了喜气，暖过的新房预示着未来的日子从此将红红火火起来。

还有结婚嫁女，娘家送亲的人临出发时，必定要吃连锅面。过事时将带了荤腥的菜氽进锅里，舀进碗里，加入油泼辣子，碗里冒着热气，烫得什么似的却还一个劲儿往嘴里刨。热热火火的连锅面下肚，身上一下子暖和了起来。

那一年在乡下老家过年。正月十五还没过，空气里就有了春天的气息。院子的墙根下钻出一窝一窝的野菜，又鲜嫩又水灵，争先恐后挤在墙根下晒暖暖似的。弟弟的一帮同学来家里，我和妹妹整了几个凉菜，擀了一案面，把那墙根下的野菜掐了，下进锅里，仿佛连同春天也一起下了进去。那锅有着春天气息的连锅面，让弟弟的同学直叫好，说是正月里吃得最舒心的一顿饭。

生活就像那充满了汤汤水水的连锅面，尽管家常普通，但筋道厚实、滋味绵长。

来到城里已几十年了，吃多了城里的大鱼大肉，那些腥腥腻腻的味道常常让人不大舒服。倒是母亲做的连锅面让我们念念不忘，时不时做一锅，让人欢喜，心里也莫名地妥帖。

如今，隔三差五我总要做一回连锅面。和姊妹们聚在一起时，最常做的也是连锅面。各种各样的菜摆了一案板，姊妹们也跃跃欲试。菱形的面节儿在红红绿绿的菜下面惬意地徜徉，和着蒜的油泼辣子汪了一碗，一大家人每人一碗连锅面，围坐一起，有说有笑，其乐融融。

味蕾几乎跟着人的一生。时常，从路上走过，不经意间会闻到别样的味道，那么熟悉、那么亲切，让人忍不住闻了又闻。那一天回家我肯定会做一顿连锅面。

从母亲的连锅面，到我们的连锅面，一碗面，两辈情。连锅面，那是故乡的面，是母亲的面，拌着乡愁，搅着母爱，揉进丝丝缕缕的光阴里，成了我一辈子也忘不了的念想。

（写于2019年）

祭　灶

　　进入腊月，日子便像鼓点似的，急匆匆又风风火火。到了腊月二十三这天，才松了一口气，仿佛给年做了一个小结，这一天便是祭灶。

　　祭灶，在乡下不是一个小日子，甚至跟除夕比肩。那一天也被称为"小年"。祭灶是赶着趟儿逼向"年"的，它掀开了"年"的一角。

　　至今记得，腊月二十三这一天，家家户户都在忙活。吃过中午饭，母亲先从大铁锅里取出头一天晚上泡的酵子面，放在那个瓷盆里，再挖一升子（木质的盛面器）面揉好，然后把瓷盆端到火炕上捂着，就去忙别的事情了。腊月里有忙不完的事情，一年到头了，一家大小都等着过年呢，我们从头到脚的衣物都得母亲一针一线缝好。

　　到了下午四五点的样子，面发满了一盆子，像一个撑着大肚子的弥勒佛。母亲这时候会放下手里的活儿，开始在案板上忙活。发了的面团内部有蜂窝状的一个一个均匀的小孔，母亲用温水化开一小撮碱面，然后把它倒进发好的面里。被碱中和了的面开始泛起一片"黄晕"。母亲一遍又一遍把面揉匀，直到那些碱和面完全融合。这时，母亲便把那团面揪成一个一个小拳头大小的面剂子，那些大小均匀的面剂子被母亲像变戏法似的变成了一个一个大人手掌大小的圆形的饼胎。

这时候就轮到我了。我从院子里的麦秸堆里抽出一大抱麦秸抱到灶房，在炉膛点燃火，麦秸在锅底下噼里啪啦燃烧起来。等大铁锅被烧热了，母亲用手掌在锅上方试了一下温度，到了火候，母亲便把在案板上等待得都有些不耐烦的饼胎放到大铁锅里。饼胎像个调皮的娃娃躺在温暖的大铁锅里，母亲用锅铲翻着拍打着，随后母亲便向我摆一摆手，我便知道要少放点柴火，火小一点儿了，饼子也快要出锅了。

很快，一个一个金灿灿的炊饼烙好了。香喷喷的味道一阵一阵直往人的鼻子里钻，"馋虫"勾得小小的我的胃直痒痒。但我知道必须忍着，因为祖上留下的规矩，必须先祭灶王爷。灶王爷，那可是管着一家大小来年口粮的神仙，要紧得很哩。

那时候，家家户户灶台的墙上都架着一个台板，上面挂着灶王爷的像，两边贴着对联。神灵前的对联是特别讲究的，都是些为天地君神说的好话，比如"土中生白玉；地内出黄金""天恩深似海；地德重如山""米面如山厚；油盐似海深"。台板上放着一个香炉。小小的我常纳闷，那个灶王爷肯定高兴坏了，家家户户都为他烙饼呢，那得吃多少天呀！得把他巴结好了，要不然他一不高兴就罢工了，那来年日子就不好过了。

等一切都准备停当了，母亲便叫我们五个到她身边来。我们姊妹都跪在灶神前，母亲跪在我们前面，点燃香和早已准备好的黄表纸，那些还冒着热气的炊饼放在盘子里。母亲嘴里念叨着我从来都没有听清楚过的细语，我在每一张烙好的饼上掐一小块放进火

440

里（母亲事先安排好的），等黄表纸烧完了，我也刚好把所有的饼都进献给了灶神。母亲向后摆一摆手，我们便齐刷刷在她身后磕头，并照着母亲的样子双手合十作个揖，然后才站起来。到这时，祭灶的工作才算完成。

这时，我们雀跃着迫不及待去取那些敬过神的饼，母亲也没有阻拦，那是被神祝福过的饼，可是神圣极了。我们一人捧一张饼，大快朵颐，仿佛吃着山珍海味。那个时候，平日蒸的馍里面都掺着麸皮，也叫黑面，现在想来就是全麦馒头。但祭灶烙饼用的都是精白面，十分稀罕。

对于祭灶的事，现在的年轻人大都只知其名而不知其实了。自打从乡下来城里学习和工作，一晃就是几十年。但每年一入腊月，腊八一过，我便在心里盘算祭灶的事。到了这一天，我争取为全家每一个人烙张饼，实在没空也会专门为家人买来烙饼。只是没有黄表纸，也没有香，便在心里默念"上天言好事，下地降吉祥"，撕一块饼放自己嘴里了。认识我家先生几十年了，婆婆都会在祭灶这一天为全家每人烙张饼，并差人送到我们手里。

祭灶的习俗，自古有之，但以宋朝为盛。有诗为证。范成大的"古传腊月二十四，灶君朝天欲言事。云车风马小流连，家有杯盘丰典祀。猪头烂熟双鱼鲜，豆沙甘松粉饵团……送君醉饱登天门……乞取利市归来分"，寥寥数语，把祭灶的场面描写得惟妙惟肖。还有苏轼的"北船不到米如珠，醉饱萧条半月无。明日东家知祀灶，只鸡斗酒定膰吾"，孙嵩的"禁阙迎傩鼓，邻街祭灶香"，陈藻的"昨日宰猪家祭灶，今宵洗豆俗为糜。燔柴夹水明如昼，截竹当阶爆御魑"等。大诗人陆游也为祭灶赋诗六首，比如："已幸悬车示子孙，正须祭灶请比邻。岁时风俗相传久，宾主欢娱一笑新。""卜日家祭灶，牲肥酒香清。分胙虽薄少，要是邻里情。众起寿主人，一觥激滟倾。气衰易成醉，睡觉窗已明。"看来，古人把祭灶看得很重，真是当"年"来过，杀鸡宰羊，推杯换盏，邻里共贺，彻夜欢饮，通宵达旦。鲁迅先生的《庚子送灶即事》中写道："只鸡胶牙糖，典衣供瓣香。家中无长物，岂独少黄羊。"可见，宰黄羊祭灶神成为富贵人家的象征。

祭灶的日子，南方和北方还不一样。北方是腊月二十三，南方晚一天，是腊月二十四。但是不管南方还是北方，差不多家家灶间都有灶王爷。从腊月二十三日至除夕是灶王爷回天宫开年会的时间，就如同现在的年终总结。在灶王爷去开年会前，民间便用各种形式为灶王爷饯行，希望他能"上天言好事；下地降吉祥"，这便有了祭灶。祭灶仪式多在晚上进行，主持祭灶仪式的多为男性长辈，女子是要回避的。但我小时候，祭灶已经基本由女性长辈带着晚辈进行了。

其实，祭灶就是祈福禳灾，反映了中华民族几千年来对土地的眷恋、对生命的珍爱、对忠孝义的崇尚、对真善美的渴求，更反映了中华民族自古以来追求美好生活的愿望。

毋庸置疑，辛勤劳作就能收获口粮，党的好政策就是口粮的保证。没有共产党就没有新中国，没有新中国就没有我们今天的好日子。今天是个好日子，心想的事儿都能成，赶上盛世享太平。

祭灶，就是祭我们今天的好日子。这个好日子会随着"中国梦"的实现而世世代代传下去，直到永远……

（写于2022年）

居家的日子

庚子年正月初一，我们去了大洋彼岸的美国。其时，国内疫情形势严峻，一月后归国时，被要求居家隔离十四天。

门上贴了封条。十四天里，我不能出门，不能下楼，不能走出小区，更别说去外面溜达了。

我老老实实待在家里，过着居家隔离的日子。水有人送上楼，肉、蛋、奶和蔬菜及日常所需也有人送上楼，垃圾有人带下楼，凡是日常所需都可以写条子，然后便有人送上门来。这免除了我的一些劳动，我心中窃喜。

尽管年已远去，但刚回到正月初一离开时的家，铺得满地的"福"字还在，大红对联还在，大红灯笼还在，年前书法名家亲笔在硬纸板上写的五福还整齐地排列在一起。可是，却离大年初一已经过去月余。年仿佛在七楼的家里独自红红火火，那些福字挤在一起，让整个屋子依然充满了"年气"。我把自己和年的喜气儿一起关在屋子里。

因为隔离，我每天早上不用急着去上班，不用每天晚上急着上床睡觉，想什么时候睡觉便什么时候睡觉，想什么时候吃饭便什么时候吃饭，想吃什么饭完全由自己说了算，不用为了迎合他人而委屈自己，自己完全成了自己的主人。便觉得自己是个绝对自由的人了。

正月初一离开家的时候，带了本《在薄情的世界里深情地活着》，在飞机上就看了一半，等到要离开美国回国的时候，书已全部看完了。在居家隔离的第一周里，我又仔细看了一遍这本书，还做了笔记。第二遍看得比第一遍还仔细。我觉得喜欢的书看了第一遍还需看第二遍，这时候，你看的不只是文字，还有文字背后的东西。

居家并不闷，因为可以和自己心爱的人近距离接触，阅读喜欢的书，做喜欢的事情。吃饭的时候，我喜欢在电脑上看电影。在居家的这段日子里，我看了那么多好电影，《流感》《叶问》《人间中毒》《隧道》《风声》《无极》，还有越南电影《青木瓜之恋》，我自此爱上了韩国电影，对越南电影也有了探索的欲望。

因为孩子们还在国外，老公需要去做抗疫宣传工作，我不用操心洗衣、做饭等事情，不用为了辅导作业而被气得大呼小叫，也不用操心单位的事情。只一心一意居家隔离，只全神贯注于自己喜欢干的事情，心无旁骛。

我并不因为不去单位上班而蓬头垢面，我把自己最女人最柔媚的衣服穿上，风情万种地自得其乐，心安理得地在家里走来走去，自然而然地做着手里的事情。我把家中平日里没有注意到的死角进行大清扫，一天只安排一部分，不累又乐在其中。现在有大把的时间属于自己，我自然而妥帖地干活并犒劳自己，把自己搞得和上班一样得体大方。先生说："怎么整得比上班还妖娆？"我笑曰："为了养你的眼呀！"

十四天过后，可以自由出入小区。我蜷缩在先生的车里，顺便去公园晨练。公园里人并不多，大家都戴着口罩。今年过年大家一直待在家里，走出家门，感觉年还没有过完，一抬头就发现，不知不觉中春天竟悄悄降临人间：湖岸的柳已绽出一片鹅黄，还没有长叶的玉兰开了，像个光明磊落的姑娘；你挤我拥的榆叶梅开满枝头；红中透着紫的紫荆过分努力地把自己开得满树，就连树干都不放过；铁杆海棠在翠绿中红得妥帖又显得清丽。最喜古诗中那句"梨花一枝春带雨"，春天的空灵与清丽开在枝头，有别样的美。而那一树桃花，粉得似妖，迷惑着路过的每一个人。

我喜欢在夜幕下的公园里健走。听着喜欢的音乐，公园里的人依然不多，可我心里充满了宁静与祥和。高高的路灯把树的影子拉得很长，人的影子长了又短短了又长。地灯则把脚下那一抹绿照得极富情调。湖岸边的运动场已经没有人了，秋千架空荡荡的，我把自己放上去，荡在风里荡在夜里荡在童年的一幕幕回忆里。风在耳边吹过，仿佛一下子把人吹到了童年。

除了清晨和黄昏，一天里，我都把自己关在家里与外界隔离，不慌不忙。我坐在阳台的竹椅里，捧着本书，缕缕阳光透过窗棂照在我的身上和书上，那些书上的文字有了灵性似的让人一下子空灵起来。

每一天的早饭后，我便把前一日晚上泡的银耳、莲子、百合放在炖锅里，大火烧开后改为小火慢炖。整个白天，那些看起来毫无关系的"白三样"渐渐融合在一起。红枣和枸杞的加入，像公子和小姐让那一锅晶莹剔透的汤鲜活起来。从前只有富贵人家才能享用的银耳汤也进入了寻常人家。历史，头也不回地把过去抛在了脑后而勇往直前。

居家隔离的日子里，我做了很多顿饭。发了面，蒸了花卷、包子和馒头，用五花肉拌了米粉做了粉蒸肉，用大枣和糯米蒸了甑糕，用春天里长的头茬韭菜和荠菜包了饺子，用玉米粉打了搅团，熬苞谷糁、打豆浆、擀面条自不必说了。

居家隔离的日子，也算因祸得福，我把自己修炼成了"淑女"和"厨神"。

（写于2020年）

我的新年，我的2022

这是2022年的第一天！太阳好得像是夏天，天空蓝得像是秋天。打开门，风"飕"的一下就蹿过来，你才真切地感觉到，这真的是冬天。

当时间的指针走到了2021年的岁尾时，猝不及防地，一个巨大的危险突然兵临城下，瞬间就把十三朝古都的西安城控制了。

2022年才不管那么多呢，它不管你是喜是愁还是忧，依然迈着不紧不慢的步子，如约而至。

新冠和新年似乎在抢时间。新冠横冲直撞地跑在了新年的前头，给了新年一个下马威——于是，一夜之间，街道上的店铺几乎都关门了，各个单位也相继关了。这个热闹的千年古城，突然没有了车水马龙，一下子变得异常寂静。街上几乎没有行人，只有全副武装的警察。人们在家里，惶惶不可终日！

很难想象，这个拥有世界第八大奇迹兵马俑的神奇的地方，这个诞生了中国历史上唯一的女皇帝的风水宝地，这个誉满全球的唐都，这个世界上有着唯一环抱整个城市的城墙和环绕城墙一周的护城河的伟大城市，一夜之间，就没来由地被叫停了。一切来得太突然，来不及细思量。

平日都忙得不着家的一家人，现在全都回家了，疫情把一家人空前地团结起来。亲情在2022年的岁首因为疫情而分外可贵。其实，这不就是家本来的样子吗？大自然在教人类回归自然、回归本真。

新年的这一天，全家人围在一起吃了顿年夜饭。吃过中午饭，老公说，下午包包子吧。我发了一盆面，老公在剁肉馅，女儿准备她的最爱——糖包子的原料。老公很得意他拌的大肉馅，里面加了香料，他说一定会香死大家。女儿也拌好了她爱吃的红糖馅，里面有核桃、榛子、黑芝麻和巧克力，不用说红糖是主料了。我也煮好了红豆，并用勺子把煮得松软的红豆研碎。老公的大肉包子捏满菊花褶子，女儿的糖包子如一个个精致小巧的核桃，我包的豆沙包是一个一个的光头小子。三种"身怀绝技"的"小将"出笼后各显神通，满足着我们的味蕾。新年在欢声笑语里把新冠抛到了脑后。儿子手抱萨克斯鼓着腮帮子欢快地吹着《回家》。

最近这段时间，几乎隔天做一次核酸。全小区的核酸检测点就在我家楼下的物业办门前。但每次下楼做核酸，我都把家居服换掉，穿得很正式，一天窝在家里，也出去放放风。

去不了近在咫尺的公园，就绕着小区转圈圈。在满是车的小区转了不知几圈，还是没有找到运动的感觉。是呀，没有运动的场地和装备，总感觉是在挠痒痒。但外面阳光真好，少见地好。

风还是很刺骨。大多的树木尽显"骨感"，有的依然葱茏，不过叶子不大光亮。冬青如一个个愣头青，精神头十足，只是鼻头仿佛被冻红了，正搓着手吸溜着鼻子。忽然闻到一股奇香，若有若无地在空气中弥漫。循香而去，原来是蜡梅！那一树蜡梅，正在冬日的暖阳里盛开，那一朵朵绽开在枝头的梅花，黄黄的，像鸭子的喙，却发出奇异的香味。它在严冬里傲然独放，像冬天里吹着号角的小号手，把冬天唱响，把春天唤醒。它给这个严冬增了些许情趣。

刚待在家中，我有点手忙脚乱，有点不知所措，有点惶惶不可终日。生物钟被打乱了，不能按点健身，不能按点吃饭，不能按点休息。还有很多事情要办，正做饭着，电话响了，正吃饭着，有人在叫，正收拾着，又叫做核酸了，忙得如热锅上的蚂蚁。

生活发生了变化，我得调整自己的节奏了。不能去外面健身，就转在网络直播上跟着锻炼。我像哥伦布发现新大陆似的发现了这种新的运动方式，而且一下子就喜欢上了这种方式。每天早晚，我跟着直播运动，运动的时间比去公园多了一倍，每天两次，竟然乐此不疲。我也习惯了在每天中午吃饭时，边吃饭边看电影，很多好的电影大多是在这一时间看完的。有时也看看书，写点喜欢的文字，时而上上网课，一天被安排得满满当当的，甚至有种踏实而自在的感觉。

政府还送来了菜，每户一大箱，新鲜水灵。突然想到中东那些在战乱中无家可归、流离失所的难民，觉得自己能生活在祖国这片热土上是一件多么幸福的事情。

这一天，过得真快。很快就到了晚上，儿子和女儿提议，晚上我们自己来场家庭式的"新年音乐会"。

老公用笛子独奏《牧民新歌》，我夹着嗓子用高八度唱了一首《我爱你，塞北的雪》，获得中央音乐学院十级证书的儿子的萨克斯独奏《笨小孩》把音乐会推向了高潮，女儿手舞足蹈，一直在伴舞，老公又声情并茂地朗诵了《岳阳楼记》，我用"八频道"高诵"为人进出的门紧锁着，为狗爬出的洞敞开着。一个声音高叫着……"。最后，儿子吹奏了《难忘今宵》，全家人合唱并"群魔乱舞"到深夜……

2022年新年的一天，就这样在不平凡中平凡地度过了。

（写于2022年岁首）

窗　口

2021年岁尾，因为新冠疫情，我的城市封城了。

这一封就是几十天。这几十天里，除了下楼做核酸，其余时间都在家里。起初，还没有什么感觉。但时间久了，就感觉浑身都不自在，有点惶惶不可终日之感。

出来进去都是家里的那几个人，让人闷得慌。我便常倚窗看外面的世界。窗外有棵高大的树，枝叶快长到了我的窗外，经常有鸟儿在树梢飞来飞去，像一个个音符，在太阳光里跳动。即使刮风下雨的时候，它们依然干着它们喜欢的事情。

远处的马路，不时有小车风一样一闪而过。车不多，路上几乎没有行人，路边的店铺晚上都没有灯光，白天也没有人。人都在家里。

以前的晚上，躺在床上，喜欢看窗外的天空，那里经常有飞机飞过。我常遥望着那些飞机，心里在想，飞机里面的人能知道有人正望着他们吗？如果我也坐在那架飞机里，我知道"我"正望着自己吗？但是，已经有一段时日没有飞机飞过，因为疫情，飞机都停飞了。

平日里，倚在窗口，我能看到蚂蚁似的人，在地上来来往往。

但是现在，从窗口望出去，多数时候看不到人。能看到的时候，那一定——不是穿着白色防护服、戴着防毒面具、支着桌子给人做核酸的医护人员，就是排着队等待做核酸的人。每个人都戴着口罩，一点儿也不含糊。轮到自己了，把口罩往上一掀，只张开嘴，被医生快速地"放一枪"，便头也不回地离开，好像自己的命运就装在那个红管管里、系在白签签上。

人都在家里防新冠，窗外的树木依然安然地自顾自地长在天地间。我常常居高临下观察着那些高高低低的树。尽管已经是冬天了，还有些树的叶子依然是绿的。在那些树中间，我一眼就看到了那棵被移栽到小花园的树。我关注它，就像关注一个老朋友似的。我曾经还专门为它写过一篇文章，总觉得它是不同于它的同伴的，是一棵有灵性的树，所以才大难不死。它就像个哨兵似的守卫着我的楼。

到晚上了，倚窗而望，万家灯火点亮了黑暗的夜。平日没有这么多灯光，疫情让家家户户的灯都亮了。是不是上天用这样一种特殊的方式，借着疫情的手告诫人们要减少欲望、要回归自然？

我喜欢夜读。夜深了，外面漆黑一片，万籁俱寂中唯有我窗口的灯还亮着，像夜的眼。望向窗外，整个小区就像行进在茫茫大海中的一艘大船，我窗口射出的灯光就是夜海中的灯塔。

出不了门便不出门了。喜欢安静的我，在书房里喝茶、听音乐、看书、写字。这几天的天气出奇地好，我坐在书房里看着窗外的天空，这样好的天气特别想下去转一转，但当推开门才知道是冬天，刺骨的寒风，像刀子一样在你脸上割。我不由得打了个寒噤，裹紧了衣服，仿佛不裹紧，病毒会往衣领里钻进去似的。

一天几乎不出门，出门便是去楼下做核酸。一开始，两天做一回，到后来变成一天一回，再到后来隔三天才做一次。每次做核酸总有人跑上楼在门外喊："做核酸了！"到后来有人拿着喇叭喊，再到后来没有人喊了，只要听到窗外有声音，趴窗口往下一看，准是又开始做核酸了。我并不早早下去，而是去书房的窗口望一下，看人不多了才下楼，这样防止扎堆儿也省了排队的时间，更重要的是人多了容易被感染。没有早早下楼其实也不安心，一次又一次地去窗口望，生怕错过了时间。终于等到没有人了，我穿上那件专为下楼做核酸准备的波司登长棉衣，戴上帽子，千万不能忘记的是戴口罩。我坚决要把自己全副武装起了，因为窝在家里实在太闷了，下去做核酸就当放风了。

封城的这些日子，好像做核酸已经变成了生活的全部内容，要是哪天没有按时开始，我便惶惶不可终日。书房的窗口成了我的"瞭望台"，也成了我了解疫情动态的窗口。

尽管出不了门，我还是习惯了一起床就拉开窗帘看天气。哟！今天天气真好！呀！下雪啦！唉！雾霾好重呀！又是阴天！能看到秦岭，真难得！窗外的世界，是心情的晴雨表。透过窗口，看到的不只是天气，还有人的心情。

我最喜欢临睡前倚窗看一眼外面的世界，好像和白天告别似的。灯光好亮，夜好宁静，那条和窗正对的南北向的马路两边的灯光照出的影子，像一个寂寞的中年男子，颀长、干练而寡欢。偶尔会有不多的夜行人，更增添了夜的宁静。马路边的工地上平日会有夜里劳作的工人，此时，疫情让喧闹的一切都安静了。而东西向的那条马路不时会有车呼啸而过，划破夜的宁静。

晚上睡觉时，我不喜欢把窗帘拉得严严实实，把自己装在一个闷罐子里似的，便给窗帘留一点儿缝隙能看到外面的天空，哪怕只是一线。有月光的晚上，我会把整个窗帘都拉开，溶溶的月光照到床上，一床的月光，我便仿佛睡在月光里了。那样的时候，夜里会做很美的梦。月光下的一帘幽梦，想一想都美极了……把疫情早忘到九霄云外去了。

这些日子我完成了读书计划，看了好多平时没有时间看的电影，厨艺也长进了不少。更大的收获是和窗口结成了好友，依偎着它，了解外面的世界，透过它让我看到了人生百态。

（写于2022年）

在家健身

朋友们都知道，我热爱运动，但我不大喜欢在家里运动。我常常去运动的地方不是健身房就是离家很近的那座西安城最漂亮的公园。

可是，旧年岁尾，因为疫情，健身房关了门，小区也出不去，不能去公园，更不能去健身房，在哪里运动成了问题。已经习惯运动的我，如热锅上的蚂蚁，坐立难安，浑身不自在。看我惶惶不可终日的样子，出不了门在家里画画的老公对着我大声喊："我的神！能不能在家里不要像个游疯子一样走来走去？"闺女听见了，拿着我的手机，捣鼓出运动的视频。

原来是视频直播，有固定的时间，还有专人带着运动，有老师有气氛，还可以随时随地运动。我如获至宝。从那天开始，我便成了在家里运动的达人。

起初一个又一个的运动视频看得我眼花缭乱，大多运动视频都由一个美女领跳，那些美女个个身材高挑、气质非凡，一个赛一个地漂亮，且人人口才了得。我东瞅瞅西看看，觉得这个好便跟着跳，感到那个也不错便跟着扭，在这山看着那山高中，我东一榔头西一棒槌，一会儿工夫，就穿梭了十多个运动直播馆，跳得气喘吁吁。最后，精疲力尽的我从最初的热情似火慢慢地变得心灰意冷，上气不接下气地想，这哪里是运动，简直是撵贼！

冷静下来，我在思考，面面俱到便会失去重点，最好挑个适合我的。我在那些运动场馆穿梭，观察了几个小时，最后选了三个——精灵古怪的琳琳、清纯可人的安然、温润如玉的雨晗，她们成了我免费的教练。她们都有一个共同点——专业、卖力、动作到位、认真负责。

每天清晨七点，我便准时起床。我像在运动场一样，扎起马尾，着运动衣，穿运动鞋，跟着她们举手、曲臂、扭腰、提胯、卷腹、提臀、抬腿、蹬足，连续两个小时。每运动毕，必汗湿衣衫，却酣畅淋漓。冲个热水澡，全身上下每个细胞都透着一个字——爽！

因为运动，一日里都神清气爽，身轻如燕，足下生风。大冬天，在家里穿个背心也一点都不觉得冷。运动时一小口一小口地抿着水，基本就喝足了一天的饮水量。

晚饭过后，音乐声一响，我顾不上洗锅刷碗，又投入到了新一轮的运动中。先是一个钟头跟着强度颇大的琳琳锻炼，身体各个部位都铆足劲儿，比在健身房自个儿运动的还到位。然后跟着温润如玉的兵姐雨晗"修炼女性气质"，最后再跟着清纯可人的安然学跳舞。在这里，我收获的不只是运动，更有挺拔的女性身姿，除了强身健体，还让我举手投足间尽显女人味。

隔着屏幕，三位老师的热情与活力扑面而来，感染了站在屏幕前的我，我随着她们的一呼一吸一笑一颦而或快或慢或起或落。从未谋面的三位老师，似乎成了我的姐妹和挚友。对于灵动美丽的琳琳老师，我最喜欢她噘起小嘴运动时的可爱模样，兵姐雨晗是个十足的古典美人，文静、娴静、安静的她，做起运动来却一点也不含糊。安然是和我同名的小美女，青春靓丽，跳起舞来韵味十足。

佩服她们边跳边嘴上说个不停的功夫，那绝对不是谁都可以做到的。我只是一言不发地跟着她们吸气、呼气、左踢、右抬、前曲、后仰、上提、下蹲，已是气喘吁吁。而她们嘴上不停地说，手脚不停地动，依然轻松自如。难怪个个拥有魔鬼身材，这是一天天用汗水用毅力用坚持换来的！

老公也拿出瑜伽垫，做起了俯卧撑、仰卧起坐，他还用哑铃将双臂练得如同绿巨人的臂膀；六块腹肌杠杠的，胸肌饱满得像性感女郎。

小巧玲珑的女儿，在客厅与餐厅连接处的单杠上吊单杠，像荡秋千，儿子时不时把挂在单杠上的沙袋打得飞上天花板。

在家运动的这些日子，最让我有成就感的是通过卷腹运动腹真的被卷进去了，腰瘦了一圈；最让我受教的是原来美背的打造可以有这么多种方式；最打破我认知的是原地踏步竟能走出女神范。我意外收获的是口腔运动解决了我最想解决的问题。

生命在于运动。运动在于坚持。

从中学、大学到工作，一路走来，运动常伴。外出游玩也未间断。封城居家，运动在家。运动达人，看向我家。

让运动成为一种习惯，让居家运动成为疫情下的新时尚。

（写于2022年）

那些不一般的日子

从来也没有想到，在我的有生之年，我的城市会遭遇封城。

新冠，这个不知来自何方的妖魔鬼怪，算起来，已经为害人类整整三年了。经过人类三年的奋战，原本想应该销声匿迹了，却在2021年的岁尾猝不及防地在我的城市爆发。

日子才不管你封城不封城呢，照样日出日落，照样昼伏夜出，凡夫俗子们照样吃饭睡觉。封城没有挡住时间的脚步，日子依然不紧不慢地向前走。站在宇宙中看这个关着门的城市，站在2021年和2022年的交点，和历史上的任何时间点都没有什么区别，只是沧海之一粟。历史的长河何其大矣！

平安夜是在封城中度过的，元旦是在封城中度过的，腊八是在封城中度过的，也不知道，封着的城市会不会把这个"年"也拒之门外。

封城的这些日子，天气出奇地好。少有雾霾，空气澄明，几乎天天大太阳，恍惚中以为是在夏天。可就是待在家里出不去，也不想出去。小区里的车比平日多得多，人们穿着棉衣戴着口罩，狗熊似的，除了做核酸就是待在家里。平日里，人们忙于各种事务，一家人很难凑在一起。现在一家人天天在一起，真有点其乐融融。

封城了，家成了真正的家，也许是上天以这种方式，让人类回归自然、回归本"道"上来吧。

不能像往日那样随心所欲地生活，日子变得没有了章法。从古至今的日出而作、日落而息变为黑白颠倒，除了吃饭睡觉就是睡觉吃饭。险些忘了最重要的一件事，就是做核酸——这是一天里做得最正经的一件事。

其实，也不能说无所事事。几乎人人都抱着一部手机，眼睛不休息，手机也休息不了。在家里上班，在家里下班。这样的日子，既自在又自由。但是，没过几天，人嘴里就起了泡，前一个还没有下去，后一个又出来了。还有便秘，脑子总是蒙的。看来，整天窝在家里的日子并不像人们想象的那么好过。

那样的日子，我把自己竟变成了陀螺。一下子，时间仿佛密不透风，宛若铜墙铁壁——每天早上七点跟着直播准时健身，一直到九点，下午还有一场强度更大的运动。一天下来，四个多小时就被运动占据了，我喜欢！因为我喜欢运动！不过平日的我运动一个多小时，这段时间我的运动量激增。运动让"水桶腰"变成了"杨柳腰"，我便更加乐此不疲。

运动间歇我会收拾屋子、做饭。想着法儿地做饭——蒸包子馒头花卷、烙葱油饼、包饺子、打搅团、擀面条，这些平日里不大做的饭，这时候轮番上阵。孩子说，妈妈把多年没做的饭都做了。当然了，孩子们在厨艺上也大显身手，把那些硬菜做得像模像样。老公还做了他拿手的蒸碗。我们家还进行了厨艺大比拼，大家各显神通。

除了做饭，更多的时间用于听网课和直播课。一日里我一定要干的事情就是看书写东西，这是雷打不动的。哪怕只写几个字呢。

还有一件每天都干的事就是听书——"大咖阅读计划"那是每天要打卡的，一周一本书。半年下来不知不觉已经听了近二十本书了。听书已经成了我生活中不可或缺的一部分。这一计划以前是在运动时进行，现在换在了做饭时。

这些日子，我其实并没有闲着，甚至比平日还忙。很充实地生活在自己的世界里，干着自己喜欢干的事情，听音乐、读书、写字、喝茶、聊天，为家人做喜欢的饭菜，精心地收拾屋子。尽管在家里，也不忘每日把自己收拾得精精神神。搁置了几年不大外穿的红衣绿袄在家里轮换着穿，成了家里一道亮丽的"风景"。

有时候忙得甚至到了焦头烂额的程度，顾不上吃饭。有一天，开了两个视频会议，听了四节直播课，深夜凌晨才轮到读书写字，夜里两点才上床，浑身散架似的，但是心里满满当当的。

当然了，还有一件赏心悦目的事情就是看电影。我常常利用午饭后的休息时间看一部电影。这样算起来，都看了十多部了。这些日子，看电影成了娱乐的好方式，我喜欢这个方式。《狼少年》是一部凄楚美丽萌动着爱的故事；《情书》是一部泰国的以情书编织的忠贞又伤感的爱情故事；《暮光之城》把吸血鬼的故事那样唯美动人地表现出来；《爱在黎明破晓时》是一部邂逅引发的独特的爱情故事；《流感》则是如新冠一样的疫情发生后形形色色的人和事演绎出的一场政治、人性、真情交织的悲喜剧……刚看过的《我的一九一九》再现了1919年那个历史性的时刻，以及巴黎和会上鲜为人知的真相，从而认识了顾维钧等曾经助推历史车轮的这些人。

封城的这些日子，政府把关爱化作米面油肉蛋奶和蔬菜送到了千家万户。一天又一天从四面八方赶来支援、从头到脚被武装起来的白衣天使，起早贪黑在寒风里做核酸，冬日的风刀子一样割在脸上，看不出男女俊丑，只感觉不停在工作着的戴着手套的手一定是冻麻了，但暖着人心。还有那些"明知山有虎偏向虎山行"的无私无畏的志愿者，他们也同白衣天使一起护卫着我们的城市。还有许许多多默默奋战在一线的工作人员，他们就是捍卫着我的城市的英雄，是中国的脊梁，是值得我们敬佩的人。尽管是冬天，但无处不洋溢着春天般的温暖。疫情无情人有情！

这些日子，终将会随着光阴一起成为历史，它们将会永远定格在我的城市的日历上，连同那些人、那些事。

（写于2022年岁首）

后　记

　　幼时喜欢读书，并把书中那些喜欢的内容摘录下来，日积月累下来竟攒了几大摞。闲暇时翻出来阅之，心里便莫名熨帖。

　　记得幼时看的第一本书是没有封皮的安徒生的《海的女儿》，后来上小学时，总在老师转身写板书时偷看藏在书桌下面的《海霞》，在被窝里看《雷锋的故事》《石娃》《苦菜花》，等等，巴掌大的数不清的小人书是在烧火做饭时拉着风箱看完的。那个年代，仿佛什么都缺，缺吃少穿，更缺书。为了看一场露天的黑白电影得在漆黑的夜里跑几里地。放学后，没有作业，而是在田间、河畔挖野菜打猪草。不知不觉间，童年伴随着欢乐一起飞驰而去。

　　后来，长长的人生长河里，我去镇上读了中学，又去省城上了大学，并留在省城参加了工作。从乡下来到城里，有了家，有了孩子，继续日复一日的日子。生活工作之余，有那些积攒起来的喜欢，有了憋在心里久了想说出来的话，便写下来一些片言只语，先生鼓励我寄给报馆，便有了这些小豆腐块见诸报刊。

　　那些小豆腐块，就像自己的孩子，从最初的稚嫩幼童一路走来，因为有喜欢在心底，便不觉寂寞。有它们相伴着，便觉得漫长的日子不再漫长。有句话，很是喜欢——热爱，可抵岁月漫长！

　　没有刻意逼自己去干什么或不干什么。这既好也不好。好在从心里流出来的那些文字是真情实意，不好在缺失了练习便让那些喜欢如蒙蒙烟雨，只是偶尔，不像白天和黑夜那么有规律。随它去吧。

回望时，身后便有了那些经年累月里穿起来的瞬间，在时间的深处等着我，走进去，仿佛重温了一回人生，心里竟有了些微震颤。多么美呀，那些曾经遇见的人，那些曾经去过的地方和那些发生过的事情，一起构成了我曾经拥有的日子，在光阴里温暖着我，温暖着这个世界上唯一的自己。

我喜欢跑在晨曦里，我喜欢把自己泡进那一池的温暖里，我喜欢在落着雨的夜晚泡一杯香茗读喜欢的书，有轻音乐伴着，还有窗外的雨声，心便无限惬意。我喜欢无垠的夜空中那轮皎洁的明月，深蓝色的天多像无垠的海，这时候，总会想起《春江花月夜》，那月是唐朝的月吧？心会莫名地疼，似是被什么东西蛰了一下，我还喜欢在雨天看着那雨滴落在树叶上欢快舞蹈的样子。那棵站在湖畔枝繁叶茂的长满红色小叶子的树总是在静谧的夜里藏了一帘梦，仿佛等待着心仪的谁，等待着我从旁边走过，那么美那么让人心动。我喜欢把自己安放在那些喜欢的感觉里。这些丝丝缕缕的喜欢，稀释了生活里的琐屑，我便感觉不到人生的苦短与漫长。

小时候，我是说话蚊子声似的乖乖女。自从有了那首歌——《跟着感觉走》，便觉得很过瘾，那就是青春应有的模样。最近，又听三毛的书，48岁三毛的经历胜过了有些人的几生几世。23岁的张爱玲在《第一炉香》里就把人生写得很透彻。年轻时候的雪小禅是那样率真与随性。她们都淋漓尽致地挥洒着、拥有着属于她们的日子。感觉离她们那么远又那么近。

感谢文学大师贾平凹先生，百忙中不吝墨宝为本书题写书名；感谢茅盾文学奖专业评委李星先生为本书赐序，他身上体现出来的亲和力和幽默感，让他的为人和他的文字有一样高度和温度；感谢著名文化学者商子雍先生，他曾经不遗余力地给予我关爱和支持；感谢实力派作家方英文先生为本书写序，他的文字和思想独特，总是充满了机趣；感谢新锐评论家高亚平先生，才高八斗，也不吝赐教。

感谢太白文艺出版社的白静老师，柔弱文静的她内心深处蕴藏着耐心与细致，有着自己的执着与坚守。

感谢我的老公张立先生，总是在我需要的时候陪在我身边，让夜不黑风不急夏不热冬不冷，让孤独被温暖抚慰。感谢他允许我走远，又信任我会回来。感谢我的爱女总是在幽微处给予我力量与感动。

宇宙万物是我的导师，日月星辰是我的仰望，它们用自然界的存在启悟我关于人生的真谛、生命的本质和生活的真相。感谢生活，使我在经历了岁月的沉淀后，依然深深地热爱它。

真诚地感谢给予我支持和肯定的朋友们，你们的激励给了我坚定的信心和坚守的热情。更要感谢那些在我身边的普通人，你们就是我文字的源泉。我是浪花，你们就是把我汇入的大海。

感谢这个有着三个"2"的年份，在被疫情肆虐的国之南疆，写下了这些从心底里流出的话。

是为后记。

2022年春于三亚红塘湾